U0798365

黄河古事

第壹卷　河皃现世

河皃七门现世，掀开隐藏百年的黄河绝密

龙飞◎著

中国工人出版社

图书在版编目（CIP）数据

黄河古事. 第一卷, 河凫现世 / 龙飞著. —北京：中国工人出版社，2016.10
ISBN 978-7-5008-6539-1

Ⅰ.①黄…　Ⅱ.①龙…　Ⅲ.①长篇小说—中国—当代　Ⅳ.①I247.5

中国版本图书馆CIP数据核字（2016）第210207号

黄河古事. 第一卷, 河凫现世

出 版 人	芮宗金
责任编辑	葛忠雨　吴　迪
责任校对	董春娜
责任印制	黄　丽
出版发行	中国工人出版社
地　　址	北京市东城区鼓楼外大街45号　邮编：100120
网　　址	http://www.wp-china.com
电　　话	（010）62350006（总编室）　（010）62005039（出版物流部） （010）62379038（社科文艺分社）
发行热线	（010）62005049　（010）62005042（传真）
经　　销	各地书店
印　　刷	三河市东方印刷有限公司
开　　本	710毫米×1000毫米　1/16
印　　张	19
字　　数	280千字
版　　次	2016年10月第1版　2019年1月第2次印刷
定　　价	36.00元

本书如有破损、缺页、装订错误，请与本社出版物流部联系更换
版权所有　侵权必究

目录
CONTENTS

第 一 章 黄河往事……001
第 二 章 石头棺材……006
第 三 章 鸡犬不宁……011
第 四 章 坑和臭味……016
第 五 章 一件东西……019
第 六 章 陈年旧事……024
第 七 章 难以分辨……029
第 八 章 多管闲事……034
第 九 章 打捞沉船……041
第 十 章 茧子的话……046
第十一章 身陷不测……051
第十二章 空船解围……056
第十三章 无休无止……060
第十四章 晾尸山崖……065
第十五章 红衣老鬼……071
第十六章 抱柳村子……076
第十七章 奇思妙想……084
第十八章 河凫传说……089
第十九章 家世由来……094
第二十章 阴山峡谷……099
第二十一章 棺山虫海……104

第二十二章　孙家七七……109
第二十三章　蛤蟆逃命……114
第二十四章　冤家路窄……119
第二十五章　一场恶斗……125
第二十六章　天灭七门……130
第二十七章　黯然神伤……135
第二十八章　三刀六洞……140
第二十九章　离别之痛……145
第 三十 章　恶鬼压身……150
第三十一章　孤苦伶仃……155
第三十二章　生死难分……164
第三十三章　死而复生……169
第三十四章　续命宝图……174
第三十五章　夜半惊魂……179
第三十六章　再遇他们……186
第三十七章　莲花木像……195
第三十八章　乘胜追击……204
第三十九章　木棒来历……209
第 四十 章　爷爷来了……218
第四十一章　龙争虎斗……227
第四十二章　河眼旋涡……236
第四十三章　石人真身……245
第四十四章　危机重重……254
第四十五章　互不相欠……263
第四十六章　月夜三人……272
第四十七章　开锁放人……281
第四十八章　混战连连……290

第一章 黄河往事

我爷爷是被一口棺材带走的，从黄河里浮出来的棺材，很恐怖，以至于很多年之后回想起那一幕，我还是禁不住后怕。当时，我说不清楚是怎么回事，反正那口棺材从黄河里浮出来的时候，爷爷就不见了。

民国十一年，我十九岁，当时正好是初夏，跟往常一样，大清早吃过早饭之后，爷爷就带着我下河。这是一项例行的差事，从我学会走路开始，只要天气允许，下河巡河就是不可避免的。

“爷，”我晚上没有睡好，那个年纪是最缺觉的时候，大早上硬被拉起来，很不满意，一边揉着眼睛，一边嘟囔着，“天天围着河转，转了几十年，你也不烦，到底有什么转头嘛。”

“水伢子，”爷爷揪了揪我的耳朵，说，“你跟我下河有多久了？少说十年了吧。十年时间，你吃透这条河了？”

“这个……”我尴尬一笑，摸摸脑袋，摇了摇头。

黄河，象征着华夏文明的起源。围绕着这条河，发生过太多太多的故事。这几年，有的朋友知道我从小在黄河边长大，问过我一些关于黄河的奇闻怪事，还总会特意问一句：那些事儿是不是真的？

其实，我也说不清楚是不是真的，如果负责地回答，那就是——有假，也有真。

光绪二十七年，黄河沿岸的怀谷村，有人曾经在黄河里捕到过一只大王八，这事儿越传越悬，一直到现在，还有人津津乐道。他们说捕到的那只大王八足足有三个磨盘加起来那么大，被抓到的时候，天色一下子阴暗下来，而且接连不断地打雷。

光这件事我就被人询问过好多次，每次我都苦笑着跟他们解释，那只大王八只有农户家里的水缸那么大，离了水就没有什么行动能力，是被几个村民抬猪似的抬走的。

不用怀疑我的讲述，对这件事，我比绝大多数人都清楚，因为当时捕到这只大王八的人，就是我爷爷。

别人一般听过我的讲述，都会显得很失望，因为事情的真相没有他们想象的那么离奇、那么诡异。其实，很多内情我不想说出来。当年那只大王八并没有不翼而飞，因为生活条件艰苦，所以抬回去之后，连夜就被村里的几个人偷偷杀掉煮着吃了。吃过王八肉的一共有七个人，之后三天时间里，这七个人相继吊死在自家的房梁上，死状相当难看，舌头伸得老长，肚子里的五脏六腑爆了一地，流得到处都是。

所以说，关于黄河的那些事，有真的，也有假的。

爷爷看到我的窘状，就不再说什么了，笑了笑，扬起手里的鞭子，用力一抖，鞭梢在半空卷出一个鞭花，啪地炸响起来。

说到这里，有人可能觉得奇怪了，我们下河行船的人，怎么会带着一根鞭子？这也正是我想说明的一件事。这根鞭子，很有说头。我爷爷所从事的职业，被称为“河凫子”，这种职业到今天可能已经消失了。河凫子有两件宝——舢板船、打鬼鞭，那是一年四季都不能离身的东西。

河凫子的打鬼鞭一般都用祖辈留下的一缕头发，加上黑公狗的狗毛，还有丝麻、铜线之类的东西，在黑狗血里面泡上三个月，等所有东西都吃透了狗血，再拿出来反复揉打上千次，最后结成鞭子。河凫子的老祖宗们相信，黑狗血、黑狗毛都是辟邪的东西。

这条鞭子名义上是种辟邪的法器，实则用处很大，柔韧结实，既能当绳子用，也能当武器。河凫子拿着打鬼鞭，行船走水，心里会很踏实。

我和爷爷走到河滩上，一起用力把头天用过的小船翻转过来，然后慢慢顺着推下河。这种小船没有机械动力和船帆，完全要靠掌舵人娴熟的技巧来控制，很见功夫。

“快要涨水了。”爷爷坐在船头，随着小船在水面上下起伏。他抬头看看天色，摸出自己的旱烟袋，点了一锅，慢慢地抽。

我们巡河有一条固定的路线，每天基本上都是沿着这条路线走一遍，然后收船回家。我掌船有两三年时间了，技巧是掌握了一些，但力气还不够，到了天气不好、风势水流变化比较大的时候，就需要爷爷来帮忙。

抽着旱烟，爷爷扯开嗓门，吼起了河凫子才会唱的巡河调子。古老苍凉的巡河调子从爷爷嘴里吼出来的那一刻，我不由得转头看了看他。他背对着我坐在船头，一直到很多年以后，我还能回想起他的背影，孤独又消瘦。

我掌船走了有二三十分钟时间，一切都和往常一样顺利。当时我还小，很贪玩，趁着爷爷在船头打盹的时候，偷偷从身上取出一张小网，想试着从河里捞些小鱼上来。但是刚刚将网拿出来，还没来得及下水，一直沉默不语的爷爷就慢慢转过头，我尴尬一笑，赶紧把手里的小网收了起来。

“水伢子，”爷爷并没有直接责备我，只是不易觉察地叹了口气，低头想想，重新拿起自己的旱烟袋，一边慢慢装烟，一边道，“生在河凫子家是你的命，凡事上心一点，不要……不要和你爹一样……”

爷爷提到父亲，顿时让我一阵说不出的难过。我爹死得早，我出生没多久，他就去世了，死在黄河里。

“爷……”

我刚想说话，正顺水流而行的小船突然微微震了震，然后猛扎扎地一下子定在水里，纹丝不动，就好像正在疾驰的大车突然踩了刹车一样。随即，我感觉到四周的水还是不住地流动，但我们的小船就定在原地，动都不能动。我从来没有遇到过这样的事，当时脑子里第一个反应就是小船撞到了什么东西。

我有点儿慌神了，想趴到船边朝水面下看，一直稳稳坐着的爷爷“嗖”地站起身，抬脚跨到船边，左右看了看，眉头一皱，说："水伢子，不要慌，咱们的船怕是要出事！"

这些年走黄河的人可能极少遇见如此诡异的情况，但是在过去，十个在黄河行过船的老人，至少有五个都被这种情况骚扰过：行驶中的小船没有任何外力原因，突然定在水流中，好像被什么东西拽住了。

爷爷讲过，这样的情况，没人能说清楚到底是怎么回事，老辈的行河人传下一个规矩：船上常年必备香烛、供品。他们认为，大河是龙王爷的地盘，小船被定住走不动，肯定是得罪了龙王爷，必须诚心孝敬，奉上供品，才可能安全逃脱。所以一般遇到这种事，老行河人就会一件一件地朝水里丢东西，直到小船可以再次开动为止。

这种事在我们那边被传得很邪乎。朝水里丢供品到底管用不管用，我不知道，不过在距我们村子南边八十里的大荒渡，曾经发生过一件类似的事儿。船上载着十几个过河的人，船家把预备的香烛和供品全部丢下去，船还是纹丝不动，就这样被困了一个多小时，船上的人哭天抹泪，都彻底慌神了。船家直接就跪到船头，不住地哀求，说下次再下河的时候，一定备上一份厚厚的供品。船家的哀求竟然得到了回应，不久之后，湍流的河面上，水纹散来散去，最后聚集成一个"人"字。事情一下子变得很残酷，船家跟船上的人说，龙王爷想要人。最后，一个十多岁的小女孩被丢到河里，一直纹丝不动的船突然就能继续行驶了。这件事很多人都知道。

此时此刻，我心里一片慌乱，因为走黄河的人都清楚，这种事只能听天由命。不过对于河凫子来说，他们的字典里从来就没有"妥协"这两个字。

"水伢子，待在船上，莫乱动。"爷爷皱了下眉头，随即镇定下来，一把扯掉外衣。

看着他像是要下水的样子，我一阵剧烈的紧张，匆忙把手里的东西丢到一旁，看能不能帮什么忙。

爷爷在黄河漂流了几十年，皮肤已经被晒得黝黑。他年纪大了，但身体还相当好，从他略显松弛的身板上能看出来，年轻的时候，他一定非常结实。

“不慌，没甚大不了的。”爷爷回头看了看我，目光镇定。接着，他把打鬼鞭缠到腰上，深吸一口气，一头扎进水里。

正经的河凫子，从来都不怕这些乱七八糟的东西。

偌大的河面上，一个人钻进水里，就像落进去一粒沙子一样。我一下子看不到爷爷的身影了，只能紧紧扒着船舷，紧张地注视着他下水的地方。从我这个方位看过去，根本看不清水面下的情况，我唯一能做的就是干等。

两三分钟之后，水面上水花一翻，爷爷呼地从水下冒了出来，纵身一挺，朝我伸出手，我赶紧抓住他的手，用力一带，借着这股力，爷爷翻身回到船上，一把抹掉脸上的水迹。

就在那一刻，我突然发现他的表情变得很怪异，也很复杂。打鬼鞭在他手里握着，但是握鞭的手却在不停地发抖。那样子，显然是怕极了。

第二章 石头棺材

看着爷爷瑟瑟发抖的样子，我的情绪也紧张到了极点。能让我爷爷害怕的东西，可能存在吗？在我的印象中，爷爷虽然不善言辞，但胆子大得异乎寻常，水性不是一般的好。在我们家那一片，很多人背后议论，都说我爷爷是鲤鱼精转世，要不然不可能朝黄河最深的地方一头扎下去，连着一炷香的时间不换气。

“爷，你咋了？你咋了？”我心急火燎地问，但一句话尚未说完，从他刚才下水的那个地方，咕嘟嘟地翻起一串一串的水花，好像有一条特别大的鱼贴着水面翻腾。我们走船很少会遇到这样的事儿，当时我还小，情绪一紧张，整个身子仿佛都僵住了。

“水伢子！退后！”爷爷身躯一晃，一把就把我拽到身后。

“哗啦……”

泛黄的水花滚动如潮，仿佛一道喷泉。过去听爷爷还有村里一些老人说过的各种各样的传闻一起浮现在脑海里，我隐隐约约觉得，水面下似乎不是一条鱼，可也不知道那会是什么。

一连串水花翻滚的地方，有东西开始上浮，上浮的速度虽然很慢，却好像没有什么能够阻止它。我和爷爷站在小船上，仿佛都石化了，不知道该怎么办。再之后，那东西冒出水面，那一瞬间，我清楚地看到，一口很大很大的石头棺材从水里慢慢浮了上来。

眼前这一幕颠覆了我过去的所有认知，我根本想不出来，是什么力量能让这么沉重又硕大的石头棺材漂浮在水面上。这口棺材至少有三米长，古朴厚重，棺盖上满满都是雕刻出来的乱七八糟的花纹，它浮出水面之后就定在原地不动了，好像在和我们的小船对峙。

爷爷的脸色刷的一下子变得惨白，嘴唇微微哆嗦了几下。我完全没了任何念头，只剩下惊恐。我们就这样盯着水里的大棺材看了一两分钟。

“咔嚓……”

沉重的棺盖慢慢裂开了，头顶上的太阳高高地悬挂着，阳光无比刺眼，把棺材里的一切都映照得清清楚楚。

“爷！”我紧张到了极点，不由自主地抓着鱼梭。

这口硕大沉重的石头棺材里面躺着一个红衣男子。他枯瘦得就像一只从河底跑出来的恶鬼，浑身上下皮包骨头，穿着鲜艳的红衣，嘴角微微一咧，笑得很诡异。

随着这口棺材的出现，一股我至今都无法形容的气息在河面上缓缓飘荡起来。爷爷好像没有任何反应，只是愣愣地站在船边望着棺材里那个穿着大红衣服的男人。

“爷！这是什么东西？！”我大吼起来，但是身前的爷爷好像完全惊呆了，就那么一动不动地站着。

就在这时候，我突然意识到了一个问题。

在家乡的传闻里，那些乱七八糟的东西是完全见不得太阳的，但是这口棺材就在光天化日之下浮出水面，这意味着什么？

我浑身一激灵，一股寒意瞬间渗透到骨髓里。我怀疑，这口棺材里面那个穿着大红衣服的“东西”是活的。

一口突然从大河深处浮上来的棺材里面躺着一个穿着大红衣服的“活人”？

当年的我，胆子虽然没有现在大，阅历也没有现在多，但却拥有一股我现在所没有的血性。我不知道那棺材里的“东西”到底是什么，然而我能感觉到它带给我和爷爷一种威胁，严重的威胁。我怕得要死，不过没有后退一步，而是从爷爷身后猛然跨出一步，一把举起手里的鱼梭，想要用力掷过去。

“水伢子！不要乱动！”爷爷一伸手拦住我。他的胳膊很有力气，我顿时就不能动了，既愤怒又惊慌地瞪着面前不远处那口缓缓浮在水面上的棺材。

在爷爷拦住我的同时，棺材里那个穿着大红衣服的男人突然笑了起来，笑声无比的怪异，好像在夜里飞过村子的黑老鸹一样，让人不寒而栗。

滚滚的黄河乃至空气仿佛都在这一瞬间凝固起来，这样的僵持每持续一秒钟，对我来说都是一种煎熬。一两分钟之后，一直定在水里的小船突然剧烈地颠簸起来，仓促之下我没能站稳，东倒西歪地翻过船舱，半个身子浸到河水里，幸好临危伸手搭住了船舷，接着翻身爬了上来。

我们的小船很结实，但在那种剧烈的颠簸中仿佛要散架一般。

“够了！”爷爷的身躯很稳，在颠簸的船中好像双脚长了钉子一样，牢牢地钉在船板上，他冲着那口棺材大吼了一声，“走！”

我满头满脸都是水，紧紧抓着船舷不敢松手。随后，爷爷回头看了我一眼。

我说不清楚那一眼里面包含了多少情感，后来回想，总觉得有不舍，有爱惜，有遗憾，有苦楚，五味交杂。但是在我的回忆里，我不愿把这一切想得那么复杂，我只知道，那是一个垂暮老人的目光，仅此而已。

之后的事情是我意想不到的，也是我无法阻挡的。爷爷看了我一眼之后，转身就从船上跳进河里。那口石头棺材的盖子咔地合上了，随后慢慢沉入河中。小船也立即停止了颠簸。我松开船舷，一步跨到对面，半个身子几乎都探到船外，拼命大喊：

“爷！爷！你在哪儿？！”

水花还在隐隐地翻滚着，但是我看不到爷爷的身影。十来秒钟之后，小船突然动了，顺着水流飞快地冲出去很远。在这种情况下，我没有能力掌控小船立即回到刚才的地方，而且水性没有精熟到一定地步，在这里下水，和找死没有区别。

我从来不习惯流泪，但此刻，我再也忍不住了，趴在船上放声大哭。我从小失去父母，是爷爷把我拉扯大的。从牙牙学语一直到现在，我没有离开过他一天。

我不知道自己的预感是否准确，但从刚才爷爷跳进水里的那一瞬间，我预感到这好像是我们祖孙之间的诀别。

我哭得一塌糊涂，任由小船在水里漂荡。不知道过了多久，水流缓了，我擦掉眼泪，驾着船靠岸，然后失魂落魄地沿着河岸往回跑。那是我一辈子里跑得最快的一次，丝毫不觉得疲惫，几乎一口气跑回刚才的地方。

黄河依然在流淌，好像一千年都没有改变过一样。之前的一切都看不到了，爷爷，还有那口怪异的石头棺材，彻底消失在我的视野中。

我不知道在河边趴了多久，也不知道自己是怎么回家的。爷爷消失了，就好像从小到大撑在我头顶的那片天突然塌了下来。直到走进家门，我才感觉两腿像灌了铅一样，沉重得抬都抬不起来。

我一头栽倒在床上，鼻涕眼泪混成一团。我还得找下去，但茫茫一条大河，沿途几千里，我该去哪儿找？

身体的疲倦和情绪的低落让我累得半死，脑袋昏昏沉沉，哭着就睡了过去。那年纪最是贪睡，以往我只要睡着，肯定醒都不醒地睡到天亮。但是那天，我睡得一点儿都不踏实，恍恍惚惚中，总觉得自己睡着了，又醒过来了，接着又睡着了。

就在这种半梦半醒的状态中，我睡了很久，一直在做梦，乱糟糟的梦，梦境虚幻又缥缈，但不知道从什么时候开始，梦突然变得真实起来。

我梦见爷爷回家了，和过去一样，拿着自己的鞭子，腰里别着旱烟袋。我梦见他走到我的屋里，站在床边，两只老眼中充满了对我的关爱和怜惜。

“水伢子，咱们河凫子快要绝种了。”爷爷仿佛刚从水里上来一样，浑身上下湿漉漉的，但他不擦水，拿着旱烟袋慢慢地装烟，道，“算上你，天下的河凫子至多不超过三个。”

那梦真实到了极点，我想开口说话，但浑身没有一点儿力气。

“乖孩子，河凫子都是苦命的，你更苦。”爷爷在打火抽烟，说着话，他的眼角似乎溢出了几滴老泪，“但是你得撑住，再苦，最多就是个熬，熬过这辈子，也就算了……乖孩子，爷爷不能再照看你了，你的日子比树叶还稠，往后的路，你要自己一个人走……”

旱烟袋的烟锅一明一暗，点点火光把爷爷那张黑瘦的脸庞映照得清清楚楚，我看到他在流泪。

“爷爷要走了，”爷爷拿下旱烟袋，轻轻摸了摸我的头，“我屋子床下贴着墙根第三块砖头下面，给你留了点儿东西，你保管好。可能你现在看不懂，迟早有一天你会懂的。”

说完这些话，爷爷深深叹了口气，抹掉眼角的泪，最后看了我一眼，转身走出了房门。我痛苦地扭来扭去，想要睁开眼睛，但是无论怎么挣扎都无济于事。

过了一会儿，我终于从那种困顿中挣脱，一下子坐了起来，满头都是冷汗。房子里空荡荡的，一个人影都没有。

我低下头，觉得既沮丧又难过，爷爷回来了，可那只是一个梦而已。

但是转眼间，我一下子抬起头，因为我嗅到了一股淡淡的旱烟的味道。跟着爷爷那么多年，我对这种味道已经熟悉到了极点。我不抽烟，房间里不可能有烟味儿。

“爷！”我翻身就跳下床，失声大喊。到了这时候，我已经有点儿分辨不清了，之前真的只是做梦吗？

在我翻身跳下床的同一时间，借着窗外透过的清亮的月光，我一眼就看到地面上有一排湿漉漉的脚印。

第三章 鸡犬不宁

这排清晰的脚印顿时让我觉得刚才的“梦”似真又似假，我什么都顾不得想了，光着脚就冲出屋子。

在我冲出去的一瞬间，眼睛死死地盯着院子的地面，那排脚印依然清晰，从我的房间里延伸出来，直直地穿过院子，然后又穿出院门。我强烈地感觉这脚印就是爷爷留下来的。

我发了疯一样顺着脚印追了出去，嘴里大声喊着。夜很深了，村子里一片静谧，偶尔有几声狗吠。地上的脚印就像凿刻出来的一样，成为很显眼的标志。我一路跑，脚印始终没有断，脚印旁边是还没有干透的水渍，看上去，脚印的主人好像刚刚从水里爬出来。

我跑出村子，最后顺着脚印跟到了河滩。不知道是不是我的眼睛看花了，当我抬眼朝前面张望的时候，就看到河岸边站着一道孤零零的影子。

“爷！”我不顾一切地大喊了一声，随即朝那道影子飞跑过去，但是就那么一转眼的工夫，影子不见了。

我能看到的，只有一片浑浊的河水和岸边一排尚未被冲散的脚印。我当时的心情很难用语言来形容，一个不到二十岁的孩子，独自望着那条好像没有尽头的河。以至于现在回想起来，还是忍不住心酸。

我平时被爷爷呵护惯了，遇事就没了主心骨。我呆呆地站在河边想了很久，唯一能想到的办法就是等到天亮之后驾船去找。在我看来，没有什么比爷爷更重要，我要找，一定得找。

我不知道去哪儿找，也不知道要找多久，但心里打定了主意：回去收拾一些东西，然后在河滩守到天亮，马上开船。我不想惊动任何人，当时的生活条件很不好，村里的人平时各自为生活奔波，一个个累得和土驴一样，我生性又不喜欢求人，当时就想着，自己可以做的事情有很多，只不过一条黄河而已，就算把整条河都走遍，也要找到爷爷。

但是还没等我走回村子，远远就听到一阵很异常的动静，整个村子好像炸窝一般，鸡飞狗跳。村民们大多被这响动给惊醒了，开始掌灯。我在村口愣愣地站了那么几分钟，从村子各个角落里猛然蹿出很多黑乎乎的影子，一起朝我这边冲过来。那阵势把我吓了一跳，不过转眼间，我就借着头顶的月光看清楚了，黑乎乎的影子全都是村里的鸡鸭猪狗。

领头的是一头至少二百斤的大肥猪，哼哼唧唧地抖着一身肥膘，跑得异常迅猛。我估摸着，全村人家里养的家禽家畜几乎全都跑出来了。我赶紧让了条路出来，那头大肥猪带着数不清的“同伴”，跑出村子之后一刻不停，奔命似的沿着村口那条通往河滩的路狂奔。

这种事情本来就不正常，而且发生在深更半夜，越发让我觉得诡异。成群的鸡鸭猪狗跑过去之后，那些被惊醒的村民也纷纷带着灯跑了出来。那个年头，大伙儿日子都过得苦，没有多余的闲钱，老人生病，孕妇分娩，全靠这些家禽家畜补养身子。如果运气好，家里一年平安，那么到了年底肥猪出栏，可以卖一笔钱，好好过个年。所以猪一跑，村民们都慌了，使劲儿在后面追。

跑在最前面的是村里的胡老三，也就是那头大肥猪的主人。我看见他脸都绿了，脚底下跟安了风火轮一样，足不沾地地追着，嘴里骂道：“你个龟孙！你给我站住！站住！”

村子里的人呼呼啦啦地追着家禽家畜跑向河滩，我本来不愿意凑这个热闹，但是之前河滩上那道一晃而过的孤零零的身影，却让我始终不能安心。想了想，我果断调头跟在村子里那些人身后，重新跑回河滩。

为了追回跑丢的家禽家畜，人人都和玩命一样，不多久就冲到了河滩附近。黑压压一群家禽家畜全部集中在河岸边上，看着滚滚的河水，可能被吓住了。

“龟孙！”胡老三带着一众人跑得气喘吁吁，一眼就在那群家禽家畜里看到了自家的大肥猪，他随即吐了口唾沫，“抓住你马上宰了你个孬孙！”

胡老三看着快要跑进河里的肥猪，就好像看见一叠花花绿绿的钞票要从眼前飞走，他顾不上把气喘匀，马上快步带着人跑过去。那头大肥猪回头看了看，猛地哼哼了两声，接着就一头扎到面前的河里。紧跟着，大大小小的鸡鸭猪狗扑棱着翅膀一起朝河里跳。胡老三急了，箭步前冲，临跑到河边的时候朝前一扑，堪堪抓住了猪尾巴。

二百多斤的大肥猪有多大力气，这不好说，但胡老三显然不是对手，那头猪已经很不正常了，拖着胡老三继续下水。只有住在河边上的人才知道这条河有多危险，大家一起停住了脚步，想把胡老三喊回来。

不能说胡老三贪心，那头猪是他辛辛苦苦养起来的，眼看就能卖钱了，他肯定不甘。我站在人群后面，眼睁睁看着胡老三死不松手，最后被那头大肥猪一口气带进了河里。不过这个时候大伙儿并没有绝望，毕竟是河边长大的人，水性都好得很，他们认为胡老三拖不回大肥猪，自己耗一会儿也会游回来的。

就在这个时候，头顶的月光猛然被一片黑压压的乌云给挡住了，刚刚还满天星星，转眼就阴沉得像锅底一样。乌云的边缘来回缭绕着电芒，噼啪作响，前后几个呼吸的空当，一道粗大的闪电从云层中直劈下来，震耳欲聋，瞬间就把漆黑的河面照得一片通明。

“俺的娘啊……”一些人被这声前所未见的巨雷给吓住了，忍不住倒退了几步，捂着耳朵蹲下来。我并不觉得害怕，然而在闪电划过河面的那一刻，我的目光顿住了。

我好像看到了那口石头棺材，悄无声息地漂浮在河里。

但是还没等我看清楚，电光闪过，第二声炸雷紧跟着又从云层中劈了下来。这一次我看得更加清晰，那道雷仿佛就是冲着河里的棺材去的。

这真的是恐怖又壮观的一幕。第二声炸雷之后，接连不断的雷密密麻麻地炸响，我不知道是巧合还是意外，所有的雷全部集中到一点，目标就是河里那口石头棺材。

之后，漫天的雷光几乎让我睁不开眼睛了，轰隆声不绝于耳，尽管距离雷光还有一段距离，但在这样的云层和雷电里，任何一个人都渺小得像一粒沙子。我的双腿渐渐开始发软，虽然还想继续观察河里那口浮在水面的石头棺材，但不由自主地就缩起身子。

炸雷又响了几分钟，笼罩在头顶的那层厚重的乌云无声无息地散去了，河面恢复了平静。我迫不及待地揉揉眼睛，一口气冲到了河边。但是，那口石头棺材不见了，连同之前跳进水里的鸡鸭猪狗，全部消失得无影无踪。

被惊雷震慑的人群这时候开始骚动，他们一起站起来，匆忙奔向河边。这些人自然不知道石头棺材的事，他们所在意的只是胡老三，还有那些家禽家畜。

村子里的人站在河边张望了一会儿，有眼尖的人突然大喊，随着他的喊叫，我们都看到了漂浮在河面上的胡老三。

几个人七手八脚地下水，把胡老三拖了回来。这家伙算是命大，虽然昏迷了，但还有气儿。只可惜村子里那些家畜家禽，却再也找不回来了。

我的心情相当复杂，隐隐之中，我觉得今天所发生的这些事情，好像都跟河里那口石头棺材有关。

随后，我跟着村子里的人回去，然后把自己本来就不多的东西收拾出了两个小包袱，盘腿坐到床上。我不打算睡觉，离天亮还有两三个小时，熬过去就算了。我总有种感觉，爷爷的事情，绝对不会比村子里的怪事更让人轻松。

我计划了一条寻找的路线，我跟爷爷巡河这么多年，对这附近的地势熟悉得很。按照我的计划，这片地域需要五六天时间才能完全找寻一遍。

说实话，我的脑子里有点儿乱，全都是乱七八糟的事情，所以不断走神，又不断提醒自己不能慌乱。就这样糊里糊涂地熬了两个来小时，天马上就要亮了。

“砰砰……”

一阵敲门声把我从思索中惊醒，这个时间段，很少会有人敲门，但是当时也没想那么多，跑出去就打开了院门。

当我打开院门的那一瞬间，就感觉说不出的惊讶，站在门外的人竟然是胡老三。这家伙在河里被折腾得够呛，只剩下半条命了，没想到，他刚刚苏醒就跑到这儿来找我。

“三叔……你……你……”我跟胡老三很熟，还怕他没有完全恢复，替他担心。

“猪没找回来，”胡老三浑身上下都是水，像是刚从河里出来一样，他低着头，咂咂嘴巴，道，“有两句话跟你说说。”

“三叔，刚才在河里是怎么回事？”

胡老三抬起头，说没什么事，就是待在水里被雷给吓坏了，不敢乱动。他的目光有点儿呆滞，也有点儿发直，就好像喝醉酒的人一样，直勾勾地望着我。

“三叔，有什么事你就说吧。”我被胡老三的样子吓得有点儿心慌。

“我急着回家，说两句话就走。”胡老三嘴里的沙子好像一直没有吐出来，说话有点儿含糊，而且语气和表情跟平常很不一样，他又低下头，犹豫了一会儿，道，“你……你爷说，墙根下埋着的东西……不要白天挖出来……”

第四章

坑和臭味

“什么！”我心里猛然一震，立即意识到自己的感觉应该没错，胡老三很不对劲儿，但是我没时间细想这些，他一提到我爷爷，就让我难以自持，一步冲到门口，急切追问道，“你说什么？我爷在哪儿？他在哪儿？”

“墙根的东西，趁夜挖出来，你爷说的，别忘了。”胡老三唯唯诺诺，说完这些话，最后抬头看了我一眼，道，“话说完了，我得赶紧回家去。”

“等等！”我顾不上害怕了，冲出门拉住他，“我爷在哪儿？！”

“我不知道，不知道……”

“三叔！我爷不见了！我找不到他！”我急得只想掉泪，哀求道，“你在哪儿遇到他的？你告诉我一声。”

“水伢子，”胡老三始终不愿再抬头看我，就低着头道，“你爷念着平时乡里乡亲的，能让我活着出河已经是开恩了，莫问了，莫问了……”

胡老三转头走了，尽管他不肯说，但我心里感觉到一点儿宽慰，不管怎么说，爷爷肯定还是活着的。

天已经蒙蒙亮了，我跑到昨天停船的地方，把自家的小船推下水，然后一路来到昨晚石头棺材出没的地段，在附近搜索了一大圈，浪费了整整半天时间。

一切都消失了，没有留下任何踪迹，好像这里从未发生过什么。我仍然不肯走，足足在河里泡了一天，到天色将要发暗时，才停船靠岸。本来我是想不顾一切地一路寻找下去，但是胡老三带回来的话让我明白，墙根的东西必须取出来。

我重新跑回家，在灶台匆匆弄了点儿吃的，胡乱填了填肚子。天色一黑，村子里又亮起星星点点的油灯光，胡老三家的丧事已经开始，家门口搭起灵棚，别村的好友得到信儿都赶了过来，还请到一个响器班子，呜里哇啦地乱吹一气。我耐着性子等，一直等到夜深了，才上好院门，拿着家里的手电筒，跑到爷爷的卧房里。

这间卧房，我熟悉得不能再熟悉，打小我就在这间屋子睡，夏天爷爷给我摇扇子，冬天烧火炕，熟悉中带着丝丝缕缕的温暖。但是此刻，看着这间熟悉的卧房，我的眼角忍不住就湿了，心里很难受。

朦胧中，我似乎能看到爷爷和过去一样，侧身躺在床上，慢慢对我摇摇头，道：“水伢子，河凫子能流血，但是不能掉眼泪……”

我清醒了，止住将要溢出眼眶的泪水，翻身钻到床下，把墙根处的几块砖头都拿掉，然后开始挖。我不知道爷爷留的东西埋得有多深，但是挖下去半米多的时候，一股臭味扑鼻而来。

那是一种让人作呕的臭味，熏得人头晕眼花，想吐。我一手捏着鼻子，一手继续朝下挖。随着挖掘的深入，臭味越来越重，到最后我实在忍不住了，赶紧钻出来，跑到屋外猛吸了几口气。

这时候，我心里有点儿发毛，我能隐约分辨出那种臭味到底是什么味道，因为这不是第一次闻到，那很像是尸臭。

河凫子巡河的时候，如果遇见意外落水还未死的人，会全力搭救，假如遇到河里的尸体，也会根据情况分析，决定是否打捞。河凫子的祖规，遇见浮尸，有“三捞三不捞”。爷爷讲过，那时候我就跟听故事一样，很少往心里去。不过这些规矩说白了，宗旨就是打捞那些死状正常的尸体，该捞的尸体，无须任何人央求，也会帮着捞上来；不该捞的，哪怕对方一家人跪在那里苦苦哀求，也绝对不会动手。

不过河凫子一旦决定打捞，不管过程有多难，都不会收取任何报酬。尸体捞上来以后，还要寻找家属，让他们过来认领。一条泱泱大河，流域广阔，我们在巡河地段里遇见的浮尸，其实不知道是从什么地方漂过来的，有的已经死了好长时间。尸体拖到河岸上，盖上一张草席，然后去找家属。有时候不一定可以及时通知死者家人，尸体就要一直留在河滩，尤其夏天，天气那么热，被河水泡了许久的尸体很快就会散发出难闻到极点的臭味。

一想到这个，我的胃就翻江倒海，恨不得把刚刚吃过的饭给吐出来。爷爷的床下面到底埋着什么东西？怎么会散发出一股尸臭味？

难道他的床底下真的会埋着一具尸体？想着我就冒冷汗。爷爷本人以及胡老三都没说明床下埋的是什么，这个暂时没有答案的事情，让我心神不宁。

但是河凫子从来不应该惧怕这些东西。我在外面吸足了气，又找了块布，用白酒把布浸湿，罩在鼻子上，重新跑回爷爷的卧房。

本来，我只想把爷爷留的东西给刨出来，但是那股隐约的臭味令人作呕，却又让我充满了好奇，我想知道这是怎么回事。所以我把挖掘范围放大，把小床挪开，又接连掀掉地面铺的砖头，挖出一个直径两米多的大坑。又用了三个小时，把这个大坑挖下去近一米深。越朝下挖，我的动作就越慢，因为现在不能确定坑里埋的是什么，孤身一人深更半夜做这些事情，我生怕会突然挖出什么让自己接受不了的东西。

当这个大坑挖到一米多深的时候，镐头顿时触到了什么东西，还隐约传来一阵咔嚓声。这种声音让我本就不宁的心神骤然一抖，因为这声音就仿佛土里面埋着的骨头被镐头一下子刨碎了。

我赶紧收回手里的镐头，镐头上翻，带起一捧沙土。就在这一刹那，我终于知道坑里的臭味到底是怎么来的了。看到眼前的一幕，我再也受不了了，爬都没来得及爬出去，哇的一声开始呕吐，吐得稀里哗啦一片。

第五章 一件东西

我看到了什么?

黑压压的一片死老鼠，在四通八达的地洞里一只挨着一只，密密麻麻的一片，有的已经死去很久了，有的还没完全烂光，古怪的臭味熏得我睁不开眼睛。那已经不单单是恐怖了，还伴随着强烈的恶心。我受不了，还没跳出坑就吐得翻江倒海，一直吐到胃里没有东西了，还在一个劲儿地干哕。

那种情景真的太恶心，我也不想多描述。我踉跄着爬出大坑，跑到院子里面，足足十多分钟才缓过那股劲儿。夜风有点儿凉，吹得我发晕的脑袋渐渐清醒了，慢慢一琢磨，这个事情就有点儿眉目了。那些老鼠全部都是冲着爷爷卧房床下的墙根去的，不过它们还没能真正靠近，就全部死在了外围。

我不知道那些老鼠是怎么死的，那个刚刚挖出的大坑，说实话我一辈子都不想再看第二眼，但越是这样，就越让我对墙根下埋着的东西感到好奇。我在院子里调整好情绪，重新用沾了酒的布遮住鼻子，回到屋子里。我想起过去村子里的人经常跟外村人自豪地说，我们小盘河村从来没有老鼠偷粮食。这些闲话，我从来没有在意过，然而联想到刚刚看到的一切，我心想村里真没老鼠吗?这儿的老鼠估计比任何地方都多，只不过全都打洞跑到爷爷的卧房下面去了。

我强忍着仍然翻滚的胃，蹲在坑边，这一次有了心理准备，观察得也比较细致。镐头在土里继续刨了刨，我就发现出现在这儿的不仅仅是老鼠，还有一些烂得不像样子的小动物，以及小臂那么粗的蛇。此时此刻，不用任何人解释，我也能隐约猜得出来，这些乱七八糟的玩意儿在卧房下面打洞朝里钻，都是奔着墙根下埋的那个东西去的。

那究竟会是什么?

我迫不及待地重新跳到坑里，这一次调整了方向，完全是顺着爷爷所说的方位朝下挖。其实坑已经很深了，如果不是我为了寻找臭味的来源半路改道，应该已经挖出了那东西。

这次我又朝下挖了不到一尺深，砰的一声，镐头好像碰到了什么东西，紧接着，一只小铁盒就从土里露了出来。小铁盒不到一尺长，外面裹着厚厚的几层油布，缠得很结实，不过油布被我不小心锛破了，露出铁盒本体。

我把油布外面的土屑都拍掉，不用说，这一定就是爷爷留给我的东西。

铁盒并没有上锁，盒盖的缝隙被松香封住了。我受不了那股味儿，挖出铁盒之后就离开卧房，在院子里借着头顶的月光，慢慢打开油布，敲掉封口的松香。铁盒密不透风，如果不打开的话，根本不可能知道里面是什么。松香被敲掉了，此时，只要我动动手，就能看到铁盒里的东西。

但我有点儿犹豫，不知道为什么，我总觉得如果自己亲手打开这个盒子，看到里面的东西，那么我可能会背负一些自己也不能预料的东西。这是我的预感，这种预感可能完全来自爷爷郑重的交代。

当时，我完全可以把盒子扔掉，或者重新深埋起来。如果真的这么做了，那么我以后的生活或许会简单一些、平淡一些、轻松一些。但一个十九岁的青年，怎么可能想那么多，所以，我打开了盒子。

直到今天，我都相信，我之所以摊上这些事，可能就是和爷爷说的一样，都是命。

盒子打开的一瞬间，我的眼睛就定住了，捧着盒子的手也忍不住颤抖了一下。铁盒子里只有一件东西，一旦打开就一目了然。

盒子里，是一只手，一只人的右手。

瞬间，一种难以形容的感觉涌上心头。我跟爷爷巡河那么多年，怪事见得不少，一只手肯定吓不到我，但事情的诡异却让我的情绪很难平静下来。爷爷那么郑重交代的东西，就是一只手？

我仔细端详着这只断手，可以看出，它是被齐腕从人身上砍下来的，肯定经过了一些特殊的防腐处理，整只手就像一块风干的腊肉。我不知道爷爷的用意，也不知道这只存放了多少年的断手能做什么。

我彻底迷茫了，在院子里站了许久，没有人会无缘无故地存放一只人手，这其中的古怪和未解之谜全部都因为爷爷的失踪而无从知晓。

我考虑了一下，这个东西如果随身带着，可能会有点儿不便，因为我打算去找爷爷，我不知道要独自漂流多久。经过考虑，我回到堂屋，把这只铁盒子重新裹好，然后放到了房梁上。

接着，我又把卧房里挖出的大坑重新回填。本来想彻底清理一下，但是想想那密密麻麻的鼠尸，顿时又失去了勇气。几乎折腾了一夜，我在自己的房里窝着打盹，睡了两个小时，等到天色擦亮，就起身洗脸，带着已经收拾好的东西走出了家门。

时间还早，村子里的人可能都还没有起床，而鸡鸭猪狗全部跳河了，显得异常安静。我走着就觉得有点儿奇怪，按正常情况来说，每天这个点儿，村子里像七奶奶那样的女人都已经起床做饭，让家里的男人吃了之后好去干活儿。想到这儿，我放慢了脚步，回头望了一眼。

那一刻，我感觉到了不安，却说不清楚自己的不安究竟来自何处。我徘徊了一会儿，还是走向了河滩。

从村子通往河滩的路，这些年我来回走了不知道多少次，闭着眼睛都不会走错。然而今天走在这条路上，我却始终有种心惊肉跳的感觉，那种感觉让人说不出的烦躁。我暂时抛开心里的一切杂念，闷着头走。当我走到临近河滩的地方时，抬头一看，顿时就发现自己心里隐隐的不安究竟是怎么来的了。

几乎一个村子的人都站在河滩上，不知道他们是什么时候来的，一个个直愣愣的，像一根根木头桩子，呆呆地杵在那儿。透过人群，我骤然间看到浑浊的河面上好像漂着一条船，一条很古怪的船。

那条船并不大，跟我们河边人平时行河的小船完全不同。清晨的河面上飘着一层薄薄的雾气，让我看得有点儿模糊。那条船上一个人影都不见，好像吊着一口很大的钟。

“铛……”

在我满心疑惑的时候，一道钟声从船上飘到岸边，站在河岸上的那些村民都像魔怔了一样，直挺挺地慢慢朝河里走。我顿时慌了，快步从远处跑了过去，当我跑到跟前时，走在最前面的一排人，半截身子已经淹到了河里。

“金宝！你疯了！”我使劲儿拽着一个同龄人，想阻止他。但是当我看到金宝的表情时，心里立即一惊，忍不住就想松开手。他可能完全没有什么意识了，半张着嘴，使劲儿翻着白眼，慢吞吞但是很坚定地一直朝河里走。

“七奶奶！”我转身又跑到另一个村里的老人身边。老太婆披头散发，满脸的皱纹几乎缩成了一团，和其他人一样，翻着白眼一步步走向河中。我听人说过，这个七奶奶做过一段时间神婆，胆子又大，比一般男人都有主见。

我使劲儿晃她，想让她清醒一点儿。七奶奶算是停下了脚步，两颗眼珠在眼眶里毫无章法地乱转着。我趴在她耳朵边大声地喊，过了两三分钟，七奶奶漠然地回过头看着我，好像有了一点儿意识。

“七奶奶！你这是做什么？！”

老太婆的眼睛从一头花白的乱发中直直地望着我，瘦小的身躯猛然一抖，她的面部表情开始急剧地变化，让人说不清楚她到底是在哭还是在笑，总之很怪异。

“他们……”七奶奶结结巴巴地开口，一个字一个字地对我道，“他们是要把一个村的人拉过去填河啊……”

“他们？他们是谁？”我总算听到了一句正常的话，就连忙焦急地追问。

“红衣老鬼……陈……”七奶奶的牙齿咬得咯咯作响，每说一个字都好像无比艰难，“陈六斤……”

“你说什么？！”我大惊，我不知道七奶奶是不是说的胡话，但她说的陈六斤是我爷爷的名字。

我一下就意识到了什么，站直身子望向河中。那艘古怪的船好像不受水流的影响，尽管看不到有人掌船，但在水流中却纹丝不动。就在我眺望过去的同时，猛然看到那口已经发现过不止一次的硕大的石头棺材就在怪船的旁边，微微露出水面。

“红衣老鬼……”我咬了咬牙，立即回想到初次看见石头棺材时里面那个穿着红衣服的怪人。

一个村子的人都像行尸走肉一般慢慢扑向河中，最前面那排人已经被水淹到了脖子。我不可能拦住那么多人，狠狠心丢下他们，把停在河滩上的小船用力推下水，箭步跳了上去，撑着小船用最快的速度冲向那艘怪船，还有石头棺材。

第六章

陈年旧事

如果在河面风平浪静的时候，我的经验足以让船箭一般的飞驰。那一刻，我心里并没有多少恐慌，因为当自己一心寻找唯一可以信赖的亲人时，其余的一切都是次要的。我划着小船急速靠近那艘无人掌控的空船，前后七八分钟时间，我已经距离它越来越近。

天空很阴沉，但是河面上那层薄薄的雾气将要散去，视线更清楚了。我看到那艘空船的船舷上长满了锈迹般的污垢，船身千疮百孔，船上吊着的大钟不知道是哪年哪月的东西，同样锈迹斑斑。我全力靠近，但在距离空船还有十几丈的时候，它突然动了，朝着我相反的方向飞快地后退。

石头棺材本来浮在空船的旁边，空船一动，棺材也随之慢慢没入了水里。棺材沉入水中，我彻底看不到它了，现在唯一能做的就是全力追上那艘空船。我把吃奶的劲儿都使了出来，想要靠近它。这是行船人的大忌，会使体力透支，万一接下来遇到什么情况，就难以从容面对，不过当时的确顾不上那么多。

那艘空船的速度超乎我的想象，快得好像有一根看不见的绳子在牵动它。追了十几分钟，空船越走越远，我沮丧地看着它渐渐消失在视野中。

但是我不甘心，低头在四周小心地辨认着，辨认每一朵翻腾起来的浪花，想观察有没有石头棺材的踪迹。然而那么宽的河面，那么深的水，一口石头棺材如果不浮出来，找到它的可能性微乎其微。我在河面上漫无边际地漂荡了一个多小时，知道肯定是找不到它了。

这样的情况并不能让我放弃寻找，可是整个村子的人都在河岸上，所以我调转船头，重新回到刚才下水的地方。随着小船靠岸，我的心彻底沉了下来，河岸上空了，村子里的人已经无影无踪，只剩下披头散发的七奶奶仍然直挺挺地站在河边。

我把船靠岸，朝她跑过去。七奶奶完全像傻了一样，虽然面部表情看起来没有之前那么生硬，但眼神还是呆呆的。她望着空荡荡的河岸，嘴里含混不清地嘀咕着："都填河了，都填河了……"

"七奶奶……"我心里的失落顿时达到了极点。村子里的人虽然跟我没有血缘关系，但是我从小就是守着他们长大的。爷爷不见了，乡亲们也不见了，我不知道到底犯了什么邪。

我轻轻扶着她，想先把她送回家里。七奶奶像一具木偶，没有任何反应，一直在念叨那句话。听得久了，我心里越发苦涩。我扶着她离开河滩，顺着回村的路走着，但是快要到村口的时候，七奶奶就不肯再走。

"七奶奶，回家吧。"我摇了摇头，偌大的村子，转眼间就剩下我们两个人。

"我不回去。"七奶奶转头看了看我，我发现她的目光好像正常了，沧桑又有一点儿深邃，"村子不能再进人了。"

我知道七奶奶有个女儿，嫁到离这里一百八十多里外的地方。我理解她的心情，当时就觉得，她可能想到女儿那边住一段日子。我问她是不是有这个打算，如果是的话，我开船送她。

一提到船，七奶奶干瘦干瘦的身躯就晃了晃，这种上了年纪的人有时候很固执，我劝不动。

"水伢子，"七奶奶就坐在一片村民种的瓜地旁边，她像是有什么话要说，但是可能心有顾虑，来回犹豫了很久，"我看着你长大，知道你是个好娃。咱们的村子毁了，你走吧，走得远远的。"

"我要去找我爷。"我心里的凄楚说都说不出来，反正酸得要死，一说起这个就想掉眼泪。

“不要找他！”七奶奶的语气突然凄厉了很多，抓着我的手，道，“你找不到！也不要找！”

我被她抓得生疼，却不敢挣脱，七奶奶那个样子非常吓人。

“你爷在的时候，这些话我不会说，原本打算烂到肚子里的。”七奶奶可能也意识到吓住我了，语气缓了缓，叫我坐到旁边，道，“现在，该走的都走了，也没啥可瞒的了。”

“七奶奶，你想说什么？”

七奶奶还是有顾虑的样子，在我几次追问下，她才重新开口，道：“这附近十里八乡的人过去都说，小盘河的陈六斤是鲤鱼精转世的，你知道这个话不？”

“知道。”我点点头，我爷的水性没得说，一头扎进河里，可以很久都不换气，附近那些地方走船的人提起这个就佩服得不得了。

“那你知道不，”七奶奶压低了嗓子，道，“我觉得，你爷他……他不是人。”

“什么？！”我一下子就呆住了，七奶奶跟别的做过神婆的人不一样，从来不会神神道道地说胡话吓唬人。这句话马上让我目瞪口呆，诧异地看着她。

如果不是她这样说，可能我也不会多想。乡里乡亲的，都是苦命人，谁家有了事，都会相互帮衬，邻里之间关系挺好。但是现在想想，七奶奶从来不到我家里去串门，平时见了我爷爷都是避着走的。

“你知道你奶奶是怎么死的不？”七奶奶不答我的话，跟着又冒出一句。

我木讷地摇头，我奶奶死得早，我爹还不懂事的时候，奶奶就过世了，这些事情，我爷爷这么多年就没跟我提过。

“那我就告诉你，”七奶奶道，“听完你就明白了。”

七奶奶说的事情发生在很久之前，那时候我爷还年轻，刚刚搬到小盘河不久。七奶奶说，当时我奶奶刚生下我爹，家里家外没有旁人，很多杂七杂八的事情都是邻居们帮忙的，所以七奶奶和我奶奶很熟。乡下女人闲话多，凑在一起扯家常能扯上三天三夜，不过我奶奶是那种不太喜欢说话的人，七奶奶说什么，她就抱着我爹在旁边默默地听。

大概是在我爹半岁的时候，小盘河南边十几里外的水道上出了点儿怪事。方圆十几丈的河面上，浑浊的河水突然清亮了许多。两个走船的人首先发现了那里，他们看到水面下好像有很多游来游去的影子，那些影子绝对不是鱼，再朝深里看，又觉得深水处似乎有什么东西在闪光。两个走船的不敢下水去看，回来之后把事情告诉别人，村里就去了几个人打探。

没人敢下水，都在岸边待着。过了没多久，那片河面开始翻滚，好像一大锅被烧开的水，接着就有鱼翻着白肚浮到水面上，全是大鱼。

后来，我爷爷去了，在岸边看了一会儿，就脱衣服准备下水去看看。旁边的人都拦他，我爷爷不听劝，一头扎进水里。村里人知道他水性好，但是当时的情况太奇怪了，所以都捏了把汗。

我爷爷下水之后有几分钟时间，露头换了次气，岸上的人问他下面是怎么回事，他没答。不过等他再下水后，翻滚的河水开始平息，水面下一团一团的影子乱七八糟地扭成一片。接着，河水浑浊了，再也看不到什么。

这一次，至少等了二十分钟，爷爷还是没有露头，岸上的人慌了，想要捞人，但是连个人影子都不见，无处下手。最开始，他们还抱着一线希望，觉得我爷爷水性极好，说不定可以出来，然而过了个把小时，他们就认定，爷爷肯定死在水下了。

那是件很奇怪的事，一般来说，溺死在河里的人，不久后就会浮上来，所以自古就有浮尸这一说，然而岸边的人等了四五个小时，始终不见尸体浮上来。这下实在没办法了。有人跑回村里报信，我奶奶惊慌失措，把我爹托给邻居照看着，跌跌撞撞就朝河边跑。当时，就是七奶奶陪着她去的。

在那个年头儿，捞尸绝对是要碰运气的，因为不知道尸体会不会顺着河面下的暗涡给冲到下游去。爷爷一直没有出现，我奶奶坐在岸边哭，七奶奶也是守寡的人，知道一个家没了男人会多惨，所以也一起陪着掉眼泪。他们从半下午一直守到天黑，岸边的人劝我奶奶，说现在不能哭，回去待着，等到明天，村里会出人到下游去找。

我奶奶可能是那种不爱说话但很倔强的女人，谁劝都没用，坐在岸边就不起身。说实话，七奶奶人很好，别的人熬不住，都回家去了，只剩下她一个人陪着奶奶在岸边坐着。两个女人从来没走过船，守在岸边其实一点儿用都没有，唯一能做的就是干等。

就这样守到了差不多深夜，我奶奶不再哭了，呆呆地望着河面，一句话都不说。七奶奶时常会安慰两句，到了月亮升到正头顶时，我奶奶擦擦眼睛，站起身对七奶奶道谢，然后说要回去。因为那时候我爹还小，奶奶放心不下，我爷已经出事，绝对不能再让我爹有什么闪失。

两个人刚刚转过身准备离开，原本很平静的水面突然翻起一股水花，紧跟着，我爷爷浮出了水面。

“水伢子，你知道不？”七奶奶讲着讲着就打了个冷战，道，“我看得清亮，河里头浮出来的是你爷的尸首。”

第七章 难以分辨

“我爷的尸首?!”我大吃一惊，虽然觉得七奶奶不会信口胡诌，但她说的事情发生在很久之前，如果我爷爷在那个时候就已经死在河里，那么这么多年来，抚养我长大的人是谁? 无论如何我都不能相信这是真的。

“水伢子，”七奶奶抹了抹眼睛，说不清楚她是不是在流眼泪，“听我讲完。”

“好。”我忍住心里巨大的疑问，静静听了下去。

七奶奶说，爷爷的尸首是半夜从河里浮上来的，当时河面很静，只有那么一股水花。月亮恰好照在这段河湾上，爷爷的尸首仰面朝天浮上来。奶奶回头一看，就疯了一样要扑过去。七奶奶生怕出事，赶紧把她死死拉住。

说起来很怪，一般死在河里的人，尸体会随着水流漂荡，具体漂到哪儿，谁也说不准。但爷爷的尸首就好像被一根看不见的绳子拽着，慢慢靠向了河岸。常在河边的人都有这样的能力，看到水里的人，就知道是死是活，七奶奶没有看错，连奶奶也认定爷爷死掉了，大哭起来。

爷爷的尸首就在岸边那片浅水中慢慢地起伏，奶奶一个劲儿想下水去捞，但被七奶奶给拽着。作为一个旁观者，七奶奶知道她心里的苦。奶奶使劲儿伸着手，哭着对河里漂浮的尸首道:“六斤! 你既然回来，就是放心不下我们娘俩不是? 要是你放心不下，就上岸来!”

世间的事，有很多是说不清楚的，奶奶那番号哭完全是因为抑制不住心里的悲痛，但是等她哭着喊出这几句话之后，一直漂漂悠悠浮在河面上的尸首，好像被一股翻腾的浪猛地推到了岸边。

七奶奶是出了名的胆子大，当尸首被冲到岸边时，她跟着就跑过去看了看。

“水伢子，”七奶奶说到这里的时候，转头看了看我，道，“那就是你爷爷。”

当时，爷爷已经断气很久了，但他死得有点儿怪。溺水而亡的人，腹腔肺腔里会淤积大量的水，猛然看上去，肚子就像被水灌满了一样，但爷爷的样子不像是淹死的。七奶奶只是觉得怪，不过也没顾得上多想，和奶奶两个人搭手把尸首抬上了岸。

人的确是死了，尸首已经冰凉僵硬，奶奶就在爷爷的尸首旁边哭。男人死了，和天塌了一样，七奶奶劝不住，陪着一同抹眼泪。足足有个把小时之后，七奶奶就和奶奶商量着说，人已经找到了，是不是叫乡亲们先抬回村子，然后料理一下身后事。

“你奶奶当时就问我，人死了，是不是要装棺材埋掉，是不是以后再也看不见他了，”七奶奶苦笑了一声，道，“我能怎么说？”

七奶奶照实回答，奶奶很不情愿，流着泪说孩子还小，要是以后再也看不见六斤，她心里没底。七奶奶哄着，当时就以为奶奶是悲痛过了头，所以一直在劝，说了很多话。

“中国人讲究的是入土为安，”七奶奶道，“把人好好安葬了，等到以后应龙（我爹的名字）长大，逢清明、七月十五之类的日子，还能去坟前烧香磕头。”

渐渐地，奶奶的抵触情绪减轻了一点儿，眼泪汪汪地对七奶奶说：“七姐，人进棺材，我就再也看不到了，让我守着六斤一会儿，守到天亮，让我再看看他，行不？”

七奶奶心善，反正已经陪着坐到了这时候，不差那两三个小时，所以点头答应下来。我奶奶已经止住了哭声，只不过坐在爷爷身边不断地默默流泪，七奶奶陪了一会儿，可能真是熬得有点儿困，就在旁边不远的地方歇了歇。

这一歇就不知不觉地睡了过去，不过河岸边比不上自己的炕，七奶奶睡得并不沉，前后最多两个小时。她是被一阵风吹醒的，即便是在盛夏，河岸深夜的风也有点儿凉，七奶奶一醒过来就下意识地朝那边看。

继而，她看到了这辈子都难以忘怀的一幕。

尸体仍然摆在原来的位置，但让七奶奶目瞪口呆的是，那具尸体已经变成了我奶奶，而坐在尸体旁边的是我爷爷。任谁都接受不了这样的事实，前后两个小时时间里，究竟发生了些什么，导致这样惊人的变故？七奶奶平生第一次感觉到了害怕，不过她唯恐自己会在初醒时看花眼，所以壮着胆子悄悄从睡觉的地方爬起来，蹑手蹑脚地朝那边走了几步。

那段距离不远，天虽然还没有完全亮，但光线足以让她看清楚眼前的一切。没错，奶奶就和死去了一样，静静地躺在地上，我爷爷默默无声地坐在尸体旁边，愣愣地出神。七奶奶开始犹豫，盘算着要不要趁现在转身跑掉。

就在这个时候，一直石像一般凝坐的爷爷好像知道七奶奶在暗中窥视，他慢慢站起来，转过身，对七奶奶道："七姐，谢谢你了。"

当时的爷爷和入水之前没有任何变化，但在七奶奶看来，他好像已经不是以前的陈六斤了。七奶奶感觉双腿有点儿发软，望着面前的爷爷，她感觉到了一辈子从来没有经受过的恐慌和畏惧。她说不清楚为什么会怕我爷爷，就是觉得怕，觉得似乎有一个不是人的"东西"占据了爷爷的躯壳。

该死的人没有死，不该死的却变成了一具尸体，这让七奶奶接受不了。她什么都顾不上了，慌慌张张找了个借口就朝村子跑。爷爷没有追赶。一直跑了许久之后，七奶奶回头看看，爷爷还站在原地，守着奶奶的尸体。

七奶奶回到家，蒙着头大睡了一场，等到她醒过来之后，爷爷已经带着奶奶的尸体回村了。村子里当时知道这件事的人非常惊讶，有好事的人问过爷爷，爷爷说，他在河下被一股暗涡冲到了下游，奶奶因为心神慌乱，在河边沿途寻找的时候失足落水，不幸身亡了。

"村子里的人有的信，有的不信，"七奶奶道，"你知道村子里的疯子是怎么回事不？"

七奶奶说的疯子，是村里一个村民，六十多岁了，已经疯了很多年，无儿无女。当年爷爷出事的时候，疯子其实还没有疯，只不过嘴碎，喜欢东打听西打听地搬弄是非。事情发生之后，疯子专门找七奶奶问过，但七奶奶心里有数，闭口不提那晚河岸上发生的一切，推说自己不知道。疯子问了几次都没有得到回答，接着就自己胡乱瞎猜，他跟人说，我奶奶肯定不是溺水死的，爷爷背尸体回村的时候，疯子亲眼看见过，那尸体绝对没有溺水的痕迹。

这些流言在村里传播开来。几天之后的一个深夜里，疯子家突然就无缘无故地着火了，而疯子本人也无缘无故地疯了，光着脚在院子外面看自己家被大火一点点吞噬，不仅不去救，反而拍着手大笑。

疯子家是怎么着火的，疯子本人又是怎么疯的，这不好说，但七奶奶心里始终觉得，那肯定跟爷爷有关。疯子发疯之后，有一次七奶奶在回村的那条路上碰见了爷爷，七奶奶心慌，当时就央求般地说自己什么也没有泄露出去，疯子说的话都是他本人瞎说的。

“我知道不是你说的。”爷爷淡淡笑了笑，转身就走了。

望着他的背影，七奶奶惊魂未定，也就是从那一刻开始，她突然感觉这个“陈六斤”迟早会惹出什么了不得的大事。

时隔几十年，她当年的感觉终于得到了印证。整整一个村子的人都被拉去填河了。

“七奶奶，”我接着追问道，“村里人在河边跳河的时候，你看到了什么？”

“陈六斤，还有……还有一个穿着红衣服的老鬼……”七奶奶说起这些就浑身发抖，忍不住闭上眼睛，摇着头道，“他们坐在棺材里，棺材在河上漂着……”

当我听到这里时，就认定七奶奶不是胡编乱造，她没有说谎。全村人莫名其妙地从睡梦中跑到河滩，又行尸走肉般地自己投河，唯独七奶奶安然无恙地活了下来。这是为什么？难道是爷爷为了报答当年七奶奶照顾我奶奶的恩情？除了这个解释，我再也想不出别的理由了。

“水伢子，不要再找他，不要再找，村子也不要回了，你还年轻，到哪儿都能落脚，走吧，走得远远的。”七奶奶站起身，有种如释重负的感觉，可能那件事在她心里憋得太久，一直到今天完整地讲述出来，心里才轻松了一些。

我想，如果爷爷还在的话，她肯定不敢对我说这些。七奶奶是善意的，她在提醒我，要提防那个和自己一起生活了很多年的爷爷。不管我自己是什么看法，但七奶奶始终认为，那不是我爷爷，而是从河里面跑出来的不是人的东西，附了爷爷的身。

七奶奶走了，没有回村，直接步行到她女儿那儿去了。我自己坐在瓜田边想了很久，我不会因为七奶奶这番话就放弃寻找爷爷，她的好意我记在心里，但人必须还要继续找。石头棺材这两天一直都在小盘河村附近出没，我希望它还没有走远。

第八章

多管闲事

整个村子完全空了，我没有再回去的必要。在瓜田边坐了一会儿，我起身就朝河滩那边走，静谧的河滩上布满了凌乱的脚印，人却一个都不见，想想那么多人一个接一个地跳进河里，那种诡异场面让我心里一个劲儿地发冷。我把小船重新推进河里，跳上去就朝之前那艘空船消失的方向走。

这一次我走得很慢，尽力观察周围一切不正常的迹象。这条河段不知道曾经走了多少次，熟悉得不能再熟悉。其实这时候我心里已经很清楚了，如果想找到那口石头棺材，除非它肯自己露面，否则的话，难如登天。

年少的人总有股倔劲儿，自己认准了的事，就会硬着头皮走到底。和我预料的一样，我从早上晃悠到了下午，全力以赴地找，却一无所获。天色发黑的时候，我停船靠岸，就在小船上凑合睡了一夜，第二天继续去找。

就这样，我在周围连着寻找了四天，把平时和爷爷巡河的那段河道彻底找了一遍。渐渐地，我走出了小盘河村流域，打算到大盘河村那边去打听一下，问问平时走船的人这两天有没有什么异常的发现。

大小盘河村之间有六十里的水路，那段水路位于一个河道的大转弯处，河道猛然拓宽，使水流的速度变缓。我走到这里的时候正好是晚饭前，天又很阴沉，像是要下雨的样子，所以我打算靠岸，免得被风雨波及。但还没有真正靠岸，我就看到岸边一块大石头上站着两个人，弯腰望着河面，其中一个手里拿着绳子还有铁爪，估计是在打捞什么东西。

河边的人靠河吃饭，有走船的，有捕鱼的，有采砂的，还有专门在河里捞东西的，这不足为奇。本来我并未在意，但是走得近一些，我就看到那两个人的衣着跟走船的人不一样，似乎是城里来的，其中还有一个很年轻的女孩子，正因为这样，他们引起了我的注意。

“你们快走！”我赶紧冲对方喊了一声。我在河边长大，对这条河太熟悉了，大河两边的河滩和河岸，除了那些天然形成的山崖，基本都是泥沙堆积形成的，很不牢靠，不明情况的人走在这种河道边，很可能会把落脚的地方踩塌。

“你是什么人？怎么管得那么多？”河岸上另一个人放下手里的绳子，抬头看着我，一脸的不满。

这人的年龄不算大，二十八九岁的样子，魁梧而且英俊，和我们这些河边的土包子不同，他的衣着打扮很整齐，也很干净，然而语气和表情却不怎么友好，神色里有些看不起我的样子。

“我只是说句话，你爱听就听，不爱听就不听。”我从来不肯让人看低，见那人的语气不善，心里就有些冒火，驾着船准备走。

“小兄弟，你等会儿。”岸边的女孩子朝我挥手，她是个温和的人，很有礼貌，瞪了身旁的同伴一眼，对我喊道，“聊两句行吗？”

我不想管这些闲事，本来准备走的，但是女孩子一开口，我又有点儿不忍，不想眼睁睁看着她等会儿出现什么意外，所以忍住心里的气，重新调头对她说道：“这边的河滩很松，没准儿会踩塌，掉进河里。”

“河滩能有那么容易就踩塌吗？”女孩子笑了笑。

她长得清秀，笑起来也很好看，那种笑容突然让我有种微微羞涩的感觉，不由自主地低了低头，握着船篙道：“总之是小心一点儿好。”

“你这个人脑子是不是有问题？”那个二十八九岁的男人皱起眉头，他的脾气可能有点儿暴躁，指着我道，“我们做我们的事，你走你的船，两不相干，干吗这么多废话！”

“算我多管闲事，”我顿时又冒火了，“你随便吧。”

他那种盛气凌人且狗眼看人低的神情很让我反感，干脆就不理他们了，驾着小船调了个头，准备绕行过去。

但是调过头之后，我有点儿不放心，可能还是怕那个温和的女孩子会受到什么牵连，所以忍不住回头望了一眼。这一眼望过去，心里顿时有点儿发毛，因为我看到他们脚下的地面已经松动了。

“哗啦……”

没等我多想，他们落脚的河滩顿时就塌了。那个女孩子很灵活，一闪身就躲到一边，但那男人就没这么好运，河滩一塌，他整个人瞬间就陷到河里，被浪花卷了进去。这人可能水性不怎么好，尤其是在风浪如此汹涌的大河中，挣扎了几下，就已经被河水淹过了头顶。

那男人说话刻薄，有些看不起乡下人，然而我们河凫子行走黄河两岸这么多年，为人处世原则分明，他可以不仁，但我不能不义。

因为时间太紧张，我只犹豫了那么几秒钟，心里就打定主意。岸边的女孩子焦急到了极点，我没说话，只是看看她，深吸了口气，扑通一下跳进水中。

水性这个东西，跟普通人说的游泳技术其实并非完全一回事，水性也不是说在水里扎多深的猛子、憋多久的气，爷爷教过我，但我没读过书，解释不清楚，总之有些复杂。在我下水的时候，眼皮子一翻，一层薄薄的几乎透明的薄膜就覆盖住了整个眼球。这可能是我们陈家的遗传。正经的陈家后代，眼皮子下面都会长着一层和白内障一样的薄膜，下水的时候裹在眼球外面，可以视物，爷爷被十里八乡的人传得那么神，其实跟这些也有关系。

水面下光线非常暗，视力不能发挥完全的作用，感觉也很重要。我飞快地游向在水中挣扎起伏的男人，一把抓住他，想把他拖着游回去。依我的水性，在河里救个人不成问题，但我刚游了一小段，猛然察觉到河里的水流不对头。

暗涡！

我的心一下就凉了。在大河里，有很多大大小小的暗涡，表面看不出异样，只有下水才能感觉到。暗涡的水流速度很快，而且是打着旋流动的，像是一个黑乎乎的洞，丢根鹅毛也要被卷进去。我和那个倒霉男人来不及有任何反应，身子刷地就陷到了水面下的暗涡里。

窒息让我渐渐失去了反抗的能力，我还在挣扎，但挣扎是那么的无力。我的大脑严重缺氧，眼前突然涌起一片片混乱的幻觉。我还有一点点残存的意识，我知道这片幻觉之后，会很快失去反应，然后葬身在这片浑浊的河水中。

和我想的一样，那片幻觉就像一堆浮游的泡沫，消失得很快，在我将要失去知觉前的一瞬间，我恍惚中看到有一道闪亮的光分开水波，猛冲过来。但我没有机会再分辨这道光，眼前骤然一黑，昏死过去。

等我再次苏醒的时候，下意识地大口喘气，呼吸非常顺畅，那种感觉是一种享受。我慢慢睁开眼睛，第一眼看到的是头顶的一轮明月。脑袋还是发沉，好像足有一百多斤重。

“你醒了？”

我听到了那个清秀女孩子甜甜的声音，那样的声音好像可以给人平添活力。我想我的样子可能有点儿狼狈，呼地就翻身坐起来。

月光下，女孩子的模样更加清晰，她清秀且甜美，就像冬天里一朵盛开的花，而且并非美丽那么简单，她的笑容可以让人感觉到希望。我依稀记得，那个刻薄的男人喊她亦甜。

“师傅，他醒了。”亦甜冲着我一笑，递给我一杯热乎乎的水。除了头晕，我感觉不到什么不适。显然，有人在危急中把我救了上来。我下意识地摸摸鼻孔，救我的人很有经验，黄河不比别的河，在黄河溺水的人，会吞入大量带着泥沙的河水，即便被救上岸，这些泥沙也有可能阻塞呼吸道，但是我鼻孔里干干净净，残留的沙子都被清理掉了。而且手上的伤口被处理得很仔细、很认真，包扎得规规矩矩。

月光下，我看到那个刻薄的男人还直挺挺地躺在旁边，估计他比我还要惨，一直到这时候都没有醒过来。在那男人旁边，坐着一个五十多岁的老头儿，听到亦甜的喊声，老头儿转身望了望我。

那一瞬间，我感觉自己好像被两道闪电给穿透了。老头儿的样子很普通，一脸细密的皱纹，但那双眼睛却像两把刀子，被他看一眼，浑身上下不自在。

他正坐着想什么事情，手里把玩着我的打鬼鞭。我忍不住想找他要，河凫子的打鬼鞭是一天都不能离身的。

“想要这个东西吗?”那老头儿举起打鬼鞭，道，“是个好东西。”

不用说，我也能看出来，当时我在暗涡里被缠得几乎死去的时候，就是这个老头儿下水救了我和那个刻薄的男人。

他走到我面前，把鞭子递了过来。说不清楚为什么，当我面对这个陌生的老头儿时，心里总有一股莫名的畏惧。

“小伙子，莫担心，你的伤口用了药，已经没事了。”老头儿的眼睛很厉害，但说话却慢吞吞的，很和气，他在我对面坐下，抽着卷烟，道，“哪儿的人？”

“我……”我顿了顿，平生从来不喜欢撒谎，然而这个老头儿却给我一种想要逃避和躲闪的感觉，我飞快地考虑了一下，撒谎道:“赤子沟的。”

“自古英雄出少年，”老头儿淡淡笑了笑，“一个人就敢半夜走船。”

我陪着干笑了两声，越来越感觉不自在。转头看看，自己的小船就在岸边停着，我低头喝水，想找个理由尽快离开。

“赤子沟离这儿有多远？”

“大概七十里。”

“你是在这儿长大的？家里都是走船的？”

“嗯。”我点点头。很少会说谎的人，一说谎脸就会发红，幸好还在夜里，我觉得老头儿不会注意到我表情的细微变化。

“找你打听件事吧，”那老头儿摁灭手里的烟头，从身上掏出一个小本本，打开之后递到我面前，道，“你们家附近，有没有这样一个人？”

小本本里夹着一张照片，那年头，对我们河滩人来说，这东西绝对是很稀罕的玩意儿。为了让我看清楚点儿，亦甜在旁边打亮了火。光线明亮，那张照片无比清晰。

看到这张照片的时候，尽管我极力控制着自己，却仍然感觉头大了一圈，手里的杯子微微一抖，热水溅到了脚面。

照片看样子被保存了很多年，但保存得非常好。照片上的人四十来岁的样子，好像是一个被抓起来的囚犯，手上、脚上都戴着沉重的镣铐。镣铐粗得让人难以置信，但那人的腰身依然挺得笔直。

尽管这是一张很久之前的照片，尽管照片上的人只有四十来岁，然而我还是一眼就认出来，那是爷爷，肯定是！

我有些迷茫，有些不敢相信。在我的印象里，爷爷就是个在河边生活的河凫子，他守着那条固定的路线数十年如一日，从未离开过。但他什么时候被人抓了？又是为什么被抓的？看爷爷当时的年龄，我应该还没有出生，即便出生了，也很小，不可能知道这些往事。

我无法很好地控制情绪，所以看到这张照片后就开始发愣。亦甜在旁边轻轻推了推我，道："认得他吗？"

"不……"我回过神，摇了摇头，道，"不认得，从来没有见过。"

"那就算了，"老头儿并不勉强，也不追问，把照片重新收起来，道，"这么晚了，你走船干吗？捕鱼？捞水货？"

"姐姐出嫁，前两天回门子，我是送她回娘家的，正往家赶，遇见了他们。"我指了指仍然直挺挺躺着的刻薄男人，又抬眼看了看亦甜，站起身道："我该走了，回得晚，爹娘会着急。"

我急着离开，不由分说转头就朝自己的小船走去。亦甜可能还想拦我，但老头儿阻止了她，在后面幽幽地说道："夜里走船当心着点儿，这段日子不怎么太平。"

我头也不回地就走了，心里七上八下，这个老头儿是什么人？他怎么会有一张爷爷早年的照片？而且从他的语气中能听得出，他也在寻找我爷爷。

我驾着船离开，一口气划出去十多里才重新靠岸，把船上的窟窿修补好。我还得继续找下去，不可能因为某些意外就放弃自己的决定。接下来，我在这段河道上下百里的区域内找了几天。白天还好说，忙碌着就过去了，每每到了夜晚，我孤零零一个人待在小船上的时候，就会想起广袤的黄河两岸，现在能让我容身的，也只有这条小船了。我没了爷爷，也没了家，如果找不到他，我不知道该到哪儿去。

寻找在继续，而且范围越来越大，往常我一直都待在小盘河，几乎不会离开村子，这一次一口气找出去这么远，才隐约从别人嘴里打听到一些事情。

可能就和那个五十多岁的老头儿说的一样，这段日子，这段河道上的确不怎么太平，怪事频出，很大的船有时候在河心说翻就翻了，船上的人没一个能活着回来，这就把那些平时走船的人给坑惨了，守着河却不敢下。

这天早上，我划着船继续朝北走，在距离三道湾还有十多里的地方，看到一群人聚集在河边。他们不知道从哪儿弄来一艘大船，大船甲板上架着一具很大又很老的绞盘，可能是想从水里捞什么东西。

第九章 打捞沉船

远远地望过去，那场面显得喧闹又隆重。我驾着小船越走越近，想看看他们究竟在做什么。但还没等靠近，那边的人就发现了我，厉声让我停下。

“排教行河，闲人回避一下！”一个赤着上身的壮汉子站在大船旁边一条小舢板上，叉腰对我大喊道，“不许靠近！”

我一听，心里微微一惊，难怪大船周围那么多人，原来是排教在做事。

说到排教，可能很多人觉得陌生，那就要先说说“放排”。所谓的放排，就是在江河上游的林场里，大批原木被砍伐之后，直接被推到水边，然后十几根原木钉成一排，前后十几排原木再串联到一块儿，木排漂浮在水面，顺着水流的方向移动。这样做，能够利用天然的河流进行运输。不过那么多木头在漂流的过程中需要人照看管理，第一架木排上会搭一个小窝棚，有人吃住在窝棚里，负责木排从出发点到终点之间的各项事宜，这种人，就被称为放排人。

放排和行船一样充满了危险，遇到恶劣的天气或者木排触礁，放排人就有可能丧命。十次放排，至少得有两次事故，放排人就死在河里，再也回不来了。和南方的“玉帮”“矿教”一样，这种从事高危职业的人群聚集在一起，为了生存，也为了利益，久而久之就形成一个团体。排教的教祖是唐朝人陈四龙，据说是个术士，他把放排人聚到一块儿，教他们用术法行河，减少放排时的事故。排教就是从那个时候兴起的。

黄河上游没有林区，本来不存在排教，但是从清末开始，采砂行河的人多了，每年可以从黄河里捞出很多东西。那时候，可能南方的水路还有漕运都被势力强大的团伙控制，某些地区的放排人被挤对得难以生存，被迫北迁，在黄河边落脚安家。北迁的放排人已经不再从事单纯的放排工作，不过还延续着排教行河时的种种规矩。

说实话，这附近靠河吃饭的人平时几乎不怎么招惹排教，因为那些放排人过的是提头混饭的日子，一个个粗壮高大，悍不畏死，而且排教成员鱼龙混杂，三教九流聚在一块儿，其中不乏很有本事的人，寻常的走河人是不会触这个霉头的。

前两年，我重回小盘河老家，随便走了两天，已经听不到关于排教的任何消息，他们可能随着时间的流逝而彻底消失了。但在当年，排教声势很浩大，垄断了两岸很多“沾水”的生意，搞得热火朝天。

我也不想惹麻烦，所以那个壮汉子一嗓子喊出来，我马上就调转方向，慢慢靠岸。大船的不远处，聚集着一些当地人，都在看热闹。我找老乡们打听了两句，心里随即就是一沉，说不上是兴奋还是害怕。

“你刚来，还不知道吧？”一个四十多岁的当地老乡指了指排教的大船，神秘兮兮地对我道，“他们的船前几天在这里出事了。”

出事的是排教一艘运送水货的船。一条黄河流淌了千万年，决堤改道无数次，被河流冲刷淹没的东西不计其数，有些走船的人专门打捞河里的东西，这些东西被笼统地称为“水货”。水货是排教在黄河两岸最大的一笔生意。前几天，他们的一艘船走到这儿的时候已经天黑，所以想休息一晚，第二天再继续赶路。

那一夜间到底发生了什么事情，谁都不知道。第二天早上，附近的村民来到河边的时候，发现船已经空了，船上的七八个人无影无踪，只剩下一个三十来岁的汉子傻愣愣地站在甲板上，嘴里嘀嘀咕咕说着什么。那是排教的船，当地村民不愿意招惹，但是从清晨到正午，船就停在原地，那个三十来岁的汉子依然在嘀嘀咕咕地说个不停。有好事的人小心翼翼地凑过去跟对方搭话，但汉子不理。这个时候，村民隐约听到，那汉子看似絮絮叨叨地嘟囔，其实翻来覆去说的就是两个字——棺材。

显而易见，那人可能是精神出现了什么问题，不正常了，傻愣愣地戳在船上。当地几个胆大的人凑到一块儿悄悄商量了一下，这艘船上的人虽然都不见了，但满船货物都还在，一船水货五花八门，对村民来说是笔不菲的横财，胆大的村民就想趁机到船上搬点儿东西。

但是当他们试探着想接近船的时候，船上的那个傻乎乎的汉子呼地就跳起来，然后急匆匆地钻进船舱。村民们摸不清虚实，一下子又不敢乱动了。汉子钻进船舱之后，岸上的人隐约听到一阵接连不断的闷响。不久，船就开始下沉。根据当时的情况来看，那汉子钻进船舱的目的，很可能就是动手凿沉这艘船。

船在不断下沉，村民们被吓到了，打消了趁机揩点儿油水的念头，眼睁睁看着那条船慢慢地沉没下去。

那样一艘装着水货的船不见了，排教肯定不会不管。他们打听了两天，一路找到这儿，接着就派来一艘更大的船想打捞沉船，就算捞不上沉船，也得把一船水货弄出来。

让我既兴奋又害怕的是，那汉子在凿沉船之前，曾经不止一次地嘟囔过“棺材”这两个字。我不确定他说的是不是石头棺材，但心里渐生一种预感——那十有八九会是石头棺材，那口带走爷爷的石头棺材。我惧怕那口石头棺材，可我知道，只有找到石头棺材，才有可能找到爷爷。

这样一想，我就越发注意那边的情况，把船停稳，跟附近的村民一起驻足观望。

其实，排教的人也是常年在河里行走的，对这条河无比熟悉，他们也知道，这次沉船很不正常，所以在大船赶到之前，一直没有轻举妄动。在我来的时候，他们已经做了充分的准备，但那个年头儿在河边混的人能依靠的只有自己的双手和经验。排教的船扎稳架子，绞盘上粗大的绳子被放下去一截。紧接着，两个赤着上身的汉子咕咚咕咚喝了几大口白酒，看样子是想下水。

“他们下去就没好果子吃，”一个村民低声骂道，“这些龟孙平时太欺负人了，龙王爷会把他们都收了。”

“都是些天打五雷轰的，不收他们收谁？”

“最好把这艘船也给弄个底朝天，咱们都是土生土长的，平时敬奉龙王爷，这些狗日的排教是外来户，龙王爷是神仙，能分清楚远近亲疏。”

排教可能平时在这附近有点儿霸道，让当地人很不满，两个汉子还没下水，就被咒骂得狗血淋头。我没有参与咒骂，一直在仔细地看，排教的意思很明显，这两个要下水的人只负责摸摸情况，要等情况完全摸透之后，他们才能决定具体如何打捞。

两个赤着上身的汉子喝了白酒之后，大船的船舱里走出来两个人，其中一个是六十来岁的老头儿，瘦得和鬼一样，长着两撇山羊胡子，穿着一件粗布的大褂子，头发很长，盘在头顶扎了个发髻。这老头儿长得比我们村的“大丑”都要难看，但排教的人对他很恭敬。

“山羊胡子”老头儿走到两个汉子身后，那两人扑通就单腿跪了下来，旁边有人捧上调好的朱砂，“山羊胡子”提笔在汉子后背鬼画符一般画了两个怪模怪样的符。

“祖师庇佑，百无禁忌。”“山羊胡子”画完之后，随手丢下笔，在两个汉子头顶各拍了一下。

这应该是排教奉行的一种秘法，他们的教祖本身就是个非僧非道的术士，流传下来的一些规矩也神神道道的。我不知道这种鬼画符到底有没有效用，但是两个汉子顶着背上鲜红的符，一脸轻松，仿佛有这道符护身，下水之后就真的百无禁忌。反正我是不信这些，采砂走船河凫子，那凭借的是真本事，打鬼鞭之类的东西只是外物，是辅助，一个没有经验本事的人，即便拿着打鬼鞭也无济于事，就像我。

一切都准备妥当了，大船的船头竖起一面牛皮大鼓，那鼓相当大，敲动起来声势惊人，鼓声如雷。这才是排教最正宗的规矩之一，行船以法鼓开路，鼓声能震退水里的邪祟。

“山羊胡子”背着手，有人搬出来一张太师椅，他稳稳坐在椅子上，略一点头，旁边一个人就大喝道：“开路！”

两个准备下水的汉子猛吸了一口气，但是就在这时候，水面上突然咕嘟嘟冒起一串水花，水纹卷着泥沙混成一团，让本来就不怎么清亮的水变得更加浑浊。

“嗖！”

一团白乎乎的东西骤然间就从翻滚的水花里冒了出来，蹿出水面两三米高，然后扑通落进水中，漂浮在水面上。这一下，两个准备下水的汉子都停下脚步，船上的人、岸边的人，一起伸脖子去看水里浮出的是什么东西。

水里漂浮着的东西有点儿奇怪，我说不上那是什么，好像一个巨大的半透明的白茧子。我站在小船上没有靠近，倒是岸上的村民壮着胆子走近了一些。

“俺的娘啊！”

几个靠近的村民朝“茧子”望了望，嗖地就退了回来，满脸的难以置信。

第十章

茧子的话

几个村民的诧异表情让我感觉到，那团如同茧子般的东西里面一定包裹着什么。本来我也想亲眼去看看，但驾着小船目标太大，走不到跟前就会被排教的人给拦住，所以我只能拉住一个当地的老乡，找他询问。

“那到底是个啥啊？吓死人了！”那老乡吐吐舌头，咽了口唾沫，道，“前几天凿沉船的傻子就在茧子里包着！”

“是他？”我也顿时一愣。

前几天排教的船是傻子亲手凿沉的，当时目睹沉船过程的村民不止一个两个。从头到尾，他们没有看到傻子逃出来，所以都认为傻子肯定随着船一起沉到水底死掉了。但是任谁都没有想到，傻子还会出现，而且是以这样的方式出现。走河的人并不是没有见过稀奇古怪的事，可是很多邪乎的事情大多发生在黄昏或者夜间。太阳正毒的时候，河面不会发生太过离奇的情况。走河的人除非迫不得已，否则很少会走夜路。

“柳爷，”大船上有人探明情况，转身就对坐在太师椅上的“山羊胡子”道，“是前几天咱们走丢的一个人。”

“人先不要下水，弄上来瞧瞧。”“山羊胡子”可能是见过大风大浪的人，虽然长得很砢碜，但气度非凡，淡淡地喝着茶，神情自若。

船上的人接到命令，七手八脚地就准备打捞。那团茧子就浮在水面上，想要捞上来并不困难。然而没等排教的人动手，茧子周围的水花又突突突地翻滚起来，那种情况毫无疑问地说明，水底肯定有异动，像是有东西想钻出来。

“哗啦……”

水花一翻，一口白瓷缸随着浑浊的水浮出来。紧跟着，几个油光锃亮的唐三彩跟着一起上浮，这一下就一发不可收拾了，各种各样乱七八糟的水货赶集似的浮出水面。船上的人看了几眼，都开始叫唤，说这些就是沉船中所装的那批水货。

水货全部都是从河里打捞上来的，反正从很久之前，打捞水货的人就一直存在，捞了那么多年，水货还是源源不断，好像捞不完一样。河里为什么会有这么多东西，我曾经猜测过，这两年和一些朋友也探讨过，目前最合理也最让人信服的一个观点是，黄河在历史上改道很多次，一旦决堤改道，河水淹没的区域就被冲刷一遍。有人认为，黄河流域是华夏文明的发祥地，人文历史底蕴丰厚，正是黄河无数次改道，冲开了很多原本位于陆地上的古墓葬，古墓葬中的陪葬品随着河水滚滚而去，冲入新的河道，沉积在河底。这些陪葬品就是水货的由来，这个说法到底准不准确，我不敢发表意见，很多年来的经历让我懂得了一个道理，自己吃不准的事情，绝对不能乱说，否则会误导别人，同时也会给自己一个错误的信号。

这批水货的价值很昂贵，船上的人又惊又喜，大船周围的小舢板都开始移动，想把水货捞上来。场面顿时有点儿混乱，“山羊胡子”踱步到船头，朝下望了望，眉头就皱起来了，道：“先别慌，叫下头的兄弟们住手。”

我估计，“山羊胡子”应该是这片流域里排教中很重要的一个人物。排教没有教主，过去放排的时候，几支排队里有一个排头，负责震鼓开路，是放排时绝对的核心。排头演变到后来，就变成了一个地区实际意义上的排教领导者。不过我知道，“山羊胡子”不是排头，我听人说过，这片流域的大排头是个女人。但“山羊胡子”拥有权威，他一发话，忙得一团糟的人群立即停了下来。

“水货冒出来得太不对劲儿，不要妄动。”“山羊胡子”眯起眼睛，仔细地盯着水花翻滚的河面，他和一只成精的黄皮子一样，三角眼睛里带着精明到了极致的精光。

就在船上的人、岸上的人一起盯着水面的时候，那些翻腾的水花有节奏地汇聚到了一起，好像万花成莲。水花一层一层地拨开，骤然间，一条至少一米长的大鱼从水中一跃而起，好像传说中的鲤鱼跃龙门一样，鱼尾一甩，水点雨一般地洒落到四周。

在场的都是常年混在黄河边上的人，在大鱼跃出水面的一瞬间，很多人立即察觉，那是一条鲤鱼，硕大的白鲤鱼，罕见到了极点。白鲤鱼身上的鳞片像是用汉白玉精雕细琢出来的一样，在阳光下泛着莹莹的光泽。那些年里，黄河中的生态系统没有遭到很严重的破坏，捕鱼的人偶尔会捕到一米来长的红尾巴鲤鱼，然而像这样通体纯白的鲤鱼，估计任谁都是第一次见到。

“柳爷！一条白鱼！白鲤鱼！”有人大呼小叫地向“山羊胡子”汇报。

这一下，连“山羊胡子”也坐不稳了，他甩掉手里的茶杯，两步跑到船头，那条白鲤鱼不断从水面跃起又落下，鱼尾拍打水面连连作响。“山羊胡子”瘦小的身躯开始发抖，眼睛里有一种掩饰不住的贪婪的光。

“抓……抓住它！”“山羊胡子”抖了一阵子，喉咙里咕噜了两声，接着大声叫道，“给我抓住它！”

所有的人在水货刚刚出现的时候就已经做好了准备，“山羊胡子”一声大喊，几条舢板就朝白鲤鱼出现的地方靠拢，有人直接从大船上扑通跳下水，还有的拿出了鱼叉和渔网，兜头扔了下来，跳进水里的人扯开渔网，迅速围拢。那条白鲤鱼相当机敏，看见人开始抓它，马上钻进水里，踪影皆无。忙碌的人群顿时扑了个空，几个人扯着渔网刚一愣神，距离他们十几米远的地方又是一阵翻腾，白鲤鱼的影子哗地冒出水面。

“在那儿！在那儿！”“山羊胡子”站在船头，视野开阔，白鲤鱼重新出现的一瞬间，他马上就察觉到了，立即伸着手指挥周围的人追过去。“山羊胡子”的样子有点儿发狂，明知道这样去捕捉一条大鱼几乎不可能，却仍然不甘心。

排教的人马上调整方向，朝着白鲤鱼蜂拥而去。那条鱼不紧不慢地游着，时不时地浮出水面，它完全吸引了所有人的注意，排教的人也顾不上封锁现场了，沿岸的村民一窝蜂地跟着水面上的人跑，想看个清楚。

我在犹豫要不要凑热闹，但是我知道凭脚下这艘小船的速度，就算跟过去，那条白鲤鱼也游得无影无踪了。不过这样的机会千载难逢，当时我还小，好奇心很重，只犹豫了那么一小会儿，就决定过去看看。

我用船篙在岸边一点，可是突然发现小船划动得有点儿迟滞，就好像陷在一片黏糊糊的泥里一样。下意识地低头朝船边的水面看去，我马上感觉头皮一紧。

不知道什么时候，那团半透明的如同茧子一样的东西，无声无息地漂到了小船旁边。所有人包括我在内，注意力都集中在白鲤鱼身上，如果不是低头看，根本就不会发现那团茧子漂离了原地。

之前那老乡说的没错，距离这么近，我看到那团茧子里包着一个人。我没见过这个人，不过心里明白，这就是排教出事的那艘船上唯一幸存的傻子。

这团茧子漂过来干什么？我心里发慌，忍不住就用船篙推它，想把它推远一点儿，这个东西离得太近，会让人心里硌硬。但是船篙刚刚触到茧子的一瞬间，茧子突然裂开了，这样一来，被包在里面的傻子完全暴露在我眼前。

我说不清楚他死了没有，但样子有点儿吓人。这个人三十来岁，胡子拉碴，眼皮使劲儿朝上翻着，眼眶里只露出半颗黑眼珠，一动不动地望着头顶的天空。我越看心里就越不踏实，下意识就想赶紧走。

但是人都有个贱毛病，越是让自己感觉害怕的东西，还越想看个究竟，仿佛不看清楚就不会死心一样。我一边用力撑着小船想要离开，一边又忍不住地转头看着茧子里的傻子。根据我的判断，傻子应该是死了，没有人能在水里活那么长时间。

骤然间，傻子一动不动的眼珠子呼地转到了眼眶正中，他躺在茧子里，眼珠子咕噜噜地晃了几下，虽然脑袋没有动，可是眼神已经盯上了我。

“走……”傻子的喉咙里仿佛堵着一口痰，呜呜咽咽的，他的嘴皮子动了动，含混不清地发出几个音节，“快点儿走……”

我愣住了，茧子里的傻子好像并不想攻击我，他从那边漂过来，只是为了跟我说句话。

我不知道该怎么跟他交流，暗中停下小船，望着傻子。

“快点儿走……别再跟着了……”傻子又一次嘟囔了几句，那声音沙哑又沉闷。

在这一刻，我无法理解傻子究竟想跟我表达什么。这是件非常奇怪的事，我和傻子从来都没有见过，陌生得很，然而他却从这么一大堆人里面找上我，是什么意思？

我趴在船边，想试探着跟傻子进行语言上的沟通，我也不清楚他到底能不能正常地说话。连着问了几句，傻子始终都是那句话。

“你！你是什么人？！”

我正想办法，从不远处的大船上传来了“山羊胡子”的叫声，抬头一看，他站在船头，不知道什么时候注意到我了。“山羊胡子”居高临下，能够清楚地看到茧子已经漂到我的小船边，而且他的眼睛很毒，似乎还能看出，我正跟茧子里的傻子说话。

“快走！”傻子闷声又说了一句。我有点儿慌了，不由自主地站起身，撑着船想要走。

“停下！停下！”“山羊胡子”看见我要走，立即招呼身旁的两个大汉，道，“去！把那个娃子给我弄过来！”

第十一章 身陷不测

“山羊胡子”发话的时候，恰好一大堆人把白鲤鱼追丢了，正悻悻返回。我没有白鲤鱼那种速度，只有脚下的一条小船。排教的人按“山羊胡子”的吩咐，哗啦就围过来了，我连逃走的机会都没有，小船勉强调了个头就立即让人给堵住了。

“娃子，胆子不小，”一个站在小舢板上的汉子抬手抓住小船的船梆，道，“不知道柳爷的名号吗？他老人家喊你，你装作听不见？”

“我不认识他。”我很少跟外人打交道，被堵住之后就手足无措。

接着，我和茧子里的傻子直接被带到了排教的大船上。茧子里的傻子毕竟是排教的人，那些汉子把他轻轻放到甲板上，有人过去看了看，就摇摇头，对“山羊胡子”道：“柳爷，他死透了。”

“山羊胡子”无动于衷，翻翻那双三角眼，盯着我看了一会儿，慢条斯理道：“娃子，哪儿的人？驾船在河里走，难道不知道排教的规矩？货是我们的货，人是我们的人，你偷了这个茧子做什么？”

“我没偷，是他自己漂过来的。”我一听就知道“山羊胡子”误会了，他开始注意着白鲤鱼，转眼间看到茧子到了我的小船边，以为是我趁乱偷走的。

“这么巧？”“山羊胡子”呵呵地冷笑一声。这个人的疑心很重，看上去根本就不相信我说的话，“他自己漂过去的，你就任他漂？你从船里探出身子，是想把他弄到船上去？”

“我没捞他，”我年轻气盛，最不能受人冤枉和指责。“山羊胡子”一说，我脱口就道，“他漂过来只是说了两句话而已！”

“啧啧啧，”“山羊胡子”咂咂嘴，指着那茧子，对我道，“人已经死了不是一天了，还能漂过去跟你说话？说的什么？”

旁边的那些汉子都双手叉腰，怪怪地笑着，可能在他们看来，我说的就是句很假的假话。从“山羊胡子”的调侃还有旁边汉子的怪笑中，我知道他们不信，心里暗暗后悔，埋怨自己口无遮拦。

“娃子，到了排教的地头，你眼睛放亮些。”“山羊胡子”坐回太师椅上，从旁人手里重新接过茶杯，喝了一口，慢悠悠道，“说吧，你是谁家的细作？”

他这么一说，我心里就颤了颤，排教霸着河道，把很多采砂走船的人挤对得没有办法，但沿河两岸，也并不是他们一家独大，一些势力比较大的家族会跟他们对着干，但凡和利益挂钩的事情，争斗都很激烈，排教对这个非常忌讳。有时候，他们相互抓到对方过来摸底的人，会严酷地惩罚，摸底人的下场也会很惨。

“快说！”

我发着愣，“山羊胡子”身边的汉子就厉声斥责我，其他一些人也七嘴八舌地帮腔。我心里有些发虚，想要解释，却不知道怎么开口，对方已经怀疑了，现在说再多可能也没用。

这时候，一直悠然自得的“山羊胡子”眼睛猛然一睁，下意识就转头朝旁边甲板上的茧子望过去。

紧跟着，一船人都随着“山羊胡子”的目光望向茧子，面面相觑，惊得说不出话来。

茧子里的傻子不知道什么时候重新睁开了眼睛，他的脑袋依然一动不动，但眼珠子却在眼眶里来回乱转，最后盯住了“山羊胡子”。

“他娘的，诈尸了！”有人喝了一声，不过很短时间里，船上的人就恢复了镇定，排教走水，遇见的怪事也多，诈尸这样的事，最多让这些人猝不及防时惊一惊，却吓不倒他们。

“柳爷！”一个人随手从身后拿起沾着朱砂的笔，双手递给“山羊胡子”。

别看“山羊胡子”年纪大了，可一旦有事，动作却异常的快，抬手抓起笔，从怀里掏出一张黄表纸，唰唰画了张符，啪地就贴到傻子脸上。

看到这儿，我就完全明白了，“山羊胡子”肯定是排教里的“大造”，是除了大排头之外地位最高的人。过去，排教走水时，排头负责放排人的安全，到后来，大排头演变成一种身份和地位的象征，就极少自己动手领队，转由大造负责。大造是排头的助手，毋庸置疑，能坐到大造这个位置上的都是有本事的人。

黄表纸符贴到傻子脸上，其余人都松了口气，像是对“山羊胡子”的本事很放心。但是还没等他们完全平静下来，一阵突如其来的风贴着甲板嗖地刮过来，一下子把傻子脸上的黄表纸符吹掉了。黄表纸符并没有落地，而在离傻子脸上大概一尺高的地方来回打转。

“放了娃子，”傻子的嘴皮子又微微动了动，之前听到的那阵沉闷沙哑的声音飘荡出来，“谁动他一根头发，我就要谁的命！”

“反了！”“山羊胡子”闪身从太师椅上一跃而起，随手把大褂的下摆结了个疙瘩，三角眼目不转睛地盯着茧子里的傻子，“来！有东西附了咱们兄弟的身！让他死都死得不干净！大排头不在，我替大排头行事！”

“娃子，走，”傻子仿佛听不到“山羊胡子”在说什么，道，“走，没人敢动你。”

我当时完全没了主意，听到傻子的话，就愣愣地迈动脚步，想要下船。

“当我们排教是吃白饭的啊！”“山羊胡子”的嘴角抽搐了一下，干瘦的手指一弹，傻子头上那张一直在打转的黄表纸符轰地就烧了起来，蹿起的火苗足有二尺高，火苗上蹿下跳，青幽幽一片。过去听爷爷偶尔提起过，这是会“法”的人招出的阴火，沾在身上就扑不灭，一直烧到底，相当邪门。

这两年，我身上的旧伤年年复发，不得已就开始注重养生之道，读了一些书，也交了一些相关的朋友。传统中医认为，气是人之根本，世间万事万物，都有阴阳相济一说，人体也不例外，阴阳相辅相成，一旦失衡，身体的某些平衡就会随之被打破，各种各样的病症接踵而来。我在洛阳北邙山偶遇过一个挂单的老道士，跟他聊了几天，受益匪浅。老道士见识很渊博，我把过去遇见过的一些至今没有答案的事情和他讲，他也给了相应的回答。我提到过当年屡次目睹过的阴火，老道士就说，那不是道家的术法，可能来自旁门。阴火其实不是在烧，而是在抽，人体内的阴阳，其实就是水火之象，阴火撩动，抽走那股“阴气”，导致身体内阴阳急速失调，没有“阴”的压制与调和，只剩一股阳气，自己都能把自己烧死。我当时就觉得有道理，当年我一个朋友被阴火烧过，所幸碰到高人救了一命，人虽然活下来了，但是留下一辈子都治不好的隐伤，常年心火、肝火极旺，眉毛、胡子、头发都不长，脑袋光得和冬瓜似的。

同理，这种阴火如果碰上了尸体之类的东西，那就从抽变成真正的烧，直到把尸体烧成一捧灰，阴火烧起来，用水都浇不灭，是排教走水灭尸时最有效的利器。

青幽幽的火苗很快就燃到了傻子身上，我加快脚步，但是还没走到船板边上，立即被一个汉子揪着头发提了回来。放排人的力气大，揪得我头皮生疼，可是我生性就倔，疼得要流眼泪了，还是咬着牙一声不吭。

“排教好大的气魄！”傻子的身体渐渐被一团幽幽的火苗给笼罩了，但是那阵沉闷沙哑的声音却没有断绝，“我说了，谁动这个娃子一根头发，我就要谁的命，你是排教的大造，置若罔闻？那我就平了你排教的祖坟！”

尽管我一句废话都没说，但“山羊胡子”已经猜出来这里面可能有什么了不得的隐情。他不理会傻子的话，转身就吩咐人把我吊到大船的桅杆上。这是走水时的一种私刑，尤其是在夏天日头正毒的时候，把人吊在十多米高的桅杆上，头上是太阳，下头又有水汽蒸着，身体不好的人吊上半天，就只剩下半条命了。

可能真是我自己倒霉，“山羊胡子”在这个时候绝对不可能把我放掉，岸边都是看热闹的人，如果“山羊胡子”因为畏惧服软，那就等于砸了排教的威风和名头，让人传出去，以后就没法直着腰杆子在河道上混了。

周围都是身强力壮的放排人，我根本就没有反抗和挣扎的余地，顺着桅杆上的绳子被人一口气拉到了顶端，晃晃悠悠的，我还勉强能看到甲板上的情景。傻子的身体已经被烧得焦黑，沉闷沙哑的声音完全消失，再也没有响起。

“就这么点儿能耐？”“山羊胡子”一阵冷笑，重新坐回椅子上，用手遮住眼睛，抬头朝上看看，道，“捞水货，货捞上来，沉船不要了。这个娃子带回去好好问问，我不信他的嘴是石头长的。”

听到“山羊胡子”的话，我心里又是一沉，今天这个事情看上去是没完了，如果真被他们带走，免不了又要吃很大的苦头。实话实说，我见的事多了，那个年头的走河人，命不值钱，河道几乎每天都要死人，人死了就地一埋，连坟头都没有。想到这些，我就很紧张，但傻子的尸体已经烧得差不多了，岸边那些当地人也不会帮我出头。

排教的人开始张罗打捞水货，但是之前还一直在水中上下起伏的那些水货，突然就呼地一下沉到了水底。

“砰……”

甲板上傻子的尸体发出轻轻一声炸响，好像是骨头被烧裂的声音。河面上起了风，阴惨惨的风，风卷着云铺天盖地，之前还阳光刺眼的天气，一瞬间变得昏沉无光。

这时候，我隐隐约约听到从很远的地方响起一阵模模糊糊的钟声。

第十二章 空船解围

我不知道船上的人是否听到了那阵模模糊糊的钟声，但我却听得一清二楚。随着这阵钟声响起，我浑身上下的汗毛立即竖了起来，因为我总觉得，那阵钟声就好像是当时引着村里人去填河时的钟声。

我使劲儿抓着绳子，弯着腰把身体放正，然后抬眼望过去。头顶的太阳完全被云遮盖住了，狂风呼啸，仿佛有很多死不瞑目的人在呼号惨叫，听得人心里一个劲儿地发毛。排教捞货，提前就把河道上的船只给清理了，宽阔的河面一望无际，什么都没有。但是就在我努力远眺的时候，从很远很远的地方，突然就冒出一个黑点儿。

黑点儿在河面上风驰电掣，快得惊人，不多久就在视野中呈现出了轮廓。那一刻，我觉得惶恐，又隐隐觉得兴奋，因为我察觉到，在河面上出现的黑点儿好像就是之前被我紧紧追赶了一阵子的无人空船。

空船上吊着的那口大钟在不断地发出响声，沉闷闷的，像是在敲打一块破铜烂铁，丝毫没有清远悠扬的意蕴。空船来得飞快，已经完全超过了船只正常的行驶速度，好像发了疯一般地猛冲而来。

不多久，空船靠近了大船所在的水域，船上的放排人看到了空船，一下子全都跑到甲板边上，连坐在椅子上的“山羊胡子”也无法再淡定，表情一阵慌乱。

“那是啥？！”一个放排人定眼望了望，失声大喊起来。

一船人全都慌了，包括“山羊胡子”在内，从他们的慌乱中我能感觉到，他们过去可能见过这艘空船，而且这艘空船是他们对付不了的东西。

吊着大钟的空船漂到距离大船还有三四十米的地方，猛地就停住了，好像在水里扎了根一样，一动不动。大船上的人手足无措，他们带着很多武器，甚至可能还暗藏着火铳，但是那些东西对空船来说完全没有用处，空船本来就没有人，拿着火铳去打谁？

阴惨惨的风伴随着哑嗓子一般的钟声，听起来非常诡异，让人心里发冷。我实在坚持不住了，丢下手里的绳子，头下脚上被倒吊在桅杆顶端，空船在视线里成为一个倒影。

骤然间，空船上的钟声开始急促起来，铛铛铛地响个不停，虽然我被吊在半空中，但是当钟声开始急促的时候，我就敏锐地感觉到，周围好像发生了一些变化。我说不清楚那些变化究竟发生在什么地方，我身子一弯，重新抓住桅杆，抬眼望过去。

阴风呼啸的河面上，开始一层一层泛起巨大又有序的波纹，大船开始随着波纹来回摇晃，船上的人脸色都变得很难看，“山羊胡子”还有点儿主见，什么都顾不得要了，急忙吩咐人收锚开船，想要仓皇离开。然而那艘空船静静地停在对面，就好像一双阴沉沉的眼睛在注视着他们。

水面上的波纹不断变化着，渐渐聚拢到了大船周围，岸边那些看热闹的人也被吓住了，一窝蜂似的朝后退了很远。在那些波纹闪动的水面中间，慢慢升起一根像是沉船桅杆样的东西，上面缠着一块湿淋淋的破布。

初看到这根冒出水面的桅杆时，我还以为是水底的沉船由于什么原因浮出来了，但是看着看着，我的心一下子就提到了嗓子眼儿，因为那根桅杆冒出来三四米长之后，突然出现了一双手。

那双手紧紧握着桅杆，随后，手的主人浮出了水面，我说不清楚该叫它人还是尸体。它赤着上身，双手握住桅杆，就好像握着一杆旗。它没有任何表情，脸庞干硬得像是一块石头。

这个握着桅杆的人浮出水面之后，波纹浮动间，密密麻麻地冒出一大片赤着上身的“人”，那些“人”相貌各异，但表情却出奇的相似，像是一个模子里刻出来的。我被吊在桅杆上，心里一阵发慌，前后几分钟时间，大船周围的水面冒出来二三百个这样的“人”。

“老天爷啊！”岸边有人大呼起来，可能是怕到了极点，扑通一声跪在地上，“龙王爷的巡河阴兵！”

在我们家附近的民间传说中，有些人落入河里，就再也不会出现，活不见人，死不见尸，消失得非常彻底，好像人间蒸发一样。对于这种离奇失踪的人，家乡人并不认为他们是死了，而是被龙王爷拉走填河，收了他们当自己的巡河兵丁。据说，每一年龙王爷拉走填河的人是有数的，拉够了数就作罢，拉不够的话，那么河道上肯定还会出事。所以，沿岸的龙王庙每年举行大祭之后，会有人把烧得硬邦邦的泥人穿上衣服推到河里去，老辈人讲，这样做等于给龙王爷凑够了人数，人数凑够，活着的人走水就安全了很多。

在过去，我对巡河阴兵半信半疑，这个传说至少流传了几百年，但几百年间，到底有没有人亲眼见过，还是个未知数。当初村子里的何老歪跟人闲扯，说自己跟老婆回山东老家的时候见过阴兵出没。

那是好几年前的事情，何老歪老婆娘家在山东高青，夫妻两个回高青住了一个多月，将要回家的时候，遇到了那一年接连不断的洪峰。从八月到九月，洪峰六次，老百姓护堤自救，但是那年的水实在是太大了，二三十个村子遭了水，房子塌了几千间。何老歪不是当地人，不过在丈母娘家村子里住着，那就必须到河堤去抢险。

何老歪丈母娘家的村子附近，有一座当地最大的龙王庙，那座庙被传得有点儿神，一直香火不断。

大水一来，整个村子都被淹了，没有见过黄河决堤的人，可能想象不到洪峰来临时是怎么样的状况。毫不夸张地说，平时看上去坚固无比的黄河大堤，一旦遭遇洪峰，就和饼干泡水一样，一个大浪头卷过来，大堤就被冲倒一大片。

大水一过来，铁人都守不住，到最后实在不行了，人开始撤离。队伍撤退时，电闪雷鸣，何老歪是外来户，受当地人挤对，被迫留在队尾负责善后。在他将要离开时，冲垮大堤的水位已经很高了，一道道闪电划过大雨淋漓的夜空，何老歪无意中回头看了身后一眼，当时就吓得差点儿尿裤子。

他看见很多赤着上身的人，不知道是从哪儿钻出来的，一个个和木头桩子似的，挺立在那座破旧的龙王庙四周。

等到那次洪峰平息，整个村子被冲成了一片平地，所有的房子全部倒塌了，唯独那座龙王庙丝毫无损地留在原地，似乎连砖头、瓦片都没有少一块。何老歪老实了，不敢再随便说话，但是他心里很清楚，那是因为大水过来的时候，有龙王爷的阴兵在守护神庙。

我一直把何老歪的话当成吹牛皮，当成个故事，听听就算了，但我完全没想到，此时此刻，自己周围竟会出现这么多的阴兵。

“龙王爷怒了！”岸边一大群看热闹的人一个个跪到地上，有人念叨道，“光天化日的，就派阴兵出来，这些排教狗日的无法无天，终于有人收拾他们了！”

“山羊胡子”可能也听到了这些咒骂，但他完全顾不上计较了，拼命让人起锚开船，但是船锚好像在水底被什么东西卡得死死的，七八个汉子使劲儿拉都拉不动，“山羊胡子”又叫人过去帮忙，最后勉强把船锚拉了上来，然而船锚刚出水面，船上的人就看到两边的锚头上，趴着一男一女两个小孩儿，两个小孩儿死死地抱着船锚，从水面抬眼望着船上正在拉锚的人。

“快开船！”“山羊胡子”跑到船边，拨开众人，抬手甩了两张画好的黄表纸符贴在两个小孩儿的正脸庞上，一下子把他们从船锚上打落到水里。

“铛……”

空船上的大钟最后响了一下，戛然而止。在钟声停止的那一刻，四周密密麻麻的阴兵一窝蜂似的涌到了大船船边，不知道多少双手齐齐伸出来，顶着大船的船底。我被吊在桅杆上，顿时就感觉大船猛地倾斜成几十度，大船的人猝不及防，翻滚号叫着从甲板一端滚落到另一端。

我一下子就明白了，这些随着空船出现的阴兵是想弄沉排教的大船。

第十三章 无休无止

阴风贴着河面不断呼啸，头顶的日头完全被一片厚重的乌云遮盖住了，我被吊在桅杆顶端，钟摆一般左右摇晃，船上的人乱成一团，我虽然暂时不会被波及，但吊得这么高，大船如果真的翻了，我肯定也会摔得非常惨。

我觉得很不对劲儿，黄河两岸的人只要经常行船，肯定多少会遇上点儿怪事，传来传去的，就渐渐被神话了。那些故事基本上都发生在黄昏或者夜晚，这时候虽然乌云蔽日，但终归是白天，这些阴兵敢在白天露头？

我虽然被吊着，但注意力全集中在下方，看着看着，我模模糊糊地看出来，河里一群被误认为“阴兵”的人，好像是一尊尊裹满了泥沙的陶俑。

只是一大片陶俑，难怪会在光天化日之下浮出水面。

但是什么都来不及说，大船越来越斜，“山羊胡子”是有些本事，不过在这种情况下，那点儿本事就不够了，随着一船人在甲板上滚动着，使劲儿扒着可以借力的东西，勉强支撑身体。一条庞大的河船像是耍戏法一样，最后呈九十度直立在河面上。

排教的人扑通扑通不断地落水，那条空船上吊着的大钟微微一动，聚集成一片的陶俑好像骤然再次发力，已经倾斜到一定程度的大船轰地翻了个底朝天，在我将要触及水面的那一瞬间，脚脖子上的绳子不知道怎么脱落了，身子一甩，钻进河里游出去一段，重新浮出水面。

这时候，我忍不住回想起傻子在没有被烧成灰之前所说的话，那种警告完全变成了现实。

在我落水的时候，所有的陶俑围住了底朝天的大船，那些排教的人失魂落魄，哇啦乱叫。

“哗啦……”

密密麻麻围成一片的陶俑仍然像是木头雕刻出来的一样，没有任何表情。大船被弄翻的同时，最前面的一排陶俑突然就像是一片泡沫，它们的身影渐渐变得透明，如烟气一般消散了，无影无踪。紧跟着，后面的陶俑一排一排地如同水汽蒸发，不一会儿，彻底消失在河面。

这让那些落水的人长长松了口气，从各个角落里钻出来，使劲儿游向大船，“山羊胡子”无比狼狈，身子浸透了水，很像一根顶着头发的腊肠。

“嗖……”

那条吊着大钟的空船在陶俑消失之后微微一颤，接着就箭一般地朝远处驶去。我很想跟上它，但没有那个能力。空船在视线中变成了一个黑点儿，这时候，我感觉身旁的水咕嘟嘟翻动了几下，一条硕大的白鲤鱼从水里冒出来。

这条鱼把我吓了一大跳，但是它冒出来之后就绕着我游了几圈，然后顶着我的身子，把我朝小船的方向推。我顿时明白了它的意思，身子一转，飞快地游向小船，翻身跳到船里，那条硕大的白鲤鱼就在我的船头引路，不知道是不是我的错觉，有这条白鲤鱼在，我总觉得划船的速度快了很多，小船嗖嗖地朝前蹿着。

“那个娃子……给我……给我拦住他！”在大船旁边刚刚稳住身子的“山羊胡子”抬眼看到我的小船，当时就火了，自己的船被弄翻了，竟然死不悔改，还要让人过来拦我。

排教的大排头和大造在放排人的心目中拥有极高的威信，“山羊胡子”一发话，两个水性很好的汉子顺势就游了过来，想要扒着我的小船翻上来，但是还没等他们完全靠近，水里的白鲤鱼就闪身迎上去，从水里哗啦跃出来，鱼尾巴啪啪地甩过去，当时就把两个人拍得几乎晕厥。

接下来，我没有再受到任何阻挠，那条白鲤鱼一直引着路，把我引到上游十多里的地方，身子一钻，没入水中，好像就此消失，再也看不到了。

空荡荡的河面什么都没有了，从小到大，我从来没有受过今天这样的欺负，尽管有惊无险，但心里依然隐隐约约地感到委屈，看着河面滚滚的浑水，我的鼻子忍不住一酸，眼泪顺着眼角溢了出来。

“爷！”我哭着，冲那片空荡的河面大喊，“你在哪儿！爷！你在哪儿啊！”

没有人应我，身边只有哗哗的流水声，我驾着小船慢慢地朝前走着。很多年过去了，但当时的一幕我永远无法忘记，可能就是在那一刻，我第一次真正体会到了人生的无奈和迷茫。

我呆呆地望着河面发愣，不知道多久之后，才意识到就算前面的路再难，我也要走下去。爷爷说过，人这一辈子，最多是个熬，王公贵族也好，贩夫走卒也好，熬完这辈子，朝土里一埋，大家就没什么分别了。那都是命，是抗衡不了的。我打起精神，继续朝前划动小船，到了河段这个位置，已经远离了大小盘河村的流域，我没有来过这儿，对地势不熟，头顶的日头已经从云层中露了出来，我独自晃荡了几个小时，天色一黑，我就打算找个地方落脚。

但是小船还没有来得及靠岸，从正前方就冲出来三四条船，它们是顺流而下的，速度非常快。那种船是平时各个渡口载人过河的船，轻便快捷。这段河道流速不快，船头上站着几个人，很多火把散发着亮光，朝四周的河面上照射过去。天一黑，走船的基本都收船回家了，河面没有多余的船只，在火把的照耀下，我和脚下的小船立即成为明显的目标。

小船被对方锁定，就那么一眨眼的工夫，我听到船上有人大声喊着：“就是这娃！”

光线一时间有点儿混乱，杂七杂八的全部照到我身上来了，借着光亮闪动的机会，我隐约看到最前面那条船上站着几个排教的人，他们的大船翻了之后，估计是走陆路赶回去报信的。

除了那几个略显眼熟的汉子，船头上还站着一个看上去十八九岁的女孩，叉腰站在船头，她的头发黑乌乌的，很长，在后面用红头绳扎了个马尾辫，身上穿着一身红衣，看上去惹眼但又很飒爽。跟其他常年行船走水的人不同，她估计没有做过什么力气活儿，脸皮子白净净的，模样是挺好看的，但脸上隐隐带着股霸气。

“九妹！就是这娃！没错！”一个旁边的汉子遥遥指着我，扯嗓子叫道，“就是他！”

“找你找得好苦，”那个女孩冷哼了一声，随意摆了摆手，道，“搬家伙！”

一面我这辈子见过的最大的鼓被人从后面搬到了船头，排教最初走水的时候，靠大鼓开路，后来日子久了，那面祖鼓就会被珍藏起来，作为镇场面的看家货，平时不会随意拿出来用，除非有什么镇不住的东西，排教的人才会请出祖鼓。

大鼓搬动到船头，从船上又放下来几条舢板，十多个壮汉子驾着舢板朝我这边猛冲。我一下子就慌了，在这条水路上，我的小船是绝对跑不过对方的，如果这时候调头逃跑，不用多久就会被截在半途。身在水道，被截住的话就等于成了瓮中之鳖，连跑的路都没有。我止住心头的慌乱，随手一撑船篙，朝岸边划去。他们的大船无法真正靠岸，我只能朝陆路上跑，运气好的话，可以借着天色脱身。

小船本来距离岸边就近，不等它靠岸，我就纵身跳下来，踩着齐腰深的水，一路奔向岸边。舢板上的人穷追不舍，三条大船也在靠近，船上的人呼啦啦跳下来一片，我跑得飞快，甩着一身水珠子登上河岸。天气始终不好，入夜之后月色朦胧，暗淡的光让我有点儿看不清前面的路，但我什么都顾不上想，深一脚浅一脚尽全力逃窜。

“娃子！这个梁子咱们算是结下了！”有人在后面一边追一边恐吓道，“停下！给你留条命！要让咱抓到你，点你的天灯！”

“龟孙……”我吐了口唾沫，不敢回话，唯恐憋着的那口气一松就会被追上。虽然对这里的地势不熟，但沿河两岸的河滩大多都是这样的，我跟爷爷巡河那么多年，体力还算不错，撒丫子玩命一般地跑出去一里多地，这应该是一片荒滩，不知道谁种下了大片的瓜，有十来亩，我绕着瓜田继续跑。那个扎着红头绳的女孩身轻灵敏，跑着跑着就越过十几个大汉，离我有十几米的距离。

“九妹，你退后一些，”一个汉子道，“这娃好像有点儿邪门，别遭了他的道。”

“我就不信邪！”女孩子可能很倔，不理会旁人的话，看样子非要亲手逮到我才甘心。

他们越是这样，越让我觉得自己被抓到后下场会很惨，所以不要命地跑。绕过瓜田之后，地彻底荒了，我隐约记得这里应该是川字崖村的地头儿，但从来没有来过，不知道村子的具体位置，无奈之下只能慌不择路地逃。

我跑，后面的人追，不知道跑了有多久，反正已经累得不行了，完全是靠骨子里那股犟劲儿在坚持。就在我感觉自己快要累炸的时候，前面的地头儿一转，一片坟地出现在眼前。

我本来快要绝望的心顿时又有了点儿希望，只要跑进坟地，复杂的地形会让情况多少好转一些，所以我没有任何犹豫，径直跑到坟地边，一头就扎了进去。

我转了下头，想看看那些排教的人离自己还有多远，排教走水信奉河神，所以比普通人更敏感，看见我钻进了坟地，他们都有点儿犹豫。

第十四章 晾尸山崖

抓住这个机会，我一步不停地在坟地里飞快穿梭，那些排教的汉子犹豫再三，最后还是在那个女孩的催促下，抬脚追过来。不过我们之间已经拉开了一段距离，再想追上我就很难了，我马不停蹄地跑，一口气冲出这片坟地，终于把他们全给摆脱了。

直到这时候，我才放慢脚步。今天发生的事，一幕幕浮现在脑海里，我只觉得，那艘帮我解围的空船，必然和爷爷有关系。这个世上，除了爷爷，我想不出还有谁会对我如此牵肠挂肚。

我对脚下的路彻底迷茫了，但是心里的那个决定却更加坚定。我得找到爷爷，在现在的我看来，寻找他，不仅仅是寻找我唯一的亲人，同样也是在寻找一个答案。那些事情，只有找到他，我才有可能弄明白。

我偷偷跑到昨晚的河岸，排教的大船连同我那条小船已经看不到了。我失去了小船，又买不起新船，只能徒步行走在沿河两岸。速度一下子慢了很多，我走在河滩上，第一次感觉这条熟悉的河竟然那么长。

接下来有十来天的工夫，我没有再遇到什么危险，不过也没有什么发现。这段日子里，沿河十几个村子多多少少都出现了一些怪事，有人莫名其妙地死了，但是更多的还是村子里养的家禽家畜，像疯了一样朝河里跑，拦都拦不住。这个月份里，上游的水大了，又时常下雨，快到黄河的汛期了，村里人不敢下水去捞那些家禽家畜。往往是过了一夜之后，那些跳河的家禽家畜会重新从水里浮出来，不过都只剩下一张皮，血肉不知道被什么东西给吸干了。这些事情把两岸的村民吓得不轻，平时经常走船的人都在家歇着了，想避避风头。

我要一边走，还要一边找，所以走得慢，十多天时间，朝北走了一百三四十里，这里离小盘河已经非常远了。我觉得，这条寻找的路，我可能要走很久很久，三五天是不会有结果的，靠两条腿肯定不行。我没有多少钱，所以琢磨了两天，就打算和其他走船人一样，到河里捞一些东西，运气好的话，能捞到件值钱的水货，换点儿钱，购置条小船。

河凫子家里的祖训，靠河却不吃河，从来不靠打捞水货度日，有时候捞东西是迫不得已，大多数东西还会原封不动地丢到河里。我没有船，所以只能在岸边找个合适的地方，搭一个木头架子，然后安个小绞盘，把网撒下去。那种地方最好是临河的山崖，地势比较高，方便操作。我又走了两天，终于找到一个合适的地方，那是一段临河的山崖，很低，不过足够了。

我兴冲冲地朝河岸的崖边走，先爬上去，把大致的情况熟悉一下，但是刚刚爬到崖顶，就闻到一股令人作呕的味道，还是尸臭，臭味浓得几乎能把人顶个跟头。我赶紧遮住鼻子，心里一晃，猛然想起这片临河的山崖是什么地方了。

晾尸崖，肯定是一个晾尸崖。

黄河两岸没有义庄，有时候走船的人出于好心，顺手把河里的浮尸捞上来，放到河滩上，等着死者家属认领，但一些尸体是从很远的地方漂来的，家里人一时半会儿找不到这边，尸体又不能长时间停放在河滩，所以放几天无人认领之后，就会被搬到比较高的崖壁上挂着，这样不会影响走船人正常出入河滩。

我心里暗道晦气，被熏得想吐，顿时打算放弃这个地方，转身想走。但是还没等真正调头，我突然听到一阵很奇怪的声音。

临河的崖边水声很大，已经开始进入汛期的河，水位猛涨，河水翻滚着拍打着岸边，水浪滔滔。但是那阵奇怪的声音一阵阵地从崖壁传过来，清晰可闻。

我仔细听着，过了一会儿，突然就觉得，那好像是指甲在抓挠石头的声音，咔嚓咔嚓的，听得人牙根子发痒。

指甲抓挠石头的声音越来越清晰，好像近在耳边。我不知道为什么这种声音这么大，晾尸崖面朝着河的一面就是用来悬挂尸体的地方，我只要再走两步，伸头就能看到。那时候是在白天，但是我一想到那些烂得不像样子的尸体就没有勇气再朝前迈动一步，忍了忍，打算原路返回，不管那阵声音有多么奇怪，装作听不到就是了。

我转身走了几步，抓挠石头的声音仍在继续。骤然间，一阵模模糊糊的婴儿啼哭声从山崖那边传了过来，啼哭声哇哇不绝，顿时就把所有的声音全部压了下去。我停下脚步，侧耳倾听，距离不算太远，我的耳朵又好使，听上去，就好像是石崖的另一边有一个出生不久的孩子在哭。

不是我夸赞黄河两岸的人，在当时那个年代，自私贪婪的人有很多，但古道热肠的人也不少。尤其是我这种在村里长大、没有接触过真正社会的人，看见什么不平事，心里就忍不住想管。这件事情肯定有什么不对，不过我没有想那么多，听到婴儿的哭声，立即转过身，朝那边走了几步。河面的风裹挟着孩子的啼哭声，一个劲儿朝耳朵里钻。

难闻的臭味铺天盖地，我从腰里解下酒壶，含了一口喷在衣角盖住鼻子。走河的人大多爱酒，常年在水里泡着，白酒能活血祛湿。我没酒瘾，不过还是按着走河人的规矩，带着一个酒壶。用沾了酒的衣角捂住口鼻，感觉就好一些，我给自己壮了壮胆子，一路爬到山崖边，探头朝河的那边看下去。

跟我想的差不多，晾尸崖上挂着十来具尸体，最下面那几具已经很长时间了，估计家里人没有来认领，风吹日晒，看上去惨不忍睹。我移开目光，挂得比较近的，可能是最近才被走船人放在这里的。

一具比较特殊的尸体吸引了我的目光。

那具尸体身上衣衫褴褛，头发有一尺多长，披散着遮住了脸庞。挂在晾尸崖的尸体，都是从前胸穿两根绳子，然后绕过手臂兜着，拴在崖边的石头上，尸体耷拉着脑袋，不过看着应该死去不久，身体大致还是完好的。这具尸体本来没有什么出奇的地方，但偏偏挺着个大肚子，像是怀孕的妇女。

我的心立即抽紧了，腿肚子也转筋了。在河道两岸的民间传说中，不管是投河自尽的还是失足溺水的，孕妇绝对是最难缠的，没有之一。一大一小两条命死在水里，怨气比任何人都重，走船的人遇见河里的孕妇尸体都会躲着走，不敢招惹。我当时就纳闷儿，是谁把这具孕妇的尸体运到晾尸崖的？

更让我心惊的是，一阵阵婴儿啼哭的声音，仿佛就是从这个孕妇的肚子里面传出来的。从尸体的外观看，死得不算久，但少说也有七八天时间，大人都死了，肚子里的孩子能保住？自然而然的，我就想起过去村里人说的“鬼婴”的传闻。

老辈人都说，河里的“鬼婴”很少害人，大多都是恶作剧一般地戏弄，把人吓一跳也就算了，不会把无辜者朝死里弄。我还是第一次亲身经历这样的事，恐慌中又有很多好奇，下意识地抓住腰里的打鬼鞭，继续探头观察着。

啼哭声接连不断，听着有点儿凄惨，让人怜悯。生命这个东西其实很难说，说脆弱，很脆弱，好端端的人一下子就过去了；说坚韧，又很坚韧，新中国成立前，小盘河村有一次遭遇了百年难见的特大洪涝，整个村子都被淹了，决堤千里，村子里有一户人家没来得及逃走，两口子带着一岁的孩子，临危爬到一棵老榆树上，在树上被困了七天七夜，一粒粮食也没带，一家三口竟然硬生生熬到水退。

我当时没有想别的，就想着那孕妇肚子里的孩子难道真的活了下来？但我毕竟不是傻子，那婴儿的哭声很清晰，一阵一阵地从崖边孕妇尸体的肚子里传出。不过怎么想还是觉得有点儿不对头，所以我没有乱动，在原地继续看着，不把事情弄清楚，最好不要冒险。

河风强劲，一阵一阵地从河面吹过来，晾尸崖上十来具尸体随着强劲的河风不断摆动，那样子看着既有点儿滑稽，又有些恐怖。不过河风一吹，臭味消散了不少，我揉揉鼻子，把衣角放下来，借机吸了两口气。

就在这时候，那具孕妇的尸体来回摆动了两下，满头乱发被风吹散，顿时露出脸庞。我一下子惊呆了，这具尸体被放得有点儿腐烂，一只眼睛可能在入水的时候受了伤，看上去像个黑乎乎的洞，很吓人。然而让我吃惊的并不是“她”的样子，而是别的。

这“人”看上去浓眉大眼，满脸的胡须，微微张开的嘴里都是干了的河沙。这分明就是个男人！男人怎么可能会挺着一个大肚子？！

我惊讶的同时，这具尸体突然就扭动起来，两条腿剧烈地颤动了几下，胳膊像是上了发条一样，以一种难以想象的角度朝身后转了个弯。最开始的时候，我以为是遇见了诈尸，但是从来没有见过能在太阳底下诈尸的尸体，当时也顾不得多想，打鬼鞭抡起来就朝下抽过去。

“噗……”

一鞭子抽在那具尸体上，鞭鞘啪地轻响了一声。紧跟着，尸体的肚皮突然就裂开了，从里面蹿出来一团小小的影子，一把就抓住了我的头发。那东西虽然不大，但是来得很突然，让我猝不及防，被它突然一抓，整个人顿时朝崖下坠了一截，差点儿栽下去。

就这么很短暂的一瞬，我看到那团小小的影子长得有点儿像娃娃鱼，但是浑身乌黑，又有点儿像穿山甲，它的两只前爪有四根指头，几乎跟人的手一样灵活，把我的头发拽得很紧。这东西一直都藏在尸体的肚子里，猛然钻出来，带着一身腥臭的黏液，它的眼睛只有花生那么大，但是眼珠子血红，有一种凶光。

这东西比人灵活得多，拽着我的头发，它的身体悬在山崖下，把我使劲儿朝下拖。它的牙齿像两排锯齿一样，密密麻麻，细密锋利，嘴里不断发出那种和婴儿啼哭一样的叫声。我被拽住头发，头皮都疼了，却突然想起来这究竟是什么东西。

水魈，肯定是水魈。我没有见过，只听爷爷讲过，前后联想一下，必然是这东西了。

在家乡附近的传闻中，黄河里的水魈都是不足岁的小孩子淹死后化出来的，经常潜伏在水道比较浅的河滩附近，它能发出和婴儿啼哭一样的叫声，借此吸引来往的船只。传说有水魈的地方必有大鳖，水魈负责吸引船，大鳖则一下子把船掀翻，反正是很招人厌的东西。

民间传说有一定的依据，并不是完全胡扯，但也不能全信。后来我专门查过，水魈是一种两栖类爬行动物，正因为是活的东西，才敢在白天作祟。

我被紧拽着头发，想朝后面退，但是水魈的两只后爪紧紧攀着崖壁，身体几乎绷直了在和我僵持。我猛然一发力，忍着疼痛朝后一缩身体，水魈虽然凶，不过体型和体力都有限，被我用力拖到了崖边。

但是不等我喘过这口气，水魈另一只爪子就在我耳边抓了一下，这东西的爪子很锋利，经常趁半夜爬到岸边的石头上去磨，幸亏我闪躲得快，耳朵边留下一道不深的血印子，堪堪躲了过去。

然而我随手摸了一下，发现那道伤口流出来的血有点儿发黑。与此同时，一种隐隐的头昏脑涨的感觉就顺着伤口迅速蔓延到了脑袋上。趁着还没有完全丧失意识，我又猛然想起来，水魈喜欢随着浮尸到处游荡，而且在尸体肚子里钻了那么久，它的爪子能干净得了？想到这个，我心里就泛起一阵寒意。

大概就是那么几次眨眼的工夫，眩晕感更强了，手脚好像都不听使唤了，想勉强站起身，却双腿发软。我一手捂着伤口，一手和水魈搏斗，那东西狡猾得和狐狸一样，就拽着我的头发，使劲儿朝山崖那边拖。我大口喘着气，眼前的景物越来越模糊，浑身的力气好像都随着小小的伤口流逝掉了。身体歪歪斜斜地滚了几下，立即就滚到了山崖的边缘。

水魈哇哇地叫着，借着我无法控制平衡的空当，揪着我的头发不松爪子。我想甩脱它，可是身体完全失衡，稍稍一滚，立即觉得整个身子猛然一空，从崖边直直地掉落下去。

随即，我的脑子也完全空了，残存的意识告诉我，很快，我就会落到崖下的河水中，会不会摔死，会不会淹死，这不好说，但那只水魈就在旁边，我绝对不可能有好下场。然而身体已经坠下去了，没有任何回转的余地。

就在我急速坠落的过程中，山崖上挂着的那些尸体中间，有一具突然动了动，动作无比快，两只手一前一后伸出来。我虽然瘦，好歹也有一百来斤，再加上从上面坠落的惯力，一般人根本是接不住的。但是那具突然动起来的尸体力气大得有点儿离谱，就凭一只手，稳稳地抓住我的衣领，另一只手则闪电般地抓住水魈，时间、力道拿捏得分毫不差。

第十五章 红衣老鬼

坠崖的时候，我的意识是恍惚的，只能感觉到一双有力的手堪堪抓住了我。当时心里模模糊糊在想，崖边悬挂的都是尸体，怎么可能有一双手伸出来。眼皮子沉甸甸的，我使劲儿睁开，视线已经不清楚了，然而睁开眼睛的一瞬，我看到一具挂在崖边的尸体好像突然活了，就是它伸手抓住了我。

迷迷糊糊中，我看见一张似曾相识的脸，正咧着嘴冲我笑。脑子完全是混乱的，我记不清楚在哪儿看到过这张脸，总觉得有点儿熟悉。被水魈抓过的伤口发作得很快，就在我将要完全失去知觉的时候，骤然间回想起来，是他！

黄河，硕大的石头棺材，穿着一身红衣的男人！

就是他，红衣老鬼！

我几乎忍不住想要惊呼，我一直寻找的石头棺材终于有了点儿眉目，但已经来不及再说一个字，脑袋一歪，整个人彻底晕厥了过去。

等我悠悠转醒时，已经是半下午，半张脸微微有点儿发麻。我睁开眼，发现自己已经被弄到了河滩远处一片稀疏的榆树林子边上。

我呼地坐起来，转头一看，红衣老鬼正弯腰在不远的地方捡林子里的枯枝烂叶，他脱掉了那身鲜红如血的衣服，不知道从哪儿找了件破烂外套披在身上，抱着一堆枯树枝走了回来。

对这个人，我有种莫名其妙的恐惧，尽管我一直都在找石头棺材，但是当他真正站在我面前的时候，我还是害怕，忍不住暗暗朝后退了退。

“你这个娃子，有点儿笨得出奇。”老鬼丢下手里的树枝，蹲在地上，摆弄着一团刚刚被剥了皮的肉，道，“要不是老子刚从河里出来，挂到崖边去晾晾水，你是不是就他娘的蹬腿了？”

“你刚从河里出来？！”我突然觉得不那么怕了，因为寻找爷爷的渴望强烈到了极点，我马上朝老鬼那边凑了凑，急切地问道，“那口棺材呢？石头棺材！”

“老子真有些疑心，疑心你是不是陈老六的孙子。”老鬼开始点火，把那些枯枝烂叶堆在一起，一边斜了斜眼，对我道，“你这娃跟陈老六一点儿都不像，没他年轻时候的样子。”

这个时候，我被水魈抓过的伤口已经没有大碍了，头脑也很清醒，我觉得老鬼好像并没有恶意，否则之前我晕厥的时候已经死过十次了。所以我心里的恐惧一点点在消失，索性就蹲到火堆旁边，想和他聊聊，问问具体的情况。

这也是我第一次离老鬼这么近，把他的样子看得清清楚楚。他精瘦精瘦的，但是被捂得面色有点儿发白，看不出多大年纪，似乎跟我爷爷是同辈人，却又苍老一些。他脸上的皱纹很多，左右脸颊上各有一道很长的刀疤。我不知道是什么原因，他身上总有一股微微的腐败的气味，带着阴森森的气息，就好像河边那种职业捞尸人，常年和各种各样的尸体打交道，久而久之，自己也沾染了洗不掉的阴气。

老鬼显然认得我，知道我是陈六斤的孙子，这就方便了许多，和他交谈也不用拐弯抹角了。

“老子刚出水，本来还想着要找你得费点儿工夫，没想到就是那么巧。”老鬼把那团洗剥好的肉架在火上慢慢地烤，我看出来那是水魈的肉，顿时感觉有点儿想吐。

当初第一次在石头棺材里看到老鬼的时候，就觉得他不是人，恐怖异常，然而真正面对面地和他坐在一起，才慢慢感觉到其实他没有那么可怕。他会说，会笑，尽管他咧嘴笑起来的样子非常吓人，却能让我知道，这是个活生生的人。

“你找我做什么？”我顺势接着他的话问道，“我爷呢？他在哪儿？”

“你爷？”老鬼龇牙一笑，脸上的刀疤和皱纹挤到一起，像一颗核桃，他翻动着火上的肉，道，“上工去了，至于找你，肯定有点儿事情。”

“我爷上工了？上什么工？”

“顶老子的班，老子已经在河里漂了五十年，该上岸换换气了。”老鬼笑着，但是那双几乎被皱纹包裹起来的眼睛却突然深邃起来，他的眼睛里多了一些东西，当时我还年轻，看不懂，等到很多年后仔细回想，才明白过来，那种东西叫作伤感。老鬼咳嗽了一声，慢慢道：“五十年，一晃就过去了，老子当年下水的时候，腰杆子笔直，现在，已经佝偻成虾米了……”

老鬼的话突然让我想到了什么，当初爷爷遇到石头棺材的时候，虽然有点儿慌张，但现在回头想想，他那种慌张里面，总有些耐人寻味的东西。

“看样子，你是陈老六的命根子，”老鬼接着道，“我出河的时候，他专门让我找你，不为别的，就为看看你现在活得欢实不欢实。”

“我爷，他在哪儿？”

“不要找了，找不到的，”老鬼翻翻眼皮子，道，“这个工，本来该你上的，但是陈老六把你看得比命都重，自己顶上了，老子不管那么多，陈老六叫老子找你，现在找到了，带你去做两件事，老子就无事一身轻了。”

我不死心，脑子里什么都不想，只想找到爷爷。我继续追问老鬼，但老鬼的嘴巴非常紧，不该说的话一句都不说。问得急了，他就有点儿躁，加重语气呵斥我道：“你个不知道屎香屁臭的娃娃！问那么多做甚！问清楚了，你能扛得住？”

我对老鬼本来就畏惧，他一发脾气，我就不敢再多嘴。老鬼喘了两口气，把差不多烤熟的肉撕了一半扔给我，水魈经常跟浮尸一起出没，那肉有股腥臭的味道，闻着就干哕，但老鬼吃得很香。

“娃子，和你说，”老鬼吃光了肉，语气也变得缓和了，“一只水魈就差点儿要了你的命，要是你知道什么事情，能保证这些事不被人从你嘴里掏出来？你没有陈老六的本事，陈老六也知道你这个孙子的斤两，所以他什么都不说，你也不要问。”

我被老鬼说得有点儿脸红，也有点儿恼了，但却不知道怎么反驳他，今天如果不是老鬼凑巧在晾尸崖挂着，我可能已经没命了。

然而，他虽然什么都不说，但从话语里我却能分辨出来，我爷爷的事情果然没有那么简单。

我和老鬼在这里坐着，他有点儿怪怪的，时常会望着远处的河发呆，一愣就是个把钟头。我很无聊，又不敢随便乱说话。两个人坐到天色发黑，他站起身，道："走吧，歇一晚上，老子带你去做点儿事，这是陈老六交代的，老子跟他还算有点儿交情，这点儿面子不能不给。"

老鬼一边说着，一边带我走，走了一会儿，我就依稀认出周围的地势，这个地方其实离晾尸崖不是很远，我们走的路线也是通往晾尸崖的。

"怎么还要去那个地方？"我觉得有些奇怪，问老鬼道，"还要做什么？"

"老子身上阳气太重，否则当年也不会被拉去上工，晚上得找个死人堆儿睡觉，"老鬼道，"你就在下边睡。"

老鬼说完就不出声了，我们一直走到晾尸崖，他蹭蹭就爬到崖边，然后抓着一条草绳坠到向河的那一面，挤在两具不知道吊了多久的尸体中间，夜里的风有点儿大，吹得尸体来回晃悠，一股股臭味扑鼻而来，但是老鬼仿佛待得很安逸，几分钟之后，甚至还传来隐隐的呼噜声。

我躺在崖下，这一夜都没怎么合眼，睡不着。小盘河村、爷爷、石头棺材，这些事情在我心里突然变得更复杂了。

就这样稀里糊涂熬了一晚上，天色还没有亮透，老鬼就从崖边翻了上来，抖抖身子，在河滩上发了疯一般的来回跑了几趟，等到头上微微冒汗，他才收住脚，趁着这个机会，我问他道："我爷叫你带我去做什么？"

"陈老六让老子带你去翻几笔旧账。"老鬼一捏拳头，胳膊一甩，身体的骨节咯吱来回轻响了几下，道，"娃子，你知道绕梁沟子的抱柳村吗？那地方现在还在吧？"

老鬼一说绕梁沟子的抱柳村，我的心就怦地一跳，沿河两岸的人，估计没有不知道那地方的。抱柳村的名字由来已久，但黄河的走船人很少叫抱柳村，提到那儿，人们总以"鬼村"称呼。

抱柳村的人都姓宋，整个村子是一个家族，从很早以前，宋家人就开始从事捞尸这个职业。在普通人眼里，捞尸是沿河两岸最神秘也最诡异的职业之一。那个村子据说常年都缭绕着一股阴气，而且宋家人本身就是个江湖中的草莽家族，这两年排教的势力那么大，却也不会轻易跟宋家人过不去。天高皇帝远，地头蛇就是王，偏远的黄河滩上，还没有吹来多少外界的风。

“走吧。”老鬼一声吆喝，慢步向前，一边走，一边扯起嗓子，吼出那首我听了不知道多少次的巡河调子。

我不知道爷爷跟鬼村的人有什么旧账，因为他从来都没有提过这件事。但是跟在老鬼身后，听着那苍凉的巡河调子，我骤然感觉到，他身上散发出一种强烈的杀气，让我顿时打了个冷战。

第十六章 抱柳村子

老鬼身上那股突然就迸发出来的杀气让我心里迟疑且畏惧，脚步不由自主地慢了。走了好半天，他吼完了巡河调子，回头看看我，皱起眉头道："你这个娃子，有时候让老子看着烦气得很。怎么，一听要去抱柳村子就怕了？陈老六怎么养出你这么个孙子？！"

"谁说我怕了！"我年轻，受不得人挤对，听老鬼说得不客气，心里也微微有点儿冒火，一挺腰板，小跑着跟上他，道，"走就走！"

去鬼村的外人，没有不怕的，我心里不是那么踏实，不过既然是我爷爷让去的，那就没错，他不会害我。

"这就对了嘛。"老鬼看我有点儿发脾气，随即就舒展眉头，咧嘴笑着，边走边道，"陈老六像你这么大的时候，那一身血性，老子也佩服得很，提刀追人三百里，不把对方剁了绝不罢休，你练练自己的胆子，不要给你们陈家丢脸。"

我看着老鬼，心里有点儿无奈。这老鬼其实也贱得很，我恭恭敬敬和他说话，他又是这又是那的，横眉竖眼地拿架子，真要带着火气跟他顶撞，他倒很开心。这么想着，我干脆就把心里的那些畏惧和忌讳全部都丢下了，无遮无拦地跟他聊。

我很想多问问爷爷年轻时候的事情，我们陈家人丁单薄，在小盘河就扎根了三代，说起来算是外来户，对于家里过去的事，我几乎一无所知。但老鬼说归说，一到紧要关头就岔开话题了，看样子，他不想跟我提及这些。

绕梁沟离这里不近，走陆路太慢了，到了半上午的时候，我们在河岸遇见了载人的船，老鬼根本不问价钱，带着我就跳上去。我琢磨着，老鬼是从石头棺材里爬出来的，身上可能有钞票吗？反正我是穷得叮当响。我那时候脸皮薄，生怕到了地方没钱给船家，被人家说风凉话，所以私下里就问老鬼："咱们坐船，你带着钱吗？"

"钱？什么钱？"老鬼愣了一下，"袁大头还是国票？"

"算了吧。"我咂咂嘴巴，猛然想起来，老鬼有多久没有上岸了？他说的袁大头，普通人都知道那是银元，至于国票，就是民国时候发行的法币，日子太久了，老鬼其实已经跟社会脱节了。

"你没钱，我也没有，等下怎么给人船钱？"

"屁的船钱。"老鬼眯起眼睛，抱膝坐在船边，朝茫茫的大河望了一眼，道，"半条河都是老子家的，还用给船钱？"

我们低声交谈着，行船的人一无所知，随后就开了船。老鬼神态自若，白坐人家的船而且坐得理直气壮，我就没那么洒脱，看着船家，心里微微发虚。

小船一路朝绕梁沟走，老鬼就一路和我说话，昨天他不怎么搭理我，估计是嫌我唯唯诺诺的不对他的胃口，现在完全放开了，话倒是多了起来。

"老乡，坐稳了，"船家回头对我们道，"前头就是望山崖，水急，我加把力气，稳当点儿过去。"

"望山崖……"老鬼的眼睛在白天总是眯着的，几乎看不到眼珠子，他听到船家的话，独自吧嗒着嘴，像是在回想什么。

望山崖，在我们家乡那段漫长的河道上是个挺有名的地方，河道在望山崖有一个转弯，所以水流比较急。有个传说，不知道在两岸流传多少年了，说望山崖是黄河的小龙门，因为水流急，到了冬天水位锐减的时候也是不结冰的，鲤鱼化龙要跃龙门，小龙门是第一道坎，所以一年四季里，望山崖前后六七里的河道中鱼影不断。但是望山崖河道水流猛，一般的渔家很少会过来捕捞，如果真有手艺精熟的老渔家，在这儿时常可以捕到大鱼。

“你载着他朝前走，不用等我。”老鬼回过神，望山崖已经近在眼前了。河道紧缩，水流加速，无形中也把河底淤积的泥沙给冲到下游去，所以这段河道一直很深，水花不断拍打着小船，水珠子溅了一身。老鬼不等船家多说什么，一把扯掉自己身上的烂衣服，身子一歪，一头扎进水里。

“这！这！”船家顿时就傻眼了，急得冒汗，望山崖这段河道连驾船都难，谁敢大大咧咧地就跳进去？但是连声吆喝也来不及，我急忙转头一看，哗啦啦的水在不断流淌，老鬼的身影已经看不到了。

“听他的话，朝前走。”我有些心慌，不过心里并不是很担忧，老鬼又不傻，不会自己作死。

船家完全没主意了，可能觉得遇见两个怪人，下意识地点着头，全力划着小船。我们在浪花里逆行了大概两根烟的工夫，小船后头的水面呼地冒出老鬼的脑袋。

“啪嗒……”

老鬼踩着水，两只手像两个铁钩子一样，死死地抓住一条大鱼，用力扔到船上。那是一条望山崖特产的金丝鲤，一尺五六长，离了水还在不停甩动尾巴。这条鱼被扔到船里，老鬼并不罢休，转眼就没入水中。

前后不到二十分钟时间，老鬼又从水里赤手空拳地抓到两条鱼，浑身水淋淋地翻上船，一抖水花，像一只刚刚收翅的鱼鹰。

“走船的，”老鬼抹了抹脸上的水，道，“老子没钱，这条大的给你当船钱，剩下的两条，拿锅炖了当饭。”

“中！中！”船家这辈子第一次见到能在望山崖水道赤手下水抓鱼的人，心里早就服了，连声答应。其实，他不赔本，望山崖的金丝鲤在宋朝的时候就是贡品，古都开封的名菜糖醋黄河鲤鱼焙面，就来源于宋朝皇室的宫廷菜，正宗的糖醋黄河鲤鱼用的就是一尺八长的红尾金丝鲤。

河上的船家有时候一天漂行上百里，入夜了来不及回家，小船预备着柴米油盐，随时可以做饭。船家只有一口锅，我动手把两条鱼洗剥干净，河鲜无须多么高超的烹饪技巧，白水一炖就是一锅好汤。

炖鱼吃饭浪费了些时间，等到吃饱喝足的时候，小船恰好就走到了绕梁沟子旁的水路上，我们下了船走陆路，我没来过这个地方，但老鬼看样子还是熟悉的，五十年风尘岁月，当地的人变了，但那片土地不会变。

“娃子，先和你说一声，”老鬼道，“宋家人的头皮一向很硬，老子估摸着，直接谈是谈不拢，那帮王八蛋都是属驴的，顺毛不听话，就只能动手揍。你什么都不要管，什么都不要说，陈老六叫你过去，只是混个脸熟。”

我懵懂地点点头，但是没怎么听懂老鬼的话。我心想这都是爷爷交代的，老鬼怎么说，我怎么做就是了。

抱柳村离绕梁沟子有十二三里的距离，河两岸的居民对那些神神鬼鬼的东西很信，抱柳村被传得邪，而且一村子捞尸人，普通人不愿意跟他们打交道，怕沾染晦气，平时也不会到抱柳村的地头儿来，所以除了抱柳村本村的人，极少有外人在这里出没。我跟老鬼顺顺利利走了十多里地，已经能够望见不远处的鬼村。说实话，民间传说不一定都是空穴来风，走到抱柳村附近的时候，一股很淡但是难闻的味道在村子周围的空气中飘荡着。这是鬼村特有的味道，多少年没有变过。

那种难闻的味道都是从村子外面一座露出地面两米多高的地窖里散发出来的，那地窖常年存着冰块，从河里捞出的尸体都是有主的，得暂时放在地窖里，然后通知家属认领。

黄河上各种古老的职业都有它们的故事，我讲的事情跟捞尸人没有太大关系，不过既然提到这儿，就啰嗦两句。宋家这种捞尸人，和现在黄河、长江上的打捞队不一样，如长江上的打捞队，什么尸体都要捞，不管有主无主，全部捞上来，有主的让家属领走，无主的，过去裹张草席子埋到浪尸山，现在则送进火葬场。而宋家那样的捞尸人，只接受死者家属的委托，在河道上寻找家属指定的尸体，如果是无主的尸体，宋家人动都不动，任由尸体继续随河漂流。

我和老鬼就顺着那股淡淡的臭味继续朝前走，抱柳村不大，有六七十户人。在村口，老鬼摆摆手，他身上的骨节一路上噼噼啪啪地轻响不断：“事情是陈老六让老子来办的，但宋家人欠的不是陈老六的债，而是老子的债。”

我又感觉到老鬼身上隐隐约约散发出来的杀气，那杀气里，有一股怨意。这让我很怀疑，宋家人是不是做过什么对不起老鬼的事？

他带着我径直朝村子里走去，村子里经常有来回晃悠的人，负责观察周围的风吹草动。我和老鬼刚在村口出现，就立即被人看到了，六七个年轻力壮的宋家人，一路小跑围了过来，把我们两个堵在进村的路上。

年轻力壮的宋家人，几乎个个都是火辣辣的暴脾气，但是老鬼被这六七个人堵住了，却一点儿都不慌，晃着手腕子，道："你们的掌灯宋百义死了没有？没死的话，叫他出来，老子要见见他。"

"老东西！你来作死吗？！"那几个人顿时就怒了，老鬼说的宋百义是抱柳村的村长，同时也是家族里的领头人。这种江湖家族的族长，习惯性地被人称为"掌灯"，一说宋家的掌灯，其实就是在说宋百义。

我觉得老鬼是在没事找事，同样一句话，用不同的方式问出来，效果肯定是不一样的。那几个年轻人呼啦啦地把我和老鬼前后围起来，但是不等他们动手，我就觉得眼睛一花，身边的老鬼用一种我意想不到的速度蹿了出去，就那么两秒钟时间，我听到一阵很惨痛的号叫，一个宋家人被老鬼抓到了。老鬼那双手枯瘦得像鸡爪子似的，可是随手一抓，就几乎从对方脸上抓掉一块肉。

第一声惨叫响起之后，老鬼的身影就在我眼前不断地晃动，每晃动一下，就有一个宋家人哀号着倒在地上来回挣扎翻滚。黄河滩上练武的人不止一两个，我自己也亲眼见过，但是从来没有见过老鬼这样厉害的，毫无疑问，他年轻的时候肯定下过苦功。

老鬼出手太重了，一巴掌拍过去，就几乎拍掉人半条命。我看见老鬼两只手上全是血，一直眯着的眼睛仿佛睁开了，有种快意的光芒在眼眶中来回闪烁。那一瞬间，我突然明白，他是在宣泄心里的怨气。

短短两三分钟时间，那几个生龙活虎的年轻人已经倒了一地，惨叫连连。

"起来！"老鬼随手抓起一个宋家人，那人有二十六七岁，身子很强壮，但是胳膊脱臼了，脸上的冷汗黄豆般大，疼得直打哆嗦，老鬼硬生生地把他提起来，"老子这双手，从五岁开始就插铁豆子，插了十五年，你的脑壳硬，还是铁豆子硬？滚进去！把宋百义喊出来！今天他不露头，老子拆了抱柳村！”

说着，老鬼把对方用力一推，那人被老鬼打怕了，抱着脱臼的胳膊，屁滚尿流地朝村子里面跑。望着他的背影，老鬼长长吁了口气，拍拍手，若无其事地带着我继续朝前走。

我们刚走一会儿，从村子里面呼啦啦跑出十几个人，都拿着棒子还有刀，那些人后头，跟着一个六十多岁的老头儿。老头儿一头花白的头发，梳理得整整齐齐，身体很结实，估计年轻时就是好身板儿，足足一米八多的个子，走起路来虎虎生风。

一群人气势汹汹，一鼓作气地朝我们这边跑。但是当那个老头儿看清楚老鬼的时候，魁梧的身体突然一晃，揉了揉眼睛，一副不可思议的表情，当时就愣住了，似乎不敢相信自己的眼睛。

“都……都给我住手……”老头儿愣了那么几秒钟，突然就大喊着制止正在猛冲的那帮子人，一路小跑着奔了过来。

老鬼脸上没有任何表情，但那双一直眯着的眼睛，此刻完全睁圆了，他背着手站在原地，无声地望着奔跑过来的老头儿。

当双方距离很近的时候，老头儿顿住脚步，眼睛一眨不眨地望着老鬼，身子不断地发抖，嘴皮子哆哆嗦嗦了好久，才讷讷地说了一句：“是……是大哥？”

“宋五爷，”老鬼嘴角露出一丝冷笑，“你还认识老子？”

“大哥……”那老头儿本来威风八面，但是一看到老鬼，气势顿时就萎了，在原地晃了几晃，双腿一软，扑通就跪了下来，他很惶恐，极度的惶恐，就好像看到一个死去的债主重新活生生地站在面前。

一群人随即就傻了，搞不清楚老鬼是什么人，也搞不清楚村里的掌灯为什么好端端就跪下来了。

“大哥，你什么时候出来的？”老头儿跪在地上磕了三个头，等到抬头时，一双老眼里已经带了泪花，“总有四五十年了吧，兄弟想你想得苦……”

那一瞬间，我看到老鬼圆睁的眼睛里，突然露出一丝温和，还有缅怀的神色。不知道他想起了什么事情，身上的杀气顿时减了许多。

那个叫宋百义的老头儿眼泪一流就止不住了，老泪纵横，跪在地上簌簌地落泪，他对老鬼很恭敬，老鬼不发话，他连站都不敢站起来，在原地跪得端端正正。

周围鸦雀无声，只剩下宋百义隐隐地抽泣，老鬼默默望着他，足足有一刻钟的工夫，才摆了摆手，长长叹了口气："算了算了！老子一肚子火，本想拿你几个儿子孙子开刀，看你还认得老子，还能掉几滴眼泪，就不跟你计较了。"

老鬼这么一说，宋百义如释重负，从地上爬起来，亲自把我和老鬼迎进村子。我没想到进鬼村竟然这么容易，但这明摆着宋百义完全是看老鬼的面子。

宋百义把我们带到村子祠堂旁边的大屋，那里可能是宋家人平时商量事情的地方，别的人都被挡在外头。宋百义亲手给老鬼端茶送水，恭敬又虔诚，老鬼让年纪这么大的人伺候着，没有一点儿不自在，好像宋百义做什么都是应该的。

"大哥，"宋百义在我们对面坐下，想了想，试探着问道，"你出来了，现在是谁在镇河？"

"老子以为你早就忘了镇河这回事了，得蒙宋五爷你费心，"老鬼眯着眼睛，身子半歪在椅子里，道，"老子等了几十年，该来的人都不来，没法子，逼着陈老六去顶班了。"

老鬼说话很不客气，一字一句都像带着刺，说得宋百义一张老脸青红闪烁，却不敢还嘴。我在旁边虽然听得有些糊涂，但隐约也好像是懂了一点儿。我再一次确信，最初和爷爷驾船巡河时遇到石头棺材，那应该不是偶然，老鬼跟爷爷之前就是认识的。

"大哥，"宋百义又试探着问道，"既然你出来了，有什么打算？"

"打算……"老鬼抬头望着屋顶，愣愣地出神，过了好半天才慢慢道，"还记得当年的槐树林子不？"

"这些兄弟不敢忘。"宋百义眼睛亮了亮，接口道，"一辈子都不敢忘，记在心里的。"

"你记得就好，当年大伙儿一起拜过关老爷，同生共死，老子不敢想，那是奢望。”老鬼道，“这次来找你，就想问问，老子现在说话还作数不作数？”

“作数的，大哥说话，永远都是作数的。”

“好！”老鬼突然就坐直了身子，眯着的眼睛微微露出一条缝，指了指我，道，“你给老子记住这个娃子，老子想让他做七门的大掌灯！”

第十七章 奇思妙想

“七门大掌灯？”宋百义不由自主地望了望我，又望望老鬼，想说什么，但没有说出来。我不知道老鬼说的七门大掌灯是什么意思，不过听着很威风。

“怎么？你觉得不行？”老鬼道，“老子看准他了。”

“不是不行，只不过……”宋百义犹豫了半天，壮了壮胆子，小心翼翼道，“大哥，你镇河那么久，可能不知道现在的世道跟过去不同了，改天换日，大掌灯那个名头，已经过时了，吃不开。”

“老子不管现在什么世道，要他做，他就得做，现在就问你一句话，认不认他？”

“大哥，”宋百义的喉结动了动，咽了口唾沫，道，“那些事情都过去了，你镇河那么多年，都是白白浪费了时间。大哥，我们掀不起多大的浪头来了。”

“放屁！”老鬼的脾气很暴躁，看见宋百义犹犹豫豫的样子，马上就急了，拍着桌子道，“你觉得老子在鬼扯？什么叫过去了？！”

“大哥，我知道你不爱听这些，但兄弟说的都是实话，咱们当年做的那些事，现在讲给人听，人家都会觉得是我们疯了，说的胡话……”

“是吗？”老鬼本来已经发脾气了，可这时候突然压住火气，阴森森地笑了笑，道，“你知道，老子一辈子从来不屑跟谁说瞎话，现在告诉你，老子这次为什么要出来。”

老鬼阴森森的笑容有点儿可怖，但是那种阴森的背后，是一种庄重和肃穆，让人毫不怀疑地认为，他说出来的话都是真的。宋百义的表情顿时变得不自然，嘴唇又哆嗦了几下。

“你给老子一个字一个字地听清楚。”老鬼探出身子，朝宋百义那边凑了凑，直直地盯着他的脸，道，“老子一直在镇河，那些事情，比你们看得都准！老子相信自己不会算错，现在距离天崩，至多五年！”

“什么？！”宋百义的脸色顿时变得惨白，身子猛地一晃，差点儿从椅子上摔下来，他好像被老鬼的话触及了内心最深处一些隐藏许久的东西，不仅脸色惨白，而且额头立即冒了汗。

“你知道，一旦天崩，会有什么后果，你现在的日子安稳了，儿孙满堂，管着一个家族，很惬意是不是？”老鬼冷笑了一下，“老子不怕告诉你，最多再过五年，你想把这群人拉去填河都迟了！”

“大哥，你……不要说笑……”宋百义完全被老鬼的话吓住了，双手颤抖着擦掉额头上的冷汗。

“老子没心跟你说笑，”老鬼收起冷笑，顿了顿，语气变得柔和了一些，道，“老子是让你们坑了，镇河五十年，没人过去看我，也没人接替我，老子心里虽然有气，窝了很大的火，但是已经熬了那么多年，想想就算了，便宜了你们这帮王八蛋，如果不是天崩，老子也懒得挪窝，更懒得跟你们计较什么。老五，自己想想吧。”

宋百义皱着眉头，起身在椅子旁边来回踱了几步，有点儿失魂落魄。过了一会儿，他停下脚步，看着老鬼，道：“这个娃子是谁？”

“是陈老六的孙子，你给我记清楚。”

“大哥，你的意思是？”宋百义咬了咬牙，道，“兄弟说句心里话吧，从你当年走了之后，宋家就金盆洗手了，想过几天踏实日子，这么多年下来，混得不好也不坏，总有口安稳饭吃，下面的小辈根本就不知道那些事，现在真要把宋家再拖下水，大哥……”

“随你，”老鬼变得很平静，淡淡地看了宋百义一眼，道，“要是老子说话不算数了，也不强求，只不过从现在起，我就把宋家彻底从七门里踢出去，靠着河吃饭，将来家里人真有个三长两短，别求到老子头上。”

宋百义的脸顿时死灰一片，老鬼的话像是有巨大的震慑力，让他进退两难。老鬼眯着眼睛不再说话，宋百义焦躁地在屋子里走了十几圈，最后像是下了很大决心似的，对老鬼点了点头。

“不要答应得那么快，你想清楚，这不是儿戏，”老鬼幽幽道，“你知道七门的规矩。”

“大哥，你说得明白，至多五年就要天崩，”宋百义苦笑了一下，“我不答应，还有别的法子吗？”

“你明白就好，老子少费点儿口舌。”老鬼看见宋百义答应，立即站起身，一边朝外走，一边道，“这些年，你跟谁走动得多一些？”

“和老六彻底没来往，老七家断后了，二哥三哥那边，我想法子找他们，四哥也没音讯，”宋百义跟在后面，道，“你知道的，四哥脾气怪，住的地方那么阴，连我都不敢去，所以这些年来往少了些。”

“告诉他们，老子回来了，”老鬼带着我出门，头也不回道，“老子自己去找老四,一个月之后，在你这儿见。”

老鬼没再停留，带着我离开抱柳村。我满脑子都是问题，在村里不敢乱说话，憋得心里很难受，一离开村子就连珠炮般地朝老鬼问出来。

“什么是七门？什么是天崩？什么是镇河？”

“该告诉你的时候，老子会告诉你，不要一直追着问。”老鬼道，“你爷教你练过把式没有？”

“扎过马步。”我想了想，在我的印象里，我爷爷水性极佳，但是功夫好不好，我的确不知道。因为从我记事开始，他就没跟谁动手打过架，很小的时候，爷爷叫我扎马步，每天巡河扎马步，那是雷打不动的惯例。

“老子教你点儿东西，你好好学着，”老鬼正走着，突然停下来，回头对我道，“娃子，你是要做大事的，你爷托老子照看你，但时间不多，过些天，老子要出远门，等我一走，你就要自己去闯了。”

我细细想着今天听来的话，老鬼和宋百义交谈的时候没有避讳我，他们说了什么，我都记在心里。当时虽然傻愣愣的，但也不是没有心眼儿，我琢磨着，老鬼在石头棺材里待了很多年，听他的意思，如果不是因为要办一件很重要的事，可能他还不会出来。

自然而然地，我就想到了他说的天崩，我估摸，老鬼从石头棺材里出来，多半和这个有关。

“我要做什么大事？是你交代的，还是我爷交代的？”

“不是老子，也不是你爷，”老鬼的神色凝重起来，道，“是天。”

“做什么？”我从老鬼的表情里感觉到了很大的压力，他说得很认真。

“要做什么，你迟早会明白，老子没念过书，这个事情有多重要，老子和你讲不清楚，只跟你说一件事吧，”老鬼转头看看不远处的河，道，“知道这条河是怎么来的吗？”

我顿时就愣住了，心说老鬼问的这个问题怎么这么无聊，泱泱黄河，从古至今就流淌在中原地区。

“娃子，不要自以为是，你觉得，你知道的就是真的？”老鬼抬眼望向不远处的大河，道，“这条河，是有人故意挖出来的，你信不信？”

“胡扯吧！”我感觉老鬼在说胡话，黄河有多长，我当时没有具体的概念，但是至少我知道它不是一条小河沟，说挖就挖出来的。“蒙人呢？从大禹治水，这条河就在了。”

走船人大多出身贫苦，从小就得为生活奔波，除了家境富裕的，穷人家的孩子极少念书，但是走船人熟悉黄河，每一个关于黄河的传说，都熟记在心。大禹治水“三过家门而不入”的故事，听人讲过很多次了。

“那就对了，”老鬼也不管我信不信，道，“大禹治水的时候，这条河才刚刚被人开出来，如果它没被开出来，大禹还治什么水？”

我站在原地就愣住了。老鬼这个人虽然让我觉得神秘而且可怕，但他不像是个惯于撒谎的人，也不会毫无由来地欺骗我。但是他说的话太过离奇，黄河是人开出来的？我一下子没法接受这个问题，呆呆地站了半天，才拔腿追过去，但老鬼只说了那么多，再问他，就不肯说了。

“算了算了。”我有点儿赌气，但是转念一想，就明白老鬼怕我知道的事情多了，又少不更事，把这些事给泄露出去，他嘴巴紧得和石头似的，用锤子敲都敲不开，“不说就算了，以后你也不要问我啥事，问了也不会告诉你。”

“脾气还不小，”老鬼咧嘴笑着，“跟老子小时候一样。”

“不跟你瞎扯，”我踢着脚下的小石子，边走边问，“现在咱要去哪儿？”

“阴山峡。”

“你快拉倒吧！”我大吃一惊，忍不住就拽着老鬼的袖子，“你不要命了是不是？！”

第十八章 河凫传说

我的确很吃惊，老鬼说的阴山峡，是黄河沿岸最让人腿软的一个地方，其实，去过那儿的人很少，大多都是风传。那是距离绕梁沟子一百三四十里的一个山峡，非常深。关于阴山峡的传说，由来已久，很多人都说，大河的龙王爷管水道，阴山峡则是地府阎罗囤纳阴兵的地方，阴气森然，就算在大白天，太阳光也照不穿峡谷中飘荡的那层阴惨惨的雾。

这些话肯定是在胡扯，阴山峡的由来，跟黄河的地理位置其实有很大关系。中华文明起源于黄河流域，从老祖先们开始生息繁衍一直到后来，黄河流域所在的中原地区都是诸多朝代和政权的文化政治中心，兵家必争之地。从古至今，黄河流域不知道发生了多少次重大的战役。每次大战过后，河面浮尸百里，几乎淤堵河道，阴山峡谷不知道从什么时候开始成了一个抛尸的地方，成千上万的浮尸被打捞出来之后丢到峡谷中，那简直就是阴气最重的积尸地。黄河三十六旁门里头，多半都是江湖草莽，但几乎门门都有祖规，不到阴山峡去讨生活。

“娃子，没有人不能去的地方。”老鬼拿开我拉着他的手，突然一本正经地对我道，“练练你的胆子，知道今天跟宋家掌灯说的话是什么意思不？老子要你做七门的大掌灯。”

“不知道。”我摇摇头，尽管我能听得出来，七门大掌灯好像是个威风凛凛的角色，但还是不了解其具体的含义。

“一边走一边说，跟老子闯闯阴山峡。”老鬼带着我走，本来还是想顺水路走，那样快一些。但汛期临近，水涨得厉害，绝大部分走船的都开始歇业了，空荡荡的河面没有一条船，水浪汹涌，我们只好继续靠两条腿赶路，老鬼沉吟了一会儿，道：“你爷跟你讲过河凫子的事没有？”

“讲过，”我跟着老鬼跑了两天，其实觉得他并没有在石头棺材里看着那么阴森，所以心里的畏惧在无形中慢慢减少，“但没说太多。”

“他不讲，老子跟你说说，”老鬼示意我走快一点，道，“不知道河凫子是怎么来的，你就不配当一个河凫子。”

老鬼开始对我讲，但是我怎么听，都觉得那像是一个虚无又毫无边际的民间故事。老鬼说，在很久之前，黄河就经常在汛期大规模地泛滥，洪水滔天，改道无数次，每次改道，淹田、淹庄稼，所以沿岸人烟稠密的地方，譬如说，开封那种古城，就会修筑河堤防洪保地。像我们盘河村那种地处荒僻的小村子，人少地薄，没有能力修筑大堤，因而往往是方圆一二百里所有的村子联合起来，集中力量一起做一些事情。

我不懂水利，不过却知道，黄河决堤的主要原因是上游带过来的大量泥沙，在流势缓慢的下游沉积到水底，经年累月，导致水位越来越高。平时还好，一旦汛期到来，水位一涨，绝对会破堤而出。所以，过去民间治理黄河防汛，除了在汛期修堤抢险，还会在汛期之前疏通一下河道。

有一年，在清理河道沉淤的时候，有一段河道就出了怪事。老鬼没有说那段河道具体位于什么地方，只告诉我，离河道最近的一个村子边，是一片槐树林子。河道里的水本来已经干得只剩正常水位的一小半，按道理说清淤比较容易，但无论怎么挖，河底的泥沙好像根本不会减少。

“一连七天吧，”老鬼想了想，道，“每天都要死一个人。”

死状很惨，都是在清淤中不慎落水的，两岸的人水性一般都不错，但是落水的人掉到水里仿佛就游不动了，很快沉到水下。

不用人救，沉到水底的人过不了多久就会自己浮上来，但浮上来的时候已经断气了，死者的脸面目全非，如同被什么东西抓得稀烂，而且最重要也最让人意想不到的是，尸体浮出水面的时候，右手都不见了。

听到这儿的时候，我的心咯噔一下子，顿时就想起从爷爷卧房墙根下挖出的那只手。不过我咽了口唾沫，没有打断老鬼的讲述，这老东西脾气不好，我不想招惹他。

连着七天，死了七个人，清淤的事情还没有一点进展。汛期将近，人人心里焦急，到了第八天，众人提心吊胆地上工，因为都被前七天死的人给搞怕了，有人隐隐意识到，是不是第八天还要接着死人？

但他们都猜错了，第八天一开工，事情进行得非常顺利。赶工的人大喜过望，干得热火朝天，大家觉得，虽然死了七个人，但是只要能在汛期前做好一切准备，大水过来的时候可以保住村子还有田地，那也算是值得了。

紧接着，他们就在河底挖到了一个东西，那东西很大，足足有十几米那么长，横亘在河底。随着泥沙的减少，这东西渐渐就从河底露了出来，有水性很好的人潜下去看了看，觉得那好像是一根大柱子。

那个年头儿离现在很远了，除了一些很简陋的工具，人们做事基本靠双手。本来，他们是想把水里的东西给挖出来，但东西太大了，估摸着重量也会很惊人。如果想挖，必须要付出很多人力和时间，汛期将至，要做的事情太多，所以人们就放弃了，毕竟黄河河底乱七八糟的东西太多了，挖也挖不尽。

后面发生的事，有点儿像神话传说，但老鬼讲得一本正经，就让我感觉那些事好像都是真的。

在人们放弃了挖掘那个东西的念头的当天夜里，有一大半人都在晚上睡觉时做了同一个梦。他们梦见从河里游出来一个长着长胡子的老头儿，那老头儿对他们说，河底的东西一定要挖上来，否则，沿河流域会有大祸。

第二天，人们就开始议论这个奇怪的梦。睡觉做梦，一点儿都不稀奇，但是那么多人同时做同样的一个梦，就很耐人寻味。沿河的居民历来信奉神鬼，很多村子的族长凑在一起商量，认为这个事情非同小可，肯定是有神明暗中提点，不能轻视。所以，经过商量，他们决定把河底的东西挖出来。

为了挖掘河底的东西，他们作了大量的准备，赶制出来十几个土制的大绞盘，还特地绞了几股胳膊那么粗的绳子。第九天，绞盘都被放在岸边，然后有人下水，把水里那个东西周围的泥沙、杂物全部清理干净，十几米长的东西，两头各套了一股绳子，然后岸边十几个绞盘同时发力，一点点把东西拖出水面。

挖掘进行得还算比较顺利，至少没有人员伤亡。但就在那东西将要浮出水面的一刻，天空阴云密布，开始打雷，都是很粗的雷，从云端直劈下来，那场景太吓人了，整个河面还有河岸几乎都被雷霆给笼罩了。那些雷很奇怪，像是长了眼睛似的，专劈正在绞动的绞盘，一道雷劈下来，绞盘就轰地燃成一团熊熊的火，紧跟着天又开始下雨，大雨倾盆，淋得人几乎站不稳脚跟。

那样的场景是绝对可以把普通人吓得手足无措的，但越是这样，越是让当时在场的人觉得，河底的东西非同小可，必须挖出来。很多人冒着雨，顶着漫天的雷霆拼命拉，用剩下的绞盘一点点把河底的东西拖上来。那东西露出水面的一刻，雨和雷瞬间就停了，阴暗的天空立即放晴。

一直到这时候，他们才发现，河底那个开始被人误认为是柱子样的东西其实是一尊十几米高的人像。人像是用一整根巨大的原木雕刻出来的，外面包着一层铜皮。此时此刻，头天夜里刚刚做过那个奇怪的梦的人，顿时目瞪口呆，因为他们能清楚地看到，给他们托梦的那个长着胡子的老头儿，跟这尊铜皮木像几乎一模一样。

是它在托梦？

有人产生了怀疑，但是他们觉得铜皮木像既然已经被拉出了水面，至少得弄上来再说，所以就继续拉。不过铜皮木像到了岸边就再也拉不动了，这时候有人发现，几根粗得吓人的铁索拴着铜皮木像的手脚还有脖子。接下来又找铁匠把这几根铁索硬生生地凿断，说起来有些让人难以置信，那几根粗得吓人的铁索被凿断的时候，竟然一股一股地朝外淌血。

一群人脸色唰地就白了，都感觉这东西是不是什么被锁在河底的邪物？但是后悔也来不及了，铜皮木像已经被运到了岸上。一些村子的族长心里实在放不下，商量着明天到别的地方请个大仙来看看。

铜皮木像就被暂时搁置在岸边，留下几个人看管，其余的人收工回去吃饭睡觉。当时的天气有点儿热，看管的人喝了点儿酒，很晚才睡。天蒙蒙亮的时候，其中一个人起来解手，突然发现，岸边那尊十几米高的铜皮木像竟然不见了。

在铜像消失的地方睡着一个老头儿，老头儿的胡子很长，手里握着一把铁铲子，跟他们在梦里梦到的一样。

第十九章 家世由来

第一个发现铜皮木像消失又发现老头儿的人惊慌失措，赶紧扯嗓子把同伴喊起来。那几个人围过来的时候，拿着铁铲子的老头儿悠悠地醒了过来。老头儿说让他们村子的人费心了，表示感谢，然后又说，黄河年年泛滥，危及两岸，清理河道、修筑河堤都是不管用的，必须治本。

住在河边的人，最大的心愿就是这条河能消停几年，让人过过安稳日子，所以老头儿一说，那几个人的慌乱顿时减少了很多，都想继续听下去。但是老头儿不肯说了，拿着铁铲子站起身，慢慢朝远处走，一边走，一边头也不回地说，因为自己要从河里出来，所以伤了七条命，作为补偿，他会还村民们七个护河神。

老头儿越走越远，几个人不敢追。等到天亮之后，大批上工的人来到河岸时，老头儿早就踪影皆无。当地人分辨不清这老头儿到底是神还是妖，反正心里忐忑不安，惶恐了好一阵子。

本来，人们觉得老头儿这一走就不会再出现，但是让人意想不到的是，仅仅过了一天，就有人在别的地方看见了老头儿。

“娃子，你猜猜，是在哪儿见到他的？”老鬼可能觉得自己一个人嘚吧没意思，讲了一阵子之后问我道，“猜猜看。”

“这我哪儿能猜得出？”我听得很入迷，不想让老鬼停止讲述，这两天算是多少摸到了他的脾气，所以故意激他，说他自个儿可能也不清楚事情的原委。

“放屁！”老鬼果然吃不住激将，当时就急了，“这条河上上下下，还有老子不知道的事情？”

人们再次见到老头儿的时候，是在灵棚里。我们家乡在过去一直奉行土葬，死者要入土为安，当时护河修堤的人来自各个村子，打捞铜皮木像之前死在河里的七个人，事后都被接回家，准备埋葬。在入葬之前，家里头设灵棚，尸体摆放七天，等到亲朋好友都祭拜过了，才会真正埋进坟地。

七个死者来自七个不同的村子，都是年轻力壮的棒小伙子，死得很可惜。拿着铁铲子的老头儿消失的时候，后面几个死者还没过头七，还在家里的灵棚里放着。入夜之后，有人起夜，模模糊糊地看到拿着铁铲子的老头儿在一个村子的灵棚外出现，当时那人还以为是村里的泼皮闲汉趁机去偷灵棚里的祭品，所以跟过去就想制止。但是在灵棚外露头的一瞬间，那人就被吓得几乎要发疯。

他看到拿着铁铲子的老头儿就站在棺材旁边，棺材盖子不知道什么时候被打开了，已经死了几天的尸体，正晃晃悠悠地从棺材里朝外爬。

之后，尸体就跟在老头儿身后，慢慢离开了村子。一夜之间，老头儿连走了六个村子的灵棚，六具尸体一连串被他带走了。死得最早的那个已经过了头七，老头儿又到坟地，亲手把埋进去的尸体挖了出来。七个在清理河道时意外死去的人，全部被老头儿收拢起来。

自那之后，老头儿才算是彻底消失，再也没有人见过他。

“那老头儿是谁？他带走七具尸体干什么？”我不由自主地开口就问，心里隐约察觉到了什么，却不是那么清皃。

“谁说那是七具尸体？”老鬼瞪了我一眼，道，“躺在灵棚的棺材里，他们是尸体，一旦出了棺材，就是活人。”

老头儿消失十几年之后，有人曾经在河里见到过断了右手的走船人。断手人虽然缺了只手，但水性精熟，好像河里的一条鱼，又好像一只水鸟，他们时常驾船巡游大河，唱着巡河调子，对这条河无比熟悉。河皃子这个称号，就是从那个时候而来的。

“那七个人，就是河皃子七门的祖师，”老鬼道，“庞刘王孙宋陈唐，七门七家。”

如果不是老鬼对我说这么多，我可能永远都不会知道河凫子的家世。河凫子传男不传女，虽然庞刘王孙宋陈唐七门里面可能有些门户人丁兴旺，儿孙一群，但是那一户里正经的河凫子，只有一个人。爷爷在世，他就是河凫子，除非等他死了，下头的接班人才能算是严格意义上的河凫子。时光流转，世事变迁，时间会改变很多东西。早些年，河凫子七门虽然都是异姓，但有统一的门规，有统一的首领，是一个整体。民国期间，七门出了些变故，这些变故导致七门联盟破裂。有些家族，如宋家，就洗手脱离了河凫子这一行，改做捞尸人，一旦破门而出，那他们就不算是真正的河凫子了。

“怪不得，爷爷说过，天底下的河凫子，加上我，最多不过三个。”

“你爷还有些先见之明，难道预感到了老子要拉他顶班？”老鬼一咧嘴，指了指自己，又指了指我，道，“刘王宋，这三家洗手了，末门的唐家没儿子，所以，天下的河凫子，一共三个，老子一个，你一个。”

“还有一个呢？”

“还有一个……”老鬼朝远方看了看，神情中有点儿唏嘘，眯着眼睛道，“还有一个在阴山峡。”

老鬼讲得很清楚，把河凫子的来历说得明明白白，虽然说得有点儿玄乎，不过至少给了我一个说法。但是听着这些，我心里更加迷糊了，河凫子的出现，不可能仅仅只是巡河那么简单。

“那你说的七门大掌灯……”

“娃子，咱们有件事要做，那件事比天都大。”老鬼的眼睛微微露出一条缝，面色凝重地对我说，“过不了多久，老子要出趟远门，不知什么时候才能回来，这件事，要七门联手，你爷不在，老子出远门，那帮王八蛋谁做大掌灯，老子都不放心，你懂吗？”

我一下子就明白了，老鬼让我做什么七门大掌灯，完全就是个虚名，我能有什么本事去统领七门？只不过我年纪小，没有那么深的心机城府，比别的人更好驾驭而已。

“不管懂不懂，就这样决定了。”

接下来，我跟老鬼一直在陆路赶路，水道完全走不成了，找不到船。不过距离不算特别远，我们走得慢，老鬼一路走一路教我一些东西。他的确很厉害，手上的功夫是我从来没有见识过的。

之后，我们终于远远望见了阴山峡。我不知道是自己心里太慌，还是确有其事，走到阴山峡附近时，就感觉那边飘着一层发灰的雾气，头顶的太阳照在雾气上就被阻住了，难怪整个阴山峡一年四季都阴沉沉的。

那是个诡异之地，路过阴山峡的人曾经看到过一支队伍从外面冲进阴山峡，那支队伍浩浩荡荡，但是看上去却飘飘忽忽的，好像是一个个透明的影子，举着大旗金刀，阴气铺天盖地。普通人不要说进阴山峡，就算从峡谷边经过，回家之后也要害场大病。

阴山峡不是什么险要的地方，峡谷入口就在那儿，只不过无人敢出入。老鬼没有一点点儿畏惧的意思，带着我直挺挺就朝入口那边走。一走进阴山峡，光线立即暗淡了，我看到前面模模糊糊又黑压压的一片，一团一团仿佛终年都散不掉的灰雾，贴着峡谷上方不断缓缓起伏。

抬腿走进来，仅仅那么一步，就好像两个完全不同的地界。阴山峡里气温低得很，我忍不住打了个哆嗦，感觉一股股寒气从四面八方扑了过来，顺着衣服朝皮肉里钻。但是老鬼不怕这些，他瘦小的身躯就像一个火炉，腾腾冒着热气，我忍不住紧贴着他，感觉好了很多。

河滩附近的地域总是潮湿的，阴山峡底部，是一层黏糊糊的烂泥，好像一片沼泽地。我一脚踩下去，半条腿就陷到泥里去了，老鬼对这里有点儿熟悉，把我拉出来，溜着边走，这样好一些。但是走了不到十分钟，死沉沉的峡谷深处，好像有一股异样的气息在上下翻滚，让人心里一个劲儿地发毛，总觉得周围某个角落里，隐藏着无数双绿油油的眼睛，正死死盯着我们。

“轰……”

前面突然就炸起一团绿光，活脱脱就是乱坟岗子里夜间冒出的鬼火，但那么大一团凌空炸开，星星点点的绿光把周围照射得一片惨绿，让人毛骨悚然，我身上的寒意更重了，不停地和老鬼说话，想减轻心里的压力。

“娃子，慢点走，泥窝子很深，不要踩进去。”老鬼一边在前面带路，一边对我道，“一直没问你，你叫什么名字？”

“陈……陈近水……”我额头直冒冷汗，连说话也开始发颤。

“你爹叫陈应龙是不是，你叫陈近水……”老鬼顿了顿，突然就笑起来，道，“老六到底念过两天书，比老子肚子里的道道儿多，给你们起的名字好歹像个名字，不像老子，给儿子起名的时候，连着想了三天，最后起名叫狗娃子……”

“狗娃子也不错，”我一边紧张地朝四周不断乱扫，一边搭话道，“他现在在做什么，不是也得算个河凫子？”

老鬼的脚步突然就停下来了，站在原地没有回头，但是我看到他的身躯微微晃了一下，过了半天，他才慢慢开口道：“狗娃子命不好，已经死了。”

老鬼的语气第一次显得有点儿人情味儿，很苦涩，也很无奈，同时还有深深的伤感，可能是想起早已经死去的儿子。就在这一刻，我觉得他其实很普通，一点儿也不可怕，是一个被所有人都遗忘了的老头儿，可怜得紧。

“事情都过了，别往心里去……”我想劝他，但是脚下步子一滑，身子随即歪歪斜斜地打了个趔趄，右脚扑哧踩到一团烂泥里头。这是个泥窝子，非常深，右脚一踩就陷下去了。我赶紧朝外拔，但是刚刚一动，就感觉右脚的脚脖子被什么东西一下抓住了。

第二十章 阴山峡谷

脚陷在黏糊糊的泥窝子里，我感觉不到是被什么抓住了脚脖子，但隐隐约约觉得那好像是一只手。本来我就非常紧张，这一下忍不住失声叫了一下，想用力把右腿拔上来。

"娃子，怎么回事？"老鬼在前面回过头。

"没什么。"不知道为什么，我对老鬼的畏惧少了，心里反而又多了一点点儿依赖，总觉得和他在一起，或许会比较安全。但我不想在老鬼面前把自己搞得那么狼狈，所以赶紧稳住心神，道："没事儿。"

我用力一抬腿，把右脚从泥窝子里拔出来。在脚掌离开烂泥的时候，我顿时看到脚脖子上挂着一只不知道被浸泡了多久的手，那只手完全化成了骨头，皮肉不存，它就保持着一个很奇怪的姿势，被我从烂泥里带了出来。那一刻，连我自己也说不清楚，到底是右脚陷进去的时候无意被这只手给挂住了，还是它有意抓到我的。

"没事的，一只手，"我吁了口气，对老鬼道，"烂泥里头估计很多这东西。"

老鬼不说话，盯着烂泥窝子看了几眼，又把目光投向阴山峡的深处。我心里还是发虚，忍不住低头朝那只被我带出来的手看了看，我说不清楚自己是不是眼花了，那只手似乎在烂泥里动了几下。

"老鬼！"我再也承受不住这样的惊吓，拖着满腿的烂泥，两步跳到他身后，指着烂泥窝子，“看！快看！”

一急之下，我把平时在心里对他的称呼都喊出来了，但是老鬼丝毫不介意，嗖地转过头，盯着烂泥窝子，道：“怎么了？”

“那只手，在动，在动……”我惊魂未定，不是胆子小，只是处在阴山峡这地方，难免会被环境影响。

老鬼眯着眼睛，盯着烂泥窝，但那只手就躺在烂泥里，一动不动。我心里真的希望是自己看花眼了，否则肯定会有麻烦。我站在老鬼身后，踮着脚尖望过去。有那么两三分钟时间，一点点动静都没有，我紧绷着的心稍稍松了一些，不知不觉中，汗水已经把衣服浸透了，凉气一激，乱冒鸡皮疙瘩。

“是我看花眼了，”我拉拉老鬼的衣袖，道，“没事的，接着走吧，早点办完事，我真不想在这里多待。”

“不能走……”老鬼眯着的眼睛慢慢睁开了，死死盯着那潭烂泥。

“咕嘟咕嘟……”

老鬼的话音还没落，死气沉沉的泥窝子里突然开始冒泡。这种泥窝子很深，如果下面没有东西翻腾的话，绝对不可能冒出这么多气泡。一串串气泡慢慢从泥窝子的深处翻滚上来，密密麻麻的一大片，像是底下烧着一大把火。看到这一切，我再傻也能察觉，泥窝子里肯定有什么东西要出现。

随着烂泥中的动静，一股更寒冷的气息随之把我裹了起来，浑身上下瑟瑟发抖。泥窝完全沸腾了，方圆十多米的泥潭表面上，全部都是从下面钻出来的气泡，咕嘟个不停。

“娃子，躲到后面去！”老鬼伸手又把我朝后推了推，我紧紧贴在泥潭旁边的石壁上，大气都不敢喘。

气泡翻滚的泥潭中，慢慢探出密密麻麻一大片手，说不清楚有多少，阴山峡前后抛入的尸体不计其数，估计泥潭深处都被铺满了。一只只没有血肉的手，带着淤泥和磷光，从烂泥里朝外伸，隐隐约约中，峡谷里好像起了风。

阴风呼啸，夹杂着人吼马嘶，好像成千上万的人从四面八方猛冲出来。烂泥里那些手拼命朝外伸着，无穷无尽。当白骨嶙峋的手臂伸出一大半时，无数头盖骨已经从泥里显现出来。

“唰……”

一刹那，老鬼的眼睛彻底睁开了，我感觉到一股火热的气息从他身躯里爆发出来。他很瘦小，但站在泥潭边上威风凛凛。他的腰杆挺得笔直，冲着泥潭中正在上浮的那些手吼了起来。

“回去！”老鬼的声音好像峡谷中一道闷雷，震得我耳朵隐隐作痛。

无数只正在拼命朝外伸着的手随着老鬼一声怒吼猛然顿住了，烂泥中浮出一半的头盖骨硬生生地停在半途，老鬼抬腿朝前走了一步，又是一声大喝。

“回去！”

在那一刻，我有点儿惊呆了。过去听爷爷说过，我们陈家的老祖爷半夜经过坟地，一声大吼能把乱糟糟的鬼火都压下去，那时候总觉得爷爷是在夸大其词，但看着眼前的老鬼，我突然相信了。

很多年过去，每每回想起往事，许多人的影子都会在脑海里来回地闪现，但是让我记忆犹新的，还是阴山峡中老鬼那道挺得笔直的身影。

“给老子回去！”老鬼第三次出声如雷，他的眼睛完全睁开了，有一种无所畏惧的光芒在闪烁。烂泥中无数浮出一半的头盖骨突然就缩了回去，紧跟着，密密麻麻的手也收回泥窝里，消失得很彻底。之前还沸沸腾腾的泥窝子立即平静下来，那股挟裹着人吼马嘶的阴风也消失得无影无踪了。

我心头的紧张也因为老鬼的威猛而平息下去，他站在泥潭旁边，久久都没有回头，我走过去轻轻拉拉他的衣袖。老鬼慢慢转过脸，那双睁得很圆的眼睛重新眯了起来，自失一般地摇摇头，望着我，道：“我，老了！”

我一下子没能明白老鬼在说什么，但他的语气里老是有一种莫名其妙的伤感。

“倒退回去二三十年，老子吼一下，就能把这些乱七八糟的东西都震回去。”老鬼转身继续贴着石壁朝阴山峡深处走，一边道，“要是没记错，老子今年大概七十四岁了，大半辈子都在镇河，若不是那样，七门不会散成一盘沙，我那傻小子，也不会临死了都没人救……”

我第一次觉得老鬼和其他许多上了年纪的人一样，喜欢絮叨，喜欢说说过去的事。但他像是自言自语，我没法插话，只能跟在后面默默地听。

“人，到底是个什么东西？老子活了一辈子，还是弄不明白。当年的槐树林子，七个人一个头磕在地上，对着关老爷喝了血酒，发了毒誓，老子以为那都是真的。”老鬼停下脚步，回头对我道，“娃子，你知道不，我那傻小子临死的时候，宋老五就在跟前站着，他不管，要是伸伸手，狗娃子说不定就能活下来……”

我心里震了震，难怪老鬼在去抱柳村的时候，火气那么大，也难怪宋百义看见老鬼的时候心虚得站都站不稳。有些话，他们没有明说，都是一把年纪的人了，但谁是什么样子，彼此心里有数。

老鬼可能心里孤苦，被往事撩动得有些难以自持，不过说了一会儿，他就闭上了嘴巴。我们朝阴山峡里走得越深，光线就越暗淡，头顶笼罩着一层灰雾，阳光照不进来，老鬼拿了一盏气死风灯，昏昏沉沉的像是一团鬼火。

峡谷入口的那片泥窝子总算是走出去了，眼前遍地都是遗骨，一层叠着一层。当年黄河两边每次大战之后，死尸几乎都是胡乱抛进来就算完事儿了，最初的时候，还有人搬进来一些薄皮棺材，让死去的将士有个安身的地方，但是后来就没人管了。这是我这辈子第一次亲眼看到那么多尸体的遗骨，尽管知道都是些没有生命的骨头架子，不过在烂泥潭的时候就把我吓住了，一直到现在心里还在发颤。

老鬼若无其事，我们朝前走了有五六十米，地面上的骨头架子仿佛被人收拢过，隐约扩出一条路，走到路尽头的时候，我们眼前出现了一座模模糊糊的小山，几乎把通往前面的路堵死了。

“有山，咋办，要翻过去？”我问老鬼道，“到底还要走多远？”

“翻个锤子，”老鬼道，“娃子，你的眼睛是用来撒尿的？你瞅瞅那是山吗？”

老鬼如果不说，可能我真的会混淆。说着，他又走了几步，把手里的气死风灯举过头顶。这点光线不足以让视线完全清楚，但是有了他的提示，我再仔细看看，就猛地抽了口凉气。

棺材，密密麻麻的棺材，杂乱无章地堆积在一起，一摞一摞，拢得像一个小山头。时间久了，棺材烂得千疮百孔，我不知道棺材里面还有没有什么东西，但那么多堆在一块儿，隐约还露着半截没有清理掉的人腿骨，凄惨又可怕。

我观察了一会儿，觉得从右边还可以勉强走过去。但是老鬼的眉头渐渐皱得很紧，站在距离棺材山还有二十来米的地方，双脚像是在地面上生根了一样，纹丝不动。

“娃子，找好退路。”老鬼卷了卷自己的衣袖。

“又怎么了？！”

棺材山里突然发出一片窸窸窣窣的声响，声音不高，但接连不断，茂密如潮。那种声音就好像有什么东西在啃棺材板子，让人听着牙根子都发痒，又好像沉睡了许久的东西骤然复苏过来，庞大的棺材山仿佛随着这些响动而活了。

“啾啾……”

这时候，不知道从什么地方传来两下怪怪的声响，那声音像是笛声，又好像是人嘴里含着一片草叶子吹出来的声音。

“轰隆……”

这阵又轻又怪的声响，就好像是一个讯号，本来就响声不断的棺材山突然塌下去一片，一片黑压压的东西，像是一大波翻涌的浪潮，从棺材山里汹涌而来，地面瞬间就被这东西铺满了。

“老天爷！”我站在老鬼身后，看到这些汹涌而来的东西，双腿立即开始抽筋，脸都绿了。

第二十一章 棺山虫海

“娃子！躲一躲！”老鬼比我反应更快，在我腿脚发软、脸色变绿的同时，他就把我朝后用力一推。

我连滚带爬地后退了好几米，那片从棺材山里汹涌而来的黑压压的东西吱吱作响，数不清的各种各样的虫子，还有和小猫那么大的老鼠，翻滚着挤成一团，朝我们这边猛蹿。那些东西让我恨不得一头撞死在石壁上，恶心又恐怖，虫子和老鼠就像疯了一样，硕大的老鼠踩着拳头那么大的潮虫，吱吱乱叫着奔了过来。

“啾啾……”

那阵轻轻的又有些奇怪的声音再次传了出来，在昏暗的阴山峡深处飘荡，一瞬间，乱七八糟狂奔而来的各种虫子还有老鼠仿佛得到了无声的指令，跑得更快了。老鬼站在我前面，一瞬间就被黑色的浪潮给淹没了，我根本跑不及，不等翻身爬起来，最前面的几只老鼠已经跑到我面前了。

“去你的！”我完全被吓得有点儿麻木了，一脚把一只老鼠踹到后面，手脚并用，匆忙爬起来，转身就跑，但身后不远就是成片的遗骨，再后面是泥潭子，躲都没有地方躲。一个迟疑间，几只好像土鳖一样的东西顺着裤管就爬到我身上，每一只足有巴掌那么大，我甩着身上的小包袱把虫子拍打掉，调整方向，一口气跑到附近的石壁旁边，现在完全没有路走了，只能顺着石壁爬上去，居高临下地跟那些东西对峙，熬过一会儿算一会儿。

这可能是我这辈子爬得最快的一次，但是双脚刚刚离地，几只很大的老鼠打着滚儿就咬住了我的裤脚，我惊得双腿乱蹬，两只手紧紧扒着石壁上凸起的石头，身子悬空着，把裤脚上的老鼠甩了下去。我爬得很快，直直地爬上去四五米高，石壁上没有合适的地方，只能侧身贴着石头，一只脚踩着一块石头。

那种感觉没办法形容，在我爬上去的同时，一大片老鼠虫子已经涌到了石壁的根部，贴着石壁连连打转。这时候，那阵很要命的“啾啾”声又飘了过来，贴着墙根打转的老鼠随即就开始朝上面爬，我抽手扯下腰里的打鬼鞭，虽然没有我爷用得那么顺手，但好歹也下了几年的功夫。鞭子一甩，一下子把想要爬上来的两只老鼠给抽了下去，我力气用得很足，两只被抽中的老鼠掉下去之后就四腿乱晃，吱吱的惨叫声不绝于耳。

我就这样挺着，凡是想要爬上来的东西都被我一鞭子抽回去，情况稍稍好了一点儿，我才有机会注意到老鬼那边，老鬼依然提着那盏气死风灯，不知道从什么地方揪过来一把锈成铁坨子样的刀。锈刀舞得虎虎生风，一刀拍过去，一片老鼠虫子就被拍出去很远。

“老四！”老鬼冲着棺材山那边喊道，“是你不是？！”

但是没人回应，那阵“啾啾”声反而更急促了。在这阵声音的催促下，围着老鬼的无数虫子挤成一团一团的，像球似的朝老鬼涌过去，老鬼的刀子一挥，噗地打散了一群虫子，就在这个节骨眼上，一只大老鼠死死咬着老鬼手里的锈刀，怎么都不肯松嘴。老鬼急了，另一只手一下把大老鼠扯下来。老鬼那双手的力气不知道有多大，抓得大老鼠连声乱叫。

“跟老子比狠！你瞎眼了！”老鬼可能真的恼了，手上一用力，那只大老鼠的肚子顿时被挤爆了，“你吃财神肉，老子就吃你的肉！”

老鬼开始跑，想从那片无穷无尽的虫堆里冲出来，但是他只要一动，就会有一阵“啾啾”声传来，所有的虫子立即跳转方向，一路紧追着老鬼。老鬼年轻时肯定打熬得一副好身板儿，灵敏得像只兔子，一时半会儿，他可能不会有事，但棺材山里涌出来的虫子和老鼠太多了，我躲在石壁上，眼睛都不敢眨，一想到如果我们两个人力气用尽被虫海包围起来，头皮就忍不住发麻。

“老四！你逼老子翻脸是不是？！”老鬼气得不轻，一边跑一边冲着棺材山那边大喊，但是始终没人回应，他喊得越凶，那阵“啾啾”声就越急促。我就觉得事情肯定是不对了，我从老鬼和宋百义当时的谈话里察觉出，之所以来阴山峡，是为了找一个人，那人大概是河凫子七门里头的孙家。

老辈人的事，爷爷根本没讲过，还是从老鬼嘴里听来一些。河凫子七门里头的人，在槐树林里磕头喝血酒，一起拜关老爷，用我们这里的话说，就是拜了把子。老鬼几十年没有露面了，但宋百义看见他的时候，依然畏惧，恭谨得很，然而阴山峡里的孙家人如果不是出了什么意外，敢对老鬼下手？想着，我心里就更紧张，觉得今天的事情难以善终。

始终没有人回应，老鬼就闭上了嘴巴，一个字都不说，他飞快地跑，一边把追过来的大虫子老鼠打散，一边在分辨。这些虫子老鼠完全是跟着那阵奇怪的“啾啾”声而动的，我想，老鬼可能是在分辨声音的来源。

那阵声音很缥缈，让人分不清到底是从什么地方传来的，而且发出这阵声音的人或许一直都在不停移动，目标很难确定。老鬼来来回回跑了很久，难免有疏忽的时候，我看到有几只老鼠虫子顺着他身上爬到后背，一只大老鼠已经离老鬼的脖子很近了，被这个东西啃上一口，下场可能会很惨。但是我离老鬼太远，根本帮不上忙，只能惊叫一声。

老鬼头都不回，两条手臂一振，后背上的老鼠虫子都被硬生生弹了出去，他吐了口唾沫，对我喊道：“娃子，顾着你自己，比这吓人的东西老子都见得多了，没事！”

“啾啾……”

话音未落，那阵让我讨厌到了极点的声音又一次飘到了耳边，老鬼的头猛然一转，这一次，他可能察觉到了声音是从什么地方来的，舞着锈刀开路，风驰电掣般地朝棺材山那边扑了过去。我躲在石壁上不能乱动，看着老鬼绕到棺材山的后面就无法再观察下去，心里火烧火燎的。但是过了不到几分钟，从棺材山右边那条很狭窄的小路里，突然跑出来一个人，最开始的时候我以为是老鬼，可是再一看，不是他。我当时就猛一激动，这人应该就是发出“啾啾”声在驱赶老鼠虫子的人，终于被老鬼给逼出来了。

一旦被老鬼发现，那人就再也躲不掉了，对方可能对阴山峡里的地形非常熟悉，但是老鬼追得太紧，那人连调头的机会都没有，只能顺势朝入口那边逃。他的身影灵敏轻盈，跑得很快，在快要接近层层叠叠的遗骨时，猛然一转，冲着我这边就跑过来了。我不知道他想干什么，手下意识地一挥，打鬼鞭啪地甩过去。

那人确实很灵活，这一下没能抽中他，但是却让他的动作一慢。老鬼追得非常近，借着这个机会纵身一扑，从后面抬手抓住那人的衣领子，几乎硬生生把他给提了起来。紧跟着，老鬼另一只手呼地就握拳捣过去，他被惹火了，力道很猛，这一拳头要砸在脸上，绝对会打成满脸花。

“啊！！！”

被老鬼揪着的人陡然发出一声尖叫，我心头一紧，因为从尖叫声中能听得出，这是个女人。我一下就从石壁上跳下来，伸手把火把点亮，在光线的照耀下，我看到被老鬼揪着的是一个十八九岁的女孩儿，可能是常年都不见太阳的缘故，她的脸很白，乌溜溜的眼睛在我和老鬼身上来回乱转，目光里全是畏惧和惊恐。

老鬼皱了皱眉头，估计没想到被这样一个小女孩儿给搞得焦头烂额，但是他的拳头硬生生在对方脸前止住了。“啾啾”声一停，大片的老鼠虫子顿时就失去了指示，在我们不远处围了一圈，却没有冲过来。

这个女孩儿很倔强，尽管吓得发抖，却一句求饶话都不肯说。老鬼放下拳头，想了想，语气柔和了很多，道：“娃子，不要怕，跟我说，孙世勇在哪儿？”

我很怀疑这女娃子没有跟外人接触过，对我们有种强烈的排斥。她咬着嘴唇，那张白白的脸上没有一点儿血色，不管老鬼怎么问，她都闭着嘴不肯说话。老鬼脾气不好，耐着性子问了几句就有点儿焦躁。

“你这个娃子，是聋了还是哑巴？”老鬼皱着眉头，上下打量着她。过了一会儿，老鬼焦灼的表情突然凝固在脸上，声音微微有一点点发颤：“娃子，跟我说，孙世勇，是你爷，还是？”

“嗯！”那女孩儿突然就咬着嘴唇应了一声，拼命点头，眼睛里顿时涌起了一股泪，她不说话，只是“嗯嗯”个不停。

“不怕。”老鬼的语气又变得柔和了许多，松开那女娃子，缓声道，“不怕，我是你爷的朋友，几十年没见了，专程过来找他，娃子，跟我说，你爷呢？在哪儿？”

“在那边。”女孩儿眼睛里的眼泪就像断了线的珠子，伸手朝棺材山后面的方向指了指，她极力忍着，却还是没有忍住，哭着道，“爷爷不理我，自己在那儿坐了好久，我给他端饭，他不吃，和他说话，他不应，一个人坐了好些天……”

第二十二章 孙家七七

这女孩儿一哭，我心里之前的怨气就少了些，仔细想想，她一个女娃子，为了自保，对付擅闯到阴山峡来的外人，也不算过分。想到这儿，我也放下手里的鞭子，打量着她。从她的讲述里，可以听得出她爷爷像是出了什么事，我心里就有点儿急，小声催促老鬼，要他赶紧过去看看。

“娃子，我跟你爷好些年的交情了，带我去看看他，行不？”老鬼对女孩儿说了一句，之后又冲我轻轻摇了摇头，他的表情有种说不出的沉重。

不知道是不是老鬼柔和的语气让女孩儿放下了心里的戒备，甚或是河凫子七门里头人与人之间存在某些感应，老鬼这么一说，女孩儿就跟着点点头，捏着手里一根小管子，放在嘴边吹了吹，那种刚才让我头皮都发麻的“啾啾”声又一次传出，不过随着这阵声音，围在不远处的那些虫子还有老鼠潮水一般地退到了不远处的棺材山里面。

女孩儿带着我们走，她对这里的环境熟悉到了极点，仿佛闭着眼睛都不会走错一步路。我们一直走到阴山峡的最深处，那边的遗尸虽然都被清理光了，但阴风裹着灰云，在头顶上流云般地翻动。我们在峡谷深处右边的石壁上看到了一个洞，洞被烂布帘遮挡着，估计是住人的地方。

“就在这里。”女孩指了指布帘遮盖的洞口，回头看看我和老鬼，她虽然止住了哭，但眼睛还是有点儿红，可怜巴巴地等着老鬼说话。

“看看吧。”老鬼的表情更深沉了，他似乎已经察觉到了什么，脚步变得很慢。

山洞口那块布帘子被掀开的一瞬间，一股很难闻的臭味就从里面飘了出来，阴山峡里头本来就不怎么好闻，但这股气味尤甚。我不由皱起眉头，洞不大，但光线更暗淡了，老鬼手里的灯光射出去，我依稀看到里面坐着一个人。

那人一动不动，我看得不怎么清楚，只能看到他的头发和胡子长得杂长纷乱。但是当我闻到山洞里那股气味的时候，顿时就知道老鬼脸上那种沉重的表情从何而来。山洞里飘着一股尸臭，虽然已经不浓，却隐隐说明，那个坐着的人已经死了很久了。

“世勇……”老鬼低声念叨了一句，身躯晃了晃，抬腿就走进山洞，我跟在后面，只走了那么几步，心里的猜测就成真了。山洞里坐着的那个人皮肤已烂得斑斑驳驳，死了最起码有半年。

这是河凫子七门里的人，默默无闻地死在了阴山峡里，那情景悲凉又让人心酸，我的余光看到女孩儿站在山洞一角，眼巴巴地看着老鬼和那个已经死去很久的老人。这时，我似乎理解她的心情，自幼长在这种地方，几乎没有见过外人，当唯一可以依靠的亲人也远走之后，她一个女孩儿，能做什么？她守着祖父的尸体，固执地认为，爷爷没死，只不过不想理她而已。

想着，我的眼睛就酸了，因为我也想到了自己的爷爷。

说实话，那具尸体真的惨不忍睹，看一眼就会觉得浑身不自在，但是老鬼丝毫不以为意，他举着灯，在尸体面前站了很久很久，什么都没有说，只是轻轻叹了口气。五十年岁月，这世间说不上沧海桑田，可很多东西，已经物是人非。

“娃子，”老鬼慢慢转过身，走到女孩儿身边，轻声问道，“你爹在什么地方，你有没有叔叔、伯伯？”

我有点儿嫉妒地看着他们两个说话，老鬼的语气不但柔和，甚至还有一丝不易觉察的慈祥。我瞬间就有点儿恍惚了，这个人，他到底是怎么样的？在石头棺材里初见的时候，他显得那么可怕又阴森，紧跟着，小盘河一村的人都被他残酷地拉去填河，这些事情始终让我觉得，他是个鬼，冷冰冰的鬼。但之后的经历，却让我对他的印象一点点地改变。

“爹走了，掉到河里，在河里漂着。”女孩儿总是哭，说着又忍不住，眼泪汪汪道，“我爷带我把爹捞出来，埋到那边了。”

女孩儿一边哭，一边讲。事情过去很久了，她爹死去的时候，她只有四五岁，但是这种悲事，给她的印象很深刻，一直到今天都无法忘怀。

在我听她讲述这些时，心里就猛地一震，双手微微发抖。因为她爹死去的过程，跟我爹去世的过程那么相像。

这女孩儿必然就是河凫子七门中孙家的孙女，她家和我们陈家一样，人丁不旺，在她小时候，她爹也保持着巡河的习惯，只不过和我家巡河的地段不在同一处。那一年，她四岁，还住在阴山峡外面，父母亲出去巡河，许久都没有回来，深更半夜时，母亲一个人失魂落魄地跑回家，哭天抹泪，说她爹死在河里了。

她爹是被浮尸缠死在水里的，同样是直立在河里的铁爪尸。一群沿着河岸寻找尸体的死者家属遇见了她爹，苦苦央求他帮忙打捞尸体。其中有个年轻女人，挺着大肚子，跪在河岸上哭，她爹跟我爹一样，当时还年轻，一腔热血，尽管知道危险，但却经不住对方哀求，最终冒险下水，再也没能上来，死在了河里。她爷爷赶过去的时候，她爹的尸体还在水面漂着，可能因为这件事，她爷爷心灰意冷，什么事情都不想做了，带着她搬进了阴山峡。

我心里就想，孙家和我家一直没有来往，至少没有明面上的来往，相距又这么远，我爹的死和这女娃娃父亲的过世绝对不会是一种巧合。

我就觉得，有人故意在害他们。

“嘎嘣……”

我正想着，老鬼的身体猛然一抖，拳头紧攥，骨节一声声地爆响，他额头上的青筋来回跳动了两下，咬着牙道：“河凫子家的后人，就这么让人糟践！老子这次出来，不想惹事，但是看起来，不搅个天翻地覆是不行了！”

那女孩儿可能心里孤苦得很，听到老鬼要替她家出头，哇地就哭出声了。老鬼顿了顿，道：“娃子，不哭，你爷和爹都死了，爷给你做主。”

我当时那个年纪，正是争强好胜的时候，也可怜这女孩儿。但是平时老鬼对我说话要么就凶巴巴的，要么就爱理不理，我心里那个酸劲儿一股一股地朝上冒，觉得老鬼厚此薄彼。

“她爹和爷都死了，一个人孤苦伶仃，你起码还有个爷，她有什么？”老鬼转眼看看我，似乎知道我撇嘴挤眼是因为嫉妒了，慢慢道，“死了儿子的爹，心里苦，但没了爹的娃子，心里何尝不苦？”

听了老鬼的话，我顿时就觉得惭愧，低着头不敢出声。

老鬼动手把山洞里的尸体安葬到了阴山峡，前后忙了很久。女孩儿给我们拿了些吃的，是她在峡谷外头的沙土地里种的红薯和花生，没有粮食。

“爷，你吃。”女孩儿捧着一把花生递给老鬼，又转头给我抓了捧，道，“哥，你吃。”

“娃子，”老鬼接过食物，却一口都没吃，摸摸那女孩儿的头发，道，“你叫什么名字？”

“我叫七七。”女孩儿站在老鬼面前，尽管她也隐隐知道，我和老鬼跟他们孙家有很深的渊源，但是毕竟不熟悉，说话怯生生的，低头揉弄着自己的衣角，小声道，“我爷说，我生出来的时候可胖了，七斤七两……”

“好，七斤七两，七七，”老鬼笑了笑，慢慢拿了颗花生放在嘴里嚼，“以后不要再哭了，好好吃饭。”

当天我们就离开了阴山峡，我不知道接下来要到什么地方去，老鬼就跟我说，要去找个东西。他没有明说要找什么，但我却有种感觉，河凫子七门的老祖爷都是断了一只手的人，我爷爷离开之前再三叮嘱我挖出的东西，就是一只断手。这些线索连在一起，就让我觉得，断手，肯定是很重要的东西，而且，河凫子七门七家，每家都会有一只。老鬼想找的，是孙家留下的断手。

“是不是，要找那只手？”我试探着问老鬼。

“你怎么知道？”

我把自己的猜测说了下，反正老鬼本身就是七门里的人，这些对他来说都不是秘密，无须隐瞒。

“你这个娃子，终于让老子看到了一点点盼头，”老鬼道，“猜得不错，我是要找那只手。”

“要去哪儿找？干吗不在阴山峡里头找？”我道。孙世勇最后十几年都是在阴山峡里度过的，如果要藏什么东西，我估计会藏在阴山峡里头。

“你不懂，”老鬼道，“家里不断后，一代传一代，那东西肯定不能离身太远，但家里断了后，东西必然会放进祖坟。”

河凫子死后，下葬的时候不起坟头，埋进去之后，坟地是平的，外人看不出来，就算本家人，也只记得大概的位置。每年清明还有鬼节，家里人就在坟地旁边画圈烧纸上供，等到过了几代，子孙可能对具体的下葬位置也很模糊。这是一种保护措施，每个河凫子，都有自己的秘密，他们不想让人挖自己的坟。

“娃子，你爷叫你挖出来的东西，你放在哪儿了？”

“在家里。”

“胡搞！”老鬼瞪着眼睛道，“那东西放在家里，安稳吗？”

我叹了口气，整个小盘河村已经空了，谁还会去家里乱翻东西，再说那只断手被我放到了正屋的房梁上，即便遭了贼也不会丢。

“我一直想问问，”我朝老鬼身边凑了凑，小声道，“那只手，是做什么的？”

第二十三章

蛤蟆逃命

那只断手有什么用处，一直是我心底的一个谜。我望着老鬼，希望他能给我答案。

“那是河凫子七门的老祖爷留下的东西，”老鬼道，“娃子，这个事情你不要问，你爷心里对这些很清楚，他不说，是怕你守不住，有的事，迟早会知道的。”

“又是这句话……”我嘟囔了一句，其实我知道老鬼说得有道理，但心里总是不服。

“娃子啊，老子像你这么大的时候，也总是跟在老辈人屁股后面问个不停，总觉得自己知道这些事情之后就和捡了大便宜一样。”老鬼背着手，带着我和七七朝前走，道，“但是现在想想，就知道当年自己有多蠢，老子时常在想，如果一直不知道这些事情，那老子这辈子是不是可以活得更轻松一点儿。”

“你要真觉得心里憋屈，可以跟我说说嘛，我也不会外传的，我嘴巴很紧。”

“你知道那河里埋着什么吗？”老鬼指了指不远处已经开始涨水的黄河，道，“就在河底。”

“这个我怎么会知道，如果知道就不问你了。”我一边回答，心里一边暗自琢磨，老鬼这句话肯定不是信口开河，河凫子巡河、镇河，并非没有道理，他们从生到死都不离开这条河，这就说明，河里有他们要守护的东西。

“七门河凫子，七尊护河神，娃子，老子保证，如果有一天你长大了，真的知道了这些事，你也会和老子一样，追悔莫及。”老鬼顶着河风，背手而行，一头黑白掺杂的乱发被吹得迎风舞动，道，“这事关系重大，就像一座山，在老子心头压了几十年，卸也卸不掉，只要活着一天，就要被压一天，那滋味，你不懂。”

“能有多大的事？”我不以为然，爷爷偶尔喝酒，喝得多一些就会跟我说，头掉了至多碗大个疤，没有什么大不了。这是黄河走水人惯有的心态，因为每天都在刀尖上打滚儿，心胸没那么宽，就吃不了这碗饭。

“你真觉得做个河凫子，自己死了，就一了百了了？”老鬼嗤之以鼻，“老子不耐烦跟你这样不懂天高地厚的娃子胡扯，前头说的话，转脸就忘个干净，老子没告诉过你这条河是怎么来的吗？你以为禹王当年治水，真治的是水？老子告诉你，他治的，是河底下的东西，算了算了，不知道屎香屁臭，老子犯不上跟你扯这个急。”

说着，老鬼甩袖子就自己朝前走，我赶紧追，心里想着他虽然气冲冲说了一番话，但那好像不完全是气话，里面带着某些秘密。他说过黄河是许久之前有人开出来的河，这种说法让人难以置信，可是我跟着老鬼这几天，总觉得他不是开口就胡诌的那种人。

黄河的河底，是什么？大禹治水，治的不是水？

我还追着问，但老鬼一句都不肯再说，我拿他没办法，只能转头去跟七七说话解闷儿。七七在阴山峡里待得久了，一出来就觉得不习惯，她是那种比我见识还少的女孩子，纯真得有些可笑，又让人心疼。她用水洗干净了脸，尽管脸色很苍白，不过模样俊俏得紧，我和她年纪差不多，讲了很多事给她听。七七偶尔会笑，可是眉宇间总有种怎么都丢不掉的忧郁。

孙家的祖坟在什么地方，我不清楚，老鬼也只是知道大概的地方，那么多年过去了，当地还不知道有没有发生变化。河水已经开始四处蔓延，顺着过去汛期时冲出来的水道和河淤塘四溢出来，河面上的行船几乎断绝了，老鬼带着我们走了五天，才到了孙家当年的祖地怀西楼。

黄河两岸的村子太多了，就算总是走船的人也不可能把所有的村子都记在心里。我对怀西楼村的印象完全来自别人的讲述，据说那里很久之前有一座戏台子，有戏的时候，附近的人会经常过来看。民国初期，军阀在那边打仗，村子荒了，戏台子还留在原地。有个从河南信阳过去的戏班子，本想到开封落脚，走到怀西楼附近的时候，遇见有人请他们去唱戏。如果是当地的戏班子，可能马上就会怀疑，因为一打仗，村子里的人都跑光了，怎么还会有人请戏班过去唱戏？但外地的戏班不了解情况，反正半路接个活儿，挣些钱也是极好的，所以立即就答应了。

但是等到真正开戏，戏班的人才开始发慌，戏台子在村口，一共只有两个观众，一老一少，蹲在戏台子前头，看他们唱戏。戏班班主跟这两个人搭过话，年龄大些的那个表情木然，一句话不说，年纪小的笑嘻嘻地望着戏台上唱戏的人，嘴角口水直流。戏班班主就觉得不对，戏一演完，匆忙就想带着人走。一直到所有的人收拾好行头准备连夜离开的时候，猛然发现，戏班里那个最年轻的小花旦被困在戏台子上下不来了。

戏班子的人跑过去救，但不管谁接近戏台，就会感觉好像有人在用力把他朝外推，那力量很大，一群人眼睁睁看着那个年轻的小花旦在戏台子上哭，却无能为力。

小花旦在戏台上被困了两天，第三天快要天亮的时候，就吊死在戏台前头。之后，怀西楼村的人陆陆续续返回家乡，但是只要入夜，时常都有人听见从空荡荡的戏台传来咿咿呀呀的唱戏声。后来，这座戏台子被拆了，不过夜间的时候，已经拆掉的戏台原地，经常会有白影子在飘，附近胆子大又觉得好奇的人专程跑过去看，一来二去，越传越悬，怀西楼就是这样出名的。

一般来说，生在这个村子，那么死后的坟地肯定就在村子旁边，不过孙家是河凫子，坟地很隐秘，离村子不远也不近。汛期到了，村里的人很忙，老鬼不想跟生人多打交道，带着我们绕路走，河滩基本都是沙土地，不长粮食，我们走到离怀西楼六七里的地方，老鬼一下子就停住了脚步。

汛期的河水沿着一条已经干枯了大半年的河道流到了这里，有一大片荒地，什么都没种，但是被河水冲塌了一块，露出一个七八米长的大口子，水不停地顺着口子朝里灌。那块荒地下面好像是空的，那么多水不停地灌下去，仿佛流进了一个无底洞。

“糟了。”老鬼皱起眉头，看样子，这块荒地应该就是孙家的祖坟，前后多少代孙家的河凫子死去之后都安葬在这里。河凫子都不信佛，但是信因果，相信有前生来世，他们的坟地隐秘，不过修坟的时候都下了老本，坟墓内部很气派。这片荒地下面密密麻麻都是坟，被水一冲一泡，估计地下面已经贯通了。

“娃子，知道黄河为啥年年都决堤吗？”老鬼望着那片荒地和不停流进地下的河水，突然就问我道，“前后决堤了几千年，没有断过。”

“下雨了，到了汛期，自然就决堤。”

“不是，”老鬼摇摇头，望着我，道，“是有人想让它改道。”

“你说什么？”我一惊，黄河涨水、改道，那是人能说了算的事？全要看老天爷的意思，我被老鬼的话弄得有些头晕，追问他。

但是老鬼总喜欢这样说半截话，接着就不开口了，朝那边走了几步，郑重其事地跪在地上磕了三个头。这儿不是他家的祖坟，河凫子七门一脉同源，对孙家的祖坟，老鬼还是很恭敬的。一边磕头一边絮絮叨叨地说话，我听得不那么清楚，不过我知道老鬼肯定是在念叨后世儿孙失礼了，到祖坟里取个东西，让先人们不要见怪之类的话。

“娃子，你听话，守在这儿。”老鬼把七七留在外头，带着我到那道被水冲塌的口子看了看。口子下面并不是真正的无底洞，水一直在流，积到洞里大概齐腰深，我把手电筒递给老鬼，不过他用不惯这东西，还是点上了气死风灯。

“跟老子进去，你长长见识，也练练胆子。”老鬼二话不说，在洞口看了看，就钻了进去，我不想让他看扁，也跟着钻，刚一进洞，半截身子就被水给泡起来了，那水比河水都浑，好像一潭泥浆。

周围的土完全被水泡松了，如果下面不是修起来的坟，估计这块地会完全塌下去。水不断在流，深度始终保持在齐腰，我总觉得里面有一股怪怪的味道，反正很不舒服，不过想想就释然了，这是坟地。

水冲进来，下面的坟地就面目全非了，我们走进去十几米远，看到修成半圆顶的墓室。水在哗哗地流动，上下起伏，正走着，哗啦一下，一大块土被水泡得发松，在身边塌了下来，土层掉落的同时，被埋在里面的几根木头隐约出现，老鬼看看那些已经腐朽的木头，突然就开始发脾气。

“谁在害孙家的人？！”老鬼的脸色很难看，我不知道那些木头是什么来历，但老鬼一看到它们就火气冲天。

“呱呱呱……”

就在这时候，从前面骤然传出一片叫声，我长在河边，对这种声音很熟，那是蛤蟆的叫声。声音传来的同时，一大群蛤蟆密密麻麻地朝这边游过来，我以为蛤蟆是冲着我们俩来的，当时就浑身冒凉气。

但让我意想不到的是，一大群蛤蟆游过来，根本就顾不上理会我和老鬼，逃命似的从旁边一口气游到洞口，然后争先恐后朝外爬。

我再傻也能看得出来，后面肯定有什么东西把这一大群蛤蟆吓得逃命般地朝外爬。

第二十四章 冤家路窄

我和老鬼立即停在原地，大群的蛤蟆已经逃到了洞口，只剩下零零星星的几只，仍然在不要命地朝外游。水洞的前面黑咕隆咚一片，手电筒照不到那么远，越是这样，越让我心里和打鼓似的，怦怦跳个不停。

“会是……会是什么……”我忍不住小声问老鬼，我没有他那么大的胆子，紧张到了极点，眼睛死死盯着前方，唯恐会突然跳出来什么了不得的东西。

老鬼还没有回话，前方浑浊的水面上无声无息地漂过来一个影子，从前面转弯的地方一下子出现在视野中。我把手电筒一晃，立即看到那是一口棺材，很普通的木头棺材，半截淹没在水中，像一条阴森森的鬼船，微微在水面打着晃。

我朝后面稍稍退了一步，整个荒地下面的坟都被水泡坏了，里面的棺材浮在水面，这个其实说不上是什么怪事。但是那具有点儿腐朽的棺材晃晃悠悠地漂过来，总有一种让人心惊肉跳的感觉。

“各位祖宗，”老鬼站在原地一动不动，望着那口棺材，缓声道，“小辈儿来这儿取个东西，扰了各位清静，念着七门的交情，求祖宗们不要怪罪……”

那口棺材好像没有什么异样，径直就漂了过来，这肯定都是孙家的先人，也算是我们河凫子的祖辈。它一直无声无息，让我紧张的心情放松了那么一点，我和老鬼站在一边没有动，棺材顺水漂到了身边，年头儿太久了，棺材烂得长着一片片数不清的黑不溜秋的霉斑。

那一大群癞蛤蟆，就是被这口棺材给吓退的？我感觉有点儿不对劲儿，但愣在当场，却总说不清楚到底是哪儿不对劲儿。

我也不知道该怎么办，就眼睁睁看着棺材从身边慢慢漂过去。骤然间，老鬼猛然拉了我一把，用力朝后一扯，他的力气很大，硬生生把我拉到贴墙的位置，脑袋被土层里的木头撞了一下，眼前顿时金星乱冒。

就在这时候，一点忽明忽暗的灯光从水洞那边漂荡过来，很像是盏小油灯。但在光线的照耀下，我看到那是半颗头骨，头骨里放着不知道什么样的灯油，豆大的火苗烧得不是很旺，但无比顽强。

“娘的！”老鬼额头上的青筋又跳了跳，忍不住压着嗓子骂道，“难怪祖宗的棺材会作怪！有人在动手脚！”

“怎么？”我看着那盏显得有点儿诡异的小灯油，它好像一直飘飘忽忽地跟在棺材后头，从水洞的深处漂到了这里。

“有人在害孙家的后人，现在又坏他们的祖坟！”老鬼捏着拳头，示意我不要乱动，那盏小油灯一直在轻轻地晃，刹那间，已经被老鬼打散又落入水中的碎骨头，就像一条条鱼，哗啦哗啦地翻出水面，我的心顿时又提到了嗓子眼儿，全神戒备。

老鬼的话让我回想起了一些事情，我没有那么复杂的想法，但是经历了这些，就不得不朝深里想想。我开始觉得，河凫子七门凋零落没，除了自身的原因外，肯定还有别的因素，老鬼说得很明白，有人在害我们。七七的父亲，还有我爹，死得都不正常。不过身在这里，暂时也没办法想得那么周全，老鬼的头皮很硬，明知道这里不对头了，还是要闯。

水洞前面有一个三十度的转弯，绕过去之后，地势低了些，而且周围的墓室被水冲成了一片，水流变急，哗哗地分流出去，我们脚下的水位顿时变低，但是一片烂泥没到小腿那里。我走得提心吊胆，越是害怕，就越觉得周围有什么响动。

双脚完全陷在泥水里，偶尔会被泥里的杂物扎一下，我太紧张了，一块木头扎透了鞋底，刺到脚心上，我忍不住轻声叫了一下，老鬼随即回过头，在我后脑勺上啪地拍了一巴掌。

“不要出声！”

“没忍住，让东西扎了。”我嘀咕了两声。

“瞅你那点儿出息！出去以后不要说跟老子认识！”老鬼一边走，一边全力观察着前面的情况。水洞前面还是看不到一个人影，但是过了不到两分钟，前方十多米远的地方，轰地爆起一团火光，那火光就好像有一根绳子在牵引着，一边燃烧，一边缓缓朝我们这边飘过来。我隐约看到那是一张很大的黄表纸。

黄表纸飘到离我们还有两三米远的地方，终于烧完了，一片纸灰飘飘洒洒地落了下来，紧跟着，我和老鬼都听到水洞周围开始咔啦咔啦地响，甚至连整个水洞都开始微微发颤，好像有人要把整片坟地一起拆掉。

“轰隆……”

肯定有什么地方的土层被挤塌了，我听到不断有大块的土掉落到泥水里的声音，砰砰声不绝于耳，有什么东西在相互不断地碰撞着。老鬼没有后退，就站在原地，过了一会儿，两具烂木棺材并排顺着泥水滑了过来。在两具棺材后头，孙家祖坟历代埋进去的棺材全部都冒了出来，一具接着一具，从水洞各个角落里顺水而出。

“把这个挂上！”老鬼抬手猛抽了两鞭子。在我手里没有多大用处的打鬼鞭，到了他手上就完全不一样了，鞭子发出犀利的破空声。接着，他一把摘下自己脖子上挂着的一面生了锈的铜镜，挂在我脖子上。

那是一面巴掌大小的铜镜，显然是上了年头的东西，镜子完全生锈了，挂着一层绿斑，镜心处微微发亮，折射出一点点昏暗的光。

老鬼挺身站到我前面，这些棺材里都是七门中孙家的先人，但是被逼到现在这个地步，已经顾不上什么礼法了。

老鬼站得笔直，抬手扬鞭，腰身微微一扭，鞭子发出爆响，啪地抽向前方。我没有念过书，是到了以后日子安稳下来，才补习了一些知识。按照常识，一根鞭子抽出去，完全不可能把沉重的棺材抽翻，但是怎么说呢，这世间的事无法用常理来一概而论。

“嗖……”

鞭子抽出去的同时，最前方的两口棺材硬生生地停住了，后面一连串的棺材也被挡得严严实实，再难滑出一寸。老鬼接连几鞭子猛抽，棺材被赶得一点点朝后滑去。但是不等老鬼停手，几具棺材盖子开始扑腾扑腾作响，里面的尸体像是要出来。

“祖爷们，得罪了！”老鬼翻身就跳到最前面两口棺材上面，抬脚一踩，把两个棺材盖子硬生生踩下去。五六盏头骨油灯在旁边的泥水里滴溜溜打转，老鬼健步如飞，风驰电掣地从棺材上跳了过去，抬手抄起两盏油灯，吐着口水把它们淹灭。

接连几下，五六盏油灯都被老鬼给弄灭了，一排棺材全部停在原地，再也没有任何动静。我抬眼望过去，危机好像被解除了一大半，但是转眼间，一声沉闷的爆响连同一团火花，从后方的棺材后面砰地传出，老鬼翻身跳下来，可还是迟了一步，我看到他踉跄了一下，身子砰地靠到旁边的土层上。

我一惊，从那沉闷的声音还有爆出的火花上，我察觉到那是我们乡里人称呼为火铳的一种武器。火铳是火枪的原型，填装火药和铁砂，杀伤力很强，尤其是近距离时，一团铁砂能把人打得稀巴烂。那个东西很危险，掌握不好装药量就会把持铳人的手给炸烂。

当时的情况太紧张了，老鬼不可能防备得面面俱到，他从棺材上翻身跳下来的一刻，腰上就被一团铁砂打了进去，他抬手摸了摸腰，顿时一手鲜血。火铳喷射之后，需要重新装药装铁砂，不可能和枪一样连续射击，老鬼显然也知道这一点，抬手把衣襟紧紧地扎了个结，裹住腰上的伤，翻身又冲了过去。

但是对方手里显然不止一支火铳，老鬼想要向前冲的时候，第二团火光连同闷响又一次发了出来，不过老鬼有了防备，身体灵巧地顺势一转，从一口棺材旁边绕了绕。大团的铁砂砰地打到陈腐的棺材上头，噗噗作响。

就这么一转眼的工夫，老鬼已经借着棺材的掩护冲到了前方，他伸手朝下面抓了一下，顿时，一个体壮如牛的汉子被拽着头发硬生生提了起来。我真不知道老鬼到底有多大的力气，那汉子少说也得一百七八十斤，被提起来的一刻，老鬼另一只手握拳就砸了过去。我仿佛听到一声类似西瓜突然被打爆了的闷响，鲜血四溅，那汉子号了一声，接着就没动静了。

棺材后面藏着三个人，剩下两个想反扑，被老鬼三五下收拾得满地找牙。这里肯定还有其他人，老鬼丢下他们，眼睛闪电般地朝前瞥了一下，紧跟着就飞快地蹿出去。我看着没什么事了，心急火燎地也爬到棺材上，跟着老鬼一路跑。跑到刚才敌人藏身的地方，有个汉子还有知觉，晃晃悠悠地想爬起来。

“龟孙！”我噗地吐了口唾沫，顺手掀起一块棺材板，用力拍过去，那人已经被老鬼收拾得差不多了，根本没有还手的余力，一板子下去，翻着白眼就扑通躺到了地上。

老鬼比我跑得快，再朝前看，棺材就没有了，还是一地泥水，我没有来得及跟上，那边就闪过几道光，明显是手电的光。我听见几声怒喝，接着就是打斗声，但速度太快了，肉眼几乎看不清楚。糊里糊涂的一阵翻腾，几个人被打倒在地，光线一下子集中起来，全部照到老鬼身上。这时候，视线清楚了很多，我一眼就看见老鬼对面站着几个人。

我对那些人并不熟悉，然而却在他们身后看到了一张熟悉的脸。那是当时差一点儿就把我给抓走的“山羊胡子”。

“先护着柳爷走！”一个汉子道，“我们来对付这老东西！”

我心里顿时雪亮，“山羊胡子”是排教的大造，他既然出现在这儿，就说明对孙家祖坟下手的是排教。

“谁都走不了。”老鬼的衣服已经被血给浸透了，被铁砂打中的人一般很难再灵敏过人，因为肉里的铁砂会不断地随着肌肉移动，痛楚异常，老鬼皱巴巴的脸上隐约开始冒汗，额头上的青筋像一条蛇一样来回乱跳。他显然也吃痛了，却不肯出声，冷冷地望着对面那些人，“这是什么地方，说来就来，说走就走，老子同意了吗？”

“你好大的口气！”

骤然间，我听到了一个女人的声音，略微有些熟悉。紧接着，从水洞一旁的拐角处亮起了几束光，随着光线，快步走出几个人。为首的一个，一身红衣，乌黑的长发上扎着一根红头绳。

是她，我心里动了动，就是当初带人把我逼到乱坟岗子的那个女孩儿，十八九岁的年纪，下面的人都喊她九妹。

上一次我被追得肺都喘爆了，根本来不及细看这女孩儿，现在看看她，觉得她长得俏，但是神色间，总有种高人一等的意思，语气刁钻蛮横，好像谁都不放在眼里。

“排教行事，闲人回避！”那女孩儿叉着腰站在众人前面，瞥了老鬼一眼，道，“你活腻了？”

这话一说，后面几个人，连同“山羊胡子”在内，都不由地皱了皱眉头，挖人家祖坟，是件很丢人的事情。如果真的行河，那么抬出排教的名头，可能还会吓唬住一般的走船人，但是挖人祖坟还要报自己的家底，这就属于脑子遭驴踢了。

“好，好，”老鬼眯着眼睛看看眼前这帮人，道，“有名号就好，老子还怕不知道你们的家底。”

“我是排教的小九红，”那女孩儿叉着腰，一副天不怕地不怕的样子，嘴角露出一丝冷笑，“听说过吗？”

第二十五章 一场恶斗

小九红趾高气扬，不知道是仗着自己人多还是天生孤傲惯了，总之根本就没有把老鬼放在眼里。我在后头躲了一会儿，心想现在出去也帮不上忙，反而会拖他的后腿，所以忍了忍，继续留在原地观望着。

不知道小九红有没有看到刚才老鬼闪身躲避火铳时的灵敏和果断，但是下面那几个汉子却目睹了那一幕，都清楚老鬼大概不是个好惹的角色，所以一直在劝小九红和“山羊胡子”赶紧走。

“你们都是怎么了？！”小九红皱起眉头，不满道，“就是瘦干巴筋的老家伙，把你们吓成这样？说出去丢脸不丢脸？”

“不错，”老鬼缓缓注视着周围这些在孙家祖坟里肆意妄为的人，一个字一个字地说道，“看看瘦干巴筋的老家伙是怎么要你们命的！”

老鬼的心里似乎一直憋着一股火，再也没有耐性跟这些人废话了，话音一落，身子嗖地就冲了过去，那些身强力壮的汉子也跟着动起来，都围到小九红和“山羊胡子”前头，一个壮汉子抬手就举起火铳，这种火铳没有激发装置，需要明火点燃药捻子。老鬼快得就像一道在黑暗里飘忽的影子，对方刚刚抬手，他已经冲到了脸跟前。

“嘭……”

老鬼一巴掌拍了下去，小臂那么粗的火铳一下子从那汉子手里被拍落，紧跟着，那汉子眼前一黑，被老鬼硬生生捏住脖子，嗓子里尚未发出一声呼叫，我就听到一声清脆的骨节断裂声。汉子的脖子可能被拗断了，头颅软塌塌地垂下来，老鬼随手把他丢到一旁，继续冲向第二个目标。

我看得有点儿目瞪口呆，我爷他们那辈的人年轻的时候，在黄河两岸行船混饭，全靠一身力气和两只手上的功夫，来不得半点儿虚假。老鬼也是这样的，尤其在暴怒中，威猛得像一只冲进羊群的虎。他的经验也相当丰富，一下子冲到人堆里，排教的人动起手来心有顾虑，唯恐伤到自己人，三五下的工夫，又一个人被卸掉了胳膊，捧着脱臼的手臂，在泥水里来回打滚，苦不堪言。

“闪开！”小九红看得不耐烦，厉声呵斥众人，看上去她对自己很有信心，身子一闪，从几个汉子后头跳了出来。

老话都说，初生牛犊不怕虎，之所以不怕，是因为牛犊子不知道老虎只要一爪子就能拍死它。小九红的确有两下子，身段灵巧，一闪身都显得有板有眼，但是没等她真正靠近老鬼，一个汉子怕她遇险，抢着冲到前面，老鬼抬手扣住那汉子的脸，他的手枯瘦却强劲有力，像两只铁铸的爪子，刺啦一下，硬生生从那汉子脸上撕掉了一块皮。

痛苦的哀号声充斥在水洞里，嗡嗡作响，老鬼抬手把血淋淋的半张皮丢了过去。我躲在后面看得心惊肉跳，老鬼根本不会留手，河凫子的后人被如此糟践，或许就和他说的一样，不搞个天翻地覆就绝不罢休。

“带着小九！走！”“山羊胡子”险些被老鬼甩出来的半张皮糊住脸，激灵灵打了个冷战，一转身就朝后面的小洞跑。

但是小九红却无动于衷，一张俏脸像扑了粉一样，顿时刷白。明知道不是老鬼的对手，但是为了面子，还要硬挺。我躲在后面就觉得她很蠢，这么做不仅要把自己搭进去，还会连累其他人。

果然，小九红硬着头皮跟老鬼周旋，几个汉子不敢丢下她不管，就转脸的工夫，又被老鬼放倒两个。

“九妹！还不走！”一个人被老鬼一拳砸在胸口，骨头都差点儿爆裂，靠在水洞的洞壁上，大声吼道，“非要大伙儿跟你陪葬是不是？！”

“这笔账，迟早跟你算！”小九红死死咬着嘴唇，尽管心里万分不甘，但她也不算傻到不可救药的地步，来回犹豫了几下，也转身朝刚才“山羊胡子”逃跑的小洞钻过去。

“现在走，迟了！”老鬼阴沉着脸，紧追不舍。水洞被泡塌，几条路四通八达，小九红他们估计已经来了一段时间，对地形比较熟，但是老鬼的速度太快，追得他们没有喘气的机会，我捡起掉在泥水里的一支火铳，也抽身跑了过去。

小洞弯弯曲曲，脚下的积水时深时浅，跑起来很不顺畅，前后追了一会儿，我隐约看到前方透下来一束昏黄的光，小洞可能到头儿了，这里可以通到地面。洞口有点儿窄，只能两个人并排钻出去，小九红被人护着，朝外面爬。老鬼追得很紧，对方的人还没有完全逃掉，他已经追到跟前，一伸手抓住最后一个人的头发。那汉子很有力气，勉强挣扎了几下，才被老鬼制服，但耽误了这么一点点时间，情况就又变得危险了，老鬼没怎么犹豫，膝盖一顶，把那汉子硬生生顶到洞外，自己则猫腰躲在后头。

“轰轰……”

那汉子露头的一瞬间，两声沉闷的火铳声就在洞口两边炸响，硝烟味顺着洞口飘了进来。老鬼硬推出去的汉子被两团铁砂结结实实地打中了，失声惨叫，整个人顿时就像一个筛子，千疮百孔。老鬼借着这个机会翻身跃出洞外，随后又有两个人被老鬼放翻，我看着没什么危险了，拎着火铳也爬出洞口。

在我爬出洞口的一刻，恰巧遇到正在来回躲避老鬼的小九红，她身边的人都被放倒得差不多了，最后剩下一个，拼命缠住老鬼，想让小九红趁机逃走。我跟小九红脸对脸地相遇，都有点儿发蒙，她好像认出我来了。

“你！你……”她指着我，脸上青红闪烁，可能没想到还能在这里遇见。

“你什么你！”我心里也一个劲儿发慌，因为我知道自己斗不过小九红，一急之下，抬手举着火铳对准她，道，“别动！敢动老子就把你打成渔网！”

小九红的年纪并不大，又急又气，但她可能也晕头转向，没发现我手里的火铳铳口一个劲儿朝外滴水，她竟然真的怕了，哆嗦了一下，那目光里充满了恨意。

这时候，拼死缠住老鬼的汉子被一拳打倒在地，鼻子、嘴巴一起朝外冒血，挣扎着想爬起来，却连腰都直不起。

我下意识地朝老鬼那边看了一眼，躲在不远处的七七也跑了过来。就这么一分神的工夫，脸颊上重重挨了一下子，身子一趔趄，差点儿摔在泥里，小九红抓住机会，转身就跑。但老鬼不是吃素的，小九红想跑已经来不及了，跑出去十来米远，就被老鬼绕路追上，提着衣领子给拽了回来。

“放开我！老东西！”小九红一个劲儿挣扎，嘴里骂个不停。

“说！”老鬼对小九红没有什么好脾气，厉声道，“为什么破孙家的祖坟了！”

“我愿意！”小九红被老鬼一只手压得抬不起头，但脾气很倔，顶撞道，“看他不顺眼！就想挖开！怎么了？！”

老鬼是什么脾气，额头上青筋一蹦，另一只手慢慢抬起来，小九红眼神里都是惊恐，她很清楚这一拳砸下来会有什么后果，但脸都吓白了，一张嘴巴还是很硬。老鬼没有多少耐性，被小九红呛得火大，拳头猛然一抬，呼地就冲小九红脸庞而去。

“爷！”七七在后头叫了一声，跑过来拉着老鬼的衣襟，小声道，“别打她，她是个女娃……”

老鬼的拳头停在小九红面前，转头看了看七七。

“爷，别打她，别打……”七七眼巴巴望着老鬼，拉着他的衣襟，道，“打了她，她爹娘会难受……”

七七性子温顺，心又善，她从小生活在阴山峡，很少跟外人接触，不知道这个世间有多险恶。老鬼平时对我凶巴巴的，但是他可怜七七，对七七异常宽容温和，听着七七劝，老鬼紧攥的拳头就慢慢松开了。

“算了！”老鬼心里明显还有火气，但是咬了咬牙，道，“老子从来不打女人，看在娃子的面子上，今天放你一次！”

“有种你别放……”小九红还在嘴硬，被老鬼放开，却还不服软，嘀嘀咕咕地翻着白眼。

老鬼是那种吃软不吃硬的人，本来心里就不顺畅，听到小九红嘴巴那么硬，火气蹭地又蹿了上来。旁边受伤不能起身的汉子趴在一堆黏糊糊的烂泥里，冲小九红喊道："九妹！不要嘴硬了！"

老鬼拽着小九红，走到旁边，把地上受伤无法起身的汉子抓了起来，"山羊胡子"他们肯定是逃走了，必须要从这人嘴里逼问出一些事情。

"在一山就说一山，你们和孙家有仇？"老鬼盯着那汉子，道，"说个道道出来，老子不明白，这些已经死了的人，碍着你们什么事了？"

那汉子算是比较硬气的，被打得满脸花，强撑着不吭，老鬼一问，他的嘴唇来回哆嗦了几下。

"老子没那么好的脾气！数到三，你不说，老子先杀了她！"老鬼身上的杀气轰地就爆发出来，压得人眼皮子发沉，他不像是在开玩笑，尽管眼睛已经眯起来了，但眼皮缝隙里露出的那一丝丝光，却让人不寒而栗。

"一，二……"

那汉子犹豫不决，看看老鬼，又看看旁边垂头丧气的小九红，最后咬了咬牙，道："我说了又有什么用！说了你也不会信！"

"你不说，怎么知道老子信不信，别卖关子了！"

"我们和孙家没仇，"那汉子喘了口气，道，"是河神跟他们有仇。"

"河神？"老鬼愣了一下，我在旁边听得也稀里糊涂，当时就想着，河神应该是一个人的外号。

"河神，"汉子点点头，道，"黄河里的河神。"

第二十六章 天灭七门

“黄河里的河神，说得好，”老鬼冷笑了一声，“接着说。”

老鬼的脾气暴躁，但毕竟是那么大岁数的人了，一边听一边在分辨对方的话里有没有水分，但是我在旁边听了就觉得这是瞎扯。

那汉子开始说，小九红一言不发，七七看她的头发、衣服都乱了，就想帮她整整，但小九红抬眼一瞪，七七就唯唯诺诺地不敢再动了。我皱皱眉头，心说这个小九红太不知好歹，把七七往旁边拉了拉，道：“别理她。”

小九红就像一只刺猬一样，谁招她她就扎谁，转眼又瞪着我，可能是后悔当初在乱坟岗子外头没有一鼓作气抓住我。

那汉子把事情交代了一下，里面丝丝缕缕扯到了很多旁枝末节。他们之所以对孙家的祖坟下手，完全是从一次祭河神的祭祀开始的。土生土长的黄河人，信奉龙王爷，从古至今，黄河两岸不知道修了多少大大小小的龙王庙，而排教属于外来户，他们从当年的始祖开始，一直信奉河神，认为天下所有的江海湖泊里都有各自的神明。

排教的大排头平时很少参与各种事物，但是每年的祭河神必须由大排头亲自主持。前年，排教搞了两艘大船，大排头亲自领着下河祭祀。古时候的祭祀过程很繁复，不过随着时代的变迁，祭祀一直在被简化，到了现在，就是焚香擂鼓，放铳上供。祭河的船到了河心的时候，大排头燃了祭河的祭文，祭文烧成灰，飘飘洒洒落到河里。

就在这时候，两艘大船突然像是撞在了礁石上一样，猛然一震，然后定住就不动了。一船人不知道是怎么回事，派了两个人下水去看。然而下水不久，两个人就咕嘟咕嘟随着水花漂到了河面，人死透了，死相非常难看，鼻子、眼睛、嘴巴都在淌血。

排教的人认为，他们的船上带着分水辟邪的祖鼓，一般的邪祟不敢靠近，如果在祖鼓震慑的情况下还有人横死，那就只能说明，他们惹到了河神。排教的人对河神有一种近乎盲目的崇拜以及畏惧，那是千百年传下来的风俗和习惯，两条船上的人，包括大排头在内，扑通扑通就跪下了，随船带着的各种各样的祭品雨点儿一样朝水里扔，但是大船还是被什么东西死死地困着，寸步难移。时间久了，所有人都开始心慌，有人尝试着放下小舢板，看看能不能坐舢板离开，不过舢板刚一下水就被什么东西给掀翻了。

排教的大造也就是“山羊胡子”，当时跪着跟河神起愿，叽里呱啦说了一堆，意思很简单，就是他们全是河神的徒子徒孙，要是有什么做错的地方，求河神宽恕，河神有什么要求，可以尽管提出来。

这本来就是类似于唬人的一番鬼话，但是“山羊胡子”起愿之后不久，大船周围的水面就一点一点地荡起水花，一条硕大的白鲤鱼在水面上若隐若现，紧跟着，河里开始朝上漂鱼，大大小小的鱼，全都翻着白肚漂上来，密密麻麻的一片，有好几百条。

这些从河下翻上来的死鱼并没有随着水流漂走，它们慢慢聚集在一起，微微打着转儿，前后十来分钟的时间，好几百条死鱼堆在大船旁边的河面上，聚成了三个字。

“这个事儿，当时满船的人都眼睁睁看着，我不说假话，你可以随便去问，要是我说了谎，你拿刀剐了我，我没二话。”那汉子说到这儿的时候，可能觉得自己的讲述太离奇，唯恐老鬼不信，所以接连发毒誓。

老鬼的眼角、嘴角一起抽搐了几下，闷着头不言不语，过了一会儿，他道：“接着说吧。”

河面上那些死鱼最后聚集起来的三个字是——灭七门。

三十六旁门里，各有各的称谓，沙场、排教、引财神（其实就是捞尸人）、水老鼠等，其中唯一一个一派七门的就是河凫子。船上的人相互低声议论了一下，很快就知道七门意味着什么，很多人开始嘀咕。因为河凫子不捞水货，不霸沙船，跟排教没有任何利益冲突，所以两帮人相安无事了好多年。

但是“山羊胡子”已经起了愿，而且河神也明确提出了要求，排教几个有头有脸的人商量了一下。常年走水的人都知道，今天他们的大船被困住了，就算船上的人想尽办法逃出去，也无济于事，除非整个排教上上下下全部洗手改行，否则的话以后只要行船，肯定要遭报应。

为了所有人的安危和利益，最后大排头出来说话，“山羊胡子”写了黄表纸符烧了丢在河里，意思就是会按河神的吩咐去做。纸灰落在河里的一瞬间，大船猛地就能动了，河面上漂浮的死鱼顿时散成一片，顺着水流呼啦啦地漂远了，那条硕大的白鲤鱼又晃了晃，然后钻进水里消失得无影无踪。

排教的人一直都靠水吃饭，从来不做陆路上的生意，自从这次出事之后，他们不得不抽出一部分人，到处打听河凫子的下落。七门河凫子已经凋零落没了，除了宋家还有点儿家底，其余的散落各方，每一代河凫子行事都很低调，从来不到处张扬自己的身份，所以想寻找他们的下落有点儿困难。孙家是败落得最彻底的一家，排教打听了很长时间，终于摸到了孙家的祖坟，他们做事一向都信奉鬼神，所以对阴阳风水、前生来世这些东西也信，“山羊胡子”跟大排头说了，不管孙家还有没有后人，反正要破了他们的祖坟。

那汉子说，他们其实不愿意做这种事情，每一门都有每一门的规矩，排教就是排教，不是土爬子（盗墓贼），但是被逼得没办法，不这么做就等于得罪了河神，以后就没有好日子过。

“要说的就是这些，没半句假话，”那汉子看着老鬼，道，“要是你不信，把我留下，放她走。”

老鬼默然不语，一直闷着头，不知道在想什么，那汉子说了两句就不敢再说了，唯恐把老鬼惹急了。

“你们走吧，”过了好几分钟，老鬼抬起头，对那汉子道，“回去和你们的排头还有大造说一声，这是最后一次，以后再打七门的主意，老子绝对不会手软！”

那汉子如释重负，勉强从地上爬起来，招呼小九红离开。那丫头的脾气倔得和驴一样，直到这时候还是不肯服软儿，狠狠瞪了我一眼。

“九妹，走吧！”汉子拉着小九红，转身就走。

他们走得很快，不多久就消失在视线中。天近黄昏，老鬼呆呆地坐在地上，一动不动。我和七七都不知道他到底是怎么了，站在后头不敢出声，过了好半天，七七走到老鬼旁边，轻轻道：“爷，你怎么了？”

“没什么……”老鬼终于慢慢回过头，就在这一瞬间，我惊讶地发现，他满头白里带黑的头发，突然花白一片，脸上的皱纹更多了，整个人就像一只泄了气的皮球，蔫巴巴的，无精打采，他眯着眼睛看看我们，最后望着七七，道：“娃子，去那边，给爷找点儿水，爷渴得很。”

“嗯。”七七点着头跑到旁边，在积水里舀出一点，慢慢地澄清。

“人哪，人是个什么？老子活了一辈子，都没有摸透。”老鬼干裂的嘴唇微微颤抖着，把脸转到一旁，望着天边即将落下的一抹残阳，慢慢道，“老子累了。”

我不知道是不是自己看错了，在老鬼转过头的一瞬间，我看到他眯起的眼睛里，隐隐约约淌出来几滴眼泪。那泪水浑浊得像是河水，就挂在老鬼的眼角，不停地打转。看到他的泪水，我惊讶万分，老鬼这样的人，也会落泪？

“你，这是怎么了？”我慢慢凑到老鬼身边，低头看看，他腰上的伤已经积瘀成一片黑红的血迹，我的包袱里带着爷爷配制的外伤药，很管用，当时就拿出来准备给老鬼敷上。老鬼挡开我的手，解开衣襟，在包袱里翻出一把小刀子，用火烧了烧，然后一点一点地把伤口里的铁砂挑出来。铁砂全都钻在皮肉里，刀尖得割破皮，挑开肉，才能慢慢找出里面的铁砂。那肯定非常疼，但是老鬼眉头都没皱一下。

“说话啊？这是怎么了？”我看着老鬼的样子，隐隐有点儿心疼，他再厉害、再暴躁，也是个七十多岁的老人，比我爷爷的岁数都大。“排教人说的话，惹到你了？前头还好好的，怎么转脸就这样了？那种河神起愿的鬼话你也信？”

老鬼挑着肉里的铁砂，道:“不是鬼话，老子相信。但是那不是河神如何如何，是有人在搞鬼。”

“就是嘛，什么河神不河神的，肯定是排教的人自己在搞鬼。就算你信，也要信龙王爷，怎么可能去信排教人的话？”

“搞鬼的人不是排教。”老鬼叹了口气，突然放下手里的小刀，抹抹眼角，对我道，“你知道那条白鲤鱼什么来历不？”

“白鲤鱼，我不知道。”我对白鲤鱼并不陌生，当时被“山羊胡子”追击的时候，就是白鲤鱼出现，给我带来了一点儿转机。那排教汉子说了，他们祭河神的大船出事后，白鲤鱼就在船边一个劲儿地游。

“那条鱼，是人养的。”老鬼慢慢道，“养它的人，就是你爷。”

第二十七章 黯然神伤

“白鲤鱼，是……是我爷养的？”我感觉震惊，心里却很不愿意接受老鬼的话。声音不由自主地就开始发颤，如果那条白鲤鱼真是我爷爷养的，那么排教在河心遇到“河神”挡路，继而好几百条死鱼组成“灭七门”这三个字的事情，会跟我爷爷没有任何关系？我的脑子有点儿乱，道：“我爷也是七门的人，他怎么可能那么做？”

“老子也很奇怪，他为什么那么做？”老鬼的神情里有一种深深的失望，心灰意冷。

“排教那汉子说的，难道你都信？他不会撒谎吗？”我替爷爷争辩，绝对不肯相信爷爷会对七门有什么不利。从我记事开始，爷爷和我说的最多的就是河凫子如何如何，河凫子应该怎么怎么做，他是个标准的河凫子，不会对七门做出什么不利的事来。

“那汉子说的绝对不是谎话。”老鬼站起身，朝着已经开始发黑的天边望过去，道，“老子有点儿难受。”

我不知道该怎么说，突然就明白老鬼为什么听到排教说那件事之后顿时神色黯然，眼角甚至开始流泪。他孤独了几十年，把人生最宝贵的时间都留在了泱泱大河中，他老了，他的儿子死了，他惦记着七门，惦记着当年槐树林子里的结义之情，但是，他得到了什么？当他知道连我爷爷都有秘密隐瞒着他的时候，他可能承受不住那种沉重的打击——在他的生命里，没有一个值得托付和信任的人。

在那一刻，我明白了，老鬼，只是个人，只是个上了年纪、日暮西山的老人而已。他倔强、暴躁，但当他遇到生命中难以承受的伤害时，也会难过，也会流泪。

“河凫子七门镇河，是轮流的，”老鬼站着，头也不回地道，“一家十年，大家都有个休养生息的机会，十年时间，说长不长，说短不短，二十岁去镇河，三十岁回来，仍然大有作为。老子当年去镇河，等啊等啊，终于等到了十年，但是下头竟然没人接班……”

老鬼絮絮叨叨的，终于让我知道了这些事情。河凫子七门镇河，一家十年，七十年一轮，这样不会耽误一个人太多的时间，但是老鬼当年镇河之后，剩下的六门里，再也没人过去接班，他一个人孤独地漂流在漫长的大河中长达几十年之久。

“老子当时恼啊，恨啊，恨那些人怎么这么无情无义。”老鬼低下头，慢慢把已经挑干净铁砂的伤口上了药，又紧紧包裹住，道，“但是想想，那又有什么？都是磕了头拜了把子的兄弟，难保谁家里没有个急事，所以，老子不恼了，他们不来，老子就继续镇河。”

老鬼今年七十四岁了，足足镇河五十年，如果不是他察觉到了什么问题，觉得自己非出来不可，或许还会继续孤独地漂在大河中。当时一直保持巡河习惯的，可能只剩下我们陈家，而且五十年过去了，按七门镇河的顺序，恰好到了陈家，所以，老鬼才会找上我们的小船，把爷爷招过去。

“水娃子，说句实话，当时拉你们陈家去替我镇河的时候，老子心里着实宽慰了一阵子。你知道不，本来，陈家该去镇河的人，是你。”老鬼裹好了伤口，看看我，慢慢地道，“老六抢着替你镇河，老子就在想，他还是个有良心的人，至少护自家的犊子，一个人只要还有良心，那就是好的，但是，老子真的没有想到……”

“我爷是好人，他是好人，”我赶紧争辩道，“他不会做对不起七门的事，这里面一定有误会，一定！”

“河凫子七门里，谁最厉害？”老鬼也不接我的话，突然话锋一转，道，“你知道吗？”

“谁最厉害？”我想了想，其实我跟其他几门河凫子家族没有打过什么交道，据我现在所知，最厉害的，无疑就是老鬼了。

“错了，娃子，你错了，”老鬼摇摇头，“老子脾气暴，早年虽然练了点儿功夫，但那些不值一提，黄河走水的人，不能只靠功夫混下去。七门里头，有些人好，有些人坏，只有老六，像是一团雾，这么多年，老子总以为懂他，了解他，可是到了现在，老子也糊涂了。”

我的年纪还小，理解不了那么多，但是很多年后回头想想，我才觉得，他是那么孤独。

我还想再说些什么，替我爷爷辩解，因为在我的意识里，那是世上和我最亲的人。我想替爷爷辩解，同时也想让老鬼轻松一些，但是刚一开口，老鬼就摆摆手，道：“算了，老子原来不信命，现在不信也不行了。”

排教的人被老鬼打走了，但不知道还会不会卷土重来，老鬼让七七留在洞口处观察外面的情况，接着又带我进了荒地下孙家的祖坟。坟地被完全冲垮了，不过依照河凫子历来的规矩，老祖爷的坟在最南边，然后子孙后代的墓地依次向北延伸。

“记住，家里断了后，那只手必然要埋在老祖爷的棺材下头。”

我们顺着已经七零八落的坟地，慢慢走到了整片祖坟的最南边，坟地里很多棺材都被“山羊胡子”用引魂灯驱赶到了外头，但是孙家老祖爷的棺材，沉重而巨大，像一块压舱石，牢牢放置在墓室正中。这是当年被黄河里那个长胡子老头儿带走的七个人之一，如果没有他们，就不会有日后的河凫子七门。

老鬼郑重其事地在棺材前头重重地磕了四个头，棺材太大了，重得几乎推不动，他就从旁边的泥水里开始挖，两个人弄得像土驴一样，最后，老鬼从棺材下头两三米的地方挖到了一个盒子。那盒子跟我爷留下的盒子不太一样，不过打开之后，里面也装着一只断手。

之后，老鬼带着我们匆匆离开。距离离开抱柳村已经有段日子了，宋百义可能找齐了剩下几家七门的人，该是商量正事的时候了。

我们重新回到抱柳村，几个守村的人看到老鬼就浑身发抖，估计是上一次被打怕了。老鬼和宋百义单独聊了聊，我和七七这几天都很疲惫，好好地睡了一觉。到了第二天，老鬼带着我进了宋家祠堂旁的大屋。我们到的时候，里面已经坐了一些人。

七门里面，我家、孙家，还有唐家的老辈人都已经不在了。剩下四家都有人到，那些老家伙早年都是水里来火里去的角色，尽管年纪大了，活得都还很硬朗。老鬼进门的一瞬间，宋百义和剩下三家的老辈就快步走出来，扑通跪了一地。

我说不清楚他们的神情，三个六七十岁的老头子，满脸都是惶恐。他们都很自私，把老鬼一个人丢在河道里镇河几十年，可能他们不会想到，时隔这么久，老鬼还会现身。

“大哥，总有几十年没见了，你还好吗？”

“兄弟们时常都会念叨你，挂念得很。”

老鬼默然不语，静静地站在原地，听着几个老家伙一串一串的肺腑之言，过了很久，他才抬眼看看对方，道：“老子镇河的时候，你们这些话，都是说给谁听的？”

几个人立即被堵得一句话都说不出来，面面相觑，尴尬得老脸通红。老鬼没有继续挤对他们，抬脚带着我走到大桌的上首坐了下来，我没有位置，就站在他身后。我粗略扫了一眼，屋子里除了几个跟老鬼同辈的人，还有几个年轻的，可能是宋百义的儿孙。除此之外，还有个四十来岁的中年女人，保养得很好，这应该是唐家的人，唐家断后了，老辈儿一死，就轮到外姓的女人当家，按照七门的规矩，其实已经不算是正经的河凫子家族。

“别的废话老子不想说了，当年的事情，过去就过去了，揪着不放，显得老子小心眼儿。”老鬼毕竟属七门中的长门庞家，平时不怎么看得出来，但是七门齐聚，他隐约就有了一种过人的气势。

“大哥还是当年的样子，不见老！”

“大哥的气度，做兄弟的一辈子都赶不上。”

几个老家伙因为理亏，都显得心虚，赔着笑奉承了几句，然后小心翼翼地坐了下来，屁股都不敢坐稳，只压着半边椅子，反正看上去可笑得很。倒是宋百义的两个孙子大大咧咧，扫了老鬼一眼，自顾自地喝茶。

“上次的事，老子跟老五说得很清楚了。”老鬼可能也不耐烦跟人打哈哈，想赶紧把事情说完，“七门散了这么久，如果没事就算了，老子也不想管那么多，但是现在不行了，事情要命得很，老子也不得不出来活动活动，你们都清楚了吧？老子要老六的孙子做七门大掌灯。”

“大哥，这个……按规矩说吧，您是大哥，又是七门的长门，选谁做大掌灯，咱们没话说，只不过……”宋百义想了想，道，“只不过上次说的那个事情，就是……天崩的事情，大哥确定瞅准了吗？”

“老子会没事骗你们？”老鬼的情绪不怎么好，皱着眉头道，“这事儿的分量，别人不清楚，你们几个老东西心里应该有数！天崩真的到了，有什么后果，自己掂量吧！”

第二十八章 三刀六洞

几个老家伙可能都知道老鬼的脾气，不会撒谎，所以看老鬼斩钉截铁的态度，他们立即倒吸了一口凉气，彼此对视了一眼，神情变得很不自然。我在后头看到他们的表情，心里越发对天崩感到好奇，那到底是个什么样的事，让这些早年间提头泼命的草莽汉子都谈之色变？

“大哥，这个事情要是真的，你这次出来，打算怎么办？”宋百义又问道，“大掌灯，按理说应该是你做的。”

“老子不做，还有其他事情要办。”老鬼瞥了瞥他，道，“怎么？老子说话是不是不算数了？！我说了，老六的孙子来做大掌灯！”

老鬼一发脾气，几个老家伙就都不敢出声了，但是宋百义身后的两个孙子却有点儿不服，撇撇嘴，其中年纪稍大点儿的那个忍不住插嘴道：“这都什么年头儿了，还有什么大掌灯小掌灯的？说出去也不怕人家笑话。”

老鬼的目光立即就转到那个说话的人身上。听人说过，宋百义有三个儿子，只有大儿子家里养了两个男孩，其余的都是闺女，所以宋百义对这两个孙子宠得厉害。宋家捞财神，一般的人不愿招惹，两个孙子年轻气盛，平时跋扈惯了，他们没什么阅历，可能觉得老鬼老了，就不把他放在眼里。

“大武！给我闭嘴！”宋百义当时就慌了，赶紧劝老鬼。这些年七门一盘散沙，早年间的规矩丢得差不多了，若真是过去门规森严的时候，就凭宋大武这两句不干不净的话，就得拖出去打个半死。

“现在的娃子都这么没规矩？”老鬼看看宋百义，又看看其他三个老家伙，道，“你们的儿子、孙子，是不是也这个样儿？”

“大哥你不要恼，下头的娃子们还小，不懂事的，不要跟他们一般见识，消消气，消消气……”宋百义和其他几个人一起劝，老鬼不高兴，但还是收回了目光。

“我说的是实话，现在黄河滩外头是什么世道，你恐怕不知道吧？”宋大武一点儿都不胆怯，坐在宋百义身后的椅子上，道，“世道早就变了，你还在这里搞那些陈芝麻烂谷子的老皇历，谁会买账？”

“混蛋！”宋百义刚把老鬼劝下去，没想到自己的孙子又开始大放厥词，他感觉脸上有点儿挂不住，更怕老鬼突然暴怒，一转身，抬手啪地抽了宋大武一个耳光，道，“给我闭嘴！这儿没你说话的份儿！”

这一巴掌很清脆，但我在后头看得清亮，宋百义是在演戏，他当年也练过功夫，一巴掌下去看着抽得结结实实，其实自己孙子脸上连红印都没留下一个。

“怎么的？！我说的是实话！”宋大武也恼了，呼地站起身，他身旁的宋小武也跟着站起来，兄弟两个都炸毛了，几乎扯着嗓子喊道，“说规矩！那就先说说七门的老皇历，别以为我不知道，七门镇河，各家换班之前，那是要起香案拜老祖，七门七家一起点头，正经把接班的人送到河边，没祭祖，没接班，擅自出河，该怎么办？！”

宋大武说的话，我略微知道一些，过去七门鼎盛的时候，规矩很多，尤其是镇河，那是一等一的大事，隆重得很，拜祖祭祀，七门过场，有一套交接仪式。老鬼一直都在镇河，五十年无人顶替他，这次因为大事才不得已出河，虽然拉了我爷爷去顶班，但从根子上来说，还是不合规矩的。

宋大武这一嗓子喊出来，其他几个老家伙就不说话了，悄悄望着老鬼。我看着心里就冒火，他们不是不知道这里面究竟是怎么回事。

“没话说了吧？”宋百义第二个孙子也在旁边冷笑道，“自己不守规矩，还给别人立规矩？谁会服气？”

“别再说了，大哥是长辈！不许顶撞他！”宋百义呵斥两个孙子，但是他一开口，立即就把老鬼逼到了绝处。

“我是个女人，也是唐家的外姓，本不该插嘴的，”屋子里那个四十来岁的中年女人这时候站起身，道，“五十年没人去镇河，谁先乱了规矩，还不好说。”

“既然知道自己是外姓，就不要乱说话！自己没本事生儿子，让唐家断后，这就是罪过！还好意思在这里打圆场儿！”宋大武牙尖嘴利，咄咄逼人，“断后的，从七门里清出去！”

“是嘛，要讲规矩，先把规矩撕扯清楚，免得有人不服。”宋小武也在旁边不阴不阳地拉偏架，我越看越气，很想揪住他猛抽几巴掌。

老鬼的嘴角抽搐了一下，看着眼前这些神态各异的人，许久都没有说话。我怕他一发脾气又要搞得鸡飞狗跳，就想轻声劝他不要和这帮人一般见识。

“他们故意气你，想把场面搞乱的，别理他们，”我小声道，“这个大掌灯，我不做了。”

“不，我说要你做，你就做，谁也挡不住。”老鬼摆手止住我的话，看着前面的人，慢慢道，“老子是七门的人，坏了七门的规矩，谁都不能例外，擅自逃河，三刀六洞！来！拿刀！”

“现成的刀子，拿去用。”宋大武抬手就扔了把刀过来，那是村里乡间平时常用的杀猪刀，名字虽然不好听，却锋利异常，刀身差不多一尺长，三指宽，锋利的刀子扔到老鬼面前的桌子上，寒光闪烁。

“瞎扯！”我赶紧就去拦，老鬼说的“三刀六洞”，是七门过去一种对待门人的惩戒，刀子从大腿捅进去，要一刀捅穿，一刀两个伤口，一共要捅三刀。

“老子坏了规矩，三刀六洞，应得的。”老鬼拦住我，他很有力气，一条胳膊一挡，我就怎么也挣脱不了，他用另一只手慢慢拔下桌上的刀，抬起右腿踩到椅子上，一尺长、三指宽的杀猪刀抬手就捅到大腿上，力道十足，刀子没腿而入，一下子从另一边露出刀尖，鲜血顺着伤口哗哗地朝外冒。

“你们他娘的还是不是人？！”我看着老鬼腿上还没有拔出来的刀子，当时就急得脑子一片空白，挣扎着想跳出来，冲着那些人喊道，“他今年七十四了！替你们几家镇河，一镇就是五十年！腰上刚受了伤，你们就逼他立规矩，还有没有良心？！”

“是他自己坏了规矩，怨得了谁？”宋大武显然没想到老鬼真的会三刀六洞，语气已经不自然了，气势明显蔫了一截，但仍然不肯嘴软，嘀嘀咕咕地说着闲话。

“大哥，算了吧，小辈不懂事，您犯不上的。”

老鬼不理会任何人的话，唰地拔出刀子，眉头都没有皱一皱，第二刀跟着就捅了下去。我甚至能听到刀刃穿过皮肉，跟骨头摩擦出来的那种让人牙根发痒的声音，我鼻子一酸，眼泪哗地就流了下来。

现场鸦雀无声，所有人都被镇住了，老鬼还是当年的脾气。时间，能磨灭一个人的生命，但磨不掉他的风骨。我流着眼泪拼命想拦住他，但是老鬼不肯。

接着，老鬼又拔出刀子，那是划皮见血的刀，活生生割开皮肉，痛楚至极，但是老鬼始终没有出一声，没有皱眉头，第三刀捅下去的时候，我看到他那张布满皱纹的脸，哆嗦了一下。

他也是个人，他也知道疼。

捅完第三刀，老鬼随手丢掉刀子，鲜血已经流了一地，他的身子轻轻一晃，吁了口气。我扑过去，拼命捂住他腿上的伤口，血止都止不住，一个劲儿地朝下流。我把身上的伤药撕开，哗哗地倒在伤口上，但伤口太大了，血流得太快，药粉刚撒上去，就被冲到一旁。老鬼扶着我的肩膀，重新坐下去，低头止血上药。

“你何必这样！”我哭着对他道，“我不做什么大掌灯，你和他们争什么！”

“水娃，树活一张皮，人争一口气，老子坏了规矩，不自罚，怎么堵人家的嘴。”老鬼头上的汗顺着已经白成一片的头发一股一股地流到脸上，对我道，“老子钢筋铁骨，这点儿伤，三五天就好，不算什么。娃子，你要记住，男子汉大丈夫，得站着活，被人戳着脊梁骨，那滋味比三刀六洞更难受。”

我呜咽着，眼泪不争气地一直在流，我根本不想做什么大掌灯，此时此刻，我唯一的念头就是想让这个镇河镇了半辈子的老头儿多活几年。

三刀六洞，无声却又充满了震慑，老鬼丢下刀子的那一瞬间，所有人都不由自主地闭上了嘴巴。宋大武的嘴唇动了动，还想说什么，但是老鬼已经做到这一步，即便胡搅蛮缠，对方也没有理由了。

“老子坏了规矩，已经自罚，现在，该说说你们几家的事了。”老鬼慢慢裹着伤，头也不抬地道，“老子二十四岁镇河，十年之后该谁接班？二十年后该谁接班？轮到自家镇河，畏缩不前，有意逃脱，该怎么说？三刀六洞都是轻的！谁坏了规矩，自己站出来！”

几个老家伙顿时脸色发绿，谁都不敢再说一句话，老鬼并不想真的捅谁几刀，看着一群人都不敢说话，接着道：“老子是七门长门，现在说话，作不作数？”

“大哥，作数的，肯定作数。”宋百义和其他几个老家伙擦着脸上的汗，争先恐后地点头，唯恐自己会慢一点儿。

“那就好。”老鬼停手起身，把我朝前面慢慢推了一下，道，“老六的孙子，陈近水，七门大掌灯！”

第二十九章 离别之痛

七门大掌灯！

老鬼的话音一落，所有人的眼睛全部投向我，顿时，我身上就好像突然压上了一座山。时代不同了，环境也不同了，过去的很多事情都在无形中变化着，但某些东西，意义非凡，七门大掌灯，就算是个虚名，但同样会让人背负上一个大包袱。

“是老六的孙子，”有人道，“长得跟老六当年的确有点儿像。”

“反正都是七门的子弟，年轻人有活力，脑子好使，我们这些老家伙跑跑腿其实也是好的。”

老鬼一声不响，听下面那些人絮叨了半天，我转头看看他，他的脸有点儿苍白。

“好了，不要再啰唆了，下面的小辈都出去。”老鬼坐在上首的椅子上，腿上的伤虽然包好了，但是我看着还是觉得一阵说不出的难受，他望望已经不怎么敢作声的宋家两个孙子，又收回目光，道，“老子和你们说些事情。”

“都出去吧，出去。”宋百义赶紧就赶着下面那些小辈朝外走，随后把屋子的大门关上。唐家那个四十来岁的中年女人有点儿不知所措，站在原地，走也不是，不走也不是。

“你也坐下听听吧，刚才那两个小王八蛋说得恼人，但有句话还是对的，”老鬼对那女人道，“世道不一样了，过去的老陈规该改就要改，唐家还是唐家，儿子丫头，都是唐家的种。”

几个老辈人坐在一起，这都是当年和我爷爷同辈的河凫子，尽管有的洗手多年，但河凫子世家中的那些秘闻，都藏在他们心里。

“大哥，事情到底怎么个章程，你说说，让我们心里有个底。”

“你们跟着大掌灯就好。”老鬼站起身，慢慢走到窗边，我看得出来，他想尽力走得稳一些，但腿上受了伤，由不得他自己。他从窗户朝外面望去，慢慢道，“老子要出去一趟。”

我还小，对过去的事知道得不多，所以老鬼这么一说，我暂时还听不出是什么意思。但几个老家伙心里雪亮，相互看了看，宋百义就试探着问道：“大哥，你是要到西边去？”

“西边就是根，不管行不行，老子要去试试。”

“话是没错的，只不过……”宋百义道，“当年的大掌灯，就是去西边，然后一去不回，咱们一家人，不能说不吉利的话，但是，要是大掌灯没事，好歹都会回来的……”

我对这些陈年旧事了解得的确太少了，都是后来才慢慢清楚的。河凫子七门上一代的大掌灯是老鬼的父亲，老鬼年轻的时候被派去镇河，他父亲孤身去了另外一个地方，走了之后就再也没有任何消息，大掌灯没有了，七门陷入混乱，接着就成了一盘散沙。

说到底，为了镇河，老鬼丢弃了太多，半生漂在河上，亲爹、亲儿子都没有机会再见最后一面。我心里越发不是滋味，总想劝他，可是场合不对，也不知道怎么开口。

“这个就不用说了，老子心里有数，你们做好自己的事，”老鬼看着几个人，道，“大掌灯还小，上上下下，要靠你们提点，老子一辈子从不谢人，但这次，要替他先谢你们几个。”

“这是哪儿的话，都是该当的，该当的。”

原本，我想从他们几个的交谈中得到一点儿别的线索，但是几个老家伙心照不宣，很多话都不说透，老鬼交代了几句，事情就算谈完了。实际上，我确实没有什么用处，只不过老鬼要远行，我坐镇在这儿，让七门有个名义上的主心骨，不至于和以前那样散得乱七八糟。

“大哥，什么时候动身？”

“怎么，急着要赶老子走？”

“不是不是，怎么可能有那意思，”几个老家伙赔着笑脸道，“只是问问，兄弟们要准备准备。”

“就这几天，现在，老子要你们做点儿事，”老鬼道，“把王钟请出来。”

老鬼说的王钟，是河凫子七门历代相传的最重要的一件东西，那是一口很大的铜钟，具体有多少年，谁也说不清楚。这口大钟一直被珍藏着，但其实没有别的用处，唯一的用处就是七门轮流镇河交接时，大钟被抬到河滩，钟声一响，无论镇河的河凫子有多远，都能听得到。

几个老家伙有点儿迷糊，河凫子镇河，那是最要紧的事，如果不到交接的时候，没有任何人敢把镇河的河凫子招回来，他们心里不清楚，但我就忍不住一阵紧张，老鬼刚刚拉了爷爷去顶班，现在又要用王钟招他，只有一个可能：老鬼不再信任爷爷了。

我心里紧张，却不敢说出来。下面几个人听了老鬼的吩咐，马上就去着手准备。老鬼默默地坐在原位上，许久都没有动，也没有说话。我小心翼翼地陪着他，过了好一会儿，他才扶着我的肩膀，站起来，道：“娃子，走吧，到河滩去看看。”

“是不是？”

“是，”老鬼知道我想问什么，点点头，慢慢道，“老子还是想看看，老六到底听话不听了。”

我感觉一阵憋屈，一阵说不出的难过，虽然跟老鬼认识的时间不长，但他是个什么样的人，我已经知道了。我不愿意让老鬼跟爷爷之间发生什么冲突，无论他们谁受伤，谁死去，对我来说，那都是沉重的打击。

但是我阻止不了什么。

宋百义他们几个抬出了王钟，已经五六十年没有用了，巨大的王钟要三辆平板车合在一起才能拖得动，上面布满了灰尘和铜锈。我看着这口钟，略略觉得有些眼熟，再一分辨，就发现这口钟和那艘空船上的招魂钟很像。

汛期的河滩都是水，三辆大车拉着大钟，一直走到实在走不下去时才停在齐膝深的水里。老鬼不顾腿上的伤，默默地站在水中，眺望着大河。钟声被敲响的时候，我看到他的眼皮跳动了几下，尽管他没有露出什么表情，但是我知道，他心里和我一样忐忑。

他希望当年拜把子的兄弟，不要让他太过失望。

活了这么多年，我明白了一个道理，一个人心里怎么想，跟现实会怎么样，完全就是两码事。

当年的黄河滩上，老鬼失望到了极点。大钟被连着敲了很多次，一群人守在河滩上默默地等。老鬼就站在水里，谁劝都不听，使劲儿望着河面，但是河面上始终波澜不惊，那口石头棺材没有出现，爷爷也没有出现。那时候，我脑海里突然产生了一个很不好的念头，爷爷，他是什么立场？难道排教的那个汉子讲的都是真的？他是七门的人，为什么又要和七门作对？

不由得我想起了老鬼之前对我说过的那句话，七门里的人，好坏都写在脸上，谁是什么样子，看看就知道了，唯独陈六斤，像一团雾一样，没人能够看得透。

“罢了吧……”老鬼在水里站了整整两天，不吃不喝，一直到腿上的伤口被泡得发白发胀，那口石头棺材依然没有踪影。他好像泄气了，也累了，慢慢转过身，可能是站得太久了，刚刚一动，老鬼的身子就猛地一歪，差点儿摔倒在水里。

我赶紧扶住他，老鬼的嘴唇哆嗦着，苍老得好像弱不禁风，他的眼神茫然且失落，他好像在说话，但是声音很低，我扶着他朝回走，听了很久，才听清楚他一直念叨着一句话：

“老六，你到底是怎么了？是怎么了？”

我心酸得不行，把他扶到河滩边上。当老鬼面对下面那些人时，脸上的失落就完全看不见了，他挺了挺腰身，对宋百义道：“老子走了之后，大掌灯带着你们巡河，要找到老六。”

“可是，他在镇河啊。”

“老子让你们找，你们就去找，已经这时候了，还镇什么河！”

别的人可能还是一无所知，但是我明白老鬼的意思，他觉得爷爷靠不住了，让一个靠不住的人去做这么要紧的事，显然不合适，所以他要找，要找到爷爷。

老鬼一说话，就没人再敢顶嘴。一群人往回走，因为爷爷，我一下子也不知道该和老鬼说什么了。不声不响地走了很久，老鬼才转头看看我，道：“娃子，你心里不要犯嘀咕，老六是老六，你是你，不是一回事，不管他怎么样，你安心做你的大掌灯。”

“嗯，我知道。”

我们回了抱柳村，老鬼腿上的伤没有触及骨头，但是皮肉损伤严重，休养了三四天，等到稍稍好了一些，他就准备动身了。他的脾气就是这样，一旦决定了的事情，谁说都没有用。我心里很担忧，因为宋百义说过，上代的大掌灯就是去了一个地方后彻底消失了，话说得含糊，意思却很明显，大掌灯肯定是死了，否则不会丢下七门。上代大掌灯的本事不比老鬼小。

我很怕，很怕老鬼会和他的父亲一样，一去不回。

那是一个早上，我们都起得很早，给老鬼准备了一些行李，然后送他离开。老鬼坚决不让人送，到了村口的时候，他就发脾气把我和七七都骂了回去。

“两个娃子，都是好的，好好的。”老鬼背着自己的包袱，一瘸一拐地沿着村口那条向西的路，慢慢地走了，没有回头。

我只能看着他的背影，消瘦的、衰老的背影，一点点从自己的视线中变淡。

“哥，”七七的大眼睛里都是泪，问我道，“爷去哪儿了？还回来不？是不是不要我们了……”

第三十章 恶鬼压身

看着七七眼睛里的泪，我难受得说不出话来，却不想让她哭，我勉强打起精神，道:“不哭，爷出门去办事，过段日子就回来，昨儿他跟我说了，叫你好好吃饭，养得白白胖胖的，你听话不？”

“听，听，七七听话，”七七赶紧点头，“听爷的话。”

“那就好，不哭了。”

老鬼走了，我的心里顿时空荡荡的，当我带着七七回村的时候，就看到宋大武兄弟俩抱着胳膊站在村里那条路上。老鬼在的时候，这两个人不得不夹着尾巴，但老鬼刚刚一走，他们就开始神气起来。

“现在的大掌灯好他娘的滋润，”宋大武嘴上挂着怪笑，看着我和七七道，“做事还得带个娘们儿。”

“你嘴巴给我放干净点儿！”我听着就火了，本来不想理他，但是扯到七七身上，本来就是个没爹没娘的可怜丫头，我呼地转过身，盯着他道，“再不干不净，我抽你！”

“你敢！”宋大武腾地就走过来，站在我面前，胸口一挺，“老子就站在这儿，你动一下试试！老子说了，你做事带着个娘们儿！怎么了？！”

我一时火大，抬手就是一巴掌抡过去，宋大武身上有功夫，但是根本没想到我会说打就打，匆忙中一躲，脸颊就被几根指头扫了一下，我用了很大的力气，这一下在他脸上留了几道红印子。

“你作死呢！”宋大武火冒三丈，抬手揪着我的衣领，另一只手高高扬起来，“打死你！”

“你打！”我大吼了一声，“掌门还没有走远！要不要把他喊回来评评理？！”

一句话立即把宋大武说蔫了，巴掌举得很高，打也不是，放也不是，样子很尴尬，脸上一阵红一阵青。

“哥，算了算了，”宋小武阴森森地在旁边拉架，拦开我们，道，“谁也不能让人护着一辈子的不是？是黑是白，以后走着瞧。”

我整整衣服，瞪了他们两眼，拉着七七就走。走了很远，我回头看了看，他们兄弟俩还站在原地，冲着我们的背影在嘀嘀咕咕。我心里开始犯愁，老鬼走了，宋百义他们几个顾忌着年龄身份，或许不会把我怎么样，但下面这些王八羔子该怎么对付？我很想撒腿就走，然而身上担着大掌灯这个名头，做事不可能那么自由。

“哥，别跟他们生气。”

“不生气。”我笑了笑，心中本来犯愁，但是不知道怎么的，一瞬间就想起老鬼远走时的背影。

他老了，却仍然是条汉子，他交代的话，我不能忘记：男人，要站着活。

老鬼吩咐要宋百义他们跟着我去巡河，我找过宋百义，他说这几天水实在太大了，船也开不动，等等再说，让我和七七在村子里安心住上几天，身子养好了再说别的事情。在这个阴气森森的村子里，完全没有什么心情，我也不想看见宋家的人，整天就闷在屋子里。

住了六七天，我都是等七七睡着了，然后才回自己房里。每天不做什么事，困劲儿就小，躺在床上翻来覆去，到了夜里十二点多钟才勉强睡着。不过那个年纪太贪睡了，一睡就死沉死沉的。

按往常来说，这一睡肯定要睡到天亮的，但是不知道过了多久，我突然从睡梦中清醒了一些，那是种很奇怪的状态，没有睁开眼睛，脑子里却像是有了点儿意识。我感觉浑身上下都是汗，身子仿佛被压着什么东西，沉得要命，压得我不能动，气都喘不上来了。

那感觉非常难受，我想翻身，想喊，然而连动动手指的力气都没有。恍惚中，我感觉身上压着的东西在动。

可能完全是心理上的恐惧，让我突然生出一股力气，身子一翻，意识更加清醒了。我没有睁开眼睛，却像是能看到周围的情景，这一刻，我浑身上下每一根汗毛都直直地竖了起来。

我看到自己身上压着一个白影子，头发很长，却没有脸。这个白影子死死地趴在我身上，来回晃了几下。我真的是怕极了，但却没力气翻身，也没力气挣扎。

那影子就在我身上来回晃，我的意识仿佛完全清醒了，只是眼皮子很沉，沉得睁不开。

“说……”

蒙眬中，我好像听见一道缥缥缈缈的声音，一丝一缕地钻进耳朵里，听得很清楚。

“说……续命图，在哪儿……”

我感觉那道影子已经贴到了我的面前，甚至能感觉到它那张没有五官的脸在不停地打晃。我根本说不出话，就想拼命摇头，想把这道影子赶走。

“你爷爷没有告诉过你吗……河凫子，有两条命……说吧……续命图，在哪儿……”

“啊！！！”

我忍不住大叫了一声，死沉死沉的眼皮子随着这声大叫而猛然睁开，一下子从床上坐了起来。

那道影子不见了，我满头都是汗水，大口喘着气，在屋子里左右看了几眼。屋子很正常，什么都没有。一直到我醒来的时候，那道缥缥缈缈的声音，好像还在耳边回荡。我听得非常清楚，续命图，它说到了什么续命图。

我真的说不清楚那到底是个梦，还是自己被鬼上身了，总之后半夜再也睡不着了，提心吊胆地熬到天亮。天色一亮，我赶紧去找七七，她迷迷糊糊地揉着眼睛，好像夜间没有遇到什么事，我就稍稍放下心。

这件事让我心神不宁，总感觉不会无缘无故做这样清晰的梦。照例吃过早饭，宋百义就跑过来找我，两个人聊了几句，他说，日子差不多了，汛期河滩上的水不可能会落，老鬼交代的事情也不能不做，他就问我，要是休息得差不多了，是不是该做事了？

“可以。”我点点头，这个事情是老鬼交代的，而且，我还是想找到爷爷。

“掌门吩咐过的，叫我们几个老家伙都跟着你，”宋百义苦笑着，道，“你也看到了，几个叔爷上了年纪，走路都打晃，要是跟着你上百里上百里地巡河，可能吃不消。”

“那你的意思是什么？”我道，“要我自己去吗？那也成，给我弄条船吧。”

“不是不是，掌门的话说得那么清楚，我们都是他兄弟，敢不听吗？”宋百义赶紧解释道，“我的意思是叫下头的年轻人跟着你一块儿去，说实话，宋家脱离七门好久了，常年捞财神，下头的儿孙们没有巡河的经验，正好也跟着你学学。”

我不说话，也不明白宋百义的意思。但是他把话都说到这份儿上了，我也不好勉强。

当天上午，宋百义就喊了一些人，都是村子里的年轻人，有六七个，再加上宋家的两个兄弟，几个人弄了两条舢板，大呼小叫地就冲出村子，那样子根本不像去做正事，而更像是出去撒欢儿。

我心里有点儿不满，生生忍了下来。在汛期行河，本来就是件很危险的事，但宋家人是捞财神出身，一个个水性非常好，驾船的技术又高，把舢板推到河里，在汛期大涨的河水里猛冲。我倒没什么，但七七却受不住了，她从小在阴山峡长大，没怎么进过水。不到十分钟七七的小脸儿就一片惨白，紧紧抓着我的胳膊，眉头皱着，坐着坐着就开始晕船干哕。

她毕竟是个女孩子，周围都是男人，有些不好意思，一边抓着我的胳膊，一边转脸偷偷地捂着嘴。宋小武坐在另一边，嘎嘎笑了几声，道：“怎么的？这才几天，就怀上了？”

“放屁！”我瞪了瞪他，“前几天说的话，全忘了是不！”

“开个玩笑嘛，心眼子咋那么小。”宋小武依然嘎嘎地笑，无意中还瞥了瞥另一条舢板上的宋大武。宋大武脸色阴沉沉的，一句话也不说，但是那种表情让我心里很不自在。

舢板在河面上来回漂了有一个多小时，七七就撑不住了，吐得昏天黑地，肚子里的东西都吐光了，最后连胆汁都吐了出来。汛期的水很大，舢板经不住，一个浪头接着一个浪头地朝船上扑，那些汉子无所顾忌，一个个脱了光膀子，七七浑身被水打得透湿，靠着我，连说话的力气都没有。

“不行！靠岸吧！”我看着七七，像是要昏过去的样子，心里就急了。

“这才多大工夫？”宋小武摇摇头道，“别忘了，巡河，那是掌门的吩咐，你是掌门肚子里的蛔虫，不会不听他的话吧？”

“别跟我扯！他是掌门，我是掌灯！”

“掌什么灯，油灯还是电灯？”宋小武嗤之以鼻，“那老头子说的话，你也当真？”

我心里顿时一凉，这些人果然是要找碴儿，老鬼前脚刚走，他们就蠢蠢欲动了。

“叫你靠岸就靠岸！”我一急，声音就越发得大。

“你说什么就是什么，咱们的面子朝哪儿搁？老老实实坐着！”

我那时候脾气也很倔，两句话就说得脸红脖子粗。如果不是碍着七七在旁边，当时就会扑过去动手，打架可能打不过宋家的人，但进了水，我不怕他们。

“哥……”七七皱着眉头，靠在我身上，勉强睁开眼睛，对我道，“别跟他们吵……我熬得住……巡河是爷说的，听爷的话……”

七七的话还没有说完，一个大浪哗地就扑了过来，我们脚下的舢板本来就很小，在浪头里来回翻了几下，咯吱咯吱来回作响，紧跟着，整条舢板突然就松动了，被浪花扑地冲成两半，舢板上的人哗啦全部掉进了水里。

“哥！”七七惊叫了一声，整个人瞬间就被大水给吞没了。

第三十一章 孤苦伶仃

汛期的水势非常大，人一掉进去就看不到了，宋家那些人的水性好，一群年轻人很快就从落水的劣势中适应过来，光着膀子击水而进，不但没有惊慌，反而一边随着浪花的翻滚起伏，一边连声怪叫着。但七七不行，她不懂水，落水的一瞬间就完全惊慌失措，忍不住大声叫起来，越是这样越被动，我抓着七七的衣服，尽力把她拖出水面，七七乱成一团，脸色都发白了，紧紧拽着我的衣角，不肯松开。

“哥……”周围都是水，汹涌奔腾，七七连开口的机会都没有，刚喊出一个字，大水立即淹过她的头顶，我用力把她重新带出来，这样反复了几次，七七接连被灌了几口水。在这样的大水中，我可以自保，然而带着一个根本不会水的人，难度就变得非常大。

“你们！”我一边用力拖着七七，一边朝那边大喊道，“过来帮忙！”

一群人在波涛中做着捂耳朵的姿势，脸上挂着幸灾乐祸的笑，宋大武他们那条舢板开始捞人，把落水的同伴一个个捞起来，我全力坚持着，想撑到获救的那一刻，但是让我意想不到的是，当几个人七手八脚地爬上舢板之后，他们竟然不管我们了。

“你们这群……”我大为光火，却没有力气骂他们，只要我一泄气，可能就顾不上七七了。我忍着心里的火，想拖着七七朝舢板那边游，但是水势太猛，我冲不过去。

他们坐在舢板上，指指点点地笑着看我在水中挣扎，我恨不得一脚踢死他们。宋大武站到舢板前头，阴阳怪气地大声喊道："大掌灯，你这是怎么了？这点水就把你困住了？没一点儿本事，怎么让七门的人服气嘛。"

我没有工夫跟他斗嘴，只是心里气得要死。我不知道是因为老鬼力推我坐上大掌灯的位置让宋家兄弟记恨，还是因为之前骂过他们，总之，这些人的意思很明显，故意在整我。但是这不是恶作剧，只要我坚持不住松开手，七七马上就会被水冲走。

那一刻，可能是我这辈子第一次见识到人心这个东西。就和老鬼说的一样，人心，到底是什么东西？

"来啊大掌灯，朝这边游，都说陈六斤是鲤鱼精转世，你是他孙子，总不会太差吧？"

"死到临头了，还舍不得手底下的小娘们儿。"

"松开她，自己爬上来。"

一群人在嘻嘻哈哈地调笑，我已经明白了，不能指望他们在这个时候伸手援救，但是我真的拖不动七七，一急之下，干脆就完全放松下来，拖着七七，两个人顺流而下。小舢板在后面一路不紧不慢地跟着，我不知道被冲出去多远，在笔直的河道里没有停下的机会，一直被冲到河道的一个转弯处，水势受地势的影响，缓慢了些，我借机抓住一棵漂在水面上的树，拼尽全力，终于拖着七七漂到了水浅的地方。

在出水的那一瞬间，我立即就慌了，七七的眼睛紧闭，脸色白得像刚刚死去的人，一动不动，我心惊肉跳，疯了一样地把她抱到河滩上，她被灌进去不少河水，已经昏迷不醒了。

"七七，七七！"我拍拍她的脸，但是七七完全没有了知觉，我定定心神，反手抓着她的两只脚踝，用力把她头下脚上地提起来。这是老辈的河凫子救人的独门手法，灌了一肚子水的人，往往口鼻里会积淤泥沙，不能硬朝外挤，抓着人的脚踝倒过来，然后轻轻地抖，差不多的时候再在背上不轻不重地拍两下，落水者就会将秽物连水带泥地吐出来。

我的手法没有爷爷那么娴熟，当时心里乱成了一团，要是七七有个三长两短，以后老鬼回来，我该怎么跟他交代？

在我救七七的时候，宋家的一群人也慢吞吞地爬上河滩，我不理他们，全力救着。过了几分钟时间，七七有了点儿反应，我赶紧稍稍把她放斜一点，哇的一声，七七开始吐，吐出一摊黄洼洼的水。

没等我把七七重新抱起来，天气猛然阴沉，汛期的天气就是这样，说变就变。七七微微睁开眼睛，脸上沾着河沙，迷迷糊糊地轻声道："哥……我们在哪儿……"

"不要紧，七七，现在没事了，不要紧的，你乖乖别动，哥抱你走。"

我不理会那些宋家人，抱着七七就走，但只走出二三十米，大雨就像天裂了个口子似的哗啦啦朝下落，连着阴了好多天，一下雨，气温骤降，我还撑得住，但是七七慢慢地就开始发抖。

河滩一望无际，连个避雨的地方都没有，我把身上的衣服脱下来，盖在七七身上，快步抱着她走。宋家人一窝蜂似的跑过来，有人故意踩着地上的泥水朝我身上溅，我忍不住捏了捏拳头，如果不是七七需要照看，我马上就会冲过去跟他们拼命。

"大掌灯，这是要去哪儿？河凫子巡河风雨无阻的，你是大掌灯，可不要带头偷懒。"

我加快了脚步，一路跑着离开了河滩，天地仿佛都被雨幕给包裹住了，分不清东南西北，我对这地方不熟，周围也没有村子，跑了大概有一里地，终于找到一个看瓜人住的小窝棚。我抱着七七跑进去，把她放下，然后堵了堵四周漏雨的地方，两个人浑身湿透，但是随身的包袱在河里的时候就被水冲走了，我把上衣拧干，这时候，宋家那些人全部挤到窝棚里，那么多人冲进来，落脚的地方都没有，我瞪了瞪他们，把七七朝墙角挪了挪。

外面在稀里哗啦地下雨，那些宋家的年轻人拆了窝棚的门板，烧起一堆火，他们带的东西多，拿出一些食物，还有酒，围着火大吃大喝。我什么都没有，坐在七七旁边照看她。

这场雨下了有半夜，窝棚里乌烟瘴气，七七在不断地咳嗽，我想把衣服烤干，但是宋家人不让用火。

“大掌灯自己想办法嘛，”宋小武咕咚喝了口酒，嘿嘿笑着道，“住我们的村子，吃我们的饭，坐我们的船，现在又要用火，你也是个男人，什么都求别人，害臊不害臊？”

我憋着一口气，立即坐回原位，这辈子最不习惯的事就是求人，宋家人在刁难我，现在找他们商量什么事情，那肯定是自讨没趣。

“哥……”七七闭着眼睛，身体微微动了动。

“没事，哥在这儿。”我看到七七的脸庞潮红一片，心里一紧，摸摸她的额头，触手滚烫，显然是发烧了。她的身子太弱，掉进河里那么久，又淋了雨，身上一直湿漉漉的，半夜再一着凉，就顶不住了。

“哥，七七头晕得很……”七七的意识又一次混乱起来，她的额头和脸庞滚烫，嘴唇干裂，闭着眼睛轻轻摇着头，含糊不清地对我道，“爹在河里，在那儿漂着，爷哭了，下水去捞爹，爷说他什么都不管了，把爹埋了，爷坐在那儿不理我，我跟他说话他也不动……”

七七一边说着，一边伸手在旁边慢慢地抓，我赶紧伸出手，她滚烫的手抓着我就不肯松开了，呜咽着，说她怕水，掉进水里就吓得不敢动。

“不怕，不怕，七七，哥在这儿守着你呢。”此时此刻，我除了满腔的愤怒，什么都没有，没吃的，没喝的，没有药，看着七七一个劲儿地发烧，却无能为力，让大雨堵在窝棚里出不去。

“情深意切嘛，”宋大武慢慢喝着酒，在旁边瞥了我一眼，“你还做什么大掌灯，叫这娘们儿给你生个娃，凑合混一辈子算了。”

我恨得牙根发痒，却不能不忍。我用衣角在外面蘸着雨水，给七七擦脸，但是这样肯定不行，熬了半夜，七七的状况越发不好，身上热得吓人。

雨到后半夜的时候终于停了下来，七七一个劲儿地小声说着乱七八糟的话，我对她轻轻说道：“七七，雨停了，哥带你走，找个村子，给你治治。”

接着，我把七七抱起来，想离开窝棚，离开这些让我恨得咬牙的宋家人。但是刚刚一动，七七就摇着头，道："哥，七七口渴，想喝水，口渴得很……"

我放下七七，转头朝四周看了看，那些幸灾乐祸的宋家人吃饱喝足了，歪歪斜斜地在窝棚里躺了一地。说句实话，虽然守着河滩，但是这个时候想要找口热水几乎是不可能的事。

我能怎么样？除了去求宋家人，我还能怎么样？我心里一万个不愿意，如果是自己渴了，宁可渴死也不会朝他们开口，但七七撑不住。

我咬了咬牙，走到宋大武面前，闷着头道："给我点水。"

"什么？"宋大武身上一股酒气，睁着眼睛望向我，故意侧着耳朵对我道，"你说什么？"

"给我点水！"我压着嗓子又说了一遍。

"想要水？"宋大武揉揉鼻子，拿起身旁的水壶，道，"这里有水，但是不给你。"

"你！"我的眼睛顿时就睁圆了，心里感觉愤怒，又觉得委屈。

"要不这样吧，你跪下磕三个头，爷们儿发发善心，赏你一点水，"宋小武龇牙咧嘴地在旁边道，"不磕头，连尿都没有。"

我眼睛里几乎要喷火了，一转头走出窝棚，天气微微有点儿冷，从热烘烘的窝棚里走出来，顿时被激得打了个寒战。刚下过雨，周围全都是积水，但是那水太脏，我跑到瓜地里，从已经摘过西瓜的瓜秧叶子上，一点点地弄了些水，存在手心里。

看着手心里的水，我心里的愤恨和委屈全部混在一起，眼泪都要流下来了。但是这个时候怎么能示弱，怎么能让宋家人笑话？我把所有的委屈和气愤全部压在心里，捧着手心里的水，快步走回窝棚。

我可能有点儿心急了，走进窝棚的时候，旁边的人故意伸腿绊了我一下，我顿时就摔倒在地上，手里的水洒得一干二净。

看着从手心中洒出去的水，再看看躺在墙根儿嘴唇都已经干裂的七七，我终于忍不住了，翻身爬起来，抓着那个把我绊倒的人，劈头盖脸的一顿拳头。对方猝不及防，被打得鼻血横流，但是我一动手，旁边七歪八倒躺着的人全部跳了起来，宋大武一转身，一步走到我面前，抬手就掐着我的脖子，硬生生地把我逼到墙根儿。

“反了你这兔崽子了！还敢打我们家的人！”宋大武练过功夫，手上的力气很大，我被掐得呼吸困难，脸很快就涨红了，拼命想挣脱，可是宋大武掐得很紧，丝毫不给我还手的机会，“说你是大掌灯，你还真他娘的把自己当盘菜了？”

“就是，也不在四周打听打听，方圆几十里，谁见了我们宋家不得躲着走？”

“兔崽子，跪下，不磕头，今天打死你！”

“给我跪下！”宋大武可能蓄谋已久了，找到这个借口，咄咄相逼，一手掐着我的脖子，一手按着我的头，想让我跪下来。

我梗着脖子，拼死抵抗，他越压得紧，我就越不肯低头。两个宋家人一左一右地过来帮忙，一个人按着我，另一个用力在我腿弯上踹了一脚，我支持不住，左腿猛地一弯，但是膝盖刚刚触地，就全力想要站起来。

“今天不跪下，就打你个半死！”宋大武噗地吐过来一口唾沫，恶狠狠道，“前几天不理会你，你以为有了那老家伙撑腰，就不能把你怎么样？”

“掌门……掌门回来……会要你的命……”我的脸涨得通红，脖子仍然被人掐着，几乎说不出一句完整的话。

“做你娘的春秋大梦吧！你以为那老东西还能回来是不是？”宋小武在旁边冷笑着道，“他这一走，就会死在外面，你还巴望着掌门回来给你出头？去你娘的，给我揍他！”

我被人按得死死的，头都抬不起来，脸上前后挨了两拳，感觉嘴里涩涩的，像是溢出了血。

“哥……”七七可能被屋子里的动静惊醒了，勉强睁开眼睛，一眼看到我被几个人按着乱打，立即挣扎着从地上支起身子，爬到我旁边，扯着宋大武的腿，抬起头，“不要打他，不要打他……”

“滚！”宋大武抬脚就踢过去，他是练过功夫的人，七七弱不禁风，被一脚踢到了墙根儿，再也站不起来了。

“孙家都绝后了，还在这儿添什么乱！老老实实待着……”宋小武拿起手边的水壶，砰地就扔到七七身上，“不是要喝水嘛，拿去喝吧……”

这句话还没说完，他突然就顿住了。我感觉按着我的几个人都不约而同地停下手里的动作，一瞬间，宋大武的手抖了几下，身子就像筛糠一样，哆嗦个不停。

我头上、脖子上压着的手都松了，一抖身子站了起来。在目光移到窝棚门边的时候，我感觉自己压抑的情绪突然就控制不住了，想哭，又想笑，有一种兴奋和惊喜。

屋子里的宋家人呆呆地站在原地，像是石化了一样，不知道什么时候，老鬼无声无息地出现在窝棚的门边，他的眼睛睁开了一半，眼珠子微微发红，目光寒冷如冰，死死盯着窝棚里的人。

“你……你……”宋大武的牙齿咯咯作响，打了个寒战，望着老鬼，满脸都是惊恐和慌乱。

“好，很好，”老鬼的腿还没有康复，瘸着腿慢慢走了进来，“七门的后人，都是好样的，老子一走，娃子病着，要喝口水都不给，很好。”

到了这时候，宋家人连辩解的机会都没有。我突然就明白了，老鬼一直都没有走。

“老子要是真的走了，你们是不是要活活折磨死他们？”老鬼一步一步地逼近，那一刻，我感觉到他身上那股杀气，呼地浓重起来。

宋家人噤若寒蝉，随着老鬼的逼近，他们一步一步倒退，一直被逼到无路可退的时候，宋小武突然就跳了起来，大喊道：“这是个老家伙，没什么可怕，操家伙跟他拼……”

话音还未落，老鬼的身影立即一闪，硬生生抓着宋小武，把他拽到眼前。老鬼咧嘴笑起来，笑声有点儿阴森，却又有说不出的悲戚。他并不傻，借口自己远走，却暗中跟着，就是想看看其余几家人会怎么对待我这个大掌灯。

“七门上下，谁敢对老子不敬！老子就算死在外面，今天也要清理门户！”老鬼骤然止住笑容，脸色阴沉，一个字一个字地道，“娃子想喝水，你不给，那点水就那么金贵？既然水金贵，老子就放你的血。”

“你……你敢……”宋小武的脸都绿了，吓得浑身发抖，嘴巴却还硬着顶撞道，“我爷不会放过你……”

“老子不敢？！”老鬼抬手一巴掌抽在宋小武的脸上，我怀疑他真动怒了，这一巴掌力气极大，宋小武被抽得嘴角冒血，噗地吐出两颗被打掉的牙。

“老子不敢？！”老鬼毫不手软，第二巴掌接着就抽了过去，清脆的响声在窝棚里回荡，宋小武对我很凶，但在老鬼手里却软塌塌得像团棉花，两巴掌过去，抽得他鲜血横流，半条命几乎都没有了。

“三刀六洞，老子自己立了规矩！现在谁不守规矩，老子不会手软！喊宋百义过来收尸！”

“啪！”

第三巴掌抽过去的时候，宋小武整个人就像一只麻袋，被打得倒飞出去，轰地把窝棚撞塌了一角，他在地上打了几个滚，抽搐了几下，已经出气多、进气少了，眼见是不能活了。

老鬼的目光一转，转到宋大武身上，没等他开口说话，宋大武扑通就跪在地上，脸上的汗和雨一样，哗哗地朝下流。

“起来！”老鬼皱起眉头，“两个没爹没娘的娃子，你下得去手作践？！老子活了几十年，从没见过你这么下作的男人！”

“我……我……”

“你这样的人，留着有什么用！”

老鬼呼地拽着宋大武的衣领子，把他提起来，紧跟着右拳霹雳闪电般地砸出去。一拳下去，我听到宋大武鼻梁被打裂的脆响，倒在地上直接就没了动静。

我有些惊讶，其实我跟老鬼接触得不算多，却已经了解他的性格，他嘴巴硬，心却软。我不知道他为什么突然下手这么狠，不给人留余地。

当时的我不明白这些，一直到真正长大，回想往事时，才恍然大悟。老鬼那样的人，一辈子都是替别人活着的，他可以委屈自己，可以自己流血流泪，然而一旦危及他眷顾的人，他就会愤怒。

一屋子人全都傻了，稀里哗啦跪了一地。老鬼慢慢擦掉手上的血，道：“抬他们走，回去告诉宋百义，这两个孙子丢了七门的人，糟践大掌灯，掌门出手惩治了，宋百义还有儿子，不会绝了后，但是以后再养孙子，让他教好，要是还跟这两个东西一样，即便老子不收他们，天也要收！滚！现在就滚！”

几个人抬着已经没有生气的宋家两兄弟，逃也似的钻出小窝棚。我跑过去把七七抱起来，她用力睁着眼睛，望着面前的老鬼，嘴巴一撇，当时就哭了出来。

“娃子，莫哭。”老鬼抬眼看看我们，递过来水和干粮。

我烧了些水，喂七七喝了，她昏沉沉地睡过去。我就觉得老鬼既然还没有走，一直都跟着我们，为什么不早点出来，要是他早点出来，我也不至于受那么多窝囊气。

“老子出来得太早，你怎么能认清这些人的嘴脸？”老鬼低头抚摸着自己腿上缠着的伤口，道，“人心，是最脏的东西，你看不准，就会吃大亏！”

我知道老鬼说得对，像我这个年纪的人，不懂的事情太多，有些事，别人教也教不会，除非自己亲身经历了才会明白。

老鬼看看昏睡中的七七，就摇了摇头。河凫子一般年轻时就开始打熬身体，强壮得很，从生到死，很少会有伤风感冒之类的小病，他们身上会常备一些药，不过基本上都是外伤之类的土药。七七的身子弱，生病就不见好，如果再不吃药，可能会更严重。汛期一到，瓜田附近村子里的人都赶去救灾，老弱病残被转移到了远离洪区的地方。我想了想，不能再等了，所以让老鬼照看一下七七，我到别的地方去找药。

我离开窝棚，一路都在跑，累得上气不接下气，足足跑出去二十多里地，才遇到一群赶往房山峡大堤的人，我身上没有钱，不过那些人听我的口音就知道是当地人，所以白给了一些药。我惦记七七，拿着药继续朝回跑，但真的是太累了，跑一段休息一段，过了好久才跑回窝棚。

然而当我跑回去的时候，脚步一下子停在原地。瓜田旁的窝棚，不知道什么时候完全塌了，我愣了愣，飞快地跑到跟前，老鬼和七七都已没了踪影，窝棚旁边的瓜秧上面到处都是一摊一摊的血迹，血迹还没有干透，触目惊心。

第三十二章 生死难分

看着一摊摊红得刺眼的血迹，我的心马上就慌成一团。血迹很新，显然是不久之前刚刚留下的，我不知道发生了什么事，然而一种很不祥的预感从心底呼地冒上来。我定下心，仔细看了看，血迹在不断地延伸，一直向北边走出去很远，都可以看到星星点点的血，但是约莫半里地之后，所有的血迹都不见了。

我当时第一个念头就是宋家的人又转回来找老鬼和七七的麻烦，但是想想又不对，宋家人没这个胆子，也没这个实力。

血迹断了，我唯一可以追寻的目标也就此消失，茫茫无际的河滩上，一个人影都没有，我急得直冒汗，却不知道该去哪儿找老鬼和七七。我只能暂时朝北走，一路找下去，足足一个多小时过去了，一无所获。那种不祥的预感越来越强烈，只要我心神一乱，眼前晃动的全是老鬼沾满鲜血的身影，那种感觉糟糕到了极点，我不由加快脚步，飞快地跑。

我从瓜田旁边一直跑到了三十多里外的小狼滩，汛期到来，黄河两岸多少里都不见人烟，再朝前走，几条过去的老河道全都进了水，无形中把陆路截断了。我绕进小狼滩边缘的一小片山地里，刚刚走进山地，一眼就看到很远的地方依稀有两道身影。

距离非常远，我看不清楚，但这个时候任何线索都是我的目标，我甩开胳膊狂奔过去，跑近了一些，顿时心惊肉跳，本来就吊在嗓子眼儿的心一下子差点儿跳出来。

有四五个人躺在地上，鲜血淋漓，我看到了老鬼，他就趴在一摊积水旁边，跟我之前的预感一样，浑身上下浸透了血，七七半截身子淹在积水里，嘴里叼着那根小小的竹管子，啾啾地吹。斑斑驳驳的积水洼地里，到处都是蛇，大大小小的蛇，少说有七八十条，最大的一条跟人的小臂那么粗，两个我从来没有见过的汉子被蛇围住了，看样子他们也受了很重的伤，挣扎着想扑向老鬼，但是被那些蛇缠得死死的。

“老鬼！”我立即就想扑过去，可是脑子一晃，立即分清了眼前的形势。我不知道那两个汉子到底是谁，但他们是潜在的危机。

“哥……”七七看到我的一瞬间，拿下嘴里的小管子，颤巍巍地指了指老鬼，“爷他……他……”

那一刻，我的预感最终得到了印证，老鬼趴在水边一动不动。他是什么性格？是那种宁可站着死也不愿躺着活的人。如果还有一口气在，可能这样一动不动吗？我的脑子轰地就像要爆开一般，什么都顾不得想了，一把拽下腰里的鞭子，啪地就抽了出去。

这根鞭子，我好歹练过几年，就觉得老鬼不死也是重伤，全身上下所有的怨气变成一股力量，顺着长鞭甩了出去。那两个被群蛇缠住的汉子显然不是普通人，但是受了重伤，其中一个被鞭鞘抽到脸上，整张脸顿时就肿起来，连眼睛都睁不开了。

我毫不手软，跟着又是一鞭子，把另一个人迎面抽了个四脚朝大。七七啾啾地吹动小管子，七八十条蛇慢悠悠地停止了攻击，我冲过去提着鞭子劈头盖脸就是一顿猛抽，直到两个人只剩下微微抽搐的力气时，才停下手。但是还没等我去查看老鬼的伤势，余光就看到从那边的小山山头后，又急匆匆地钻出来五六个人，距离相当远，我也分不清对方是什么来历。不过看到这些人出现的时候，我隐隐感觉，他们不是善茬儿。

“七七，不要动！”我立即俯身趴了下来，对方五六个人，如果老鬼还能动，那估计还不成问题，但是只有我一个，就算拼命也拼不过对方。我脑子转得飞快，抬眼一瞥，看到了脚边丢着一支小臂粗的火铳，已经装好了铁砂和火药，铳口用油纸堵着，没有进水。

我趴在地上一动不动，慢慢地伸出手，把火铳勾了过来，又从旁边一个人身上摸到了油纸包着的火柴。我看着引信的长度，估摸着合适的时机。从小山山头翻过来的五六个人跑得非常快，转眼间已经离我们不远，他们明显看到这里东倒西歪地躺着几个人。

我很少接触火铳这种东西，也不知道能不能掌控好，但是被逼到这个地步，不行也得行。我耐住性子等，一直到对方距离已经非常近的时候，才慢慢抽出一根火柴，点燃了火铳的引信。这种引信很粗，燃烧起来青烟滚滚，五六个刚刚疾奔过来的人发现了突如其来的烟，立即就是一惊，我唯恐他们分散之后不能一铳打翻，举着火铳就猛然站了起来。

几乎就在我站起来的同一时间，手里的火铳砰的一声闷响，大片的铁砂从铳口随着火光打了出去。近距离之下，这种古老的土制武器有惊人的杀伤力，铁砂完全把对面几个人给覆盖住了，惨叫声连绵不绝，在地上翻滚哀号。其中一个长着络腮胡子的人反应比较快，火铳响起的时候临危躲了一下，身子没有受伤，一条腿却钻进了不知道多少铁砂。他看着旁边受伤后倒地不起的几个同伴，猛一咬牙，转身就拖着伤腿想逃。

我不知道他是谁，但肯定不能让他逃走，免得回去报信引来更多的人。我提着刚刚发射过的火铳，到那几个捂着脸打滚的人身旁，一个一个把他们砸昏过去，接着就去追那个逃走的络腮胡子。络腮胡子强壮，拖着一条伤腿也跑得很快，我不知道后面还有没有其他人，所以不敢追得特别猛，两个人一前一后跑到小山山脚下，络腮胡子手脚并用地朝上爬，我在后面跟着，一直等到爬到山顶时，才追上对方。我拿着手里沉重的火铳，抬手就抛了过去，络腮胡子的腿站不稳，在山顶上一趔趄，一头顺着山坡滚了下去。等他滚落到山下的时候，已经无法动弹了，我不敢大意，这个人如果诈死，我前脚走了，他后脚也跟着离开跑去报信，那么我带着已经不能行动的老鬼和七七，肯定跑不快的，会被追上。

我也顺着山坡朝下走，但坡太陡了，一不留神，脚滑了一下，整个人立即收不住，顺坡而下，身子、脑袋在滚动中被连撞了不知道多少次，但是连喊疼的余地都没有，刚一落稳，翻身就抓起旁边一块石头，朝络腮胡子头上砸了两下。

我松了口气，重新翻过小山。但是这一次跑回去的时候，我看到老鬼不知道什么时候竟然站起来了，晃晃悠悠地在旁边走了几步，当时我心里又惊又喜，这个老家伙命真硬。

七七也从水洼里爬了起来，呆呆地站在原地，我跑到他们跟前，急切地询问老鬼怎么样了，但是他看看我，眼神有点儿呆滞，一言不发。那个年头儿，黄河滩还有些闭塞，平时受些外伤，没有绷带，就用大眼薄棉布裁成长条，拿开水煮了晾干备用。老鬼用棉布裹着脖子上的一处伤，来来回回裹了很多圈。

“先走吧。”一直等到他裹好伤，才木木地说了一句，转身就朝小狼滩远处的山地走去。当时可能我脑子还不清醒，老鬼的声音有点儿闷，跟平时不怎么一样，不过没想那么多，就觉得他还活着，这已经是不幸中的万幸了。

我扶着七七，路上给她吃了药，七七的身子还很热，完全是强撑下来的，走着走着就软软的没有力气了，我把她背起来，跟着老鬼一直走到崎岖的山路之间。我很想知道发生了什么事，但是看老鬼有气无力的样子，就没有问出口。

我们走了很远，到了下午的时候，找到了一个背阳的小山洞，老鬼可能真的坚持不住了，一句话不说，走进山洞，立即歪倒在地。我过去看他，就觉得他平时火炉一样的身体此刻像冰一样凉，没有一点点温度。

“你怎么样了？”我很担心，毕竟他年纪大了。

“没事，累得很……”老鬼闭上眼睛，微微地摇着头，和发了烧一样，开始说乱七八糟的胡话。我跑出去看了看，这里很偏僻，那些人不知道我们的行踪，就算找，一时半会儿也找不到这儿。

我想法子弄了堆火，想让老鬼暖和一点儿，他的样子始终不好，一会儿说着过去的事儿，一会儿又骂骂咧咧的不知道在骂谁。我一下子要照顾两个病号，负担很重。下意识的，我回头看看七七，她躲在山洞的另一角，浑身瑟瑟发抖。

我没有别的办法，只想等老鬼和七七的情况好一点之后带他们离开这儿，到别的村子，看能不能讨点药。

“哥，”正想着，七七在山洞角怯生生道，“找点水吧。”

“好。”我点点头，从昨天到现在，一直碰到乱七八糟的事，我也水米没沾牙，现在静下来，就觉得又累又饿。

天色已经微微发黑，我走出小山洞，在旁边看了看，这个地方估计很难找到水。这时候七七也悄悄地从山洞里走了出来，拉着我就走。

“七七，怎么了？”我觉得她样子不对。

七七不说话，一直拉着我走出去十多米远才停下脚步，她回头看看我，嘴角一抖一抖的，像是要哭，又像是要说什么，总之样子很奇怪。

“七七，你这是怎么回事？”我摸摸她的头，河滩人很少吃药，吃了就有效果，她的额头没那么烫了。

“我怕……”

“怕什么？”

“爷……”七七白生生的脸上瞬间充满了恐惧，带着哭腔道，“爷他好像不是人了，他……他是鬼……”

第三十三章 死而复生

“你说什么？！”我吃了一惊，如果是别人说了这样的话，我可能会马上反驳，甚至翻脸，但是七七太单纯，她不会撒谎，也不会危言耸听。

“七七，你不要急，慢慢说，今天到底是怎么回事？”

七七缓了口气，一边紧张地朝山洞那边张望，一边哆哆嗦嗦把事情说了一遍。在我跑出去找药之后不久，一些人就悄无声息地摸到了瓜田的窝棚附近，尽管他们手脚很利索，却瞒不过老鬼，那些人来意不善，见面就直接动手。老鬼腿上带着伤，还要护着七七，放倒了两个人之后，老鬼觉得原地待不住了，带着七七就朝远处跑。

一群人紧追不舍，如果没有七七拖累，老鬼就算有伤，也能轻易把这群人收拾掉。跑出去很远，也就是我在小狼滩遇见他们的那个地方，又有一群人出现了，前后围堵，把老鬼和七七困在正中。

“那是些什么人？你认识吗？”

“认不得，”七七摇摇头，她在阴山峡住得太久了，很少跟外人接触，但是转脸想了想，又接着说，“我只记得有一个穿红衣服的女人。”

“穿红衣服的女人？什么样子？”

七七说，那个穿红衣服的女人说不上有多大年纪，看着像是很年轻，但又像是年过中旬，有三四十岁的样子，长得很漂亮，穿着一身红衣，被一群汉子簇拥着。

我独自琢磨，黄河滩很大，两岸混水讨生活的人太多了，鱼龙混杂，我不可能见过每一个人，但叫得出名号的人，至少都听说过。我一直在想七七的描述，整片黄河滩上，千百年来都是男人的天下，混得出名号的女人少之又少，想了半天，那个穿红衣服的中年女人只有一个目标。

排教的大排头，没人知道她叫什么，但是两岸走水的人都喊她红娘子。这是个很神秘的女人。

难道又是排教?

外面的传言一点儿都不虚，红娘子相当厉害，老鬼带着七七，对付那帮汉子还有回旋的余地，但红娘子一出现，形势立即逆转。这个传闻中神秘的女人给老鬼带来很大的压力，老鬼左右都是敌人，跑也跑不掉，最后发了脾气，完全拿出一副跟人拼命的架势。

我没有见过红娘子，也不否认她有多厉害，但是我知道老鬼的本事，如果他要拼命，那会非常可怕。别人几乎插不上手，只有老鬼在和红娘子决斗。七七没练过功夫，说不清他们是怎么斗的，但我想象得到，一定很惨烈。

“他们打着，有人要来抓我，爷回头瞧见了，过来挡他……”七七又怕，但眼神里都是感激，道，“爷来拦他，穿红衣服的那个女人就追……”

老鬼毕竟是个人，难免会有疏漏，他一心只顾着七七，左右都是涌来的敌人，红娘子跟过来，趁着老鬼疏忽的瞬间，一刀砍到了他的脖子上。红娘子用的刀，在我们这边的土话里叫作“分水”，是宰杀牲口之后专门用来剔骨的刀子，只有一指头宽，但锋利异常。这一刀下去，几乎砍断了老鬼半边脖子。当时，七七就看到老鬼的眼睛猛然睁圆了，脑袋顺着脖子被砍开的地方歪了歪。

我听着七七说，心里跟着就紧了紧，被砍断了半边脖子的人，还能活吗?

但是老鬼并没有马上倒下，反而更凶猛了，他一翻手抓住红娘子的手腕，兜头一拳，那一拳可能比当时惩治宋家兄弟的一拳更重，老鬼的呼喝震耳欲聋，好像头顶砸下来的一道炸雷。这一拳几乎要了红娘子的命，旁边的人都慌了，顾不得全力围攻老鬼，一些人抬着红娘子心急火燎地离开了，只剩下五六个人。老鬼又勉强放倒三个，终于坚持不住，踉跄着卧倒在水洼边。七七没办法，被逼到那个地步，不得不吹着小管子，招来一些蛇。就在那个时候，我正好赶到。

“七七，那你怎么说爷不是人，是鬼？”

“爷的脖子被砍断了，他倒下来的时候，我看见他翻白眼，一口气吐出去就没有动静了……”

七七不懂事，但是人死没死，她还是能分辨出来的，老鬼被红娘子那致命的一刀砍死了，倒在水洼边之后就再也没有动弹。

一直到我拿火铳打散了后面赶来的几个人，又去追络腮胡子的时候，被火铳打中的人没有死透，其中有一个瞪着血红的眼珠子，想要挣扎着站起来。七七完全没了主意，不由自主就想用啾啾声把那些蛇再引过来抵挡一下，但就在这个时候，一直倒在水洼旁边无声无息的老鬼，突然开始爬动。

“爷歪着半拉脖子，调了个头，慢慢在地上爬……”

老鬼当时就和诈尸一样，头也不抬，拖着一行血印子，在地上慢慢地爬，朝那个想要起身的壮汉身边爬过去。那一幕我没有目睹，但是想想就觉得头皮发麻。走水的人胆子都不小，然而老鬼这样诡异地爬过去，那汉子顿时就蒙了，哆嗦着，两条腿蹬着地面朝后退。

老鬼一直跟着他，虽然爬得很慢，但不知不觉中，离那个汉子越来越近。那汉子可能完全被吓傻了，退到一处洼地的时候，朝后一仰，摔到里面。老鬼仍然在爬，爬到洼地里头，七七当时也害怕了，慢慢站起身，走到那片洼地旁边，伸头朝下看了看。

老鬼整个人仍然像诈尸一样慢慢蠕动，那汉子开始惊叫了两声，但是老鬼跟着就慢慢爬到他身上。当时七七看不清楚老鬼的脸是什么样子，只能看到那汉子大张着嘴，眼睛瞪得和鸡蛋一样，嗓子里咯咯地发出一阵不像人的声音，手脚乱抽。

当时七七就吓坏了，她以为老鬼已经被红娘子一刀砍死了，但是根本没想到他竟然还能坚持着爬出去那么远。那时候我追络腮胡子没有回来，七七不知所措。站在水洼边愣住了，接着，老鬼晃晃悠悠站起来，爬出水洼，七七不敢说话，就在旁边看着，老鬼开始用棉布裹伤，七七甚至看到他用力扶了扶自己的脖子，好让脑袋移回原位。

后来，我回来了，七七心里很怕，但不知道该怎么跟我说，一直到老鬼昏昏沉沉地在山洞睡过去，她才找机会喊我出来。

“爷是不是……是不是变成鬼了……”

“不是，不要瞎想。”我皱起眉头。按照我的判断，老鬼肯定是被那一刀砍死了，由此，我突然想起了七奶奶过去对我说的话。当年，爷爷下水，尸体都从水下浮了出来，但是最后，他还是活了下来，尽管过程有点儿让人吃惊，却还是活了。

“那……那爷是怎么回事……他都死了……怎么又？”七七小声跟我说着，说了一半，突然顿住了，眼睛望着山洞，微微张开了嘴巴。

我下意识地回头一看，老鬼不知道什么时候站到了洞口，正默默无声地听着我和七七的交谈。

“爷……”七七怯生生地叫了一声，朝我身后躲了躲。

我能看到老鬼那张布满皱纹又苍白的脸，我不怕，我知道这个老家伙哪怕真的变成了鬼，也不会来害我。

“回来吧。”老鬼朝我们招招手，转身走进山洞。

我带着微微发抖的七七走回了山洞。老鬼靠着石壁，坐在那儿，好像害了一场大病一样，有气无力。我怕他伤口没有弄好，想过去看看，老鬼摆摆手，示意我在对面坐下。

“老子这次没走，悄悄留下，只是想试试那些人的心，”老鬼默默看着我，道，“你已经是七门掌灯了，老子要是不把路铺好，能走得安心？”

“你还是要走吗？”

“娃子，有些事情，老子不做，别人也不做，最后死到临头了，悔之不及，”老鬼道，“你爷把你看得太金贵，小时候不舍得让你吃苦，现在再教你什么已经迟了，老子能给你的，就是个保命的本事。”

我预感到，老鬼肯定要提及当年的事情了，他跟我爷爷都是正经的河凫子，他们身上发生的，必然都是只有河鬼子才知道的秘密。

“娃子，知道不，你爷爷，陈六斤，早就是死过一次的人，”老鬼道，“如果他不是河鬼子，就算你长大也见不到他，只能逢年去给他上坟烧纸。”

果然是这样！我心里一动，预感成真，老鬼真的提到了当年那件怪事上。那是七奶奶目睹的怪事，也是让我感觉非常疑惑的谜案。

“这件事，不久之前，老六跟老子讲过，老子是掌门，他把河鬼子最宝贵的东西用掉了，不能不跟我说一声，”老鬼道，“他还年轻的时候，你爹刚落生不久，他下水被东西缠住了，丢了命，要不是老子年轻的时候跟他交情好，他逃不过那一劫的。”

老鬼说得含糊，细节也不提，但是我听得清楚，他说的就是七奶奶告诉我的那件事，爷爷因为下河而遇险，尸体浮出了河面。

“那到底是怎么弄的？”我忍不住追问道。

“娃子，告诉你，”老鬼晃了下头，盯着我，道，“正经的河鬼子都有两条命。”

第三十四章 续命宝图

正经的河凫子都有两条命，这句话耐人寻味，我不怀疑老鬼的话，有些事儿已经无形中说明他没有胡说。

“河凫子的两条命，是从哪儿来的？”

“那是七门的老祖爷得到的补偿，”老鬼道，“没有他们，河凫子的子孙就不会有这个保命的东西。”

河凫子七门的老祖爷当年是白白死掉的，都丢下一只手，长胡子老头儿说，会留给当地人七尊护河神，护河神其实暗指的就是那七位老祖爷。当年发生过什么事情，我不知道，但是长胡子老头儿留给他们一张图，那张图叫作续命图。

说到这儿的时候，我顿时想起前几天半夜做噩梦，梦到被一只白影子上身，对方曾经隐隐约约地问我，续命图在什么地方。

过去，七门河凫子巡河镇河，出生入死，每天在黄河上跟各种各样稀奇古怪的东西打交道，他们不能有任何畏惧，那张续命图就是最后的保障。这绝对是个不可外传的秘密，不管七门在历史中发生过什么样的变故和混乱，这个秘密始终都被严严实实地隐藏着，如果传扬出去，肯定会给七门带来灭顶之灾。

河凫子的祖训，基本上都是从七个老祖爷那里传下来的，其中最重要的一条是不能损人利己。过去混迹江湖行船走水的人，大多都以一个“义”字作为出来混的基本准则，这是一种自我标榜。话谁都能说，但能否做到，就不得而知了。

但是之后的经历让我明白，损人利己的人，做不了河凫子，绝对做不了。

续命图的秘密，在七门中代代相传，我不否认，七门在过去可能出现过一些甘愿同生共死的铁血汉子，但是人就会有私心。七门出现过大的波折，甚至内讧，虽然最后都平息下来，可是很多东西一旦改变了，再想回到以前，就完全不可能了。大概到了清中期的时候，七门里不得不增加很多规矩，方便大掌灯用来约束掌控门人。

到了老鬼的父亲那一辈时，续命图已经被七门掌门收回，这是掌控门人最有效的手段，想要第二条命，就要听大掌灯的差遣。但老鬼父亲那一辈，注定是七门将要没落的时代。老鬼本人顶了唐家的班，被派去镇河，他的父亲则远走他乡，一去便无音讯，按宋百义他们的猜想，上辈的大掌灯肯定早已经死在外面了。

"续命图，传子不传女，娃子不成年也不会传。"

河凫子家的子孙，年幼的时候不传续命图，是怕小娃子嘴巴不严，把秘密泄露出去。

"实话实说，不管老六这些年做过什么，当年，老子是很欣赏他的。"老鬼慢慢叹了口气，当年槐树林结义时，他们都还年轻，都血气方刚，一腔抱负，他们可能有很多理想，有很多未来。七个异姓兄弟里，老鬼跟我爷爷的交情最好。

"没有大掌灯的允许，续命图绝不能私传，"老鬼接着道，"不能不说，老六这个人，老子一辈子都没有看懂过。"

我爷爷跟老鬼走得最近，有一次，爷爷单独问过老鬼关于续命图的事。老鬼没有那么复杂的心机，爷爷问了，他就说了。之后，爷爷试探着问能不能把续命图传给他。老鬼很为难，因为他父亲专门叮嘱过，七门里头不管有谁问起续命图的事，都不能乱说。续命图，是七门掌门唯一的优势，如果连这个优势都没有了，那么七门很快就会散掉。

"老六当时看我为难，就笑着说没事，只是随便问问，但老子看得出他很失望。"

老鬼重情，而且重义，总觉得这样对不住一起磕头喝血酒的兄弟，他犹豫了很久，最后把续命图传给了爷爷。再之后，老鬼去镇河，大掌灯远走，爷爷是七门中唯一知道续命图的人。

“老六没有遵守他当年的承诺，”老鬼看看我，道，“至少，你还不懂事的时候，他已经把续命图给你了。”

“给我了？”我一惊，当时就摇头反驳。我不会欺骗老鬼，因为从小到大，爷爷从来就没有给过我什么续命图之类的东西。

“来，喝了！”老鬼拿出贴身放着的酒壶，半壶烈酒，酒气直冲鼻子。我很少会喝酒，不知道老鬼是什么意思，但他说要我喝，我就喝。我拿着壶，捏着鼻子咕咚咕咚灌了几口，呛得直咳嗽。

酒烈，上头又快，我的脸很快就红扑扑一片。这时候，老鬼让我脱掉身上的褂子，他慢慢站起身，在我背后举起那面斑驳的铜镜。铜镜只有镜心那一块光滑照人，火光映照镜面，我回过头的一刻，立即看到镜子里折射出的情景。

在我后背上，不知道什么时候出现了一片血红的图案，殷红刺目。

“这是？”

“就是你爷给你的续命图。”老鬼放下镜子，重新慢慢坐回原位，道，“钢针蘸着鸽子血刺上去的，皮肉消肿，文身就看不到了，除非喝酒，才会显出来。”

续命图，是河凫子第二条命，但老祖爷当年有过重训，续命图不能轻用。世间的东西，冥冥都有定数，河凫子多一条命，那么某些人就会少一条命，他们的第二条命要用别人的命来换。祖训不准损人利己，河凫子也不能随便就拿别人的命来续自己的第二条命。

“就因为这样，你奶奶才会死，”老鬼叹了口气，“河凫子家的女人，都是命苦的。”

有了那条祖训，河凫子身带续命图，也不一定就会有第二条命。很早之前，就有七门的河凫子守着续命图甘心赴死，因为不愿随意糟践别人的性命。

爷爷当年遇难的时候，身边只有我奶奶和同村的七奶奶，如果按远近亲疏来说，爷爷能拿七奶奶的命来续自己的命，但他心里还记得祖训，没有别的法子，他只能夺走奶奶的命。

这残酷吗？我不知道，当时的我，还不懂男女之间的情爱，但是如果要我拿七七的命来续自己的命，我怕我做不到。过去的河凫子如果死在外面，被家里人抬回来之后，如果真要续命，就得从最亲近的人那里讨。

我听着老鬼的讲述，再看看他身上干涸的血迹，心里就突突乱跳，想了很久，我问他道：“你的续命图，是不是已经……已经用了？”

“没有谁可以不死，五十年是死，一百年也是死，那都没什么，老子活得够本了，”老鬼好像全然没有把生死放在心上，摸着脖子上缠的棉布，道，“娃子，你爷把续命图给你了，但没告诉过你，老子今天跟你讲得清清楚楚，你有第二条命了。”

我没有因为这个而兴奋，年纪小，不懂得生死的重要。我只是单纯地觉得，用别人的命续自己的命，如果对方是个十恶不赦的人，那就算了，如果真的是个无辜的人，那么我该怎么抉择？

“娃子，老子这次是真的要走了，但是一定还会回来，事情有点儿棘手，老子不回来，摊子就完全乱了。”老鬼想了想，道，“今天跟老子动手的那个红衣服女人，活不了，必然会死，但是以后你要小心，事情明显不对了，有的事儿显然是冲着七门而来的。”

“你真的要走？”老鬼还没走，我已经感觉到孤苦伶仃了。他如果真的走了，我和七七该怎么办？

“娃子，七门剩下那些王八蛋，这次受了教训，他们不敢再拿你怎么样，你们两个相互照应。”

“留着我这个大掌灯做什么？”我垂头丧气，“就顶着这个虚名？”

“不，老子有要紧的事，你同样也有，”老鬼道，“老子走了以后，你去找你爷，七门的王钟已经招不回来他了，你是他唯一的孙子，只有你才能喊得动他，让他回来不要再镇河了，如果见了他，你告诉他，念着当年和老子那点结义之情，让他在这儿等老子。”

老鬼并没有说得那么仔细，但是我听着，心里却很不是滋味。爷爷他到底是怎么了？他到底做了什么？让老鬼这么忌讳。

老鬼的伤很重，我们熬到天亮，然后又转移了地方，连着几天东躲西藏，最后重新摸回了抱柳村。抱柳村的村口扎着灵棚，宋大武死了，宋小武只剩下半条命，还在养伤。我觉得心里有点儿不得劲儿，毕竟闹出了人命。

但是当宋百义那些人见到老鬼的时候，一个个面如死灰，扑通就跪下了。七门散了，但老鬼的威势还在，宋家做了亏心事，很怕老鬼回来清算。宋百义跪着不敢起来，说话都打哆嗦，估计他知道老鬼的脾气。

“作践大掌灯，你一家去填河都补不上这罪过，”老鬼淡淡地看了下面那些人一眼，道，“这笔账暂时记着。”

我很不情愿住在这儿，但是老鬼想让我适应。我们在村子里住了十多天，老鬼的伤不可能好得那么快，不过他的底子好，现在可以自己活动了。这期间，他和我说了一些事情，大多都是河凫子的隐秘，可是最关键的还是没有提，估计仍然不太放心。前后差不多二十天，老鬼要走了。

“娃子，这个东西你带着，不要离身。”老鬼摘下那面铜镜，郑重其事地挂在我脖子上，摸摸我的脑袋，道，“年头太久了，可能没有老祖爷当年那么好使，不过，有就总比没有强。”

我拿到的就是一面镜子，老鬼却走了。

尽管他说了会尽快赶回来，尽管我相信他的话，但是当我默默地看着他的背影再一次消失在视线中时，我知道，他真的走了。

第三十五章 夜半惊魂

老鬼一走，我的心顿时就空了。正如他所说的，给宋家的教训足够沉重，他走了之后，抱柳村的人对我客气了很多，也恭敬了很多，但是我一点都高兴不起来。我记得老鬼临走时的交代，每天都在巡河，想找到那只拉着大钟的空船，也想找到爷爷。前后有七八天时间，周围的河道已经全部找过了，如果要再找，我就得把路线拉长。宋百义说过这个事，他说可以叫村子里的人陪我去，不过上次的事情给我留下了阴影，我完全怕了，拒绝了他的建议，只说给条小船就行，我能自己去找。

话是这么说，宋百义也给了船，不过每天我驾船出去的时候，后面就会有宋家的筏子在跟着。他们的人皮筏子跟鬼船差不多，河里那些脏东西很少会找他们的麻烦，我说不清楚这是好意还是监视，反正觉得不自在。开始的几天，还能在天黑的时候驾船回来，路线越走越远就赶不回来了，除非带的干粮什么的吃得差不多了，才会回抱柳村。

没人知道在涨水的时候每天走船有多累，连着折腾了几天，我回了村子一次，让他们准备点干粮。身体乏得要死，吃过晚饭回房倒头就睡过去了，睡得很沉，断断续续做了些梦，我梦见老鬼在一条路上走着，还梦见爷爷穿着红衣服坐在石头棺材里。

就这样睡到后半夜的时候，我一下子就醒了过来，周围没有什么声音，也没有动静，但猛地就醒了。天气很热，窗子大开着，我躺在床上，总觉得气息有点儿诡异，却说不清楚那阵诡异到底从何而来。

这种感觉很不好，我再也躺不住了。就在我想起身的时候，听见外面传来一阵轻微又缓慢的脚步声。我赶忙跳下床，趴到窗子上朝外看了看。

窗外的月光一片清亮，我看到村子里的老老少少全都和发癔症一样，从各自的房屋里慢腾腾地走出来，谁也不说话，就那么低着头走着。

这是怎么回事？

我觉得很不对劲儿，抬脚冲出房间，冲出去的时候头一转，本就紧张的心好像要炸开一样。七七的房门大开着，屋子里已经没有人了。

村里的人都朝着出村的那条路慢慢走着，我不明情况，不敢追得那么急，放慢脚步，一边观察，一边尾随。看了一会儿，我发现人群里隐隐约约有道瘦小的身影，正蹒跚而行。

我看得不清楚，却能感觉到，那好像是七七。

我想张口喊她，但是不敢，因为知道村子里已经不对劲儿了。我立即转到路边，猫着腰朝前走，一路跟上她。我走得很快，快要接近村口的时候，我终于看到，那就是七七。

我完全慌了，周围静悄悄的，一个村子的人都梦游般地朝前走着。我稳稳心神，又跟近了一点，就发现大路的尽头，也就是出村的地方，不知道什么时候拉起了一块很大很大的黑布，黑布挡住了前面的路，无形中也挡住了我的视线。

我急得要死，心里却清醒了，这个时候不能贸然行动，七七一个人不对劲儿，我还能救她，如果我也陷进去，那就只有等死的份儿了。我一边让自己尽量平静，一边跳到路旁的水渠里，掩护着身形，又一次加快脚步，希望能赶得上七七。

但已经迟了，抱柳村的人和七七顺着黑布的一角走到了黑布后面，走进去之后，再也没有任何动静。我不敢妄动，可是总害怕时间久了她会出什么事。那块随风微微抖动着的黑布，让我觉得恐惧。

我只待了几分钟，就已经无法忍受了，我不敢想象掀开那块黑布的时候会看到什么。老鬼走的时候专门交代过，七七是孙家的孙女，孙家的人已经死绝了，就剩她一个，绝对不能让她出现什么意外。

想到这些，我的畏惧减少了很多，我相信，如果老鬼在这里，可能早已经不顾一切地冲过去了。

我弯着身子从水渠里爬上来，浑身都是臭水。我一步一步走到那块黑布前头，斑斑驳驳的黑布，烂了不知道多少个大大小小的窟窿。我到了黑布跟前，透过一个拳头那么大的窟窿，望了过去。光线尽管很暗，但我还是看清楚了。

整整一个村子的人，一个挨着一个，全都蹲在黑布后头。

我一眼就看到了刚刚走过去的七七，接着又看见了宋百义。他们的脸已经很不对劲儿了，木愣愣的没有任何表情，目光呆滞，蹲在地上，就像一群弯着腰的尸体。

“七七！”我实在承受不了眼前所看到的一切，就好像七七混到了一群行尸走肉之中，她和其他人一样，呆呆地望着前方，慢慢地蹲到地上。我一急，顺着黑布上的窟窿，一下就把黑布撕开了。

我钻过去，冲到那些人跟前的时候，耷拉着脑袋的宋百义抬起头。隐隐约约，我突然听到一声锣响，好像是裂开了口子的破锣，声音特别难听。一声锣响，那些蹲在地上的人都慢慢站了起来。

我惊恐地后退了一步，眼前的一幕太吓人了，我在努力分辨那锣声的来源，但是刚站起身的那些人，慢慢朝我这边走了一步。我看到宋百义木讷地望着我，嘴唇就像是被一根线牵动着，来回乱抽了几下。

“大……大掌灯……”他的眼神呆滞，但是直勾勾地望着我，很恐怖。

我明知道这些人不对头，却又不能转身逃走。我咬咬牙，移开目光，就当看不见他们，拔腿就从旁边绕了过去，直奔后面的七七。

“铛……”

那阵让人耳朵都忍不住颤抖的锣声，又一次响了起来，那声音好像能震碎人的心，我在奔跑中猛地一顿，感觉心突突乱跳，烦躁不堪。我硬着头皮继续朝前跑，七七越来越近，但是她好像看不到我一样，依然呆呆地望着前方。

“七七，走！”我伸手就去拉她，但是还没碰到七七，从人群里突然蹿出来一道一米来高的影子，那影子非常快，转眼间就到了我的面前。

我的神经本来就绷得紧紧的，看到这道影子的时候，感觉浑身上下乱冒凉气。我也不知道这东西到底算不算是个“人”。

他就一米多一点高，穿着件绿褂子，脖子上挂着一个破破烂烂的铜锣。黑得像块刚烧出来的木炭，他的脑袋很大，但是头顶是平的，这样看上去就好像只有半颗头，咧着嘴巴，露出一口乱糟糟的牙齿。

我从来没有见过这样的“人”，对他应该很陌生，但是一看见他那颗仿佛被削掉了一半的脑袋，心里立即就想起过去听过的一个传闻。

这个东西，已经不完全是个“人”了，在我们家那边，管这样的“人”叫半寸丁。这是神婆养着用来驱使的东西，跟东南亚的降头师养的小鬼一样，危险又邪气。半寸丁其实是先天发育不良的侏儒，乡下人乱七八糟的东西都信，有时候生下的孩子不健康，会被认为将要给家里带来霉运，遇到这样的孩子，大人往往就包在襁褓里，然后塞进去一点钱，丢到很远的村子去。

除了神婆，没人会收养这种弃婴。以前村子太穷，人捡到弃婴后，拿走襁褓里的钱，再倒手把婴儿送到当地的神婆那儿，神婆也会给些钱。这些婴儿送到神婆那里之后，不被当人看，好几个婴儿丢在黑屋子里，不喂奶水，任由他们乱哭乱爬。最后，神婆从里面挑一个活得最久的，用我们这边的话说，这样的孩子命硬。

再然后，就很残酷了。小孩儿的脑壳会被硬生生地取掉一半，为什么取掉一半脑壳，我不清楚，但是神婆养的半寸丁基本上没有自己的思想，神婆可以随心所欲地驱使他。黄河边的人，偶尔可以看到有些半寸丁趁着深夜跑到河里捞东西，或者到乱坟岗子里去挖坟，久而久之，这种东西就被传得很邪乎。

我当时根本不知道这个半寸丁是谁养的，最开始发现村子里出事，我以为是针对我和七七而来的，但是现在看来，完全不是这回事。对方的目标非常明显，是整个抱柳村，也就是宋家。

眼前的半寸丁龇牙咧嘴，眼神里有种滑稽却凶狠的光，他绕着我飞快地跑，抓着身上的铜锣一个劲儿乱敲。这种锣声让人烦得要死，破锣声在寂静的黑夜里传出去很远，我隐约看到那些在地面上伏着的尸体开始随着锣声乱爬，一时间，整个抱柳村仿佛变成了地狱，恶尸横行。半寸丁就像是一只围着猎物打转的豺狗，围着我跑，时不时还想蹿过来抓我一把。

我连恐慌的念头都没了，完全顾不上。跟他对峙了一会儿，我隐约发现他不敢靠近我，心里一琢磨，立即就低头看到脖子上挂着的那面古老的铜镜。这是老鬼留下的东西，肯定有用。我心里稍稍有底了，提着打鬼鞭，瞅准机会，一鞭子抽出去。

“嗷……”

半寸丁被鞭子抽得一踉跄，翻滚在地。我借着这个空当，拉着七七就走，这时候，那块巨大的黑布哗啦落了下来，把一群人全部罩在下面。我感觉有点儿窒息，喘不上气。心里就猛地一抖，之前可能是脑子被吓得有点儿糊涂，没想起这块黑布的来历。

确切说，这种黑布是神婆用的赶尸布。这些年，这种特殊的运尸手段已经在黄河滩彻底消失了，黄河滩的赶尸，跟通常意义上湘西的赶尸不太一样。有的从河里捞上来的浮尸烂得不像样子，挂在晾尸崖时间太久，家属找过来的时候，尸体已经惨不忍睹，想抬走都下不去手。这时候，家里人一般都会找神婆帮忙，趁夜间人少，半寸丁爬上去把尸体弄下来，然后搭上一块黑布，连夜赶路，这样的死者不能再搭灵棚或者办白事，家里已经选了坟地，被黑布罩着的尸体会被直接赶到坟地去，马上埋掉。

过去黄河滩的老辈人，大多在走夜路的时候遇见过这样的事，很晦气，没人敢靠近。对于这种赶尸，说法很多，前几年在老壶口遇见过一个中年人，自称家里有老人做过神婆，他说黑布下面的尸体其实是放在一个特制的小板车上的。但是真真假假，现在已经不好说了。

反正当时紧张得要死，我拖着七七就从黑布下朝外面钻。一群抱柳村的人就像一堆虫子，在黑布下头慢慢蠕动，我有点儿犹豫，宋百义那两个孙子欺负过我，但怎么说，都是七门的人，然而这时候我顾不上那么多，能救出七七已经很吃力了。我犹豫了一下，狠狠心，丢下别人不管，拖着七七就跑。

村口边有几棵老榆树，平时蝉鸣不断，但是这时候所有的响动全部消失了，榆树的叶子里面好像总有什么东西在动，看也看不清楚，我头皮一直在发麻，只想着先跑出去再说。七七完全没有什么反应，和一截木头似的，身子死沉死沉的，我一着急，干脆把她抱起来，闷着头猛跑。

转眼之间，就要离开出村的大路了，我不敢松懈，又怕七七就这样一直木木地沉睡下去。骤然间，不知道从头顶什么地方哗啦啦地飘下来一大片纸钱，好像下雪一样，飘飘忽忽的纸钱落的到处都是。我咽了口唾沫，眼神一转，立即瞟见身后的地面上，有两道被月光映出来的影子。

有人跟上来了！

我当时就是这么想的，不知道是什么人，也不知道是什么时候悄无声息地跟在身后的。猛然一转头，我的眼神就定住了。身后四五米远的地方，立着两个用纸扎出来的纸人，是我们这里办丧事的时候用的，玉米秆子扎出来的身体，糊上各种颜色的纸，纸人纸马，埋人的时候在坟头前面烧掉。

两个纸人，一人来高，手臂上连着一根扎着白纸条的哭丧棒，一黑一白，脸上用尺红画出鼻子眼睛，惨白的纸人，鲜红的五官，在月光下无比瘆人。

“这些纸钱，本来是留给宋家的，现在都给你……”

我不知道是自己太紧张，还是脑子出现了幻觉，当我转头盯着这两个纸人的时候，就感觉那个白纸人好像在张口说话，声音如同夜里飞过村子的老鸹一样。我全身上下乱冒鸡皮疙瘩，掉头就跑。脚步一动，一阵风就呼啦啦刮了起来，两个纸人随着大风晃晃悠悠地在后面飘，越飘越近，好像脚不沾地，歪歪斜斜地跟了过来。这东西不能把我怎么样，但是硌硬得很，我跑着就感觉两条腿发软。

我一直跑，风却一直刮，一黑一白两个纸人就像魂儿一样，甩都甩不脱，最后真的把我跟烦了，弯腰捡起旁边一根木头棒子，一转身，劈头盖脸就一顿猛敲。

“跟你娘的跟！烦不烦！”我大声地呵斥，其实是在给自己壮胆。两个纸人被棍子砸得体无完肤，外面糊着的纸全都碎裂了，露出里面的玉米秆子。我把所有的恐惧和压抑全部发泄出来，一口气把两个纸人砸得稀烂。

“怪不得呢……”

就在两个纸人被砸烂的同时，我突然听到大风里传来一阵人说话的声音。那是个老太婆的声音，阴气四溢，声音随着风飘过来，周围的空气仿佛一下子变冷了，我忍不住打了个寒战。

“怪不得百邪不侵，”那声音继续随风飘荡着，不知道从东南西北哪个方向传过来，一个劲儿朝耳朵里钻，“身上带着七门的镇河镜子。”

第三十六章 再遇他们

那声音听得人头皮发麻，好像一个老太婆临死时呼哧呼哧的遗言，我丢了手里的木棍，转头看了几眼，黑漆漆的夜，什么也看不见。我总感觉声音是从身后某个地方传过来的，所以抱起七七，一边回头一边继续朝前跑。我当时心里很慌，也没有什么目标，就想先跑远了再说。

但是我回头张望了半天，始终不知道那声音到底从何而来，干脆就不想了。然而在我回过头准备撒丫子狂奔的时候，一眼就看到前面不远的地方站着一个老太婆。

我说不清楚这个老太婆究竟多大岁数，老得像一截干枯的木头，腰身佝偻得如同河虾，拄着拐棍站在那里，头顶上稀稀拉拉的白头发被挽成了个小发髻，脸上的皱纹比老鬼都要多，眼皮子松弛地耷拉下来，遮住了眼睛。她嘴里就剩两颗牙齿，站在那边无声无息地咧嘴冲我笑着，那感觉，和半夜走路遇见鬼没有什么区别。

“嗖……”

我还没有完全看清这个老太婆，从身后的大风里，呼地穿过来一个影子。那是三寸丁，可能被我之前一鞭子抽怕了，再加上脖子上的铜镜，三寸丁对我有点儿畏惧，绕着我跑过去，躲到老太婆身后。

“你瞅瞅，把孩子吓成什么样了。”老太婆伸出鸡爪一般的手，摸摸半寸丁，一老一小两个鬼里鬼气的东西，反正怎么看都不像人。

但是我很清楚，半寸丁就算了，这个老得不像样子的老太婆，绝对是个活生生的人。

“你是谁？”我喘了口气，顿住脚步，整个抱柳村的人都已经遭道了。这肯定是针对河凫子七门的袭击，我不知道河凫子七门还有没有别的敌人，但自然而然就想到了排教，“是排教的人？你们有完没完了。”

“排教？排教算什么东西？”老太婆咯咯地笑，那笑声像是被人掐着脖子后发出的声音，干瘪瘪的嘴巴露着两颗牙，道，“娃子，你脖子上的镜子是谁给的？摘下来给我看看。”

“你到底是谁？！”我越看这个老太婆，越觉得不自在，心里胆怯，不由自主就提高了嗓门。

“太倔的娃子，我不喜欢。”老太婆慢慢朝前走了一步，身后的半寸丁哐当哐当地敲打身上的破锣，老太婆一边颤巍巍地走，一边慢吞吞道，“以前吧，有个娃子，不听话，跟我顶嘴，我也不恼，给他饭里下点东西，他吃了就犯困。我把他绑起来，挖他一颗眼珠子，泡到酒里，等他醒了，就把酒瓶子递到他跟前，他自己能看见自己的眼珠子，你说稀奇不……”

“滚你娘的！”我让她说得浑身发毛，一鞭子抽过去。打鬼鞭只对付邪祟的东西，对活人就没有太大的用，老太婆看上去老态龙钟，但是身子一晃，鞭子贴着她的身体唰地抽下去。

“你这娃子不听话，让我抓到你，会一刀一刀割你身上的肉。”老人婆瘪着嘴，不知道在嚼什么东西，她抬手撒出来一串纸钱，那纸钱挥洒如雪片，我赶紧朝后退，不想被粘上。

纸钱一片片地落下来，我圆睁着眼睛，全神戒备，但是一片片飘飘荡荡的纸钱在视线中突然就模糊了，变得层层叠叠。眼前的老太婆，也好像生出了虚影，跟喝醉了酒一样。我身子来回晃了晃，感觉手上的力气一下子消失了很多，几乎要抱不动七七了。

我想跑，但脚下跟长了钉子似的，动都动不了，漫天飞舞的纸钱轻悠悠地落在地上。四周的黑暗里仿佛传出来一阵窸窸窣窣的声响，紧跟着，一群黄鼠狼，有大有小，好像从地缝里钻出来的一样，拖着大尾巴，从四面八方围拢过来。我转不过身，却朦朦胧胧地感觉到，那些被黑布罩着的宋家人也在慢慢地朝我靠近。

我完全不能动了，眼皮子发沉，看东西越来越模糊。地面上的黄鼠狼像是潮水一般涌过来，顺着我的腿开始朝上爬，那么多黄鼠狼，瞬间就像是一片雾，把我裹住了，我被缠得死死的，无数黄鼠狼在身上来回乱爬，怎么甩都甩不掉。我能察觉到那个老太婆在一步一步朝我走来，然而我却没有挣扎的余力。她越走越近，不到几分钟时间，罩着宋家人的那块黑布也到了身后。

"哗啦……"

我感觉眼前突然一黑，好像整个人完全被盖在黑布下头，视线一下子黯淡下来。但是我能看见平时熟悉的宋家人，现在都木着脸，身子刚刚一动，不知道多少只手慢慢伸出来，死死抓住我的胳膊。

"大掌灯……"宋百义也挤在人群里，像之前那样直勾勾地望着我，拽着我的衣领道，"留下，做个伴儿……"

我就像睡觉时被恶鬼压了身一样，动不能动，喊不能喊，我隐约看见那个老太婆慢慢钻到黑布下头，伸出手慢慢朝我脖子这边抓过来。

"啊！！！"我完全被吓蒙了，不知道从哪儿爆出一股力气，勃然大喊了一声，这一声如同把自己从噩梦中惊醒过来，我眼皮子下面那层薄薄的膜，突然就落下来罩住了眼睛。

就在这层膜盖住眼睛的一瞬间，视线突然就清晰了，尽管被一层膜盖着，看东西有一点点模糊，但是那感觉却无比真实。顺着身体来回乱窜的黄鼠狼全都不见了，只剩下那个老太婆，正摸索着想摘掉我脖子上的铜镜。

我手上没有什么武器，被那老太婆一摸，浑身就打战，说不出的恶心。我条件反射般地抓起胸前的铜镜，用力朝她头上盖了过去，铜镜子有了年头儿，但非常厚重、结实。老太婆可能根本没想到我能突然惊醒过来，完全没有防备，铜镜子结结实实砸在她脑门上，铛的一声闷响，溅出一片血。老太婆再妖异，也是上了年纪的人，这一下就把她砸得晕头转向。我使劲儿挣脱开旁边的人，抱着七七弯腰掀开黑布钻了出去。半寸丁仍然在外面哐哐地敲锣，我猛冲过去，抽出鞭子一晃，半寸丁连滚带爬地滚到了一边。

我根本不管后面发生了什么事，不要命地跑，但是抱着七七，不能跑得特别快。一口气跑出去约莫有半里地，周围已经减弱的风突然又猛烈起来，村子外面有一个很高的木架，是平时用来晒网的地方，从旁边跑过去的同时，一根绳子突然就垂了下来，准确地套在我脖子上。我完全没有防备，差点儿就被卡得喘不上气。

我一下子跑不动了，惊恐中回头一看，那个老太婆不知道什么时候跟了过来。她脸上全是血，稀疏的头发也被弄乱了，迎风乱飘，看上去就像刚从坟里爬出来似的。

“我还真是看走眼了，”老太婆一边走，一边瘪着嘴来回蠕动，“以为你是宋家的崽子，没想到你是陈家的人，陈六斤是你什么人？”

套在脖子上的绳子微微有些紧，我只能踮着脚尖才勉强可以呼吸，手上完全没了力气，不由自主丢下七七，双手拼命扒着绳子，想减轻些压力。尽管这样，但我还是听得很清楚。这鬼里鬼气的老太婆是什么人？她不是排教的人，但是对七门好像很熟悉。

我不由想起老鬼临走前所说的话，已经有人开始对七门动手了。

但是我什么都顾不得问，嗓子已经被绳子卡得喘不上气了。老太婆走到不远的地方，道：“陈六斤在哪儿，喊他出来，让我见见，今天他不露面，我就把你活活吊死在这儿！”

我感觉自己眼珠子都充血了，不用多久就会被勒死。脑子一缺氧，各种问题随之而来。老太婆就站在那儿，无动于衷地看着我挣扎。

骤然间，我的余光突然瞟见从不远处的沙堆后头慢慢走出来三个人。我心里先是一惊，然后又觉得有了获救的希望，但是喊不出声，只能拼命掉转一下身体的位置，望向他们。

一转眼，我就觉得那三个人好像很眼熟，脑子反应得还算快，立即想起来这是之前遇见过的人。我记得那个老头儿，也记得那个叫亦甜的女孩子。

“已经够了，”那个老头儿走在前面，望着老太婆道，“不管你是谁，这只是个孩子，放他下来。”

“这年头儿，作死的人越来越多，都活得不耐烦了？”老太婆又露出两颗牙齿，无声无息地笑着。

“你怎么了？”那个叫亦甜的女孩子明显还认得我，匆忙就跑过来，抬手想解开我脖子上的绳子。

“管我的闲事，你们死得快哟。”老太婆慢吞吞地一抬手，捏出一把纸钱，随手就丢了出去。离开村子之后，风就更大了，但那些纸钱没有被吹散，滴溜溜地在半空打转。

“你这种人，还想在这儿装神弄鬼糊弄人？”那个骄傲又自大的年轻人皱着眉头从老头儿身后走出来，指着老太婆道，“给我老实点儿……”

话音还没落，年轻人的眼睛突然像看见了什么令人恐惧的东西，身子蹬蹬地倒退了几下，啊地叫了一声，开始伸手在面前来回乱拍，一边拍，一边连声大喊：“滚！滚！离我远点儿！远点儿！”

“够了！”老头儿盯着老太婆，低低地喊了一声。

就在这一瞬间，我突然发现老头儿的一双眼睛像是两只灯泡，闪出一道淡淡的红光。

我虽然还没被完全放下来，但是脑子却是清醒的，我能看到那老头儿的眼睛好像充血一样闪过一片微微的红光。顿时，一片我形容不上来的强压就好像滚滚而来的雾，让我压力倍增。

“你没事吧？”亦甜微微皱着眉头，看见我的脸都已经憋红了，脖子上套着的绳子勒得很紧，亦甜抬手就帮我解。但是手触到绳子的一瞬间，她突然像是被针扎了一样，猛然退后了一步。

与此同时，我感觉脖子上的绳子突然滑腻腻的，好像在脖子上来回慢慢地蠕动，硌硬得要死。那老头儿一直在跟老太婆对峙，听到身后的响动，回头看了看，接着一步就跨过来，手腕微微一动，不知道从什么地方抽出一把刀子。

那刀子猛然看上去像是一把杀猪刀，但是刀身上的血槽很深，有几个我认不出的古篆字，刀子锋利得好像吹毛断发，身上的汗毛都被激得根根直立。老头儿握着刀子随手一挥，我脖子上的绳子立即就断掉了，感觉一阵说不出的轻松，猛地吸了两口气。绳子断掉的一刻，我突然发现，那不是绳子，是几条正在地上来回扭动的鳝鱼。

“没事了。”亦甜把我扶到后面，关切地看着我的脖子，那个自傲的年轻人终于挣脱出来，也跑到我们身边，大口喘着气。

拿着刀子的老头儿慢慢回过头，举起手里的刀，对着老太婆道：“你该认得这把刀，走不走？！”

老太婆佝偻的身躯哆嗦了一下，被眼皮子遮挡住的眼睛突然翻了上来。我看得出老太婆的眼神里有一丝畏惧，她死死盯着老头儿看了几眼，二话不说，转身就走，一眨眼的工夫，已经消失在大风呼啸的夜色里。

“那边……”我抱起七七，立即又想起仍然被裹在黑布下面的宋家人，那些人我说不上有多牵挂，却也不想眼睁睁看着他们出事。我不知道那老头儿叫什么名字，只觉得他拿的那把刀子特别锋利。

我带着他们朝后走了一段，“老刀子”可能真的把那鬼里鬼气的老太婆给吓住了，走得无影无踪。我们看到了那块黑布，宋家人完全像一群无头苍蝇，在黑布下面团团乱转。“老刀子”看了看，伸手把黑布一点点掀掉。

“他们没事了，”“老刀子”道，“过一会儿就会好。”

“老刀子”可能不想跟陌生人多打交道，趁着宋家人还没有苏醒的时候转身就走，我想着宋百义他们醒过来会收拾烂摊子，所以抱着七七跟上了“老刀子”的脚步。这个老头儿很神秘，尤其是当时给我看爷爷的照片，我觉得他知道一些事，而那些事恰好也是我想知道的。

“你们是怎么招惹到那个老太婆的？”“老刀子”一边走，一边问。他完全恢复了正常，语气虽然有点儿冷，但我听得出来，他已经尽力在温和地跟我讲话了。

“我不知道，”我摇摇头，“半夜正睡着，就发现这些事了，那老太婆是什么人？”

“我没见过，很难说，”“老刀子”琢磨了一下，道，“你知道纸人章吗？”

“知道。”

“老刀子”说的纸人章，是黄河滩三十六旁门里的一家。这一家在很早之前是专门制作寿衣棺材的手艺人，他们家扎出来的纸人、纸马特别精致。当时的大户人家要办白事，宁可多花钱，也要请章家做全套的白事物事。传到第七代的时候，章家的八爷手艺越发出神入化。据说，他扎出来的纸人能在地上跑，甚至能从河里捞鱼。这些都是传闻，我估摸着，章家的八爷肯定是学了什么旁门左道的秘术，把秘术跟扎纸人手艺混杂在一起，神神鬼鬼的。从章八爷开始，“纸人章”的名头传得更远，家里已经不再仅仅靠制作寿衣棺材之类的营生，背地里还会做些私活儿，渐渐融入了三十六旁门。

“那老太婆很像纸人章家的人，但又不完全像，看着有些奇怪。”“老刀子”念叨了两句，道，“她很不好惹，得罪这个人，以后还会有麻烦。”

“她有什么不好惹的！”那个自傲的年轻人额头上青筋乱蹦，估计肚子里憋的全是火气，“我就不信，这些乱七八糟的脏东西有那么厉害，搞急了，给她一枪……”

我看着他的样子就想笑，刚才被老太婆折腾得连叫带跳，现在倒是激昂慷慨。“老刀子”一皱眉头，看了他一眼，道：“大伟，已经多长时间了，你难道不知道沿河两岸有多少古怪？”

“再古怪的东西也挡不住子弹。”叫大伟的年轻人转头看看亦甜，道，“亦甜，你说是吧？”

亦甜笑了笑，没有答话。我有点儿心慌，她笑起来的样子很好看，让人心跳加快。

“老刀子”叹了口气，没再多说什么，一个人的思想和信仰是很难改变的东西。

我们沿着涨水的河滩走了很久，我很想趁机问“老刀子”一些事情，不过没有机会开口，走了七八里地，天还是黑漆漆的。“老刀子”找了个背风的地方让大伟生了堆火，大伟虽然性子比较傲，但还是非常负责的，我们围着火堆喝水吃东西时，他就在附近巡逻。

“孩子，多吃点。”“老刀子”不怎么会说话，但是一直非常和善，递给我一些在黄河滩很少见的饼干。这时候，七七终于悠悠地转醒了，她看到眼前的陌生人，怯生生的不敢说话。

“大伯，”我没心吃东西，把食物都塞给七七，想了想，道，“大伯，你们是什么人？”

“我们是城里来的。”“老刀子”明显不想透露自己的真实身份，含糊地回答了一句。

我在想，该怎么套“老刀子”的话，我很想知道那张照片是怎么回事，但想来想去都找不出一个好的借口，我总不可能直接说那是我爷爷。跟“老刀子”闲聊的时候，我就来回考虑，等到“老刀子”把自己的来历说完后，我试探着道：“大伯，你上次给我看的那张照片里的人，我后来见过他。”

“嗯？”“老刀子”的眼睛顿时亮了一下，“在哪儿？”

“离这儿很远，望山崖，”我道，“有半个来月了吧，望山崖那边有金丝鲤，我在岸边捞鱼，那个人驾船过去，中间还找我讨过火。”

“驾船？什么样的船？”

“就是寻常的小舢板。”我说的都是瞎话，感觉脸皮微微发红，咳嗽一声掩饰过去，接着问道，“大伯，那人是做什么的？我瞧着就像是走船的人。”

“他？”“老刀子”笑了笑，好像并不打算隐瞒我，道，“是个很厉害的人。”

“老刀子”说起了一段往事，没说具体年代。但是我一想，就是二十多年前，那时候爷爷四十多岁，身体还很结实。

当时，“老刀子”因为一些事情来到河滩，他刚一到，就听说这里发生的一点怪事。据说，有一段河堤的河底横放着一根很长的大木头，就像南方水道里偶尔会发现的超大的阴沉木。但是负责勘察的人经过几次勘察之后，又说，那应该不是单纯的木头，而是一尊很大的木像，木像外面包裹着一层镂花的金属皮，长度在十米以上，被河底的泥沙埋了一半。

“铜皮木像？”

听到这儿的时候，我心里就犯嘀咕，觉得黄河里不可能有那么多铜皮木像，那尊铜皮木像不是已经在河凫子七门老祖爷的时代就被捞上来了，然后变成一个长胡子老头儿？怎么到了二十多年前，还在河底埋着？

我心里清楚铜皮木像的事，却一个字都不敢说，连讶异的表情也不敢流露，忍住疑问，继续听“老刀子”讲。

黄河河底一旦被发现有什么东西，三十六旁门的走船人先考虑的，是这水货能值多少钱，值得不值得费力打捞。而“老刀子”那样的人，考虑的是这东西有没有其他的价值。经过考虑，他决定把铜皮木像打捞上来。黄河里稀奇古怪的东西非常多，但是十米以上的木像非常罕见，过去有人说从河里捞上来过十几二十米高的大铜像，那是胡扯，绝对不可能。这尊木像已经是极限了。

当时，“老刀子”的岁数也不算大，他是很有经验的人，为了彻底把事情搞清楚，亲自下水了一趟，这一下去，他就发现，那层金属外皮包裹的木像原料，也就是做木像的木头，很不寻常，甚至不寻常到几乎接近传说的地步。

第三十七章 莲花木像

“那是什么木头？”我一愣。在我的印象里，只接触过榆木、杨木、桐木之类的大路货。

“说了你可能也不知道，”“老刀子”道，“雕刻那尊木像的木头是莲花木。”

如果不是“老刀子”加以解释，我确实连听都没有听说过。一般的木头，会有各自的木质纹理，如果是经验丰富的人，完全能够凭借这些纹理来判断，这是什么木头，生长了多少年，甚至连出产地都可以分析出来。那尊沉在河底的木像纹理非常特殊，一圈一圈的，像一朵朵盛开的莲花。

传说中，从古至今，只有一棵莲花木。这棵莲花木长在今天的孟津，大禹治水的时候，唯一的这棵莲花木被挖掉了。当时的人不清楚莲花木的用处，事情过后，这根莲花木下落不明。

“不就是一根木头吗？”我有点儿纳闷儿。木头，那能是多金贵的东西？海黄梨、小叶紫檀、酸枣枝、金丝楠，说白了就是物以稀为贵，拿金丝楠雕张床，天天在上面睡觉，也不见得就能多活几年。

“你不懂。”“老刀子”可能很少跟我这个年龄的人打交道，说着就又笑了，估计觉得我的思维太简单，他对我说道，“莲花木，不会死。”

一棵树能活多少年我不清楚，但是我不相信会有什么不死的东西。“老刀子”摇摇头，道：“你不知道的事太多了。”

我们这儿有句老话，人没脸，树没皮，就不能活了。可“老刀子”说，莲花木哪怕被砍了，剥掉树皮，随便放着，过上很多年，只要栽到土里，还可以重新扎根，抽枝生叶。那是传说中的神树，中国古代的人，对不死的东西很崇拜，一说活了多少年的老龟、王八或者其他东西，立即就会当神物一样供起来。莲花木的传说由来已久，秦始皇和汉武帝当年都曾经想找到被大禹伐掉的莲花木，然而从大禹治水之后，那棵莲花木就完全失去了下落。

但是“老刀子”一说，事情就很明显，难怪没人能够找到那棵莲花木，因为它被雕成了一尊像，然后沉到了黄河河底。

莲花木只存在于传说中，谁都没有见过，但是看到木像上那一圈圈如同莲花般绽放的纹理，“老刀子”当时就激动万分，全力想要打捞。

不过这尊木像体积太大，连着搞了三四天，才算做好准备工作。干活儿的人也累得人仰马翻，“老刀子”他们就打算好好休息一夜，第二天正式开始打捞。但是入夜不久后，几辆大车突然着火，火势凶猛，河面下开始微微地发出一层白光，好像有很多灯在水下一起散发光芒。混浊的河水夹杂着一层层白光，在“老刀子”他们被惊动之后，骤然就看到一条硕大的白鲤鱼，正在拼命撞击几根竖在河里的桩子。

那片白光越来越强烈，河水翻滚着，隐隐带着雷声，河底的沙子咕嘟嘟地朝上翻，好像有什么东西想要冲水而出。几根木桩像是要倒了，“老刀子”他们一阵紧张，赶紧让人下水。然而下水的人刚刚钻进去，很快就浮出水面，别的人不知道发生了什么事情，但“老刀子”的眼光毒，一眼就看到那些人是被人在水下硬生生地弄昏了的。

“老刀子”确实是个很有本事的人，借着夜色，猛然发现了一个正沿着对岸河堤奔逃的身影。

“他被枪伤了腿，否则我追不上他。”

说着，“老刀子”慢慢撩起上衣，我看见他腹部有一道很吓人的疤，好像要被开膛破肚一般，从胸口一直延伸到小腹。

那个人，也就是我爷爷，当时的确被枪打伤了腿，“老刀子”带人追上他。

但是爷爷的功夫出乎“老刀子”的预料，“老刀子”差点儿死在爷爷手里。

“其实，对这个人，我没恨也没怨。”“老刀子”轻轻叹了口气，目光一下子变得深邃起来，望着旁边的夜色，道，“当时他留了手，不想要我的命，如果不是这样，我活不过那一晚。”

就因为爷爷重伤“老刀子”时犹豫了一下，让“老刀子”临危反扑，再加上别人帮忙，最后把爷爷抓住了。

“后来呢？”我问道。

“后来？”“老刀子”想了想，道，“那是我一辈子都解不开的一件事。”

当时“老刀子”重伤，但是脑子清醒，他已经意识到，这尊铜皮木像还有爷爷本人可能都不会很简单，背后一定有更深的隐情。所以他专门交代过，要把爷爷看管好。

这个命令一下，看守就很认真，五六个人端着枪，把爷爷围起来，准备等到天亮之后押他回郑州。当时的天气很晴朗，别的人收拾了一下残局，事情差不多就算结束了。“老刀子”让人盯着河面，如果再发生异状也好有个缓冲的余地。大概过了一个小时，晴朗的天空突然炸了几道雷。

那雷来得非常突然，毫无征兆，说劈就劈下来了，这本来是不可能的事，但是就发生在眼皮子底下。“老刀子”伤得很重，躺着起不来，过了一会儿，有人惊慌失措地跑过来告诉他，刚才那几道雷把看守爷爷的五六个人劈成焦炭一样，但是爷爷已经不见了。从那之后，“老刀子”再也没有见过他。

“那尊木像呢？”

“木像也没有了。”

爷爷不见了，哪儿都找不到，人们没办法，守到天亮的时候，他们仍然继续进行打捞，但是昨夜还沉在水底的那尊木像，不知道什么时候无影无踪了。那么大的木像，不可能平白无故消失，肯定是顺着水流被冲到了别的地方。“老刀子”他们沿着河道寻找过，但没有找到。

我心里一下子就起疑了，第一次遇见“老刀子”的时候，我没有想那么多，但是现在转念琢磨，“老刀子”当时肯定是跟爷爷动过手的。他为什么第一次见到我的时候，就会拿出那张二十多年前的照片给我看，问我认识不认识照片上的人？这不符合常理。

瞬间，我心里就清亮了，肯定是爷爷当年亮了打鬼鞭，而“老刀子”从河里把我救出来的时候，看到我的打鬼鞭了。

这老家伙，藏得真深！我心里咯噔一下，“老刀子”显然已经猜到我和爷爷之间必定有什么关系，但是他不明说。

想到这儿，我谨慎了许多，爷爷当年为什么要那么做，我还不很清楚，估计是不想“老刀子”他们捞走河底的木像。但是“老刀子”既然已经知道了我的家底，我还敢乱说什么？

“事情就是这样。”“老刀子”讲完了，拿出一支烟，点了抽起来，一边对我道，“你在望山崖见到那个人的时候，他是一个人？驾着船朝哪儿走了？”

我随口敷衍了几句，本来觉得能从那个鬼老太婆手下逃出来应该很庆幸，但是这时候心里顿时感觉不轻松了。我叫七七快点吃东西，心里琢磨着该怎么跟“老刀子”道别。

“那个人，当时在望山崖就是跟你讨火吗？还有没有说别的呢？”亦甜一直在旁边默默地听，等到“老刀子”说完后，她才插嘴问我。我对这个女孩子始终有种说不出的感觉，觉得她很亲切，但是又觉得她很遥远。跟她说话，我会紧张，我想着自己是个黄河滩的穷小子。

她一问我，我就下意识地把脚上那双又脏又湿的鞋子朝后缩了缩。本来就是编谎话，这一下更不自然了。

“别紧张，我们就是聊天。”亦甜看着我的样子，抿嘴笑了笑，我说不出什么话，只能傻了吧唧地跟着咧嘴乐。

这时候，那个叫大伟的年轻人从远处回来了，估计是转了太久，想坐下来休息休息。他一屁股坐到火堆旁，重重地喘了口气。

“大伟，接着，”亦甜抬手丢给他一块干粮，“辛苦了。”

“辛苦个什么嘛。”大伟把干粮塞在嘴里，但是话还没说完，“老刀子”望着他，突然就抬手捏住了他的嘴。

“你怎么了？”“老刀子”盯着大伟，上下仔细打量他。

“没……没怎么啊……”大伟被吓住了，嘴里还没有咽下去的干粮碎屑一个劲儿朝下掉，含含糊糊道，“我没怎么啊……”

“老刀子”不说话了，慢慢松开手，目光却始终没有离开大伟。我也不知道发生了什么事，但是总觉得气氛有点儿不对。

“师傅，你一惊一乍的，干吗啊？”大伟嘟囔着。

但是就在这个时候，我突然看到大伟的眉头皱了一下，正在咀嚼饼干的嘴巴突然停住了，喉结艰难地蠕动着，接着，他猛然张开嘴，一下子吐出来一条足足有半尺长的虫子。

我完全没有想到会发生这样的事儿，当时就被吓了一跳，而且恶心得要死。那条黑乎乎的虫子落在地上还在爬，像一条特大的蚯蚓。我惊讶地望着大伟，七七和亦甜都觉得恶心，紧皱着眉头。

“啊……”大伟可能自己也不知道这是怎么回事，惊愕地看着地上的虫子，就一转眼的工夫，我看到他的肚子像是被吹气了一般膨胀起来，那种感觉估计很痛苦，大伟头上开始一片一片地冒汗。

“还没完！”“老刀子”不动的时候像是一块石头，但一动起来，动作就和老鬼一样快。他一步跳到大伟背后，眼睛在四周晃了一下。大伟的肚子胀得很大，手捂着脖子，一个劲儿干哕。“老刀子”在他后背上摸了摸，又伸出巴掌不轻不重地拍了拍。

顿时，大伟就像忍不住了一样，张口就开始吐，一条条虫子结成一团一团地从嘴里吐出来，看得我都差点儿要吐了。

“离远点儿！快！”“老刀子”看见我们在发愣，低声催促我们。

“嘭……”

那些半尺来长的虫子在地上成群结队地打着滚，“老刀子”的话音还没落，虫子就好像原地化成了一片烟气，贴着地面蔓延着。猛然看上去，那好像一片黑烟，但仔细看看就能发现，那其实是很多很多密密麻麻的小虫子，细得和线一样，在地面上绕过火堆，飞快地蠕动，朝我们爬过来。

这次根本不用“老刀子”提醒，我就和屁股被针扎了一样，腾地站起来，拉着七七几步就跑出去很远。“老刀子”抬腿跑到火堆旁边，出手如闪电，把正在燃烧的火炭扒拉开，细线一样的黑虫子遇见火就刺啦作响，被烧成了一片飞灰。

“都小心点儿！”“老刀子”的眼睛不断在四周扫视。尽管周围的黑暗还是静悄悄的，但是一种很压抑也很瘆人的气息不知道从什么地方飘荡过来。我紧紧护着七七，紧张地左右乱看，“老刀子”跑到我身前，道：“应该这样用你的镜子！”

不由分说，“老刀子”抓起我的左手，我就感觉指尖一疼，被划出一道口子，他抓着我的手，把指尖对着铜镜，滴上去几滴血。长满铜锈的铜镜猛然一亮，一种淡淡的血光顺着镜面氤氲而起，“老刀子”放开我，道：“镇河镜，百邪不侵。”

亦甜已经很紧张了，大伟歪倒在地上，肚子里的虫子可能全部被吐了出来，却仍然干呕不止。亦甜把他扶起来，没等他们跑到身边，西面一阵强劲的大风，好像一片阴惨惨的云，各种响器的声音隐约从阴云里飘过来，那是家乡附近办丧事时吹打的响器。翻翻滚滚的阴云一团一团地涌向我们，七七从身后探出头，抓着我的胳膊，小声道：“哥，那边有人来了。”

“那……”我仔细看了看，感觉一股凉气从尾巴骨直冲天灵盖，我下意识地又把七七朝身后拉了拉，“那都不是人。”

呱啦呱啦的响器声连绵不绝，西边那片阴惨惨的云里慢慢走出来一队队整整齐齐的队伍，猛然看上去，就好像乡里办白事出殡的队伍，但是我瞧得清亮，那全是一排排的纸人，随着风，在阴云里面晃晃悠悠地靠近着。

“换个方向走！”“老刀子”并不害怕，但是大伟吐得不像样子，连胆汁都吐出来了，有气无力，七七也弱不禁风，我们几个人的处境并不好。

我拉着七七就走，然而刚一转头，从南北两面涌起一团团阴惨惨的雾气，不知道多少纸人、纸马晃悠着慢慢围拢过来，一下子把我们堵在原地。这时候天还没亮，在夜色里看着数不清的纸人逼近，弄得我们心惊肉跳。一排排纸人开始在地上蹦，好像有根看不见的线在牵引它们。

河滩上都是沙地，土质松散，我们的注意力几乎全部集中在三面包围过来的纸人身上，我拿着打鬼鞭就打算要硬拼了，反正总不能站在这里等死。但是这个念头还没转完，眼神一晃，突然就看到脚下的沙地里，一团一团东西隆起又移动着。我退了一步，几团隆起的东西移动过来，在我和七七旁边滴溜溜乱转。

就在这个时候，亦甜猛然叫了一声，她扶着大伟，本来动作就慢，走了没几步，一下子被什么东西从沙地里拽住了，半条腿顿时陷到沙子里，整个人连同身边的大伟都扑通摔倒在地。

我很紧张，亦甜摔倒的同时，我就感觉自己的心像被紧紧揪住了。不过我还没有行动，“老刀子”就已经跑到她身边，在地面上看了一眼，一探手就抓了下去。

“出来！”“老刀子”的一条膀子力道很大，单手插到沙土里，跟着用力一提，一个烂哄哄的“人”顿时被抓了出来，黄稠的尸水啪嗒啪嗒朝下乱滴，被“老刀子”抓着还在慢慢动。“老刀子”用力把它掼到地上，抬脚踩住脖子，胳膊一扭，把它的骨头拗断。断了颈骨的“人”扭动了几下就不能动弹了。

“到那边去！”“老刀子”推着亦甜和大伟跑到我身边，可能是那面滴血的镇河镜的原因，沙地下的东西在我旁边乱转，但是始终不敢露头。

就这么一会儿，三面的纸人群已经离我们非常近了，蹦蹦跶跶的纸人看起来有点儿滑稽，却带给人阴森的压力。纸人群涌动过来，挡都挡不住，我拿着鞭子用力抽过去，但是一个人根本阻拦不了，我们顿时像被淹没在一片纸人的汪洋里。

“镇河镜、蛇篆刀，到底有多厉害？我还真想见识见识。”

在我们被纸人湮没的时候，一个男人的声音就从前面的阴风里传到了耳边，听起来，他的年纪应该不算大，嗓音也算正常。

“听我姐说，镇河镜还有蛇篆刀的传人今儿个都露面儿了，难得。”声音的主人慢慢从阴风里走了出来。他拿着一根约莫有两尺长的小木棒，木棒挥动间，成群结队的纸人就好像被透明的线驱使着，这人一边走，一边道：“我喜欢热闹，专门跑过来看看，看看这两件老物件儿是不是真像传闻里一样，神得邪乎。”

这个男人看上去三十岁的样子，精瘦精瘦的，眼睛不大，五官也很端正，但是眼睛上面长着两道八字眉，一下子把端正的五官搞得有些丧气。

我心里抖了一下，很多事情不需要解释，完全可以推断出来。今天跟我们照面的人，只有那个纸人章家的老太婆，而这个男人张口就是他姐姐怎么样，就让我很纳闷儿：那老太婆今年多大了？少说也得八九十岁，而眼前这个男人，只不过三十出头而已。他们会是姐弟俩？

我心里感觉奇怪，但是顾不上问，左右前后都是纸人，它们绕开我，一窝蜂地扑向“老刀子”他们，沙地里还有一些东西在来回乱钻，很难提防。相比之下，那个三十来岁的“八字眉”就显得很轻松，握着手里的木棍，慢悠悠地从那边走过来。

“有什么本事，露一露嘛。”“八字眉”咧嘴笑笑，就是这一笑之间，我突然发现他的长相的确和那个鬼老太婆有点儿相似。

“蛇篆刀出来就要见血！今天已经破例一次了，你想作死吗？”“老刀子”跟老鬼一样，阳气十足，驱赶着周围晃来晃去的纸人，沉声道，“逼我拔出刀，不见血就收不回来了！”

“哎哟哟，”“八字眉”捂着心口，龇牙咧嘴道，“爷爷是吓大的……”

这句话还没有说完，我看到“老刀子”的一双眼睛里又氤氲起一片淡淡的红光。形势很不利，大伟的意识还没有完全清醒，被亦甜费力地拖着，那些纸人虽然看上去是死的，但是只要被它们围住，就会感觉好像有很多无形的手，在拼命拉扯我们。

一道锋利的刀光在“老刀子”手里唰地划了出来，周围一片纸人就像是被粉碎机切割了一样，哗啦哗啦碎成了一团纸屑。“八字眉”本来气定神闲，但是“老刀子”的刀光绽放的一瞬，他的眼神就猛然凝固了。

“你护着他们！”“老刀子”可能有点儿着急，已经放了鬼老太婆一次，谁知道对方并不罢休。他拔出刀子之后就没有留手，把亦甜还有大伟推到离我很近的地方，拿着刀子就从纸人堆里冲出去，纸人遇见刀光，就好像冰块遇见火，一团团地消融，“老刀子”跑得飞快，瞬间冲到“八字眉”跟前，一刀挥了出去。

“八字眉”显然不是一般人，尽管被“老刀子”手里的刀弄得有点儿不自在，但反应灵敏到了极点，立刻拿着手里的木棒去挡。锋利的刀光砍在棍子上，铛的一响。

“嗯？”“老刀子”忍不住一停，沉稳的语气里带着掩饰不住的惊讶，“你从哪儿找到的莲花木？！”

“爷爷的事，还要你管？蛇篆刀也不过如此，”“八字眉”根本没沾到什么光，但是嘴巴硬得和石头一样，“你觉得三十六旁门的头把，还跟以前一样威风？”

第三十八章 乘胜追击

我隐约能够听见两个人的对话，对话的内容听起来有点儿含糊，但是很显然，“老刀子”手里那把锋利异常的刀肯定有什么来历。

前后都是纸人，尽管暂时还没有近身，但是我们被围着，心里堵得慌。我脖子上挂着的镜子仍然在散发着一片几乎察觉不到的红光，纸人在身边滴溜溜地打转，白晃晃的一片，非常瘆人。这些都是没有生命的东西，我在安慰七七，也告诉亦甜不用太慌。

“没事的，这些家伙，随手就可以打得粉碎。”

“你很勇敢。”亦甜的脸色有点儿发白，毕竟是个年轻的女孩子，但是她扶着大伟，对我微微笑了笑。

这笑容就像很暖很暖的风，把我的心一下子吹开了，那样的感觉很奇妙，心在跳又暖暖的甜。

但是没等我再说第二句话，眼前突然一花，不知道是不是看花了眼，我突然发现一个眉心点着红砂的纸人咧开了嘴，嘴巴咧得非常夸张，一下子咧到耳朵根儿。那模样像在哭又像在笑。

“娘的……”我一紧张就会忍不住骂人，然而一句话没骂出来，纸人咧到耳朵根儿的嘴巴里，噗噗地吐出来一团和缝衣针那么粗的线虫，黑乎乎的一团。虫子刚落出来就散开了，贴着沙土地爬过来。那种光线下，我根本不可能看得很清楚，随后就觉得脚脖子上一麻，像是被蚊子叮了一口似的。

我心里一慌，知道这虫子肯定不是什么好东西。赶忙弯腰撩起裤管，一条线一样的虫子已经在脚脖子上的皮肉里钻进去了一半，我伸手一拽，一下子把它给拽断了，断在肉里的一截虫子嗖地没了踪影，我又恶心又害怕，回想起大伟之前乱吐虫子的情景，头皮都麻了。反手掏出刀子，紧咬着牙，一刀豁开脚脖子上的皮肉，用刀尖把断掉的半截虫子给挑了出来。

弄完这些，疼得我有点儿头晕，视线一转，看到不远处的“老刀子”。他已经完全把“八字眉”给压住了，一把蛇篆刀虎虎生威，“八字眉”嘴巴硬，但其实很油滑，看打不过“老刀子”，转身就想逃，“老刀子”在后面追。经过一片水洼的时候，“八字眉”纵身跳过去，可是没等落地，“老刀子”在后面就是呼的一刀。

“蛇篆刀，不见血就收不回！”

“八字眉”忍不住叫了一声，身体扑通落在水洼边上，抱着右腿抽搐了几下，挣扎着想站起来，但是没能成功。他右脚上的脚筋可能被砍断了，整条腿顿时废了，两条手臂撑着地面还想逃。

“老刀子”肯定不能放过他，紧追过去。我想着只要把“八字眉”给按住，那么眼前的困境立即就能被化解。然而这个念头刚冒出来，眼前的纸人突然就停止了转动，密密麻麻挤成一团，像是一只只被吹起来的风筝，离着地面一尺来高，碰碰撞撞地晃动。

亦甜本来离我很近，但是纸人挤到一起的时候，她突然扬起脖子，好像头发被什么东西从后面拽住了。亦甜迫不得已松开大伟，整个人被拽着朝后面拖，我一惊，转身就想去拉她。

这时候，那片飘忽的纸人下面，突然就钻出来一团影子，一头朝我撞过来，我猝不及防被撞得一歪，眼神晃动间，我看到那是鬼老太婆养的半寸丁。半寸丁头上顶着一个布套，上头沾着发黑的血迹。顶着这个布套，半寸丁仿佛不那么畏惧我脖子上的镇河镜，我顾不上和它纠缠，因为心思全部在亦甜身上，我翻身爬起来，打鬼鞭一晃，缠着半寸丁的脖子，转手一刀捅到它心口。半寸丁好歹算是有活气的东西，一刀就把它捅倒了。

我不知道从哪儿来的力气，就被半寸丁拖住的这一眨眼的工夫，亦甜已经被拖出去了七八米远。她的眼神里有惊恐，却没有放弃抵抗，双手拉着自己的头发，两条腿来回乱蹬。我拉着七七，从纸人中间冲过去，抬手拉住亦甜的脚，想把她拉回来。

当时乱成一团，我顾东就顾不了西，抓住亦甜，好容易让她停了一下，但身后的七七又一声尖叫。回头一看，她被半寸丁拖着朝后跑。我真不知道该怎么办了，不知道该丢下手里的亦甜，还是暂时不管七七。亦甜大声叫，正在追击“八字眉”的“老刀子”不得不停下脚步，风驰电掣般地朝回跑。他一回来，形势顿时好转，蛇篆刀一挥，亦甜身后噗地爆出一团鲜艳的血红，老太婆凄厉的惨叫声骤然在不远处传出来。

“回来！”“老刀子”抓着亦甜，一把拽了回来。鬼老太婆从旁边的纸人堆里显出身形，她胳膊上挨了一刀，尽管已经全力躲避，但蛇篆刀太锋利了，几乎把她枯瘦的手臂砍断了。

看到亦甜安然无恙地被“老刀子”救回来，我终于松了口气，但是七七的叫声还在不断地响起。人，总要分个远近亲疏的，“老刀子”顾着亦甜和大伟，只能我去救七七。

“蛇篆刀没什么了不起！”老太婆肯定也恼了，捧着胳膊叫道，“拼到最后，谁死谁活还不一定呢！”

我没工夫听她在这里鬼喊，拿着镇河镜就转身去追半寸丁，脑子完全乱了，镜子握在手里不分青红皂白就是一顿猛抡，纸人东倒西歪塌了一片。我从纸人堆里挤出来的时候，半寸丁已经跑出去了二三十米远，而且受了伤的“八字眉”也从另一边瘸着腿蹦跶着朝半寸丁靠拢。我拼命跑，越跑越快，等到他们会合到一处的时候，亦甜从后面跟了过来，她手里有一支枪，然而顾忌着七七，没敢乱动。我跑到离半寸丁还有几米远的时候，一把甩出鞭子，缠住它的腿，亦甜抓住机会跟上来，抬手就是一枪。黄河滩的人很少会看见这种制式的枪支，用起来比火铳更精准，“八字眉”另一条腿被打中了，身子一踉跄扑倒在地。

“跑！跑！还跑不跑？！”我收紧打鬼鞭，几步跟上去，抬脚踩住半寸丁的后背，又一把拽掉它头上的布套，拿着镇河镜，劈头盖脸就是一通猛砸。半寸丁本来就忌讳铜镜，被打得毫无还手之力，鼻子都歪了。

我把它打得吐血沫才站起身，七七还没被完全吓蒙，半寸丁被打倒的同时，她已经跑到亦甜身边。“八字眉”和一条毛毛虫一样，两条腿都受伤了，却在地上扑腾得非常快，我们就在河滩边上，他不顾一切地想逃走，扑腾一跃就跳进水里，想顺势游走。

这个时候本来不适合猛追他，但是之前“老刀子”的话还印在我心里。“八字眉”身上有莲花木，那和铜皮木像有关，我很想知道是怎么回事。如果在陆路上，可能我会放弃追击，因为知道自己打不过“八字眉”，即便他受了伤，我也很难对付，然而一见他入水，我就改变了主意。正经的河凫子从来不怕水，我功夫不行，但对自己的水性相当有信心。

“照顾好她。”我回头看看亦甜，拔脚就走。

“不要追了！”亦甜显得有些紧张，道，“让他走！”

“没事。”我头也不回，但心里却意外地感觉有种淡淡的甜味儿在飘荡，她像是担心我。

我紧紧盯着水里的“八字眉”，顺河跑了一段，一头扎进水里。水势很汹涌，在这种情况下下水，本身就是件危险的事情。我游得非常快，“八字眉”的功夫很硬，但水性明显不如功夫，而且我们是顺水流而游的，只要控制好，比陆路上追击更快。不多久，我就追上在水里漂浮的“八字眉”，一个猛子进水，眼皮下的那层膜盖住眼球，双腿一蹬，身子随着水流蹿出去，猛一伸手，从下面把“八字眉”硬生生地拖到水里。

“八字眉”激烈地反抗，但是下过水的人都知道，水性不好，哪怕就是本事通天，在水里也要当只王八。我被折腾了大半夜，心里早就憋着一股邪火，眼下终于瞅准了发泄的机会，一条胳膊搂住他的脖子，身体死死地缠着他，用力朝深处拖。

水流的速度太快了，不一会儿，我缠着“八字眉”不知道被冲出去多远。每过上两分多钟，我才会冒头换一次气，“八字眉”开始还行，后来就被不停地灌水，三番五次，肚子几乎灌圆了。我解下腰带，直接在水里就把他绑了，拖着浮出水面，但是一冒头就傻眼了，水流那么急，顺着河简直连停顿的机会都没有，下水容易上岸难。

但是没有办法，我足足被冲出去二三十里，才临危抓住一棵被卡在河道边上的树，我用尽全力，才带着“八字眉”爬上河滩。

一上岸，这家伙就不行了，开始吐，我抓着他的腿，帮他出水。乱七八糟的污水泥沙吐完，“八字眉”就躺在地上大口喘气。这时候，我看到他腰间别着的那根木棒，那根木棒约莫有小擀面杖那么粗，被拿的时间久了，磨得光滑发亮，木头散发着一种黄灿灿的光，上下布满了一圈圈细腻的纹理，猛然看上去，如同一朵朵盛开的莲花。

“老刀子”说过，世上唯一一棵莲花木被雕成了木像沉进黄河，但是“八字眉”这根木棒是从哪儿弄来的?

我拿走了木棒，抬手抽了他一个嘴巴，揪着他的衣领子问道:“说！这根木棒从哪儿来的？”

第三十九章

木棒来历

“八字眉”吐得稀里哗啦，被折腾惨了，我揪着他一个耳刮子抽过去，他的眼睛就猛地一睁，估计这人有点儿本事，平时从来没被人这样对待过，所以一下子有些接受不了，使劲儿挣了挣被紧紧绑着的手，想要站起来。

“说！”我也不管他满意不满意，抬手又是一个耳光抽过去，加重了语气，“这根木棒哪儿来的？”

“小兔崽子，”“八字眉”噗地吐了口唾沫，突然就开始笑，“我提头换命的时候，你这娃子还没从你娘肚子里出来，你觉得这样就吓住爷了？来来来，爷身上痒痒，再来两下，用点儿力，别让爷小看了你……”

我一听就恼了，从小没爹没娘的孩子很忌讳人家提起父母，更何况是这样带着侮辱的言语。我一把拿起那根木棒，抬手一棍子打过去，“八字眉”手被绑着，腿又伤了，在地上和一条麻袋一样，躲都躲不及。这根莲花木棒硬得和铁似的，一棍子砸在“八字眉”的右脸颊上，连我都替他觉得疼。

“嘶……”“八字眉”倒抽了一口凉气，咳嗽了两声，噗噗吐出两颗牙，身子一翻想要爬起来，嘴上厉声道，“小崽子！爷爷抓住你！剥你的皮！”

“你脑袋遭门掩了？都这时候了还说狂话！”我又一棍子砸过去，“八字眉”仍然没能躲开，两边脸颊顿时就肿了，嘴角渗着血，连同鼻子、嘴巴里还没有控净的河沙，一股脑儿朝外吐。

“出去打听打听！爷爷是服软的人吗？今天你不弄死我，爷爷回头弄死你！有种你杀了爷爷，告诉你，杀了我，也别想从爷爷嘴里掏走一个字儿！”

“你以为我不敢！”我很恼火，“八字眉”已经被绑得和麻脚虾一样，还一口一个爷爷，听得我冒火，我一把揪住他，使劲儿朝靠河的地方走过去，走到水淹没小腿的时候，我抓着八字眉，一下把他按进水里。

我一点都不留情，足足把他按进去两三分钟，才从水里揪出来。“八字眉”被泡蔫了，出水的同时就呼呼地大口喘气，眼神也呆了一些。我问他，他还在骂骂咧咧的，二话不说，揪着又按下去。

这样反复了好几次，“八字眉”已经有点儿熬不住了，我反手把他拖上来，掏出刀子架在他脖子上。

“说不说！黄河滩上死个人，跟死只蚂蚁没区别！我只问最后一次，不说，杀了你丢到河里去！”

“八字眉”喘着气装死，眼睛耷拉着不肯开口，我手上加了点力，当时脑子里都是被人追杀折腾过后的愤恨，而且我性子倔强，如果“八字眉”真硬顶着不开口，我真不知道自己会不会捅死他。

我手上一用力，刀子在“八字眉”的脖子上划出一道口子，我不断加力，等到差不多了，又揪着“八字眉”准备朝水里按。

“别按了！”一直耷拉着眼皮的“八字眉”突然就叫了起来，“我说！”

我收起刀子，重新把“八字眉”提回去，他喘了一会儿，望着我，道：“要问什么？”

“这根木棒的来历，”我拿着木棒，道，“我知道莲花木，也知道别的事，你别指望说谎混过去，我说到做到，你说一句假话，我就捅你一刀！”

“八字眉”是那种外强中干的人，斗不过“老刀子”就想逃跑，抵不住折磨嘴巴也就不硬了。

“老刀子”之前猜得没错，那个鬼气森森的老太婆是纸人章家的人，不过她不是章家的本家人，是嫁到纸人章家里的，熬了很多年，下头儿孙一群，在家族里头说话很有分量。

“她是你姐姐？”

“是。”八字眉可能被水灌得害怕了，我一问，他马上就答。

“你觉得别人傻？”我心里之前的疑问又冒了出来，“你多大，那老太婆多大？”

“你不是在问这根木棒的来历吗？等我说完你就明白了。”“八字眉”说了几句话，可能觉得我不会再揍他，言语中又微微有些放肆，“你要是不信，干吗问老子？”

“别废话！”

“你爱信不信。”“八字眉”盯着我手里的木棒，嘴角歪了歪，道，“你觉得这是个好东西？整得我这么多年都回不了家！”

“八字眉”的确跟那老太婆是姐弟俩，老太婆嫁到章家的时候还年轻，只有二十四五岁，当时，“八字眉”才两岁，跟着老太婆一块儿到了章家。他在章家长大，学的是章家的手艺，老太婆也学了一些。

混江湖的走船人都很低调，而且隐秘，行事非常小心，所以那些年发生的事很少会散播出去。大概二十年前，章家跟人联手要从河里捞一些水货，“八字眉”也参与了，不过他毕竟不是嫡系的章家子弟，所以没有被分派正经的差事，就在河道附近，属于机动人员。

具体要打捞什么水货，其实“八字眉”心里也不是很清楚，只是知道可能是什么了不得的东西，所以去的人比较多。他们弄了七八条船，都带着很粗的绳子，本来天气没有异常，可是下水之后，天就下雨了，雨非常大，那在旱季水位很低的月份里是相当罕见的。

“八字眉”没有具体的任务，只在河道附近把风，远处的人冒雨作业，先后派了几个水性很好的人带着绳子下水。约莫有两支烟的工夫，只剩下平时一半水位的河面突然像是有颗炸弹爆炸了一样，轰隆作响，几条船全部被掀翻了。水底下涌起的大浪迅速扩展到四周，把在远处把风的“八字眉”他们的船也掀了个底儿朝天。

“八字眉”的水性不是很好，落水之后比别人要惊慌。但是非常奇怪，按道理说，旱季的河水更加浑浊，然而“八字眉”落水的时候，隐隐约约看到河里有一个巨大的而且发光的影子在动，逆流而上。一股一股的浪花从水下翻腾上来，把落水的人冲得七零八落，但是“八字眉”没能逃掉，感觉水里有一股力量，像掐着他的脖子一样把他朝下面拉。

“幸好，当时换气的时候猛吸了一口之后才被拉下去，否则，当年就挂在河底了。”

“八字眉”被拉下去的同时，就感觉到一片几乎和河水混为一团的黄灿灿的光。他终于看到水底那个巨大的影子是什么了。

“是一尊神像，外面包着铜皮，”八字眉咂咂嘴道，“你爱信就信，反正我说的是实话。”

“你哪儿来的那么多废话！接着说！”我厉声呵斥他，对这种人不能给好脸色，给他好脸色就会蹬鼻子上脸。我呵斥他的同时，心里就想，“八字眉”的话可能是真的，起码不会全是编出来的谎话。

那尊铜皮木像，到底是什么东西？从老鬼当时的讲述可以判断，它应该在黄河里漂荡了一两千年。

“八字眉”不能像我一样眼皮子下面有一层膜，本来走水人下河之后几乎看不到什么东西，然而“八字眉”却清楚地察觉到，那尊巨大的木像一边在河底滑动，一边微微发颤。黄灿灿的光几乎把水底照得通明，前后不到半分钟时间，那尊木像胸前包裹着的铜皮突然炸裂了，铜皮下的木像也咔嚓一声，崩裂出一道口子。

那股无形的吸力，仿佛就是从那道口子那儿散发出来的，“八字眉”一下子被拉到了河底的木像跟前。莲花木无比的坚硬，刀都砍不动，但是铜皮和木像一起崩裂的时候，崩出一块小臂那么粗的碎块，“八字眉”根本不知道这是什么东西，人在水里，遇见东西就会死死地抓住，他被吸到了木像前面，两只手下意识地就去抓。

“然后呢？”

“然后……”“八字眉”的眼角抽了抽，接下来他看到的是之前根本没有想象过的，水底有这么大一尊木像，已经很让人吃惊，但是“八字眉”被吸到木像跟前的时候，一眼就从木像胸前裂开的口子里，看到了意想不到的一幕，“你知道那木像里头，是什么吗？”

“是什么？”我很想保持淡然，然而那尊神秘的木像已经完全吸引了我所有的注意力，它在河里漂了那么多年，可能有些人一直在寻找它，我想着，单纯一尊木像，应该不会有那么大的诱惑，木像的价值不在它本身。“八字眉”这么一说，果然如此，木像里头有别的东西。

“木像里头，有一个人。”“八字眉”似乎还能回想起当年的那一幕。

“一个人？什么人？！”我吃了一惊，因为完全想不到铜皮木像里头会有一个人。

莲花木像是用整株原木雕出来的，非常粗，透过木像胸前的那道裂纹，“八字眉”看到木像里面静静躺着一个人。那是个老头儿，尽管被泡在水里，却面色红润，他的头发和胡子都很长，随着水流缓缓地起伏。

从“八字眉”入水到这时候，其实时间并不长。在看到木像里的人的时候，“八字眉”完全惊呆了，走船的人会时常遇见怪事，但这样的怪事，几乎不可想象。

在“八字眉”惊呆的同时，仿佛一直在木像里沉睡的老头儿，突然就睁开了眼睛。

“他真的睁开眼睛了！”“八字眉”在纸人章家里长大，胆子肯定不小，但是那一刻他真的被吓住了。木像里的那个老头儿没有一丝邪异的气息，就好像从睡梦中苏醒过来一样，然而在他睁开眼睛的时候，带给“八字眉”的是一种说不出的恐惧和压力。而且当时还在水里，“八字眉”一口气憋着不敢张嘴，一下子，那口气仿佛呼地冲到胸口，整个人顿时就昏厥过去。

他的运气算是非常好的，在水里昏过去之后浮出水面，在大雨中随着水流漂了很远。一直到雨停了之后才醒过来然后爬上岸。之前经历的事情，现在回想起来像是一场梦，但是“八字眉”醒过来的时候，手里仍然紧紧抓着那根小臂粗的莲花木，就是这根莲花木，才让他觉得，那并不是做梦，而是真的。

“后来想想，当时昏得真不是时候。”“八字眉”舔舔嘴角边的血迹。

他当时被一口气憋得上不来，昏过去。但是在临昏迷之前，他隐隐约约感觉到，那个躺在木像里的老头儿像是要说什么。可“八字眉”回想到这些的时候，已经来不及了，河水依然在流淌，河底的木像已经无影无踪。那根小臂粗的莲花木，可能就是“八字眉”唯一的收获。他费了很大的工夫，才把这块碎块儿磨成了现在的这根木棒。当时，“八字眉”只是觉得这根木头金贵，但是自从带着这根木棒之后，又发生了一些让他意想不到的事。

“八字眉”的年纪比老太婆小了二十来岁，但他带着莲花木棒之后，仿佛就不会老了，而且模样似乎越来越年轻，就和道家典籍里提到过的返老还童一样。最开始几年，问题还不大，然而时间久了，纸人章家的人肯定会怀疑。“八字眉”知道，这肯定和黄河河底那尊巨大的木像有关系，或者说，和自己手里的莲花木棒有关系。

日子一久，他不得不离开章家，一旦被对方怀疑，必然会找他问，还会拿走这根木棒，“八字眉”又不是章家的嫡系，在利益冲突下，他只能成为一个牺牲品。所以这十几年，“八字眉”一直流浪在外头，连章家的门都没有再跨进去一步。

我来回摸着手里的莲花木棒，心里就渐渐有些明白了。“老刀子”说过，莲花木是不会死的，不管离土多少年，只要栽回去，依然可以抽枝长叶。这样的神木，放在人身上，会有什么结果？

我正琢磨着，“八字眉”就开始来回乱动，说自己被绑得太紧，膀子里的血流不通，难受得很。我叫他老实点儿，接着就问道：“那老太婆为什么半夜去对付抱柳村的人？”

“老子……”

“别他娘的老子老子！谁老子！”我举起木棒子，“八字眉”心里有火，但是被绑得结实，不敢发作，马上就改了口。

“我不知道。”

老太婆对付抱柳村宋家的原因，“八字眉”不怎么清楚，本来是想要帮忙的，但是老太婆觉得没必要。然而“老刀子”突然出现，顿时就打乱了老太婆的计划，所以找到“八字眉”想弄死我们。我看着“八字眉”，在分辨他说的是不是谎话，关于铜皮木像，跟“八字眉”没有太大的关系，他也没必要撒谎，可是半夜偷袭抱柳村，这明显是针对七门的大事，说不定还有更重要的隐情，“八字眉”恐怕就不会那么老实了。

“另外……”“八字眉”挤挤眼睛，打断我的思路，道，“你怎么跟那老家伙混到一块儿去了？”

我一愣，随即就意识到“八字眉”说的是“老刀子”。

“干吗？我和他也不熟。”

“我说呢，”“八字眉”叹口气，道，“他拿着蛇篆刀，你还和他一起，是不是不知道这里头的事？”

“他？”我想想，“老刀子”跟我说他是河务局的人，我也不怀疑，但是他手里那把蛇篆刀肯定不同寻常，是有相当来历的。

“你拿着镇河镜，肯定跟抱柳村的宋家一样，是河凫子七门的人，”“八字眉”有一种挑拨离间的意思，咂着嘴道，“你不知道蛇篆刀的事？”

“你想说什么？”我看着八字眉，他心机比我深，三两下就套问出我和“老刀子”的关系，越看他的样子，就越觉得他在挑事。但是那把蛇篆刀跟七门有什么关系？这些事情过去爷爷从来没有说过，老鬼也没有说过。

“不知者无罪，你什么都不知道，这也难怪，”“八字眉”道，“知道黄河滩三十六旁门不？”

“废话。”

“那我就告诉你，在很早以前，根本没有三十六旁门这一说，”八字眉一边说一边观察着我的表情，道，“三十六旁门，就是为了对付河凫子七门才出现的。”

“瞎扯吧你！”我当时就反驳起来，一是不相信“八字眉”的话，二是觉得河凫子七门怎么那么讨人厌，我是七门的人，自然不愿意这样想。

“八字眉”也不急，慢慢开始讲。在过去，黄河两岸行船走水的人其实就是江湖人，各种各样的人，从事各种各样的营生，久而久之，就会有一些利益团伙出现，有的是家族，有的则是关系密切而且特殊的人。这些人没有共同的目标，各自为政，一家占据一块地盘，跟占山的土匪差不多。

那些事儿发生在什么年代，“八字眉”也没说明白，总之是很久了。那时候，河凫子七门已经出现，当时的七门非常团结，他们只巡河、镇河，不捞水货，也不跟人争什么利益，所以黄河滩上的大大小小的帮派也不为难七门，相安无事。

有一年，从西边来了一些人，具体从哪儿来，没人知道，反正一提起这些人，都会用“从西边来的”来代称。那是一些神神秘秘的人，尽管人数少，但是非常厉害，而且相当狠，在黄河滩上杀了两年，把那些大大小小的帮派都杀怕了。在那个年代里，什么教条王法都是虚无的，在黄河滩混，谁的拳头硬，那就是铁板钉钉的王法。这些人杀得那些帮派闻风丧胆，最后又把他们归拢起来，然后根据情况，分出了三十六旁门。

其实，三十六旁门里并不是精确地分了三十六门，只是一个统称，那些西边来的人用各种手段划分了三十六旁门之后，只交代给他们一个任务，就是灭掉河凫子七门。

“他们为什么不自己动手？”

“你也是七门的人，对祖上的人真的一点都不知道？”“八字眉”咧着嘴，道，“你觉得七门的人都是吃素的？”

河凫子七门一向不跟任何人联手做事，独来独往惯了，如果跟三十六旁门比起来，那么七门的人数很少，不过就因为人少，行踪才更加隐秘。那些西边来的人肯定已经料想到了，要彻底灭掉七门，不是三五年就能完成的事，所以才会划分三十六旁门，把这件事长久进行下去。

“三十六旁门，当家主事的叫作头把，西边那些人划分了三十六旁门后就不见了，他们推出来的头把是黄沙场的胡家。”

黄沙场，一般指的是在沿河两岸采砂的团伙，采砂的利润低，但是常年都有进项，不跟其他捞水货的人一样，半年不开张，开张吃半年。黄沙场除了采砂，遇到水货的时候也不会放过，在过去，他们还跟南方的盐商有交易，所以黄沙场是最有钱的。有钱就有势力，胡家能被推作三十六门的头把，并非没有道理。

三十六门其实跟河凫子七门一样，在刚刚出现的时候，有一种严格的约束，头把的命令必须执行，是个比较完整的整体。蛇篆刀，是西边来的那些人留给三十六门头把的东西，是一种权力的象征，门下有人违抗头把的命令，随时都可以用蛇篆刀把他们做掉。

三十六门刚刚出现的时候，几乎把七门逼得没有活路了，那么多人每天什么都不做，就搜寻七门的人，一旦找到马上就杀。如果放到别人身上，被这么多人追杀着，可能早就顶不住了，会背井离乡。但是七门的人始终坚持不懈，不管形势多严峻，从来没有离开过这条大河，依然按着祖上的规矩，巡河、镇河。

所以说，三十六门的蛇篆刀跟河凫子七门是绝对的死对头，尽管随着时间的推移，三十六旁门完全变成了一个虚名，但是对于七门来说，那些往事是不能忘记的。

听完“八字眉”的话，我才知道他为什么会感觉我跟“老刀子”待在一起比较奇怪。本来，我对“老刀子”就比较戒备，一旦了解到这些往事，心里的抗拒就更强烈了。

“你小心点儿，”“八字眉”接着道，“那老家伙是黄沙场胡家百年都不出一个的血眼。”

据说，黄沙场胡家当年的祖屋是修在一片道馆的遗址上的。那座道馆，俗称仙人观，传闻是三丰真人赴元大都的时候途经的地方，他在那儿盘桓了一段日子，从此以后，这座仙人观就成了一处人尽皆知的场所，是唯一能在黄河两岸跟龙王庙抢香火的圣迹。仙人观后来毁于战火，黄沙场胡家占据了道馆的遗址之后，每过一两个甲子，家里的子孙中就会有一个“血眼”诞生。

第四十章 爷爷来了

“八字眉”一说“血眼”，我立即想到“老刀子”在逼走老太婆时双眼中迸发的淡淡血光。所谓的血眼，跟我们陈家子孙眼皮下都有膜，能在水里视物一样，是一种异相。血眼被各种各样的传闻传得很邪乎。据说天生血眼的胡家子弟，从很小的时候就要抱着到坟地里去生活，看各种各样的“脏东西”，那种先天的异能就会被慢慢地激发出来，等到长大成人，血眼完全成型，百邪不能近身。这种人是走水时一等一的人选，所以每到黄沙场胡家诞生血眼的时候，就会迎来家族中又一次鼎盛时期。

“怎么，不相信我的话？”“八字眉”看我沉吟不语，接着道，“那老家伙的血眼你没看见？还是他手里的蛇篆刀你没看见？”

“你先闭嘴！”我打断“八字眉”的话，在厘清思路。这家伙说的估计十有八九是真的，“老刀子”是不是血眼，是不是河务局的人，现在已经不重要了，反正我得提防他。我最关心的还是七门里头的事。当年从“西边来的人”，到底是什么来历？他们为什么对河凫子七门这样痛恨？还有那尊莲花木像是怎么回事？那长胡子老头儿是当时七门老祖爷遇到的老头儿吗？

这些问题得不到答案，想得我头昏脑涨。我有点儿后悔，为了追击“八字眉”，把七七留到了亦甜身边，现在必须回“老刀子”那儿，一旦回去，我不知道还能不能再次顺利脱身。“八字眉”在旁边一个劲儿地嘀嘀咕咕，让我很心烦，但是我心里总觉得，“老刀子”不是那种邪气的人。尤其是亦甜的身影，一直在我眼前晃来晃去，她的笑容是那么纯真，会是坏人？

“和你商量个事吧，小老弟。”“八字眉”在旁边又插嘴道，“天快亮了，河滩要涨水，咱们一直待在这儿也不是办法不是？不如这样，你解开我手上的绳子，我们俩先从这儿走，另外，那根木棒子，还给我成不成？你要什么东西，可以直说……”

“赶紧给我拉倒吧！”我想了想，总不能在这儿真杀了“八字眉”，但也不能这样轻易放他走。河滩开始涨水，我把“八字眉”朝旁边拽着走了一段，心里打定了主意，肯定是要回去的，至少要把七七带走。

“小老弟，真的，肚子痛……”八字眉又在旁边哼哼唧唧道，“放我去解个手。”

“解毛！拉你裤子里！”我想着“八字眉”之前差点儿把我们都给收拾了，心里就冒火，站起身朝来路那边望了望。如果“老刀子”他们那边没有什么大问题，一路顺河岸过来找我的话，双方距离应该不会太远了。

就在这个时候，我感觉后腰上猛地一沉，被一股很大的力量嘭地撞了一下，身子忍不住前扑着摔倒在地。转头一看，“八字眉”不知道什么时候悄悄挣脱了手上的裤带，他两条腿都受了伤，跑肯定跑不动，但是在我摔倒的同时，他呼地伸出手，用力抢过我手里的莲花木棒，紧跟着在脚下的泥水里一划拉，一头扎到沙地里。

我根本没料到这家伙还会有这一手儿，翻身爬起来追了几步，但是“八字眉”整个人已经完全没入了沙地，没有一丝痕迹，河水渐渐淹过了脚面，我不敢追得那么紧，唯恐会突然遭道儿。所以追了一会儿，就慢慢停下脚步，准备放弃。

陡然间，我的脚步一下子就顿住了，头皮微微感觉发麻，就好像某个地方有一双眼睛正在死死地注视我，又好像背后跟着什么东西，总之非常让人不安。一种危险的气息正无形地弥漫着，我连忙转头到处乱看，却什么都看不见，但是那种气息就像一片雾，挥之不去。

这样的感觉糟糕到了极点，我一步都走不动了，一边慢慢后退，一边东张西望。两三分钟时间，“八字眉”突然就从十几米外的沙地里跳了出来。

“快……”

他挥舞着手里的木棒，张口说出一个字，然后呼地重新陷到沙地里。我不知道到底发生了什么，但是很想拿回那根木棒。没有太多的时间可以考虑，我犹豫了一下，拔腿就跑过去。

当我跑到跟前的时候，一下子惊呆了，“八字眉”没有完全消失，他的身子都在沙里，脑袋露在外面，仰头看着我，那双眼睛里已经没有多少生气了，很呆滞。

“噗……”

一股鲜血从他嘴里慢慢流出来，“八字眉”的喉咙里发出咯咯的声音，他努力张着嘴，像是要说什么，却一个字都没能说出来。

“八字眉”的嘴巴越张越大，眼睛也睁得和鸡蛋那么圆，咯咯的声音接连不断，在还没天亮的环境下，听得人心里发毛。那根木棒就在沙地上，我弯腰把它捡起来，但是还没等站直身子，“八字眉”的脸就好像被什么东西溶化了一样，鼻子、嘴巴、耳朵哗地化成一股浓浓的血水，顺着渗到了沙子里，只剩下一颗带着血丝的头骨，头骨上两个深深的眼窝子，像是两个黑洞，仿佛仍然在注视我。

这一幕把我吓住了，之前感觉到的那种危险的气息一瞬间就让我紧张到了极点，我顾不上思考到底发生了什么，转身就跑。在我转过身的同时，突然觉得后面的沙地下，有东西猛地一翻，湿淋淋的沙子带着水，雨一样地打在身上。

头顶的月光把河滩照得白惨惨一片，我迈步猛跑的同时，一下子看到身后不知道什么时候冒出一个很大的影子。下意识地回头一看，一张好像席子一样的东西卷动着从沙子下面翻了上来。

那一刻，我的心顿时就沉到脚底板，感觉后背一阵刺骨的寒意。那东西是什么？如果我没记错，肯定是遇见“沙扑”了。

沙扑绝对是整片黄河滩走船人的噩梦，遇见各种脏东西，还有应对的办法，但是遇见沙扑，除了逃跑，然后等死，就没有第二条路走。这是一种像席子一样扁平的东西，最大的沙扑展开之后能有两丈宽，最喜欢隐藏在浅滩的泥沙里，只要有人从附近经过，会被一下子卷住，很短时间里就会被沙扑强腐蚀性的体液融化。

我没有别的念头了，转身就跑，身后的沙扑一伸一张，像一个圆筒在后面跟着，它太大了，四五米长的身体，稍稍一动就撵过来一大截。我闻到一股浓重的血腥味儿还有臭气，心乱如麻。没有人能单枪匹马地对付沙扑，我估计老鬼和“老刀子”那样的人可能还有希望，但是我不行。

我跑得非常快，沙扑也追得非常快，这是活生生的东西，脖子上的镇河镜不起一点作用。跑了一百多米，身后的沙扑距离我只有咫尺之遥，我甚至能感觉到它身体卷动翻滚时发出的腥风。

要死了吗？在恐惧的同时，我突然有点儿悲哀。当时，我还很年轻，虽然不能完全理解死亡到底代表着什么，但是至少我知道，如果死了，可能很多事情我再也做不了了，很多人再也见不到了。

我感觉自己真的是逃不掉了，速度跟对方差太多。我不想就这样闭着眼睛等死，骨子里那股从呱呱落地就一直存在的倔强，轰地冲到了头顶。

“去你娘的！”我一下子停住脚步，转过身，用尽全身上下的力气，打鬼鞭啪地就抽了过去。

但是这根本没有任何用处，我抽出的鞭子还没有来得及收回，沙扑在沙子里一钻，然后紧跟着拱出来，大片的沙子就像一阵暴雨，把我硬生生地掀翻在地。我双腿使劲儿蹬，想要后退，距离如此之近，我能看到沙扑席子一样的身体，还有不断滴滴答答落在沙地上的黏液。

跑都跑不过沙扑，何况是双脚蹬着沙子后退，一眨眼的工夫，四五米宽的沙扑呼地在沙地上直立起来一半，像一堵随时都会倒塌的墙，它的影子已经把我包裹住了，我抬起头，看着慢慢倾斜扑来的沙扑，顿时心如死灰。

“滚你娘的！滚！滚！”我一下子翻身爬起来，用手里的莲花木棒使劲砸它，知道这样没用，但我不能坐以待毙。在将要死去的一刻，我耳边回荡的全是老鬼的声音，男人，可以站着死，不能躺着活。

沙扑直立起来的身体马上就要冲着我压下来，就在这千钧一发的时刻，一阵嘶哑的如同破铜烂铁般的钟声，从黎明前的河面上漂荡过来。这样的钟声，我曾经听到过，它来自鬼船，来自鬼船上吊着的那口破烂的古钟。

直立着的沙扑陡然就顿住了，我突然一下子忘记了死亡的威胁，因为我知道，鬼船一直都伴着石头棺材出现，它们相隔不会太远。

鬼船出现了，石头棺材还会远吗？我脑子完全空了，只剩下最后一个念头。

石头棺材要出现了吗？爷爷，是你来了吗？

沉闷的钟声彻底触动了我心底最脆弱的那一块，钟声响起时，我不顾一切地爬起来，想要冲向河中。天色还暗着，我不能把一切都看得那么清楚，但是隐隐约约中，我察觉到那条空无一人的鬼船，像是一根离弦的箭，在滔滔的河面上飞快地划了过来。

钟声让直立起来的沙扑顿住了，但是并没有惊退它，我朝着河里跑了没多远，沙扑已经开始反应过来，重新卷动身体，随后猛追。我不害怕，心里的恐惧全部消失，所有的精力全在河面上。

我看到了鬼船，和原来一模一样，停在浪花翻滚的大河中，在我脚步迈动的同时，一片滔天的大水从河岸边席卷而起，模模糊糊显出了许多人的影子。那都是我之前见到过的巡河阴兵，它们从水里浮现，像是脚不沾地一样，驾着层层水浪冲向河岸。

一切都来得太快了，没有思考的余地。几十个巡河阴兵从我身边噌噌地蹿了过去，它们的相貌各异，但是都木然没有表情，脸上像涂了一层白垩，从我身边冲过去之后，猛追而来的沙扑顿时就被缠住了。阴兵不是活生生的人，毫不畏惧沙扑，几十个阴兵像是几十条有形的魂，把沙扑缠得死死的，我看到它巨大的身体在沙地上剧烈地翻滚。

不出几分钟，沙扑挣扎的动作就减弱了，那些阴兵在沙扑的身体周围转来转去，我几乎看不清楚具体的过程，反正又过了几分钟，沙扑渐渐地折腾不起来了，像是一条已经快要死透的鱼，巨大的身体偶尔会轻轻扑腾一下，看样子再也翻不过身了。

等到沙扑一死，阴兵如同退潮的水一样，一刻都不停留，朝着河中就奔了过去，走得很快，瞬间就被大水完全淹没，踪影皆无。那条船还在原地停着，我使劲儿看，却看不到石头棺材。

“爷！我知道你在！你出来！”我大声冲着河面喊，那滔滔的水声，盖不过我的声音，为了让自己的喊声传得更远一点儿，我扯开嗓子，“爷！我是水娃子，我在找你啊，爷，你出来，看我一眼，就看我一眼行不行……”

我喊着，眼泪已经顺着脸颊流下来，我不顾一切地朝前跑，水势非常大，如果进水了，我肯定不能完全控制自己，会被顺流冲走，但是我当时没想那么多，就想着冲进水里，拼命朝鬼船游。

“爷……你出来……”不知不觉中，我的嗓子好像哑了，泣不成声，一句完整的话都说不出来，“出来看看我，爷，我想你啊……”

我一下子跳到水里，要朝鬼船游过去。鬼船的钟声已经停了，像是扎了根一样停在河心，就在我将要入水前的那一刻，鬼船旁边的水面咕嘟嘟冒起了水花，我赶紧退回来，在水中站稳。

硕大的石头棺材终于慢慢从水面下浮了出来，漂到鬼船旁边。棺材盖子随即打开了，我看到一个身影从棺材里站了起来。头顶月光如镜，把河面照得亮晃晃一片，那一刻，我停止了抽泣。

我看到爷爷就站在石头棺材里，穿着那身大红色的衣服，手里握着他的打鬼鞭。我记不得有多久没有见到爷爷了，他的腰板子还能挺直，但是头发已经全都白了。

“爷！”我用尽全力，冲着爷爷大声地喊，仿佛管不住自己的脚步，又想朝水里跳。

“不要过来！”爷爷在棺材里站着，身躯抖了一下，厉声对我喊道。

我愣住了，不敢不听他的话，站在已经没过大腿的水里，愣愣地发呆，望着爷爷流泪。

“乖孩子，乖孩子……”爷爷站在棺材里，语气随即就温和了，他也能看见我，但是一句多余的话都不说。

我想让他上岸来，不为别的，在见到爷爷的那一瞬间，所有的事情对我来说都已经不重要了，我只想他再像我幼年时那样，拉着我的手，无忧无虑地漫步在黄河滩上。

“爷，你回来吧！”我哭着喊道，“掌门发话了，不要你再镇河了，爷，你回来吧……”

“乖孩子，不行。”爷爷站在棺材里摇头。

我哭得撕心裂肺，这个世界上，我唯一的亲人就是他了。我控制不了自己的情绪。

爷爷站在那边，一动不动地看着我，雪白的头发被河风吹得纷乱，我看得不清楚，但是能感觉到，他那双衰老又干涸的眼睛里，已经慢慢淌下了泪。

就在这个时候，从很远的地方闪过了两道手电的光。我泪眼蒙眬地转头看了看，如果不出意外，那应该是“老刀子”过来了。

“乖孩子，快走，快走。”爷爷站在那边对我慢慢地摆手。眼泪完全遮住了我的视线，滔滔的大河立即变得模糊昏暗，我能看见的，只剩下爷爷的身影，还有一头白发。

“爷爷！”我再也承受不住了，一下子跪倒在水里，失声痛哭起来。

我想，没有人能体会我当时的心情，不管时间过去多久，每每想到当年那一幕，我的眼睛还是会发涩。

我不肯走，跪在水里，好像生根了一样，一步都不愿挪动，只怕自己动动脚步的工夫，爷爷就会再次沉进河中。

“老刀子”他们明显也发现了河里的鬼船，跑得飞快，不多久就来到了我附近。“老刀子”显然没有想到，他一直寻找的人会在这个时间、这个地点突然出现，一下子就停住了，手里的手电呼地朝河面上照射过去。我不看他，也不管他，什么三十六旁门，什么黄沙场胡家的血眼，那都没有爷爷重要。

“老刀子”在岸边顿了顿，马上加快脚步，蹚着水跑到我身边。他毕竟是见过无数大风大浪的人，尽管刚看到爷爷的时候很惊讶，但跑过来的时候已经完全镇定了。

“很久没见了，”“老刀子”站在水里像一颗钉子，他遥遥地冲着爷爷道，“你老了，头发也全白了。”

“师傅！这是照片上那个人？！”大伟在后面跟着，看到这时候才隐约分辨出来，神情一下子兴奋了，他身体看上去还微微发虚，但是一副志在必得的样子，呼啦啦踩着水跑到“老刀子”身后。

“老刀子”不理会大伟，依然面对河面，道：“上来聊聊吧，有的事是该说说了。”

“三十六旁门跟我们七门间的恩恩怨怨都是过去的事，你们死了人，我们也死了人，那些旧账揭过去了，闭口不提，当年我伤了你，但是要谢谢你，嘱咐下面那些人不为难我，这笔账，是不是也两清了？”爷爷情绪恢复得也很快，语气淡淡地对“老刀子”道，“我只是露个面，马上就走。”

“真的不能坐下聊聊？”

“没什么聊的，你和我，走的不是一条路，”爷爷想了想，道，“我不知道你是怎么找到这个孩子的，但是，不要为难他，放他走吧。”

“走？往哪儿走！”大伟不等“老刀子”说话，突然就从后面伸手搂着我的脖子，随即，他不知道从哪儿掏出一支枪，一下子顶到我头上，“上来！你给我上来！否则的话，后果自负！”

我知道，大伟可能没有伤害我的意思，只不过看得出爷爷对我很眷顾，拿我去威胁他。但是他一动手，亦甜和七七都急了，“老刀子”猛然回过头，沉声道：“大伟，别胡闹！”

“铛……”

爷爷的身影猛然一晃，鬼船上的古钟也跟着响了一下。他满头的白发像针一样根根直立起来，语气变得凄厉而且可怕。

“谁敢动他一根毫毛，我就要谁的命！”爷爷被激怒了，鬼船上的大钟嗡嗡作响。

“大伟！放手！”“老刀子”厉声呵斥大伟，大伟很自傲，但“老刀子”的话他不敢不听，悻悻地哼了一声，松开我，低声道，“我不是有意的啊，你别往心里去。”

“不要逼我！”爷爷在石头棺材里完全恼怒了，一挥手里的打鬼鞭，“我们河凫子千百年来做了什么，别人不清楚，我心里清楚！七门的后人七零八落，遭人算计，死的死，伤的伤，别家的事我不管！我陈老六就这么一个孙子，他是我的命根子！他少一根头发，我就到岸上杀个天翻地覆！”

“我没那个意思！”“老刀子”赶忙解释道，“有些事，是该谈谈了！”

“话，我撂下了，听不听，在你！”爷爷对“老刀子”说，又把目光转向我，“乖孩子，你走，现在就走。”

说话的工夫，鬼船颤动了一下，然后慢慢在水里开始向下滑，石头棺材也一点点开始朝水下沉，爷爷不肯上岸，可能马上就要进水了。“老刀子”的眉头紧皱，显得非常为难，他因为某些原因，一直在寻找爷爷，从二十多年前那件事到现在，这估计是第一次面对面地遇见爷爷，他不肯就此罢休。

骤然间，“老刀子”突然一头扎进水里，他的功夫很好，水性也出乎我的意料，一个猛子过去，再浮出水面的时候，已经在十多米开外。

他的目标很明显，想要拦住爷爷。

第四十一章 龙争虎斗

“大伟！我们能帮什么忙吗？！”亦甜的脸色很是焦急，忍不住跑过来问大伟，“河里太危险了！”

“我想想。”大伟朝河面那边看了看，然后比画一下，看样子是想下水过去帮忙。

“不要去！”我拦住他们，没有人可以靠近石头棺材，黄河两岸关于填河的传说并不是假的，但是拉人填河收阴兵的并不是龙王爷，而是石头棺材。阴兵就在石头棺材附近，我唯恐谁再下去之后被阴兵缠住。

“你这个人脑子真是有问题！”大伟转身怒气冲冲地望着我。亦甜也有点儿埋怨，对我道：“如果能帮点忙的话，可以帮帮吗？师傅一个人下水，很危险，你……”

“不要求他！”大伟丢下我们，迈步就朝河里走，然后一头扎了下去。我不想解释那么多，但是转头看看亦甜，我只是怕她心里不高兴。

就在这个时候，“老刀子”已经靠近了石头棺材，此时此刻，沿河两岸肯定都有阴兵，但是爷爷笔直地站在石头棺材上，一动不动地看着“老刀子”，并没有唤阴兵去对付他。眨眼间的工夫，“老刀子”在水里一蹿，借势就翻到了石头棺材上面。

“我愿意让你过来，你才过得来，让你过来，没有别的意思，只是想见识一下蛇篆刀，”爷爷平时沉默而且低调，就像一个普通的老走船人，然而此刻，他的腰杆比任何时候挺得都直，语气也有些傲然，“另外，还想让你知道，陈老六虽然老了，还杀得动人，我那娃子命苦，谁再敢欺负他，我就顾不得那么多了！”

“这事情，难道真的不能谈谈？”“老刀子”一身是水，他可能真没有动手的意思。

“没什么好谈的，看看你的蛇篆刀吧！”爷爷慢慢抬手，那根打鬼鞭悠悠地垂了下来，“这把刀上，染了多少河凫子的血！”

“唰……”

打鬼鞭就像一道突然闪过的电光，划破了黎明前的大河。我们距离非常远，却隐隐能听到鞭子犀利的破空声，这根鞭子拿在我手上和拿在爷爷手上完全是两个概念，“老刀子”一下子就被逼得没有退路，迫不得已亮出了蛇篆刀。

“师傅！我来帮你！”大伟没有“老刀子”那样好的水性，在汹涌的水流里渐渐就掌握不住了，但仍然挣扎着冒头，在水里大声喊道，“还有那老头儿……”

一句话还没说完，大伟周围的水面上突然就齐刷刷地冒出了四五个阴兵，白惨惨的脸庞，好像是水里浮出的几尊瘆人的雕像，大伟根本就没有任何反应的余地，马上就被围得死死的。

“大伟！”亦甜在岸上急得大喊，那边石头棺材上的“老刀子”听见大伟的惨叫，心神明显不稳了，被爷爷两下就逼到将要落水的地步。

“扑通……”

亦甜顿时跳到水里，想朝大伟游过去。说句实话，当年的我，没有太多的杂念，只是单纯地根据心里的感觉来判断一个人的善恶。我是自私的，如果大伟被阴兵缠住，我可能不会有什么，然而亦甜一下水，我的心里就嘭的一跳。

“回来！亦甜！”我不顾一切地跳到水里，拉住她朝回拖，亦甜的水性不好，在水里挣不过我。

“别拉我！”亦甜一边挣扎，一边道，“我要去救他！”

“我去！”我把亦甜拖到岸边，然后恐怕她再倔强地下水，所以抢先一步下水，朝大伟游去。

我不管别的，也没有想过自己有没有危险，我只是不愿让亦甜送命。

大伟已经被折腾得差不多了，在我全力靠近他的时候，他被几个阴兵缠住拽到了水里，河面上只剩下一只抓来抓去的手。我游过去，用力抓着他的衣领朝上提，但是还没等把大伟拽上来，就觉得自己的手脚也被拉住了，随即，两张没有任何表情的白惨惨的面孔从水里浮出来。

“娃子，不要过来！回去！”爷爷在石头棺材上看到这些，反手一晃鞭子，抽在旁边的鬼船古钟上，古钟嗡的一响。

缠着我和大伟的阴兵，随着嗡嗡的钟声立即沉没在水中，我拉起大伟飞快地朝岸边游。一直到了浅水河滩，亦甜和七七踩着水迎过来。大伟应该没事，只不过喝了一肚子水，接连被折腾，脸都绿了。

我和大伟都上了岸，爷爷和“老刀子”之间也没有什么顾忌了。爷爷的攻势很猛，一条鞭子密不透风，我过去从来没有见过他和别人动手，今天这一看，才知道老鬼当初为什么说河凫子七门这一辈人中，陈老六是最厉害的。

“真要这样！”“老刀子”被逼得实在没办法，那双血眼不由自主地泛起了一片微微的红光，拿着蛇篆刀，退到棺材一角，“你们在找西边的人，我们也在找！”

我在岸上听着这些话，心里突然想起“八字眉”刚告诉我的那些往事。“西边来的人”，到底是什么身份？七门与世无争，唯一怀恨在心的就是“西边来的人”。时间过去那么久，七门一片散沙，三十六旁门也早已成为一个虚名，但是针对七门的袭击仍然没有停止，尤其是在老鬼拉着爷爷去镇河之后，袭击愈演愈烈，再加上十几年前，我爹还有七七她爹相继被人谋害，这让我意识到，西边的人其实并没有消失，他们肯定还在黄河滩上某个未知的角落里。

在我想这些事情的时候，石头棺材里的争斗已经到了白热化的地步，天将要破晓，但是我看不清楚爷爷跟“老刀子”争斗的具体过程，两个人的动作都太快了，就在那口面积不大的石头棺材里翻翻滚滚着搅成一团。我们在岸上很紧张，我怕爷爷出事，亦甜怕“老刀子”出事，眼睛一眨不眨地看着那边，过了有七八分钟的时间，一道身影踉跄着翻出棺材，然后落进水里。

紧跟着，我看到站在棺材里的是爷爷，落水的是“老刀子”。“老刀子”在水里转了一圈儿，仍然不甘心离开，因为这一走，不知道要什么时候才能再找到石头棺材，但是他斗不过爷爷，二十多年前斗不过，现在依然斗不过。

“你和我，走的不是一条路。”爷爷静静站在棺材里，那身鲜红的衣服在破晓的晨阳下显得那么刺眼。他拿着鞭子，指了指还在周围徘徊的“老刀子”，接着转头冲我喊道，“娃子，现在就走！”

我不想离开，但是我已经很清楚，爷爷不可能上岸，不可能回来。

“娃子，路还很长，你要自己走，记住我的话，人，就那么一辈子，横竖都是熬……”爷爷站在棺材里，慢慢地朝水面下沉，“但是你该做的事，都要做完……”

“爷爷！”我一下跪在地上，重重磕了个头，然后站起身，用尽全力把手里那根沉甸甸的莲花木棒朝石头棺材扔了过去。棍子划过一道弧线，爷爷伸手抓住了它。

我心里很不舍，不知道舍不得什么。

我站起身，擦掉脸上的泪，拉着七七转身就走。我不想，也不敢再去看亦甜，我怕自己看到她的时候会难受。

我什么都不管了，拉着七七走得很快，从破晓一直走到日头高照，“老刀子”他们没有跟过来。

“哥……”七七转过头看看我，道，“咱们要去哪儿？”

“是啊，要去哪儿？”我顿时迷茫起来，心里说不出的酸，老鬼走了，爷爷走了，抱柳村空了，我要去哪儿呢？

站在原地想了很久，我带着七七朝小盘河村那边走去。老鬼说了，老祖爷留下的东西很重要，放在家里始终不安稳，现在完全没有目的地，就想着把留在家里的东西先转移个地方。

这一路很远，又在汛期，沿途连个人都看不到，我和七七饥一顿饱一顿地熬了几天，靠两条腿走回了小盘河。村子荒了很久，一点儿生气都没有了，我沿着那条熟悉的路，从村口走到了家门口。推开门的时候，我一下子又恍惚了，觉得一切都回到了事情发生之前，跟爷爷在这儿简单又快乐地生活着。

“七七，在这儿等着。”我晃晃头，让自己清醒过来。许多天没回来，家里还是老样子，我越想让自己静，脑子却越乱，来来回回都是那些人的面孔在脑海中出现。心里乱着，推开堂屋的门，但是一步跨进去的时候，我突然觉得不对劲儿，却想不起到底是怎么不对劲儿。我低着头，看看脚下的门槛，一下子想起当初离家的时候牢牢地在房门上挂了一把大锁，然而这时候房门却一推就开了。

下意识的，我就觉得不安，抬头扫视着堂屋。太阳还在东边，光线照不进来，堂屋很高而且面积很大，屋子里黑漆漆的一片，当视线适应了黑暗，我一眼看到堂屋房梁对面的墙根儿蹲着一个人。刚开始的时候，我吓了一跳，但是看看那人好像蹲着一动不动。

然而过了不到十秒钟，我骤然觉得，他不是没有动，而是以一种很诡异的姿势在动着。

那个蹲着的人没有转身，但是就像农村的小脚老太太那样，蹲在地上背对着我，一点一点地挪动。我不由自主后退了一步，差点儿被门槛绊倒，手一晃，触到放在墙边的一把铁锹，随手就拿了起来。

“咯咯嘣嘣……”

那个人身体僵直着，一点一点地背对着我挪动，我听到一阵骨节爆响的声音，立即把铁锹举了起来。这时候，这个人的脖子来回扭动了几下，然后慢慢侧过脸，他只侧过一半就停住了，我看见他的脸几乎也是僵的，和罩着一层人皮面具一样。

紧接着，他的两条胳膊开始慢慢朝上抬，动作非常怪，看得我头皮一个劲儿地发麻，紧紧握着手里的铁锹，大吼一声，冲过去抡圆了就朝他拍。那个年头儿的东西，都造得很实在，家里的铁锹面宽厚重，锹把是两米长的白蜡杆，一铁锹抡过去，锹面结结实实地拍在那人的脑袋上，梆的一响，一下子就把他拍倒在地。

“轰……”

那人在倒地的一瞬间，一群黑压压的影子就从他身体各个部位钻了出来，全是老鼠，好像整个人都被掏空了，成了老鼠窝。我踮着脚尖，想避开这些东西，但是那些老鼠钻出来之后并没有逃走，而是围着那个人滴溜溜地打转。那一刻，我才隐约意识到，这个不知道什么时候跑到家里的人，应该是已经死了。

在我盯着那个人的时候，一条很大的蛇从他怀里慢慢爬了出来。七七察觉到了屋子里的异动，跑到门边一看，拉着我朝后退了退，然后取出那根小竹管，啾啾地吹起来。那声音让屋子里的老鼠和蛇开始躁动，但是还是绕着尸体不肯离开，七七的脸慢慢憋红了，啾啾声越来越急促，终于，一屋子老鼠嗖嗖地开始朝外跑，那条大蛇也晃晃悠悠地爬了出来。

我丢下手里的铁锹，跑进屋里，从墙根儿踩着柜子爬上横梁，但是横梁上的那只盒子已经不见了，只在灰尘上留下一个印儿。我的身子一晃，差点儿从上面掉下来，这个东西是老鬼几次交代的。不由自主的，我把目光投向那具尸体上，只有这个人进过堂屋。

我噌噌地爬下来，跑到那具尸体面前，这个人进来的时间绝对不会太久，身上被老鼠咬得千疮百孔。我从来没见过他，这人三十来岁，样子很普通。当我离他很近的时候，一眼就看到他虽然已经死了，但是双手死死地抱着盒子，搂在怀里。

我看着就觉得很瘆人，这人的两只手被老鼠啃得斑斑驳驳，十根手指上的皮肉几乎都被啃光了，白骨森森。然而他的手却把盒子抓得非常紧。我用力拿都拿不下来，最后掏出刀子，硬把他几根指骨给撬断了，才掏出那个盒子。

那只硬得和铁一样的断手还在盒子里，我松了口气，东西总算没有弄丢，但心里隐隐一阵后怕，家里已经被人发现了，如果再迟来一步，很难预料会发生什么。我感觉这里不能久留，就想拿了盒子先走再从长计议。

七七在外面啾啾地吹着竹管，把那些老鼠引到了墙边的洞里，我带着她朝大门走去，但是还没等跨出门，就隐约听到一阵急促的脚步声。我暂时看不到是谁来了，然而那些人的脚步非常快，而且离大门已经很近。我顿时就不敢再走了，拉着七七又退回来，在院子里左右看了两眼，翻墙逃走也来不及了，别的地方藏不住人，犹豫了一秒钟，最后还是迈步跑进堂屋，然后躲到墙角一堆杂物后头。

整个村子都是空的，来的人没有任何顾忌，推门就进来了。我看不到他们有几个人，但是能听到对方在院子里翻来覆去地找，找完院子又找屋子，那具尸体留在堂屋，一下就被他们发现了，四五个人涌进来，蹲在尸体旁边看来看去。尸体的脸还保存得比较好，几个人随即就把他认出来了，冲着外面道："是马二！就是他！"

紧跟着，从外面又走进来三个人，尽管屋子里很黑，但是在对方走进来的时候，我的脑子轰的一下就大了一圈儿，感觉万分不可思议。

走在前面的，是一个四十岁左右的女人，她的模样很好看，虽然到了这个岁数，但身段和小姑娘一样轻盈，年轻的时候一定俊俏得紧。她穿着一身红衣，英姿飒爽。在她身后，站着排教的小九红，依然那么冷傲。

让我感觉不可思议的并不是小九红突然出现了，排教在针对河凫子七门，找到小盘河村，这不足为奇。但是那个红衣服女人呢？如果我猜得不错，她应该就是红娘子。

这可能吗？我完全转不过弯了，之前老鬼跟红娘子恶斗了一场，连续命图都用上了。但是他虽然吃了大亏，却杀掉了红娘子。老鬼那种人不可能说谎，他既然说了红娘子活不了，就肯定活不了。因而，在我的印象中，排教的红娘子已经是个死人了，可她怎么还能好端端地出现在这儿？

"他死了？"

在我思索间，红娘子慢慢问了一句，她的声音不高，有点儿冷，然而却有种令人无法抗拒的威严。

"大排头，马二是死了。"有个汉子恭声答道，排教的大排头在门人心里如同神明一样。听到这儿，我的疑惑顿时就浓得化不开了，这必然就是红娘子，她真的没死？我不相信老鬼会判断失误，但是红娘子就活生生地站在面前，我该怎么想呢？

在我的印象里，续命图是唯一能让人有第二条命的神物，那是七门老祖爷用命换来的东西。就连河凫子七门里的人，都不可能人人拥有。难道红娘子是用续命图续到第二条命的，那可能吗？可是除了这个解释，我再也想不出她起死回生的理由了。

这样一想，她和河凫子七门之间有关系？我的脑子越来越乱，如果红娘子有续命图，那说明她在七门里也是个很重要的人物。既然这样，排教怎么会针对七门下手？

“找找他身上有没有东西。”红娘子对几个汉子吩咐道，带着小九红站在原地。那具尸体被啃得有点儿离谱，小九红佯装着在堂屋里扫视，但是我发现她的手在发抖。

尸体身上的盒子已经被我取走了，几个汉子搜了一圈儿也没有找到什么东西。红娘子还没说什么，小九红就在后面道：“找仔细点，看看他身上，再找一遍，有没有个扁平的盒子，盒子里头是一只……”

她的话还没说完，红娘子突然就回过头，瞪了她一眼。小九红那种脾气的人，对谁都不服气，总以为自己最强，但是红娘子显然是她的克星，就这么瞪了一眼，小九红马上闭上了嘴巴，一句话也不敢说了。

“你们把他抬出去，再仔细搜，如果没东西，带回去葬了，”红娘子收回目光，对几个汉子道，“派出去的其他人都要找回来，一个不能落下。”

几个汉子立即抬着尸体出去了，红娘子淡漠的脸上有一点儿不快，等到别的人都出去了，她反手关上房门，低声对小九红道：“跟你说了多少遍！那只盒子的事，不要随口乱说！”

“妈！”小九红不敢明着顶撞，噘着嘴道，“我就是随便说说，下头那些人怎么可能听得懂。”

“祸从口出！当年就是一句话，差点儿坏了大事！整个排教差点儿就没了！你知道不知道？！”红娘子可能真是被小九红气着了，重重喘了口气，“要不是出现点意外，你以为你今天还能神气活现地使唤下面那些人？早被人一锅端了！”

“妈，别总是凶巴巴的，”小九红显得有点儿委屈，道，“咱们排教那么多人，哪儿就那么容易被人一锅端了？”

“有时候，我真想掐死你。”红娘子一副恨铁不成钢的样子，我不知道她有没有别的孩子，但小九红这个人眼高过顶，又艺疏才浅，除了要横，什么也不会，大事小事都办不成，嘴巴又松得和裤腰带似的，可能已经不是第一次让红娘子发脾气了。

“干吗这样嘛，我就是随口说了一句，哪儿就有那么大的祸，这儿又没外人，下头那些人还敢出去嚼舌头？”

“哼，你总觉得没事是吗？我告诉你，世上没有不透风的墙！”红娘子顺着门缝朝外看了看，可能外面那些人正忙着收拾尸体，没人注意到这边，红娘子转过头，压低声音，对小九红道，“过去的陈年旧事，不想说出来吓你，但是你怎么这么不长进？你真觉得排教就是最大了？告诉你，当年杀陈应龙的时候，就是下头有人多嘴，喝饱了黄汤在外面随口说了一句，最后不知道怎么被陈六斤打听到了，陈应龙是他的独子，陈六斤什么都不管了，一个人就差点儿把排教杀绝！”

我一直躲着不敢出声，但是红娘子这番话一说出来，我的拳头顿时就攥紧了，几乎忍不住要跳出来。当年设计害我爹的人，就是红娘子？

“那老头儿有那么厉害吗？我不信。”小九红撇着嘴，有点儿不屑一顾。

“要是你抱着这样的念头出来混，迟早被人弄死！”红娘子道，“到最后，要不是陈六斤网开一面，大家都得死！更不用说你了！”

第四十二章

河眼旋涡

我躲在堂屋的一角，心情难以自制。爹当年死得那么惨，那么冤，我一直以为爷爷找不到仇家，所以只能把这段过去埋在心里。然而红娘子一番话却让我彻底明白了，设计害爹的是排教，而且爷爷找到仇家，最后却放过了他们。爷爷的性格，我很清楚，爹是他唯一的儿子，如果真知道仇家的下落，爷爷肯定要一杀到底。

“妈，那老家伙为什么会网开一面？”小九红还是有点儿不服气。

红娘子没有说话，低着头不知道在想什么，过了很久，才抬起头贴着小九红的耳朵轻声说了几句，那声音实在太小，我听不清楚。

“好了，这些事情，烂在肚子里就好，不要再对任何人说。”红娘子摆摆手，开始在堂屋里慢慢搜寻，我心里一阵紧张，这是个有本事的女人，如果真被她发现我和七七的踪迹，后果不堪设想。

就在红娘子慢慢扫视堂屋的时候，门外有人喊着大排头。红娘子打开门，一个下头的人小声对她说了些什么，红娘子点点头，回身对小九红道：“有点儿事，我过去看看。这里是陈家的老宅，陈六斤隐姓埋名在这儿住了几十年，你带两个人把这儿再仔细搜一遍，不能漏下任何地方，明白了吗？”

“妈，知道了，”小九红叹了口气，翻着眼睛道，“我又不是什么都做不成。”

红娘子带着人匆匆忙忙就走了，小九红没她那样的心机，根本想不到我就躲在堂屋里。她一下跳出堂屋，叉着腰对留下帮忙的两个汉子道：“都用点儿心！”

看着她离开堂屋，我终于松了口气，但脑子里却翻来覆去地回想着这对母女刚才的对话。爷爷到底是怎么了？连杀我爹的凶手都会放过？这是为什么呢？红娘子又怎么可能续到第二条命？这些问题我不可能想出答案，自然而然的，目光就慢慢转向窗外，盯住外面的小九红。

我得抓住她，问一些事情。小九红的本事我知道，稀糊松，只要想办法把院子里那两个汉子放倒了，我就能收拾小九红。我跟七七商量了一下，她说可以试试。

我们暂时没有乱动，必须得等到红娘子他们彻底走远，同时还得等待合适的机会。那两个汉子被小九红监督着，干得很起劲儿，几乎要把整个院子给翻过来。二十来分钟的时间，终于起风了。这个季节的风一般都很大，带着湿湿的潮气和沙粒，吹得人睁不开眼睛。七七取出小竹管，有节奏地吹着，那阵啾啾声顺着风飘出去，朦朦胧胧。这是孙家传了多少代的手艺，很有用，啾啾声传出去不久，屋子里还有院子里那些不见光的犄角旮旯，就哗啦啦地开始乱响。

这阵响动被风声掩盖着，但是小九红也不是十足的傻子，听着听着就起疑了，开始疑神疑鬼地到处乱看。我拍了拍七七，示意她动手，顿时，啾啾声变了个节奏。

“哗啦……”

犄角旮旯里隐隐约约的响动立即大了很多，先是一大片老鼠黑压压地从四面八方跑了出来，紧跟着，后面还有十几条大大小小的蛇。小九红连同院子里的两个汉子马上就被围住了，手忙脚乱。

“他娘的！这是搞什么？！”一个汉子破口大骂，挥着手里的铁锹在驱赶老鼠，一铁锹一个，稀里哗啦拍死了十多只，但是没等他收手，十几条蛇已经缠了过来，其中有两条蛇只有大拇指那么粗，黑不溜秋的毫不起眼，但是蛇脑袋像是三角烙铁一样，这蛇有剧毒。

黑不溜秋的“三角烙铁”比任何蛇都要灵敏，两个汉子挥舞铁锹、锄头，已经引起了它们的敌意，吐着细长又微微发黑的蛇信子，在地上飞快蜿蜒，嗖的一下，直接顺着铁锹朝上延。

“快！快弄死它们！全都弄死！”小九红的腿明显发软了，没有几个女孩子不怕这些东西，她一边嚷嚷，一边发抖，不知不觉中，一条五彩斑斓的蛇从旁边绕了个圈子，在小九红背后晃了一下，顺着她的腿就爬了上去。这种鲜艳的蛇，在我们当地叫作“菜花”，看着很吓人，其实没有毒，被咬了也只不过疼一下。但小九红对这种东西好像怕得要死，当时就差点儿尿了。

但是小九红的话还未落地，两个挥舞着铁锹、锄头的汉子先后捂着手大喊了一声，踉跄着退到墙根儿，一屁股坐到地上，紧接着，两个人就开始抽搐，明显是被“三角烙铁”给咬了。我趴在门边看到这里，立即胸有成竹，被“三角烙铁”咬的人，如果没有特效的蛇药，肯定要死。

我拎着打鬼鞭就冲了出来，那条菜花蛇在小九红身上慢慢地爬，吓得她浑身和筛糠似的，脸色惨白，动都不敢动。当看到我的时候，小九红的表情顿时复杂起来，牙齿咬得咯咯作响，但是平时的那股傲气完全被一条蛇给压了下去，她的眼睛转了几下，一咬牙，转身就跑。

红娘子肯定是走远了的，我毫不迟疑，带着七七就追。小九红一跑，那条菜花待不稳，直接就盘到了她的脖子上，小九红失声尖叫，脚下跟长了风火轮一样，跑得那叫一个快。村子离河不算远，这样飞快跑着，不久就到了河滩，小九红停都没停，踩着水朝河里跑。

我猛追不舍，最开始的时候，我以为小九红是被吓昏了头，慌不择路，但是看着看着，我就觉得她好像故意引我下水。排教的人常年打捞水货，一个个都是好水性，小九红在排教长大，可能也专门练过。

“引我下水？”我一边跑一边卷起袖子，小九红瞎眼了，到了水里，有她的苦头吃。

浑浊的河水涨到河滩，跑了不多远已经淹到了腰间，我叫七七机灵点儿，在河滩藏好，然后闷头猛追小九红。水深得足够游水了，小九红一下扑腾到水里头，那条菜花蛇见水就离开小九红，漂在水上慢慢地游着。我一鼓作气游过去，当接近小九红的一瞬间，她猛然就停止了扑腾，身子灵巧地一转。

“跟我玩阴的！”小九红的水性果然很好，之前装着不怎么会水，现在灵活得和一条鱼似的，恶狠狠地瞪着我，“淹不死你，我跟你姓！”

“那你以后就叫陈九红吧。”

我嘴上说得轻松，但是看着小九红的架势，心里就轻松不起来了。我们距离很近，各自揪着对方的衣领子，使劲儿把对方朝水里拖。可是在水里的招式都差不多，谁也奈何不了谁，小九红恨得要死，拳打脚踢，连说带骂，恨不得一下就弄死我。

“再打就到河心去了！”我不怕她，但总觉得在这里拖得时间太长了不好。一旦扭打到水势汹涌的河心去，肯定要被冲走。

“就是到河心去弄死你！”小九红自然也知道被冲到河心的后果，但是这丫头倔得和驴一样，根本不可能在这个时候服软。

两个人就在水里扭打着，很快就随着水势身不由己了。水势一大，就不能完全揪着对方不放，要腾出手来划水控制身形。我迫不得已松开一只手，但是小九红两只手仍然死死地拽着我。

“你不要命了是不是？！”我大声呵斥她，遇见这样倔到极点的人，完全没有办法。

“不要了！死也拉你垫背！”

骤然间，从湍急的水中突然出现一股吸力，挡都挡不住，那种力量跟水流的力量完全不同。我顾不上跟小九红扭斗了，心里乱成一团，两个人随着这股吸力朝前涌动了一段。浪花奔涌的河面上，猛得像是被一把刀子给劈开了，一个方圆六七米的旋涡，呼地顺着水花出现在河面。

这个季节的流水量很大，平时旱季时的旋涡基本都见不到了。但是眼前这个六七米的旋涡，黑乎乎的一片，好像是河中间的一个黑洞。

“这是什么？”小九红也顾不上和我厮打了，这个旋涡跟河里的暗涡不一样，熟悉水的人一眼就能看出来。

“这次不倔了吧？”我感觉浑身上下不自在，“河眼！这是河眼！”

在黄河滩的传说中，将这种跟平时寻常暗涡不一样的旋涡叫作河眼。据说，这是黄河的一个“窍”。河眼这个东西一直有两种截然不同的说法，有的人说，河眼是通到黄河龙宫的通道；有的人则说，河眼是黄泉路的起点，进了河眼，就等于走上了黄泉路。

黄河龙宫、黄泉鬼路，这些传闻肯定都是虚无的，但是河眼的玄机，没有人能够猜透。有的事情，可以不相信，却不能无视，更不要费心去验证它到底是真的还是假的。河眼在黄河出没的地点不定，可能这一瞬间还在这儿，但下一瞬间就到了百里甚至千里之外。曾有一年七八月份的时候，一条采砂船在黄河孟津段的水域里被突然出现的河眼给吞了，当时，这条采砂船的附近还有其他船只，大家眼睁睁看着这条船没入了河中。可是过了不到一个小时，采砂船出现在了大概二百公里之外，船只搁浅在浅水里，船上的人却不见了。这个事情，沿河的人都知道，一直到今天都没有找出答案。

面对河眼，人的挣扎是无用的，我来不及作任何思考，拽着小九红，呼地就被黑乎乎的河眼吞了进去。

被吞入河眼的一瞬间，四周完全黑了，看不到任何东西，旋涡转动的速度非常快，让我的脑子都恨不得甩出脑壳，当时来不及考虑别的，连恐惧都来不及，下意识地紧紧抓着小九红。

没有相关经历的人猛然被拉到那种急速旋转的旋涡里面，脑子完全混乱了。幸好我被吞进来的时候憋了一口气，不至于马上被呛死。但是我很清楚，这样下去，迟早要死。

分辨不清楚河眼的旋涡到底把我们卷到了什么地方，我想松开小九红，然后试着能不能全力挣脱出去，但是她抓我抓得更紧，根本甩不开。我们糊里糊涂地被卷进去大概两分钟，我就有点儿憋不住了。

窒息的感觉难受得要死，再接下来，我已经被憋到了极限，痛苦得身体来回扭曲，但是我不敢松口，只要一口气憋不住张开嘴，那么让水呛一下，就死定了。我不相信再会有什么奇迹发生，也不相信老鬼或者爷爷能突然出现来解救我，我面前只剩下一条路，死路。

就在我因为大脑缺氧而产生些许的感官错觉时，咚的一下，头不知道撞在了什么东西上，这一下就把我撞得昏昏沉沉，整个人突然被一股力量一扯，随即失去了知觉。

昏迷了不知道有多久，等我苏醒过来的时候，感觉半个身子在水里漂着，但那好像是一汪死水，感觉不到水的流动，而且周围静悄悄的，听不到水声和风声。额头火辣辣地疼，我伸手一摸，已经鼓起了一个很大的包。随即，我就感觉身处的这汪水其实很浅，伸手就能探到底，周围依然黑咕隆咚的一片，我挣扎着翻身在水里站直身子，这时候，我感觉小九红还在身边，而且依然紧紧抓着我的衣服。

我也不知道自己是怨她还是恨她，反正心里有点儿来气，想挣开她的手，但是她抓得非常紧，甩都甩不脱，我一着急，就去掰她的手，三两下的工夫，小九红突然醒了，反手抓住我的手腕。

“这都什么时候了，还要斗！死了都活该！”我挡着她的手开始骂，因为心里火气真的很大。

“就打！就打！打死你个龟孙！”小九红的嘴巴那绝对是比石头还硬。

“够了！”我使劲儿把她的手推到一边，“先看看这是什么地方，看清楚了再打也不迟！”

在我们两个说话间，我就感觉声音空洞洞的，好像是在一个密闭但又宽敞的大房子里头。我站在原地没动，掏出了用油纸包着的火柴，划着一根。火柴的火光很微弱，但在这样完全黑暗的环境下却是足够用了。火光照亮之后，我觉得自己的判断是没错的，因为抬眼就能在左右两边看到粗糙的墙壁，脚下积着一些水。我慢慢地走，接连划了几根火柴，最后在左边的几个墙窝里，看到了很多燃过一半的松明子。这东西是过去乡下人用来照明的东西，上好的松木缠上破布，然后浸透油，慢慢烤干，接着再浸一次油，继续烤干，反复十来次，松木和破布都吃透了油，点燃了能够燃烧很久。

我一下来了精神，抓过一根松明子点燃，火光更亮了。小九红在旁边也要点火，我斜眼看了看她，不知道该不该趁机先把她给收拾了，再逼问一些事情。但是眼下情况不明，我不想惹麻烦，所以递给她一根松明子，想先把周围的情况完全摸清楚。

两根松明子一燃烧，火光顿时把周围照得通明。毫无疑问，我们肯定是顺着河眼被带到这个地方来的，在火光照亮周围的同时，我惊呆了。

这到底是个什么地方？

在我的左边，是左右两堵墙的尽头，我看到尽头的墙壁仿佛是透明的，如同用整块的水晶雕凿出来的一样，拿着火把凑过去，可以看到墙壁的另一边是奔流的河水，带着来回起伏的泥沙。

那一刻，我一下子就明白了身在何处。我们现在肯定是在黄河的河底！这就是河眼的终点？

我走过去，摸摸那面几乎透明的墙，很结实，硬如钢铁，完全找不到一丝缝隙。我不知道自己是怎么被河眼带到这里的，但是摸过一遍之后，我肯定，从这堵透明的墙是出不去的。

不由自主的，我就转头把目光投向了另一边，两面墙延伸出去，不知道有多远，也不知道通往何处，如果从透明的墙壁出不去的话，就只能朝着相反的方向走，去找一条出路。墙壁粗糙但是厚重，这显然是人为修建的，我一时间就迷糊了，是谁有这么大的能耐和气魄，竟然在黄河的河底造出来一个这样密闭的空间？

周围很安静，但是我被带到这里来的过程有点儿诡异，所以心里不怎么踏实。看清楚周围的情况之后，我就尽力带上足够的松明子，慢慢朝前走了走，脚下的水越来越浅，很快就干了。

走着走着，我突然觉得身后有点儿异动，呼的一转头，立即看见小九红在蹑手蹑脚地慢慢靠近我，在我转头的一瞬间，她的表情有点儿尴尬，好像正在偷东西的人突然被人发现了一样。

“告诉你，”我喘了口气道，“现在不知道在什么地方，我们得找路！我们身上没东西，要是找不到路，就准备困死在这儿吧！如果你想找麻烦，我就先把你弄死在这儿！”

“你有那本事吗？”小九红收回手，嘴里嘟囔了几句，不过看样子已经放老实了。

“过来！走旁边！”我把小九红拽到身边，免得她再在背地里动什么手脚。

两面墙壁之间的通道让我感觉很漫长，我们走了有十几米远，眼前的空间豁然开朗，扩大了不知道多少倍。走到这里的时候，松明子的光在远处隐约照出几个模糊的人影，我心里顿时一紧，这地方有人？

但是我们连躲的余地都没有，手里的松明子这么扎眼，对方肯定已经发现我们了。我立即顿住脚步，眯着眼睛看，足足有两三分钟的时间，对面的几个人影一动不动。与此同时，我突然发现前面像是有一个十几米长、四五米宽的坑，那几个人就站在坑边，好像看着坑里的东西发愣。

“一,二,三,四……”小九红暗中数了数，小声道，“七个人，我对付五个，留两个给你，怎么样？”

“你赶紧找个地方把你那张糟脸洗干净吧！”我根本没有搭理她的心情，已经这时候了，她还是那副好像自己能够摆平一切的架势。

我心里升腾起一种怪异的感觉，小九红数得没错，那个坑边零零散散站着七个人，都面朝着深坑纹丝不动。我看不清楚坑里到底有什么东西，但是那个坑仿佛具有强大的吸引力，牢牢吸引住了坑边的七个人。

我和小九红顿时僵在原地，走也不是，退也不是，对方始终没有任何声息，弄得我心里毛毛的，不敢动，只能拼命看，心里越发觉得怪异。我隐约看到离我最近的人的右手断了。

“是谁？”我开口喊了一声，声音在四周回荡，余音袅袅。

“你们什么路数，报个名字上来！”小九红在旁边叉着腰，大声道，“我是排教的小九红，听说过吗？”

“你闭嘴吧！”我皱皱眉头，对方肯定能听到我们的喊话，却依然无动于衷，像几尊石像一样，死死盯着那个深坑。

“都是石头吗？”小九红可能也心里发毛，低声嘟囔道，“把他们都放翻了不就行了。”

我不理她，已经到了这个地步，跟对方照面了，那么横竖都要去面对。我拿着松明子试探着继续慢慢朝前走，走了一段，我们距离那个深坑和站在坑边的人已经很近了。这时我突然觉得，小九红好像说得没错，那七个人真的是石头。

确切地说，是七个用石头雕凿出来的石人被摆放在坑边。我的心顿时就稳了，加快脚步，靠近距离我最近的那个“人”。

一点都没错，的确就是石头雕刻出来的石人，直挺挺地立在原地，七个石人在这个坑的周围零散分布着，我还没有完全把它们看清楚，但是我能感觉得到，这七个石人都断了一只右手。

七个断手人，河凫子七门的老祖爷？

因为距离近了，视线也清晰了很多，我发现石人面前的那个坑其实并不深。七尊石人不知道是什么时候、被什么人放在这里的，不过估计很久了，石人的身上落了一层潮潮的水气，还长着绿斑。

“娘的，”小九红抬腿踢了踢石人，道，“真是石头人，吓得老娘出了一身冷汗。”

“你放规矩点儿！”我呵斥她不要乱动，虽然还不知道这七尊石人的来历，但是它们都断了手，跟河凫子七门老祖爷必然脱不了干系。

“凶什么凶！别以为我真的就怕你了！”

我不跟她斗嘴，沿着坑小心地走着。我原本一直以为坑里会有什么了不得的东西，但是走了几步，用火光照下去，坑里却空荡荡的。我走了几米远，到了另一尊石人旁边，石人雕刻得栩栩如生，就连脸上的皱纹都一条条清晰可见。我是河凫子的后代，我相信，这七尊石人里，肯定有一个是我们陈家祖先的原型。看着石人，我有点儿呆了，从老祖爷那辈开始，河凫子七门到底都经历了些什么？他们到底想要做什么？

“哎哎哎，”小九红突然跑到我身边拽着我，我发现她的脸色有点儿怪异，青红闪烁，她咕咚咽了口唾沫，道，“你说，石头人长着腿没有？”

第四十三章 石人真身

“你在胡扯什么！”我恼怒地瞪了她一眼，越是情况很被动，她就越啰唆，乱七八糟的事层出不穷。但是呵斥了她一句之后，我就觉得小九红的脸色的确很不对劲儿，张着嘴巴结结巴巴地想说什么。

“别凶巴巴的，快说啊……”小九红紧紧抓着我的胳膊，“不跟你置气，你说啊，石头人长着腿没有……”

“没有，”我缓和了一下语气，在周围看了一眼，依然那么安静，看不出有什么异样，我道，“你别一惊一乍的行不行，咱们两个的账，等出去再算。”

“既然没腿……”小九红的眉毛一下子就塌下来了，哭丧着脸，抓着我的那只手不但抓得更紧了，而且还在微微发抖，“那怎么少了一个……”

“什么？你说什么？”

“石头人，七个，现在少了一个。”小九红转过头，从我们刚才驻足的那个方位开始数，“一,二,三,四,五,六……”

我根本没注意这些，但是小九红一提醒，我骤然察觉到，原本在坑边矗立的七尊石人，现在只剩下六尊了！

我唯恐自己眼花，接着又仔细数了两遍，石人的数量不多，只要留神数，绝对不可能数错，数过两遍之后，我额头上的汗也开始朝外冒，之前还清清楚楚的七尊石人，果然只剩下六尊，不知道什么时候那尊石人不见了！

“石人跑了！跑了！”小九红心高气傲，但毕竟是个年龄不大的小姑娘，胆量有限，在这样密闭又黑暗且未知的环境中，立即就被吓住了，抓着我的胳膊，一边跳一边道，“哪儿去了？！它到哪儿去了？！”

“安静点儿！再嚷嚷就踹你出去填河！”我擦掉头上的汗，事情已经到了这个地步，想躲肯定是来不及了，我们即便后退，也只能退到之前的死路上。我把打鬼鞭握在手里，又刻意把脖子上的镇河镜摆正，然后慢慢朝前走。

我不知道这些石人的摆放有没有什么既定的顺序，但是认真一看，就发现消失的石人是距离我们最远的那一尊。小九红一步不离地跟在我后面，她紧张，我也紧张，就在走了七八步远的时候，从前方的地面上突然跳起一道身影，飞快地朝相反的方向跑。

“有人！”小九红猛然地喊了一声，她怕那些神神鬼鬼的东西，但是真遇见活人，那还真没有能吓住小九红的。老鬼那么厉害，小九红当时也敢大大咧咧地挑战，一发现那道身影，小九红就来精神了，松开我的胳膊，蹭的就蹿了过去：“站住！让老娘担惊受怕这么久！我是排教的小九红，听说过吗……”

她一追，我也拔脚跟了过去，那道人影跑得非常快，但是空间有限，他始终都在视线里，而且我们的距离越来越近。我们追赶着朝前跑了二三十米远，面前骤然出现了一个大水潭，很大的水潭，估计直径最少有二十米，水潭挡住了去路。那道人影跑到水潭边的时候一下子就顿住了，他不想被我们追上，但好像又不敢下水，顿了顿之后，对方继续沿着水潭的边缘朝旁边跑，但就是那么一停顿，小九红已经追到了跟前。

“还跑！”小九红跟红娘子比起来肯定差得远，不过好歹算是练过，抬手就朝对方后背抓过去。我也赶过去帮忙，一挥鞭子，贴着地面卷到对方小腿上，用力一拉，那人立即被小九红抓住了后心的衣服。

我抬脚就冲过去，绕到前面跟小九红一前一后把这人堵在正中，在绕到对方面前的那一刻，我一下就呆住了，因为我怎么也想不到会是这个人。

“大……”这人的嘴角忍不住抽了抽，面部表情非常复杂，她有点儿心虚，又显得有点儿胆怯，低着头不敢看我，嘴里结巴了半天，才嗫嗫地道，“大掌灯……”

“怎么会是你？！”我看得很清楚。这个人，当初我在抱柳村见过，就是那个四十来岁的中年女人，如果我没记错，应该是唐平川的老婆。唐平川跟我爹是同辈的，不过得病死了，他没儿子，唐家断了后，在七门里不被重视。

我很讶异，其实，我对这个女人的印象很不错，当时宋大武兄弟俩还有其他几个老家伙明里暗里为难老鬼，只有她帮着说了两句好话。

“大掌灯……”唐家婶子一被我们追上就完全老实了，没有任何反抗的意思，低着头，小声道，“这个事是我错了，大掌灯不要怪罪……”

“这到底怎么回事？”我收起手里的鞭子，唐家婶子出现得很突然，但是她应该是个很守规矩的人，当时老鬼推我坐了大掌灯的位置，七门里没人肯真正承认，可至少唐家婶子还愿意认我这个大掌灯。

唐家婶子慢慢抬起头，有意无意地看了看旁边的小九红，她不知道小九红是什么人，可能有些话也不愿当着小九红的面说。我看出她的顾虑，就叫小九红先到一边去。小九红顿时不乐意了，嚷嚷道：“人是我抓的，凭什么叫我去一边，我还想叫你去一边吧！”

“叫你去你就去！哪来那么多废话！等下你自己走！遇见什么鬼里鬼气的东西，你自己对付！”

小九红就怕这个，看看周围的黑暗，一下子不敢还嘴了，一边小声地骂，一边不情愿地朝旁边走了几步，我嫌不够远，又催着她走了一段。

“唐家婶子，”等到小九红走远了，我才小声道，“咱们都是七门的人，我不为难你，你到这儿来做什么？好好说清楚了，咱们还是一家人。”

“大掌灯，这事儿是我做错了，没什么说的，”唐家婶子犹豫了半天，终于咬着牙道，“我当家的不在了，可我还是七门的人，该受什么惩罚，我都认。到这儿来，是为了……为了取一截莲花木。”

“这儿有莲花木？”我吃了一惊，但是唐家婶子的话却像一盏明灯，瞬间把我心里的一些疑惑照亮了。我想起那个坑，坑有十几米长，四五米宽，并不深，这样的长度和宽度，恰恰能将黄河里的莲花木像装进去。

“大掌灯，你应该知道铜皮木像的事吧！”唐家婶子很戒备小九红，压着嗓子道，“我过去听当家的说过几句，谁知道还是算错日子了。”

河凫子七门的老规矩，一向传男不传女，家里的妻女不可能知道什么。但是唐平川没有儿子，肚子里闷了那么多事儿，这么多年下来，或多或少就给唐家婶子讲了一些。

我猜得一点都没错，这个地方，就是用来存放莲花木像的。莲花木像一直漂流在黄河里，三十年一个来回。每过三十年，莲花木像就会漂到这个地方，留上八个月到一年，之后重新开始漂流。莲花木像的奥秘，七门里有很多人都知道，但那是神物，没有谁敢妄动。

“七门散了，掌门远走，我就想着，取那么一点点莲花木，应该不碍事的，”唐家婶子一脸愧疚，道，“家里老人年纪大了，就想指着莲花木让他们多活几年。大掌灯，我虽是个女人，但是会守规矩，该受什么惩罚，我没二话。”

唐平川如果还没死，唐家婶子估计没有胆子私自跑到这儿来取莲花木，但是算来算去，她还是把莲花木漂回来的日子给算错了，跑过来落了个空。没等离开，我跟小九红就到了这儿，唐家婶子当时来不及跑，干脆就站在坑边一动不动，想见机行事。

“算了吧。”我想了想，这也说不上是什么错不错，我估计宋百义那些人不是很清楚这些事，否则的话，早就把莲花木给砸了，“没事就好，唐家婶子，你是怎么到这个地儿来的？还记得出去的路吗？”

“记得，”唐家婶子道，“离河滩很远处有出口，不过大掌灯，这一路走过来我几乎丢了半条命。”

“很不好走？”

“这地方很邪，我加了小心，却还是碰到一些东西。”

“唐家婶子，当年唐叔没有跟你说过，这到底是什么地儿吗？就只是存放莲花木像吗？”

“当家的说得很含糊。”唐家婶子想了想，道，“大掌灯，你来。”

说着，她站起身朝回走，我随后跟了过去，小九红在旁边一个人蹲着生闷气，可能赌气不想搭理我，但还是熬不住也跟了过来。唐家婶子带我走到了之前的那个坑旁，指了指几米外的地方，道："大掌灯，你看看吧。"

我目测了一下，几米之外，应该是这个密闭空间最中心的地方。唐家婶子手指的方向，有一片平平的浅浅的凹痕，只有两指深，这片凹痕看不出什么，然而我总觉得，这片凹痕的大小跟石头棺材的大小，应该是一致的。

这里，原来也是存放石头棺材的地方！换句话说，莲花木像、石头棺材，都是从这里漂出去的！

莲花木像、石头棺材、断手石人，这一切的一切都让我意识到，这个地方跟河凫子七门有极其密切的关系。

站在这里，我不由自主地又看到了仍然矗立在坑边的六尊石人。

"唐家婶子，这些石人有什么用？唐叔过去说过吗？"我总觉得，不会有人费尽力气弄进来六尊石人当摆设。

"大掌灯，"唐家婶子忌讳地看了小九红一眼，把我朝旁边拉了拉，贴着我的耳朵道，"其实，这不是石人。"

"嗯？不是石人？"我诧异地看了她一眼。

"不是，"唐家婶子的语气很镇定，不像在说谎，她接着小声道，"这是河凫子七门老祖爷的真身。"

七门老祖爷的真身？我疑惑了一下，随即就了然了。河凫子七门的老祖爷说穿了只是人，或许会比平常人出众一些，却依然会死，所谓的真身，想必就是七门老祖爷死后的遗体了。

唐家婶子继续小声地说，她说的果然跟我想象的一样，那几尊石人，其实外面只是一层石皮，里头都是老祖爷的断手遗体。

我明白了一些，但是转眼看过去，心里突然觉得奇怪，河凫子七门，七门七祖，但是坑边现在只剩下六尊石像，另外那一尊呢？

"唐家婶子，你来的时候，就只有六尊石像吗？"

"是六尊，"唐家婶子点点头，沉吟了一下，道，"另外那一尊，很久之前就没有了。"

"那到哪儿去了？"

“大掌灯，有些话不能随便说，说出来会让人觉得我一个女人家在嚼舌头，”唐家婶子想了很久，才慢慢对我道，“老祖爷有七位，裹着他们宝体的石人肯定是七尊，但是有一尊被人弄走了。”

“被谁弄走了？”我立即追问，这样的石人充其量只是一种象征，对七门河凫子来说可能很重要，但外人搬走了却没有什么用处。

“是……六爷，”唐家婶子显得犹豫，可能是有些忌讳，“是六爷弄走的。”

“我爷爷？”我一下愣住了，唐家婶子说的六爷，毫无疑问就是陈六斤，是爷爷。

“大掌灯，这些话现在说出来，也不知道迟不迟，我们当家的还在的时候就闭口不提，如果不是你问，我也不可能说，”唐家婶子道，“六爷当年搬到小盘河，不是没有原因的。”

七门老祖爷因为打捞莲花木像而死，又因莲花木像而生，那个长胡子老头儿带走他们，传了一身本事，同时可能也交代了河凫子七门的责任，那是一等一的大事。在老祖爷那一辈的时候，就已经料定，这些事情三五十年不会有结果，需要儿孙后代一代一代地传承下去。七门老祖爷没得说，可是谁都无法保证后世的儿孙会不会发生什么变故，或者出卖七门，或者脱离七门，所以七门老祖爷就守在莲花木像的旁边，同时也在信守自己的承诺。

“七门老祖爷当年是立下毒誓的，”唐家婶子道，“叛七门者，家灭户绝，鸡犬不留。”

我一瞬间就想起当年爷爷无意中提过的七门陈规，七门里大大小小的规矩非常多，像老鬼曾经的三刀六洞，其实不算是最重的惩戒。七门祖规的第一条就是叛七门者，家灭户绝。我一直都以为这是危言耸听或者是夸大其词，但是今天一听，才知道那些毒誓竟然是老祖爷们立下的。

“大掌灯，以前我们当家的跟我说闲话，他说，一家一户，一人一丁，命数其实都是注定的，能影响命数的，只有运，”唐家婶子叹了口气，道，“这东西确实有些邪门，由不得人不信，大掌灯，你知道不，抱柳村的宋家，绝户了。”

“什么？！”我大吃一惊。当时抱柳村虽然出了事，但是“老刀子”一出现，就逆转了局面，我追击“八字眉”，之后“老刀子”赶过来跟爷爷照面，虽然我没有目睹“老刀子”和纸人章家的鬼老太婆最后到底是怎么回事，可是“老刀子”他们既然能赶过来，就说明肯定把鬼老太婆给收拾了，至少是给赶走了。然而宋百义他们怎么会出事？要知道那不是三口两口人，而是一个村子的人。

“抱柳村没有死绝，但宋家的嫡系都死了，”唐家婶子看着我张着嘴巴一副不可思议的样子，赶紧解释道，“这个事刚发生，但是已经传开了，我不会瞎说的，大掌灯出去之后随便找附近的人打听，肯定都听说过。”

唐家婶子比我的消息更灵通，抱柳村的事情闹得很悬，一发不可收拾。我听完唐家婶子讲的，心里就琢磨着，他们出事肯定是在“老刀子”收拾了鬼老太婆之后的第二天。出事的时候很惨，宋百义连同他下头的儿子、女儿、孙子、孙女，一家十几口，都在村口的榆树林子边上，一人抱着一棵榆树一动不动，等扳过来一看，全都断气了，被开膛破肚，内脏、肠子流了一地。抱柳村那些旁支不敢声张，匆匆把人收拾了在村子里设灵堂，过了头七就要下葬。

我不怀疑唐家婶子的话，宋家已经被人盯上了，纸人章或者其他人都可能暗中动手。我不是震惊宋家上下死绝，而是在猜疑，宋百义家绝户，难道真的跟七门的祖规、跟当年老祖爷们立下的毒誓有关系？七门虽然散成了一盘沙，但只有宋家一家明着洗手退出七门做了捞尸人。

叛七门，家绝户灭！

想着这条若真若假的祖规，再联想宋百义一家的死状，我就觉得头上冒汗。

“大掌灯，这些事不能不信，”唐家婶子摇摇头，看了看我，道，“我们当家的不愿意惹事，他什么都知道，知道这个地方却不敢来取莲花木，知道一些事也不敢随便乱说。陈家老祖爷的宝体是六爷弄走的，如果不是这个地方就在小盘河附近，否则六爷当年就不会搬到这儿来住。”

爷爷为什么要搬走老祖爷的宝体？我左思右想，只有一种可能。搬走守在莲花木像旁边的老祖爷宝体，就是为了想办法解掉老祖爷当年立下的毒誓。如果这么想的话，那爷爷的目的就非常明显，他要退出七门！

难怪！难怪！我拍拍自己的脑袋，很多过去的事情立即有了答案，爷爷每天会带我巡河，也会讲一些河凫子的往事，但是最紧要的事情，他一个字都不跟我说，该教的本事，也一点儿没教。如果不是临时被老鬼在河上拉走镇河，他估计还会守着那只断手的秘密，一直到死都不会告诉我。

他已经在为退出七门作准备了，假如老鬼不拉他去镇河，那么到了我下头那一代，可能会对河凫子的事情了解得更少，最多两三代，就会完全蜕变成普通的河滩人。

他为什么这么做？难道是因为爹的死，让他心灰意冷，让他想要从此脱身？但是爹死后，爷爷照样巡河三十年，一日未变。

我不可能知道爷爷的真实想法，这些，只有他心里最清楚。然而在此时此刻我第一次觉得，他好像真的是一个深不可测的人，他身上的秘密跟河凫子七门的秘密一样多，就连老鬼也猜不透。

“大掌灯，事情就是这样，我没说谎，”唐家婶子看着我，道，“一时糊涂，犯了贪念，以后真到下头，我们当家的肯定要骂。”

“婶子，这事就算了，你不要说出去，我也不会说，就算将来掌门回来了，我也替你掩着。”我心想，唐家婶子这人还是不错的，起码心里还有个长幼尊卑之分，老鬼不在，爷爷不在，我不能把所有人都得罪完。

“谢谢大掌灯，谢谢大掌灯。”唐家婶子可能心里最忌讳的就是我把事情告诉老鬼，老鬼那种观念古板的人，必然要找唐家的麻烦。一听我肯帮她保守秘密，当时就很感激，一个劲儿道谢。

“婶子，帮个忙吧，”我转头看看小九红，小声道，“这个是排教的人，我们在水里扭打着被带到这里来了，她是红娘子的女儿，性子很倔，我想问她一些事情。”

“明白，”唐家婶子一听就知道我要干什么，道，“来真的，还是唬唬她？”

“算了，”我想了想，轻轻摇摇头，我恨排教的人，那是杀我爹的元凶，但是冤有头债有主，当年事情发生的时候，小九红可能还没出生，跟她没有什么关系，“她说了该说的事情就算了。”

“成。”唐家婶子点点头，拿着自己的手电，两个人一左一右地转身朝小九红走过去。

小九红一人蹲在墙根儿，一副很没意思的样子，看到我和唐家婶子慢慢凑过来，立即就察觉到了不对劲儿，看看我又看看唐家婶子，道：“你们想干什么？”

“起来！”唐家婶子对我客气，那是因为我的身份，但是对小九红就没那么厚道了，厉声呵斥道，“问你什么，你说什么，撒一句谎，我就撕烂你的嘴！”

“哎哟！你们两个现在穿一条裤子了，可长本事了是不是？小姑奶奶可不是吓大的！”小九红一下就跳了起来，但是我跟唐家婶子两个人对付她根本没有什么难度，一左一右伸出手，死死地把她按在原地。

“就问你几句话，老实说了，就什么事情都没有。”

“不说！”小九红被按得不能动，但一下就把她骨子里的倔劲儿给激上来了。

“告诉你这是什么地方，”我朝前面指了指，道，“这是镇河阴兵进进出出的地方！前头阴兵多得是，你不说，我也不动你一根头发，就把你绑了扔前头去！”

“你……敢……”小九红一听这些东西就蔫了，虽然还在嘴硬，但底气明显不足。

“绑了她！”我也不和她废话，直接招呼唐家婶子把小九红牢牢绑起来，“扔那边去！”

我和唐家婶子硬架着小九红朝前走，前面的水潭寂静无声，再往后就黑漆漆的一片，小九红开始发抖，梗着头走了一段，当被推到水潭边的时候，终于撑不住了。

“这么着有意思吗？”小九红抵死不肯再走一步，身子使劲儿朝后顶，一边喊道，“你要问什么嘛！”

第四十四章 危机重重

小九红嘴一软，我就把她往回拉了拉，道：“说，当年排教为什么杀我爹？！”

“你爹？”小九红愣了愣，可能直到现在，她还不知道我爹就是陈应龙，只知道陈应龙是陈六斤的儿子，所以立即摇头道，“谁认识你爹嘛！”

“我爹叫陈应龙。”我的鼻子酸了酸，一想起那些往事，心里的酸和痛一起涌上心头。

“陈应龙……”小九红马上又蔫了，她之前刚跟红娘子议论过这些，现在想抵赖都抵不掉。

“这水里头不干净的东西很多，你尽管赖着不说。”我揉揉鼻子，强行压住心里的痛，冷着脸道，“我就数三声，你不说，我马上松手把你丢下去。”

“别啊！”小九红使劲儿朝我这边挤，想离水潭远一点儿，“杀你爹，那也不是我们排教的主意啊，是有人要排教做的。”

“谁？！谁要你们做的？！”

“我真不知道，真不知道，你让我离这儿远点行不行！”小九红也快急哭了，拼命解释道，“我没说谎，真不知道。”

我观察她的表情，小九红这样的姑娘，虽然惹人烦，而且口气比自己的腰都粗，但是我看得出，她心性其实没那么复杂，而且心高气傲惯了，不屑于撒谎，也就不善于撒谎。

“孙成，也是你们诱杀的，是不是？！”我接着问，孙成就是七七的爹。

“大概……大概是吧。”小九红嘟囔道。

“不要大概！”我把她猛地朝前一推，心里恨得要死，“就说是不是！”

“好汉做事好汉当，是就是了。”

“好，好。”我心里那股堵着的气越发膨胀起来，那是两条活生生的人命，排教的人杀了两个父亲，留下两个孤苦的孩子，那种心酸和恨意不是言语能够形容的，“你们的心，为什么那么狠？！”

“别推我！别推！不是排教心狠，”小九红有些站不稳，连声叫道，“当时杀庞狗子的时候，你爷爷陈六斤也在啊！你们七门的人他都不管，不是比我们更心狠……”

“放屁！”我猛然一清醒，暂时把心里的酸痛抛到一旁，揪着小九红的领子，厉声道，“你胡说什么！”

“我没胡说，这是我妈说的，她何必跟我撒谎。”

我有些心慌气短，庞狗子，那是老鬼的儿子，如果不出意外，庞狗子日后会是七门的掌门。我只知道庞狗子死的时候宋百义在场，就因为他没有出手阻拦让老鬼相当恼怒，但是我万万没有想到，爷爷当时也在场。以他的性格，以他跟老鬼的交情，怎么可能看着老鬼的独子被人杀了都不管不问呢？

我一下子想起老鬼当时提起自己儿子的时候，眼神中那种掩饰不住的失落和心痛，他那么可怜，一人镇河五十年，连儿子死了都没人肯帮！那一瞬间，我突然对自己一直依赖又亲近的爷爷产生了一丝怨气。

“我说的都是真的，你别这样行不行，最多以后咱们再见面了我不打你。”小九红看我发愣，唯恐我手一松就把她丢到水潭里，赶紧大声提醒我，“别这样啊！”

我回过神，接着又问了一些事，小九红可能真的不知道，红娘子清楚自己女儿的嘴巴不严实，再加上年纪小，很多重要的事情不会告诉她。我忽然觉得今天的事情有点儿失策，早知道小九红一问三不知，何必要冒险追她。

但是事情到了这一步，还能怎么样呢？我松开小九红，她明显老实了很多，使劲儿朝后退，想离水潭远一点儿。我问唐家婶子，从这儿出去还要走多远，她说不算很远，但不好走。

“我搬进来一条一字排，但顺水漂到那边去了。”唐家婶子指了指水潭的对面，她说的一字排是河滩上最简便的一种小船，其实就是类似独木舟的东西。水潭的水看上去是死的，但是四角不停有水朝下滴，小船已经漂到了对岸，想过水潭就得游过去。

“走吧。”我招呼唐家婶子马上动身，七七还在河滩上，我不放心。但是小九红不干了，死都不走，可能是被之前的话吓得够呛。我看看她，道，“刚才是吓唬你的，水很干净。”

“到底哪句是真哪句是假啊，不要糊弄老娘。”小九红半信半疑，伸头朝水潭看了看，那水很平静。

水潭到对岸只有二十来米，对于长在河滩边的人来说，游过去和走路一样轻松。我拿着唐家婶子的手电筒，第一个下水，这水非常凉，双腿一进去就激灵灵打了个哆嗦。唐家婶子也跟着下来了，小九红磨蹭了半天，直到我和唐家婶子游出去两米远，她才哆哆嗦嗦地跳了进来。

我在前头，她们两个在后头，一块儿朝对面游，但是游了有七八米，我就觉得这水凉得有点儿不对劲儿。怎么说呢，河水的温度不会太高，就算最炎热的夏天，只要跑到靠河的地方，仍然能感觉一股明显的凉意，然而这水潭的水凉得邪乎，就好像一潭冰水，游了这么短一段，手脚好像就要冻僵了似的。

骤然间，一种危机感不知道从什么地方冒出来，一下子涌到了头顶，那种感觉让我非常不踏实，不由自主地就放慢速度，踩着水，拿起手电在周围照了照。水潭很大，如果不仔细看的话，可能会遗漏一些东西。当我慢慢扫视周围的时候，突然觉得有一个白影子出现在视线里。

“那是什么东西？”我回头喊了唐家婶子一声，用手电光柱朝那边照，注意力一旦集中，那道白影子就看得比较清楚了。

那是挂在水潭右边石壁最顶端的一道影子，猛然看上去，好像是个穿着白衣服的人，而且是个女人，乌黑的长发披散下来。手电的光朝旁边挪了挪，隔着不远，挂着第二道白影子，看了一圈，右边一共有七八个这样的白影，转过头看看，左边的石壁上也有七八个。我看得不是特别清楚，感觉就如同石壁上挂着很多吊死鬼。它们的身体被垂下来的白衣服完全挡住了，头发又披散得那么长，连脸都看不清。

自然而然的，我就感觉头皮一麻，那些白影子虽然一动不动地挂在石壁上，但是它们的袖子软塌塌地垂着，披头散发，一眼看过去让人感到心里很不舒服。

“大掌灯……”唐家婶子的语气顿时变得很紧张，“可能要糟！来之前我怎么没发现这些东西！”

“怎么了？”我本来就不踏实，被唐家婶子一说，心里立即发毛了。

“你看。”她抓过手电，着意在一个白影子头上照过去。经过她的指点，我随即就看了个大概，那道白影子的脑后，斜斜地挂着一面镜子，很陈旧的铜镜，光线照射过去的时候，镜子折射出一点点暗淡的光，一下子就把白影子映照到了下方的水面。

“怎么游到这里才发现这些东西！”我心里顿时就慌了，现在三个人恰好就在水潭的正中心，朝前朝后的距离都是一样的。

“我们快点！游过去！”唐家婶子把手电塞给我，语气很焦急，我也不管那么多了，埋头就想一口气游过去再说。

就在这时候，沉寂得针落可闻的空间里面，突然响起一阵袅袅的咿呀声，就好像一台唱片机在播放老唱片，那声音是女人的声音，像是在唱歌，又像是在唱戏，但是听了一下，我的头皮忍不住紧了一圈，那咿咿呀呀的声音，竟然是巡河调子。我听过无数次的巡河调子，不管是爷爷吼的，还是老鬼吼的，都雄浑苍凉，然而这女人的声音唱戏般的哼出来，有些说不出的阴森诡异。

我被这鬼音一般的巡河调子吓得呆了呆，晃晃脑袋就想继续游，但是胳膊刚刚一动，手指就觉得触到一团软绵绵又滑腻腻的东西，我条件反射般地抽回手，低头一看，一大团头发不知道什么时候慢慢浮到了身下。

我看不到影子的脸，只能看到它身上白色的衣服在水里慢慢地起伏漂动，我被这影子吓了一跳，想要顺水游走，但是身体还没动，所有的力气仿佛一瞬间消失得干干净净，眼前模模糊糊的，好像几天几夜没睡觉一样，眼皮子死沉死沉的，不由自主地就慢慢沉入水中。

一进水，脑子也跟着开始模糊，什么都看不清了，只能看见一个穿白衣服的女人的影子在水里漂着，离我越来越近。身上没力气，躲都躲不开，等到那女人漂到跟前的时候，一下子就把我抱在怀里。

她的样子很好看，唇红齿白，五官精致得紧，一边抱着我，一边慢慢哼着巡河调子。她身上凉凉软软的，被她抱着，感觉怪异、恐惧，却又有种说不出的舒服。她抱着我在水里漂着，一只手来回地轻轻抚摸，好像是幼年时被母亲抱在怀里，唱着儿歌哄我入睡一样。我的眼皮子更沉了，脑子将要陷入彻底的瘫痪。

她一边游，一边轻轻地抚摸，那只凉凉的手渐渐摸到我的心口。骤然间，我感觉心口一阵刺痛，整个人立即随着这阵刺痛清醒过来，在清醒的那一瞬间，我看到的是一张几乎风干成了腊肉的脸，在起伏的头发中若隐若现。

骤然从昏昏沉沉中苏醒过来，第一眼看到的竟然是这样一张脸，我心里不仅有害怕，还有愤怒。低头一看，镇河镜还挂在脖子上，镜心微微闪着光，我的胸口破了点皮，渗出一丝血迹。害怕外加上恼怒，我伸手就抓住对方的头发，白影子不知道是死了多少年的尸体了，干枯得只剩下一层干皮，我一伸手就拽下一大把头发。

恐惧刺激着我的神经，我随手甩掉手里的头发，硬拽着白影子的脑袋，手上一用劲儿，就把它发脆的骨头硬生生给拗断了，白影子一动不动地缓缓沉浮在水面上。我扭头一看，小九红和唐家婶子肯定是遭道了，都被拖到了水里，我飞快地一蹬腿，举着镇河镜一头扎下去，唐家婶子被一只白影子缠着，越沉越深。我追上去，一手拽着唐家婶子，一手抓住白影子的头发，使劲儿朝上浮。

等我解决了这只白影子，再转头一看，小九红已经被拖得很深了。那一刻，我突然产生了一种不管她的念头，她是什么人？红娘子杀了我爹，我为什么要救她女儿？

我在原地顿住了，思绪起伏。那是我人生初期一个很重要的抉择，当时我并不能完全理解这些，但是多年之后回头想想，我很庆幸自己的抉择，这个抉择关乎人性。

最终，我还是忍不住朝小九红落水的地方游去，她的母亲是我的仇人，但她却只是个刚刚成年的孩子。

等我潜水下去的时候，小九红完全失去了知觉，只是下意识地紧紧抱着一只白影子，抱得那叫一个紧，如同抱着自己亲娘一样。这姑娘倔得要死，即便失去知觉了仍然这样，拽都拽不开，我生怕她在水里换不过气，直接拖着她和白影子一起浮出水面，直到出水，一人一尸还是抱得难分难解。我没办法了，用力抽小九红的脸，正正反反连着几个耳光，一下把她给抽醒了。

“你奶个腿啊！”小九红蒙蒙眬眬睁开眼睛，一眼就看到那只白影子的脸，当时吓得大叫起来，一拳就捣了过去，“丑死了！”

“快走！”我转身拉住唐家婶子，招呼小九红离开，身体刚刚游动出去，贴着水面就能看到十来个那样穿着白衣服的影子，正慢慢地从水下上浮，杂乱又诡异的巡河调子又一次开始影响我们。我脖子前的镇河铜镜无意中染了血，微微发出一种嗡响，就是这轻微的声响，一下子把巡河调子的声音给压了下去。

我什么都不顾，拖着唐家婶子就使劲儿游，十来米的距离，对我来说就是三两下的事，小九红也游得飞快，转眼间，三个人爬上了对岸，一直到我们爬上岸，那十来个白影子仍然慢慢聚集在水潭边，像是十来条伺机捕食的白鲨。

我让小九红想办法把唐家婶子弄醒，这个地方绝对不能多待了，我心里略微感觉有点儿诧异，莲花木像虽然来无影去无踪，但是隐隐有种神秘且神圣的气息，存放莲花木像的地方，为什么会这么邪异？水里的那些白影子很厉害，如果不是镇河镜染了血，估计还镇不住它们。

小九红很卖力气，抓着唐家婶子就要抽，可能想趁机发泄心里的怨气，我皱皱眉头，拦住她，把镇河镜在婶子面前敲，染过血的镇河镜红光不散，氤氤氲氲的一层，几下就给她镇醒了。三个人一身都是水，却来不及多说什么，唐家婶子翻身爬起来，带路继续朝前跑。过了水潭，路干了，跑得非常快。这个地方很可能是有人硬生生掏空了河底下的土壤构造出来的，面积不会特别大，不久之后，前面是并排的两堵墙，两堵墙之间有一条七八米宽的过道，这些都是唐家婶子之前走过的路。

“贴着墙根儿走，不要乱动！”唐家婶子在前面引着路，我和小九红立即靠到旁边的墙壁上，我只想快点儿离开，所以下意识地把速度放得非常快。沿着这条通道走了十几米远，身后的小九红突然叫了一声，我一回头，看见她停在原地，一条腿前，一条腿后，保持着一个很奇怪的姿势。

“你又怎么了？”我真没力气再呵斥她，随即也停住脚步。

“我踩到什么东西了……”小九红不敢低头，一动不动地站在原地。

“踩到狗屎了？快走啊！”

“不能走……”小九红抬头在四面看了看，一边看着，脸上的汗唰唰地朝下落，“踩到的肯定是机括，我不敢抬腿。”

我心说麻烦了，小九红出身排教，排教虽然招人恨，但是不得不承认里面有很多能人，那些专门扎船做工具的匠人都是巧手，把三十六旁门里头的奇淫机巧吃得很透彻。小九红踩到的一块地砖微微有些弹性，脚一踏下去，地砖就陷了一截，熟悉机巧的人不用分辨就知道，踩着地砖的脚只要一松开，肯定会有什么隐藏的机括被激活启动。

周围仍然寂静无声，事情为难就为难在这里，因为根本无法预料会是什么机括将要被激活启动。

小九红自然而然地感觉紧张，虽然站着不敢动，但是腿一晃，脚下的力道一下子失衡，就在一眨眼的工夫，我听到两边的墙壁轰的一声，好像有什么东西在里面炸开了，石块崩裂，一块接着一块从墙壁上滚落下来，完整的墙顿时横着裂开一道十多米长的口子。我本来就紧贴着墙，稍一转头，立即从墙壁崩裂的口子里头看见一双眼睛。

那是双发灰的眼睛，眼球和眼白几乎混成了一种颜色，看到这双眼睛，接着就看到了一张脸。那是张几乎没有肉的脸，脸上扑着一层白白的如同碱面一样的粉。我朝后猛地一退，光线一扫，随后就看到中空的墙壁后面站着一排排整整齐齐的阴兵。

“你个乌鸦嘴啊！”小九红也不管什么机括不机括了，针扎了一样的跳起来，

“你说有阴兵！一下子出来这么多！”

我的脑子也乱了，之前纯属吓唬小九红，随口说了那么一句，谁知道竟然真有这么多阴兵。墙壁崩裂的同时，一排排站在后面的阴兵就动了，从裂痕中伸出手，想把缝隙扒大后出来。没有鬼船上的古钟，谁都控不住阴兵，看着墙壁缝隙里伸出的密密麻麻的手，我顿时蒙了，拖着小九红就跑。

“大掌灯，你先走！”唐家婶子抬脚就留到后头，“我留下，有了意外也能顶一顶，你什么都不要管，快走！”

“一块儿走，阴兵暂时出不来！”我心里突然涌动着一种说不出的温暖，七门的确是散成一盘沙了，谁也不顾谁，但这个年头儿不能说没有好人。

一句话的工夫，我已经跑出去很远，这条七八米宽的过道将要到头了，我心里不知道是该轻松一些还是更紧张一些，但是没等真正跑出过道，我和小九红同时看到身边还没有完全裂开的墙壁旁，直挺挺地站着十几个人。高高矮矮，男男女女，都穿着当地丧葬时的白寿衣，脸上还贴着一张白纸。

十几个人站得整整齐齐，它们身上的寿衣还非常新。我心里诧异，却不敢停留，然而就在我稍稍迟疑的这一刻，平静得和墓地一样的过道里，不知道从什么地方呼地刮来一阵风，贴着我的脸一吹而过。风并不大，但是从身前吹过去的时候那十几个人脸上贴着的白纸晃晃悠悠地被刮掉了。

白纸被刮掉的时候，我的诧异一下子达到了顶点。这十几个人死相非常难看，但是我还是一眼认出站在最前面的宋百义，他脸上完全没有一丝血色，脸色微微发青，眼睛半张半合，按照我们老家的习俗，脸颊上扑着白粉和尺红。唐家婶子说得可能没错，宋家这老老少少十几口子都是被开膛破肚而死的，寿衣里的身体被一层一层白布裹得严严实实。

“宋百义！”我明知道他已经死了，却还是忍不住喊了一声，这怎么可能？宋家老老少少十几口子不是摆在抱柳村的灵堂里，马上就要下葬了吗？怎么会被人赶到这个地方来！

顿时，我就意识到，这个地方可能还有其他人，把宋百义一家赶过来的人。

“走吧走吧！”小九红使劲儿拽我，我才回过神，不管事情是怎么样的，现在要做的就是尽快离开。我转头拔腿就跑，但是脚步迈动的时候，余光隐隐约约看见宋百义那双半张半合的眼睛，好像唰地睁开了。

紧跟着，贴着墙根儿站着的十几具宋家人的尸体就好像被一根绳子给串住了，突然直挺挺地蹦起来，挡住了我和小九红的去路。与此同时，后面的唐家婶子也不轻松，崩裂的墙壁被里面的阴兵越扒越大，随时都可能破墙而出。

但是我和小九红都管不了那么多，十几具宋家人的尸体完全炸毛了，上到宋百义，下到才几岁的孩子，一蹦三尺高，他们的嘴巴隐隐开合，我看到尸体的牙齿黑得像被墨染过一样。

“小心点儿！小心！”我立即冲着小九红喊道，“这些都是被赖婆子熏过的尸体！”

第四十五章 互不相欠

“什么赖婆子孬婆子啊？！”小九红使劲儿朝我后面钻，脸已经吓白了。

我们老家那边把一种草叫作赖婆子，那种草本身没有毒，开黑色的花，但是把赖婆子挖开之后，草根处往往会长着黑色的小虫子，那种虫子也叫赖婆子。老家有的神婆喜欢收集赖婆子虫，从坟地里新挖出来的尸体，用钢钎撬开嘴巴，把赖婆子草捣碎了塞到腹腔，再放一些虫子进去，然后架火熏烤尸体的腹部。时间久了，虫子化成水，会随之被逼到尸体的手指尖、脚趾尖和牙齿上，剧毒，连碰都不能碰。

完全乱套了，宋家一家人的尸体被赶到这儿，意味着什么？我不敢赤手空拳地对付它们，随手捡起一块石头。我有镇河镜，这些乱七八糟的脏东西不敢靠近我，全冲着小九红去了。

“怎么都冲我来？！”小九红滴溜溜地绕着圈跑，躲避直挺挺的蹦来蹦去的尸体，一声声地叫。

“你平时的傲气都跑哪儿去了？它追你，你不会揍它？”我一步跳过去，抓起石头朝一具尸体的后脑砸了过去，这样的情况，我完全不会手软，一下把这具尸体砸得歪歪斜斜躺倒在地。紧接着，我解下腰带，踩着它的背，迅速用腰带在它双腿上绕了一下，然后收紧腰带，再套在尸体的脖子上，用力打了个死结。黄河滩上的赶尸人会驱使尸体，也会有一些对付他们的手段，这是专门对付诈尸的手段，俗称“三花绑”。尸体的双腿跟脖子被一根腰带紧紧拴到一起，挣脱不开，只能在原地趴着打转，根本站不起来。

“咱们跑吧！”小九红还是没有胆子跟尸体正面争斗，一边躲一边想跑。我转头看了看，唐家婶子的情况很不好，两边各有几个阴兵已经破墙而出，把她堵在那边过不来。我觉得不能丢下她，却又不知道怎么救她。

“呼……”

宋百义蹦得很高，双手一插，从我脸前唰地晃了过去，我看到他的指尖乌黑乌黑的，隐约有股淡淡的臭味儿。我身上没有别的绳子，仅有的一根腰带也用掉了，匆忙中翻身脱下身上的褂子，撕成几条，结了两根绳子。三花绑对付一般的诈尸那是屡试不爽的，只要胆子大、手法熟，不会有太大的危险。几具尸体追着小九红跑，我就在后面跟上去，一脚踹倒一个，用三花绑给扎了起来。接着又用石头砸倒一个，如法炮制。

“这个法子管用啊！”小九红一边跑一边看着我收拾这些诈尸，当时就乐了，跑过一具被扎起来的尸体旁，用力踹了一脚。

“管用什么！没绳子了！”我转头看着唐家婶子那边，她毕竟是唐家的人，多少跟家里的男人学了些东西，还能撑一会儿。

“没绳子跟我说啊，我有。”小九红毫不犹豫，一下解开自己的衣服，跑到跟前就塞到我手里。我眼前花了一下，感觉心神一晃，小九红脱下外衣，里头只剩一件粉色的小衣，小衣很节省布料，总共几个巴掌那么大，这姑娘很蛮，但身上白得和藕节一样，粉中衬白，被小衣一裹，身姿曼妙得紧。

那个时候，其实对男女之间的事一窍不通，只是觉得好看，还有隐隐的心慌。

“你快啊！”小九红看我愣住了，赶紧推了我一下，“等下你随便看，现在先帮老娘解围成不成！”

我随手撕开衣服，衣服就这么多，不能乱用。我看着宋百义在前面蹦得最高，立即就盯紧了他，握着石头绕过去。小九红其实还算机灵，知道配合，在前面引着那些尸体来回跑。我快步逼近宋百义，手里的石头刚刚举起来，面前的宋百义突然一下子蹦起来，他的脚趾尖也是乌黑乌黑的，我不由自主地缩头弯腰躲了一下。

这一弯腰，宋百义直直从我头顶蹦到身后，我还没有来得及回身，就感觉后背被什么尖利的东西划了一下，不算疼，但是我的心一下子就沉到了底。身上的褂子已经没有了，尖利的指甲一下子就能划破皮，我想到宋百义那发黑的手指尖，心里立即死灰一片。反手一下砸过去，坚硬的石头把宋百义半张脸几乎砸烂了。

我只听说过赖婆子，却不知道被它毒到的人是不是必死，心里发慌，隐约就觉得整个后背都开始微微发麻。这感觉非常不好，让我又怕又恼，冲过去一脚踩住宋百义的胳膊，举着石头一通乱砸，最后才用三花绑把他绑了起来。

“呀！”小九红跑到我身后，小声叫了一下，道，“黑了一片！”

本来我就很不踏实，被她这么一说，几乎想一头栽倒在地。她告诉我，我后背上只有一小道不深的伤口，但是伤口周围泛着淡淡的墨色，流出来的血都是臭的。

“不管了！先走！”我咬咬牙，转身就朝唐家婶子那边跑过去，反正已经成这样了，把这条命拼了也划算。

“这样不行啊，那东西不是有毒吗？”小九红穿着粉色的小衣，跟在我后面颠颠儿地跑，一边对我道，“得治治啊。”

“拿什么治！你别烦了行不行！”我觉得心里说不出的烦躁，立即叫小九红闭嘴。

“凶什么！我也是一片好意！你还凶，死了活该！”小九红还着嘴，却还是盯着我背后的伤口看。

我们接应唐家婶子，我身上受了致命的毒伤，索性把一切都抛到脑后，这一拼命，就把唐家婶子从包围中拉了出来。阴兵那么多，根本收拾不过来，唯一的办法就是马上逃。三个人一口气冲出过道，唐家婶子认得路，继续带着我们朝前跑。那些诈尸和阴兵都已经是死物，没有灵智，只要地形合适，用不了多久就能甩掉。

“早说嘛，”小九红终于松了口气，看着唐家婶子，不满道，“早知道这么容易就甩掉，刚才何必还那么费力。”

我感觉心跳得有点儿厉害，后背上的伤口像被一道烙铁烙着，火辣辣地发胀，身上的力气在一点一点地流失，最后有点儿跑不动了，扶着墙停了下来。赖婆子的毒的确很要命。

“大掌灯，”唐家婶子看着我后背的伤，皱着眉头道，“能撑得住不？”

“能。”我勉强笑笑，扶着墙慢慢走，其实前后就这么一会儿的工夫，我就觉得疲惫不堪，很想坐下来歇歇。

“能什么能啊，”小九红拽住我，看看唐家婶子，道，“现在怎么办？都是你引的路，出了事了，怎么办？”

“算了，走吧。”我不想再耽搁，坚持着想继续走。

“还怎么走，这样走不了多久，你就死了！”小九红低头想了想，一下把我按在墙上，深深吸了口气，道，“别动！”

我脸贴着墙，不知道她要干什么，但是随即，我就感觉后背的伤口一阵温润的清凉，侧脸看了看，小九红正低着头用嘴吸伤口里流出的血。我立即就开始挣扎，说不出那是什么感觉，复杂中又有种浅浅的羞涩。

我刚一挣扎，小九红就用力按着我，噗地吐出从伤口里吸出的血，道：“她不救你，我也不救你，你坐着等死吗？我知道你心里感激得要死，但是别谢我，刚才你在水里救我一次现在还你一次，咱俩谁也不欠谁了，别动啊，再动，我可真的就不管你了。”

没有人想死，我也不想，小九红很用力地在伤口上吸着，这是土办法，在没有救治措施的情况下唯一能用的办法。她一直把伤口周围的淡墨色全部吸干净之后，才擦擦嘴，嘘了口气，道：“看看能不能活。”

后背那种火辣辣的胀痛感减轻了很多，但整个人就像是害了一场病一样，晕沉沉的没有力气，这样肯定不能把赖婆子的毒完全吸出来，却已经是最好的结果了。

“大掌灯，歇一会儿吧，”唐家婶子用袖子擦擦我头上的汗，道，“前面的路不算远了，歇一会儿再走也来得及。”

“嗯。”我有气无力地嗯了一声，觉得脑子涨，而且脸庞开始发烫，身上却凉飕飕的冷，闭着眼睛靠在墙上。

“去给他找点水，”唐家婶子对小九红道，“头上发烫了，没水不行。”

“我是你家的使唤丫头吗？”小九红嘟嘟囔囔的，最后还是壮着胆子跑到旁边一个滴水的洞口前，想办法接水。

“大掌灯，”唐家婶子在我旁边道，“顺着路一直往前走，只要小心点儿路上不会有太大的麻烦，前头的路都是大块的地砖铺出来的，记住，逢双不踩，千万不要忘记，踩了双会有麻烦的。”

我吃力地睁开眼睛，看着唐家婶子，脑子虽然还是昏的，但是她说的话我能听得清楚。

“有的事，没法子啊，从生下来开始，命就注定了，”唐家婶子道，“以后真要顶罪，我去顶，到了下头，我们当家的要责怪我，我也说不出什么。”

“婶子，你……”我突然觉得她的神色有些不对劲儿，支撑着坐直了一点儿，睁开眼睛问她道，“你说这些……说这些做什么？”

“大掌灯，真的对不住了。”唐家婶子不看我，突然伸手扶住我的额头，一拉一推，我的后脑勺重重撞在身后的墙壁上，咚的一声，眼前一黑，立即昏了过去。

被撞昏的同时，我已经失去了知觉，之后的事情是怎么样的我不知道。

过了不知道多久，我的脑子里恢复了一些意识，但却睁不开眼睛，浑身上下感觉冷，蒙胧中，我觉得自己躺在一个温暖又软润的怀抱里，这个怀抱让我稍稍暖和了一些，也安心了一些，我下意识地伸出手，紧紧抱着身边的人。

我就在这个带给我温暖的怀抱里半睡半醒着，又过了很久，滚烫的脸慢慢降温，身上也暖和起来。尽管仍然很疲惫，身子发酸，但是精神已经好了很多。我睁开眼睛，第一眼看到的就是一件粉色的小衣，自己半个身体蜷缩在小九红怀里。我能看到她的眼睛，还有她的表情。

我一下子坐了起来，脸又开始发烫，我的思想远没有开放到一定程度。当时那个年代里，男女之间拉拉手都会相互脸红半天，更何况是躺在一个姑娘的怀抱里。我一时间有些不知所措，想说什么却始终说不出口。

就在这一瞬间，我心里对小九红的印象开始改变。她还是小九红，骄横傲气的小九红，但是此时此刻望着她，却觉得她的骄横中又多出一些之前让我料想不到的东西。她完全可以趁我昏迷的时候走掉，甚至可以借机把我杀了，但是她没有，就这样抱着我，一直守到我体温恢复正常为止。

我心里想说几句感激的话，知恩图报是混河滩的人应该谨记的准则，但是我该怎么开口？在我想要说话的时候，我一下子想起，我爹是死在红娘子手里的。

“好点儿没？”小九红脸皮比我厚，就那么不自然了一下，随即恢复正常，整了整自己的衣服，道，“你眼睛真是瞎了啊，我之前看你那个什么婶子，就觉得她吊眼薄唇，不是什么好人，你还一口一个婶子叫得亲。”

一提起这个，我的心神马上就收回来了。唐家婶子，她是怎么回事？我太容易相信人，直到此时我才回想到，很多事情其实都是不正常的。宋家那些人被赶到这里，唐家婶子能看不到？她看到了却不说，是什么意思？甚或，宋家人就是她亲手赶过来的？

我站起身，朝前面看了看，跟唐家婶子说的一样，走过这一段路，地面上全都是一米见方的大石砖，铺得整整齐齐。我还记得唐家婶子的话，其实这个事情很让我摸不着头脑，她如果只是想要我的命，那么直接动手就是了，不用告诉我怎么走出去然后再把我撞晕。

我仔细看了看面前的大石砖，试探着走出去一步，逢双不踩，意思就是只能踩着单数的方砖走过去。唐家婶子没有说谎，脚下单数的石砖非常结实牢靠，稳稳当当的。我在前面带路，前后走了十来块方砖。

“嗡……”

就在这个时候，我脖子上挂着的镇河镜突然自己响了一下，紧跟着，它开始颤动，在胸前不停地起伏。与此同时，我听到一阵哗哗的水声，水声不知道是从什么方向传过来的，蒙眬却又清晰，很怪异。

我一下子就不敢动了，朝周围看了看，松明子被烧得噼啪作响，火光跳跃之下，什么异状都看不见。

“怎么回事？”小九红已经被前面那些事情弄怕了，听到有不对劲儿的声音，马上紧张起来，“是不是你那个婶子又在晃点我们？”

“不会。”我左右看了看，脚下的地砖应该是没问题的，如果有问题，只能说是出在镇河镜身上。

镇河镜跳动得越来越快，像是拥有了生命一样，镜心折射的光也越来越亮，过了片刻，我听到头上的穹顶咔嚓咔嚓响了几声，紧跟着，几束光从上面斜斜地照射下来。

“嗡……”

镇河镜的颤动顿时达到了顶点，镜心的光芒猛然一盛，从我胸前呼地照射出去，跟地面几道光束汇合在一起。

“那是什么东西？是什么？！”小九红抬起头，望着穹顶，嘴巴合不拢了，有种惊讶，也有种恐惧。

穹顶裂开了七个拳头那么大的缺口，每个缺口后面，都好像有一只巨大的眼睛，那几束光，仿佛是从那几只眼睛里折射出来的。我和小九红连惊讶的机会都没有，七束光跟镇河镜的光汇合在一起，光芒笼罩的四块方砖哗啦就翻了下去，顿时，之前听到的那股流水声更加清晰了。

“砖头下流着水的？”

我慢慢地走过去，伸头朝下面看了一眼，这一眼看过去，立即就呆住了。方砖下面是一口井，看上去很古老的井，井里的水缓缓地流动，渐渐的泾渭分明，像是两条互抱的阴阳鱼。

当我看到这口井的时候，眼前就开始模糊了。井水亮得如同一面镜子，模模糊糊中，我看到一群一群的人，在崇山峻岭中穿行。骤然间，从很远的地方，一道巨大的裂痕在大地上延伸，裂痕像苍茫大地中的一道皱纹，紧接着，滔天的水淹没了这道裂痕，奔流向东。

“你别一头栽进去啊！”小九红急忙拉了我一把。

我一下子惊醒了，晃晃脑袋，眼前的情景消失无形，井水依然像两条阴阳相抱的鱼，在慢慢地流。巨大的裂痕，滔天的水，滚滚东流，我顿时想到了老鬼以前告诉我的那句话。

黄河，是人开出来的。

我还想再看一些东西，但是那口井却寂静无异了，坚持了差不多十分钟，小九红硬把我从旁边拖走。我的脑子完全混乱，不能说不相信老鬼的话，只是心里想不通，是谁有能力硬生生地在大地上开出一条绵延千里的大河？河凫子七门，巡河、镇河上千年，身上担负的究竟是什么使命？

方砖铺出的路很快就走到头了，周围的空气干燥了一些，这让我觉得，我们已经无形中离开了河底。之后的路完全是人挖出来的，简陋粗糙，但是这样的路没有风险，走得非常顺利。

我们一路沿着这条人挖出来的路走，就觉得地势越来越高，这条路很长，走得人心里发毛，好像永远都看不到终点一样。小九红忍不住就慢慢抱着胳膊，伸头朝前看着，道："这条路到底通到什么地方？"

"我也不知道。"

"等会儿你先出去，"小九红低着头，道，"我这样子，怎么见人。"

我转头看看她，渐渐暗淡的松明子，映着她的脖颈还有胳膊，雪一样的白。小九红的脸颊泛起淡淡的红晕，微微皱着眉头。

我第一次觉得她比想象中更好看。

"等一会儿我先出去就是了。"我浑身上下看了看，褂子已经没了，除了一个绑在腰里的小包袱，我什么都没有，总不能把裤子脱了给她。

说着话，地势又高了一些，松明子快要燃到头了，我心里暗道糟糕，这时候如果没有照明，我们两眼一抹黑，还怎么走？就在我感觉棘手时，看到前面的路好像到头了，靠着土层，立着一架木头梯子。我一下就来了精神，毫无疑问，这肯定是顺着地势开出的出口。

我到梯子边看了看，一眼就看到上头有一个洞，微微透着些光亮，非常安静，静得听不到一丝声响。我踩着梯子慢慢朝上爬，一直爬到梯子的尽头，半截身子从上面的洞探出去，立即有点儿吃惊。

这个出口，是在一间屋子里，这样的屋子，是河滩普通人家最常见的卧房。我看不到一个人，屋子里的桌子、凳子和地面上，蒙着一层厚厚的灰，估计许久没人住了。

“上来吧。”我对下面的小九红喊了一声，她蹬蹬就爬了上来，屋子里的光线有些昏暗，但是小九红马上就不习惯了，从那张许久没睡过人的床上掀下床单披到身上。

我不知道这是什么地方，走到屋门处，慢慢推开了房门，这时候正好是半上午，天虽然有些阴沉，但我从房门走到院子里的时候，一下子就惊呆了，心里轰地冒出一种说不出的感觉。

透过院子，我看到了熟悉的场景，这是哪儿？这是小盘河村！生活了十几年的地方，村子里每家每户、每个角落，我都熟悉得不能再熟悉了，绝对不会看错。

我彻底迷茫了，久久说不出一句话，只有心里那一片片浓重的阴霾在不断地翻滚着。尤其让我讶异和迷惑的是，我站着的这个院子是七奶奶的家。也就是说，那个存放莲花木的河底大空间，直通到七奶奶的卧房里。

这是怎么回事？本来我已经淡忘了七奶奶，但是站在她家的院子里，那个看上去和蔼又亲切的老人，在我心里的印象顿时模糊了许多。她不可能不知道卧房里的入口，她是什么人？难道她跟我们陈家同住在小盘河村，不是意外，不是巧合，而是一种必然？

就在这一刻，我又突然明白了唐家婶子为什么要先走一步。如果我们三个一起从下面出来，我肯定会认出小盘河村，会认出出口就在七奶奶家，那么唐家婶子就要跟我解释她是怎么样知道这个入口的。

就因为她解释不清，甚至是不能解释，才会抛下我和小九红自己先走。

这一切，完全是我意想不到的，我在死寂一片的院子里站了很久，越发觉得，除了我，好像每个人都有秘密。

第四十六章 月夜三人

我在院子里呆呆地站着，小九红披着床单也跟着出来了，拍拍我，一脸诧异，道："这是不是小盘河？咱们从小盘河跑出去，最后绕了个大圈子，又回来了？"

"是。"我停止了思考，地下地上，是两个完全不同的环境。在河底的时候，我可以把小九红当成相依为命、同生共死的伙伴，然而一回到地面，那种隐隐的敌意就又在我脑子里萌生。我跟她，原本就势同水火。

我有点儿难过，说不出的难过，总觉得什么地方很遗憾，却又不愿细想，想得多了，想得深了，除了自己心里不是滋味儿，还能得到什么？

"喂，问问你，"小九红可能看出我的迟疑和犹豫，她收回手，想了想道，"你说，以后如果再见面了，咱们还打架不？"

"我不知道。"我也在想，但是最终，只能说出这四个字。

"我知道了，"小九红永远都是高傲的，不等我再说什么，她就昂着头，道，"这次就放了你，下次再见面，被我抓到饶不了你。"

说完这句话，她头也不回地走了，快得像一阵风，一刻不停。望着她的背影，我难以平静。但是转念想想，进入河底已经很长时间了，七七还在河滩上，我得去找她。想到这儿，我快步离开七奶奶的院子，朝村口那边跑。

河滩依然那么空旷，这里能藏人的地方不多，等跑到之前跟小九红一起落水的地方时，周围一个人影儿都没有，我继续找，把能找的地方都找遍了，还是找不到七七。

我心慌了，七七很听话，不见我回来，肯定不会一个人走掉。但是这片河滩就这么大，她能到哪儿去呢？我把周围找遍，迫不得已地扩大了范围，前前后后方圆三四里之内的地方完全翻了个遍，还是不见七七的踪影，我心里就彻底毛了。

不知不觉中，我已经找出去很远，我知道七七肯定是不见了，不知道因为什么而离开了这里。是她自己走掉的，还是有人带她走的？我不清楚。我一边走，一边来回想着七七可能会去的地方，她很少跟外界接触，除了老家怀西楼，就只剩下阴山峡谷。

我只能一路走，一路找。有七七在身边，还不觉得孤单，好歹是个伴儿，然而只有当自己一个人的时候，才能体会什么叫作孤独。我从小盘河出发，沿着那条来回走了几次的路，跋涉了几天，我一步都不敢停，不停地找，等到接近怀西楼的时候，已经是第五天的夜里。

我还是觉得希望渺茫，孙家的祖地已经没有孙家人了，七七孑然一身，她会到这儿来？但是没有别的办法，我打算在怀西楼附近休息一下，天亮之后接着打听。村子外面遇水就显得很荒，我想找个合适的地儿，走了不远，突然就看见那片还积着水的滩地上，好像坐着两三个人。

我估计是突袭遇见得太多，深夜里看见陌生人就感觉紧张，但是对方看见我之后，还是坐在原地没什么动静。看着他们的打扮，就是普通的当地人，一个老汉，还有个闷头闷脑的中年人，老汉满脸皱纹，坐着抽旱烟，我迟疑了一下，没有回避他们，但也没有靠近，想绕路走过去。

“年轻人，”那老汉吧嗒着旱烟袋，远远地冲我道，“夜路走不得。”

我一听，对方完全是本地口音，跟普通的河滩人没有什么区别。尤其是他嘴里吧嗒着的旱烟袋，一下子让我想起爷爷常抽的旱烟，顿时就亲近了很多。我站住跟他搭了句话，打听村子里的事。

“歇歇吧，”老汉抽着旱烟，道，“村里人都忙着搬家修堤，你要打听人是得等两天。”

老汉嘴里的旱烟锅子一明一暗，言语也很温和可亲，我心神一晃，不由自主地降低了戒备，一边走，一边跟他说话。走近了之后，我看见除了那个老汉和中年人，还有个身段很苗条的女人，背对我坐着。老汉眯了眯眼睛，把烟袋锅在鞋底磕了磕，道：“坐嘛，坐下说。”

我觉得自己突然有点儿迷迷糊糊的，顺势就坐到老汉对面。这老头儿一脸憨厚样，旁边那中年男人可能是他儿子，手里拿着块小石头，不停在地上画圈，偶尔抬头看我一眼，也是傻乎乎地咧嘴一笑，一句话都不说。

老头儿随口扯了几句闲话，目光从我脸上慢慢移到我的胸口，他望着我胸口的镇河镜，就定住不动了。这时候，我觉得镜子微微动了一下，胸前被划破的那一点点伤口突然又一阵刺痛。这一痛，完全就把我痛醒了，那种迷迷糊糊的感觉瞬间一扫而空，心里减少的戒备呼地重新冒出来。我狐疑地看看面前的这三个人，老汉虽然看上去很正常，但那个中年男人始终傻笑着在地上不断画圈，一个接着一个，而那个身段苗条的女人，一直背对着我，不肯回头。

深更半夜，这样三个人坐在一起，不能说不正常，却让人心里有点儿毛。我立即站起身想走，老汉仍然盯着我胸前的镇河镜，慢腾腾道：“不急不急，心急办不成事，老汉我都等了很久很久了。”

这句没头没脑的怪话让我心里的不安越来越厉害，连搭话都顾不上了，拔腿就走。但是只走了三四步远，就感觉自己的腿脚不听使唤，尽管我是直直地朝前走的，可是走来走去，却总是在原地绕圈子。那感觉像是鬼打墙，却又不完全像。我惊恐地回头看看那三个人，老汉依然无动于衷地慢慢抽烟，倒是那个傻乎乎的中年男人，咧着嘴乐，手里拿着石头越画越快。

我越是急，越走不出那个不大的圈子，来来回回走得腿都麻了。老汉拿下旱烟锅子，道：“来坐着吧，老汉不发话，你走不出去的。”

我硬着头皮停下脚步，反正已经走不掉了，怕也没用，我说不清楚这三个人的来历，索性不想，直直地转身重新坐到老汉对面，盯着他，道：“你是什么人？”

“老汉老了，记性不大好，我是什么人，自己都忘记了。”老汉收起烟袋锅，在那中年男人头上敲了一下，道，“别画了。”

“我还有事，跟你又不熟，还说什么？”

“不熟是不熟，说几句不就熟了？”老汉笑了笑，道，“你有什么事，说说看，老汉说不准能帮帮你。”

“你帮不上。”我脑子一清醒，就觉得这三个人反常，尤其是这个老汉，看着没什么，其实最不对劲儿的就是他。

“说笑呢？”老汉又笑了笑，一脸的自信，挺挺胸膛，道，“整片黄河滩上，老汉不知道的事情真的不多嘞。”

“我先走，有空再说，事情很急，不能耽误。”

“走啥，既然来了，多坐一会儿。老汉最喜欢听戏，有一折，保管你也爱听。”老汉扭头对身后那个背对着我坐着的女人道，“栓牢他媳妇儿，给人家唱唱听听吧。”

那个女人慢慢地转过身，她的身段很好，模样也俊，但是转过脸的时候，我就吓了一跳。她脸上的妆很浓，就像戏台上唱戏的戏子一样，红脸蛋，白额头，没有一点生气。她微微皱着的眉头，仿佛从来都没有舒展过，眉宇间有种淡淡的愁意。她转过身，没有说话，抬眼看看老汉。

这一瞬间，我浑身上下的血似乎都凝固住了，一下子回想起很久之前就听过的那个关于怀西楼的传闻。我一直都以为那只不过是乡里人吃饱了没事编出来的故事，然而没想到今天竟然真的遇见了。

这老汉，究竟是什么人？

“唱嘛，”老汉对那女人道，“就唱我教给你的那一折。”

那女人微微清清嗓子，说唱就唱起来，她是天生的好嗓子，第一句唱词一出口，我就像是被雷劈了，尽管心里一直说服自己要冷静，但还是坐不稳了。

她唱的是巡河调子，没有我之前听到的巡河调子那么鬼气森森，却很凄凉，让人觉得有什么惨事发生了，忍不住想跟着掉泪。老汉好像很喜欢这段，手扶着膝盖，慢慢打着拍子，他儿子也乐了，嘿嘿笑个不停。

“别唱了！”我感觉头皮一阵发麻，忍不住就冲那老汉喊道，“你到底想怎么样？！”

“莫恼，莫恼。”老汉抬手示意那女人停嘴，然后收了脸上的笑容，道，“没有害你的意思，你说了，自己有事情，老汉给你帮忙，不过嘛，也要求你帮咱办个事情。”

“我什么都不会。”

“错了错了，这个事情只有你能帮咱。”老汉重新掏出烟袋，装了烟丝，打火抽着，道，“咱的事情先朝后放放，你有什么事情说出来听听，老汉能帮就帮，还是那句话，黄河滩上，老汉不知道的事情不多，做不到的事情也不多。”

“是吗？”我尽管心里怕，但是隐约也能看出来，这老汉可能真的没有害我的意思，只不过我不知道他要我帮什么忙，这让我很忐忑。

“老汉不吹牛也不撒谎的，多少年都这样，老了更不会变，”老汉道，“有事情就说嘛，老汉先听听。”

“不吹牛吗？”我心里动了动，想试试他，我故意朝老汉跟前凑了凑，道，“黄河的河眼，通到什么地方？”

我还没有搞清楚这老汉究竟是不是在吹牛，如果他真有事求我，估计会随口胡诌，所以我想试探一下。

“问得好，这些话一般人问不出。”老汉咧着嘴，露出一口被旱烟熏得发黄的牙齿，他沉吟了一下，举着烟袋锅，朝远处的大河指了指，道，“老早以前吧，那边还是一片荒地，没有一滴水，草都不长。”

“是吗？”我一听，心里对老鬼的话，还有在河眼里那口阴阳古井水面上看到的模糊的一幕，就更加确信了。事情让人难以相信，但不可能每个人都在说谎。老汉这么说，明显就是在告诉我，许久之前，黄河是不存在的，我顿了一下，道，“那是多久之前的事了，你知道得那么清楚？”

“老汉姓花，在这里住了四五代了。我说的那个年头，我爹还在世，他亲眼看见，又跟老汉讲的，我爹不会糊弄我的，对不？”

“大概不会吧。”我点点头，脊背却一个劲儿地冒冷气。那是多久以前的事了？花老汉他爹能够亲眼看见？那得多大的岁数？这老东西妖里妖气的，到底是什么来历？我不由自主地又偷眼看了看旁边的中年人和那个年轻的女人，一个傻，一个愁，反正说不出的奇怪。

“那时候啊，我爹还小，就在大河边上，天天出来溜达着玩儿。”老汉抽着烟，继续往下讲。

他说，这条大河仿佛是一夜之间就出现在大地上的。最初，从西北边的方向伸展过来一道巨大的裂痕，好像天崩地裂一般，裂痕就像被人撕裂的纸，迅速绵延到了大地的尽头，接下来，天黑咕隆咚的，似乎连太阳都躲避起来了，倾盆大雨连着下了好久。

“再往后啊，就开始涨水了，大片大片的水，和不要钱似的，从那边哗啦哗啦地流过来，铺天盖地的，快要把这片地淹成海了。”

汪洋泛滥，当时的人就没有活路了，背井离乡。洪水一泛滥，好像没有尽头，要永远持续下去。老汉讲得不是那么清楚，但是我很明白一旦被洪水淹过，那地方就会完全变成一块死地，很可怕。

“人都不能活了，死了好多，我家也没有办法，我爷爷带着我爹还在这儿死熬着，活了那么多年，都不想离开自己的家啊，”老汉叹了口气，道，“熬了老长时间，一大群人从那边来了，在治水，要把这铺天盖地的水都归拢起来。”

老汉讲的故事非常奇怪，大水滚滚而来，把四周完全淹没了，但是只有地面上那道巨大的裂痕，一滴水都没有进，水淹过来，都是避着那条裂痕的。老汉的爹不肯离开故土，那群治水的人来了之后，他就在附近暗中看着。那群治水的人有一个头领，很能干也很能吃苦，带着人日夜不停地干。看了一阵子之后，花老汉的爹终于明白了，他们是想把大水全部引到地面上那巨大的裂痕里。

故事就是这样，放到今天的人嘴里，多么漫长的过程都只是一句话，然而事发时的艰辛和波折，并非一句话就能讲清楚的。那个能干的头领带着人奔波很久，想尽了办法，终于把肆虐大地的水全部归流引入了那条裂痕中去。

正因为这样，原本没有河流的大地，就突然多出了一条河，一直流淌，直到今天。

“那个治水的头领，时常到河边来，沿着河走，一年又一年，从满头黑发走到了满头白发。年轻人，你说谁能没个生老病死的时候呢？这个头领最终也是死了。”

这个头领死去的时候，一大群人给他送葬，抬着一尊巨大的木像，一口沉重的石头棺材，还有一尊大鼎。送葬的人全部下河了，抬着木像、石头棺材、大鼎，被河水吞没。花老汉的爹目睹了这一切，却不敢靠近，那个带人治水的头领即便死去了，威望也极高，没人敢亵渎。随后，送葬的人浮出水面，但是没有上岸，就在河里一个个拔刀自尽了。

“那些死尸啊，没有被水冲走，就在原地打着漂儿，忽悠忽悠地沉了下去。”老汉看着我道，“年轻人，你知道这些死尸都是什么吗？”

“是什么？”

“那就是最早的镇河阴兵！”

我的脑子忽地亮了，一点一点的线索好像被老汉的讲述串联起来，完整又清晰。毫无疑问，那个治水的人就是大禹，莲花木像、石头棺材葬入大河中，那么河眼连通的地方，就是大禹的墓！

很多人可能觉得我在胡扯，众所周知，大禹墓是在浙江绍兴的会稽山。但是，那只是一座空墓，或者说是一座衣冠冢。人们所膜拜的大禹墓，只不过是一个象征，是一种精神和凝聚力。

“那口鼎，在什么地方？”我回过神，问花老汉。莲花木像、石头棺材，我都亲眼见过，但是花老汉说的那口鼎，闻所未闻，它既然在禹王被安葬的时候随着石头棺材一起出现，那就说明是一个非常重要的东西，但是为什么不见了？

“这个，老汉就不知道了。”花老汉烟不离手，一袋接着一袋，当他打亮火光抽烟的时候，我突然发现他那双苍老的眼睛里，并不是和我想象的一样妖气丛生，那好像就是一双普通的眼睛，但是因为看尽了世间的变迁和沧桑，所以深邃。他慢慢扶着烟袋，朝那边的大河望了一眼，道：“禹王治水安天下，被奉为四方共主，收九牧之金铸九鼎，后人都说，那是权柄和荣耀，老汉不觉得，九鼎肯定不只那么一点用处，但是事儿到底是怎么个情况，老汉真的不知道，也不能瞎说去欺蒙你。”

不知道为什么，听了这些讲述之后，我对花老汉的印象又一次有了改变，我不再认为他多么恐怖阴森了。

“她……”我不知道那个年轻女人叫什么名字，就指了指她，道，“她刚才唱的，是你教的？”

“这是老汉的儿媳妇，你说的那折戏啊，没错，老汉教的，”花老汉笑着道，“你应该很熟，老汉小的时候，喜欢在附近玩儿，有时候还会下水去耍耍，不知道从什么时候，大河里出现了一些人，每天驾着船，在河里来来往往，一边走，一边就吼着歌儿，老汉喜欢那歌，听得久了，记在心里。老汉又喜欢听戏，专门把词儿跟儿媳妇说了，叫她编到戏里。”

我考虑了很久，其实很想问问花老汉知不知道河凫子七门的隐秘，知不知道七门的后人究竟要承担什么样的责任。但是我觉得花老汉不会了解这些，这是七门最大的秘密，除了老鬼和爷爷那样的人，就连宋百义他们都不一定清楚。

“这几天，你有没有见过一个小姑娘，年纪跟我差不多。”我说着就把七七的模样跟花老汉讲了一下，不指望他能提供具体的线索，只求有一点点收获，我就有寻找下去的希望和动力。

“年轻人啊，”花老汉露出一丝带着尴尬的笑容，道，“你今天净问一些老汉答不出的事，要是问问黄河滩上那些有名有姓的人，老汉就算不知道他在哪儿，也总能猜猜他可能会在什么地方，这么大的小姑娘，老汉的确不知道。”

“好好想想，你们平时不都在这附近的？”

“栓牢，有见过这小姑娘没有？”老汉转头去问他的傻儿子。

“嘿嘿嘿。”花老汉的傻儿子一句话都不会说，只会傻乎乎地咧嘴乐，不过听了花老汉的话，他拿着手里的小石头就在地上画。

那一刻，我有点儿吃惊了，因为他在地上画了一个人的脸，那张脸惟妙惟肖，活脱脱就是七七。

“见过？”花老汉看看地上的画，问我道，“是这个人吗？”

“就是她！在哪儿见到她的？她一个人，还是几个人？朝哪儿走了？”我心里很激动，也不害怕了，蹲到栓牢身边，急忙问他。

“咿啊，啊啊咿啊……”栓牢对着花老汉一边啊啊地喊，一边比画着。花老汉听着，眉头就微微皱了起来，我不知道栓牢到底在说什么，可是一看花老汉的表情，心里忍不住一紧。

“年轻人，事情可能有点儿麻烦，”花老汉看完栓牢的比画，转头对我道，“你讲的那个小姑娘，是从这里经过的，那时候老汉可能在打盹儿，栓牢看见了。老汉这儿子有点儿傻，讲不出个道道，但是他说，那小姑娘是被一顶轿子抬着走的，在附近停了一下脚。”

“轿子？”我觉得有点儿意外，黄河滩虽然当时还很闭塞，但是轿子这种东西，除了有时候逢年过节的大集，或者打花鼓，几乎就见不到了。是谁会用轿子当作交通工具？

“是什么时候经过这里的？”我接着问道，“是朝着北边走了？”

我说着话，栓牢又唰唰唰地拿着石头在地上画，我看见了一顶四四方方的轿子，还有四个模糊的人影，抬着轿子在走。

“年轻人，老汉的傻儿子说不清楚，轿子是朝着北边走了，”老汉慢慢道，“还有，栓牢说了，抬轿子的那四个，都不是人。”

第四十七章 开锁放人

“你说什么?!”我大吃一惊，终于知道花老汉为什么会皱起眉头，事情真的这么棘手?七七是被谁抬走的?我感觉心里的计划都被打乱了，乱成了一团麻，赶紧问道，“抬轿子的不是人，那是什么?!”

“栓牢说不清楚啊，年轻人，要是老汉当时亲眼看见了，说不定能给你说道说道，但的确是没瞅见。”花老汉有点儿遗憾。

我一下子泄气了，而且心慌，七七被谁弄走了?因为心慌，我再也想不起来该问花老汉什么问题，一个人闷着头坐着。

“年轻人，”花老汉拿下嘴里的烟袋，抬头看了看天色，现在离天亮还早，但是他的语气里有股说不出的急躁，“要问什么你尽管问，老汉还有事求你帮忙呢。”

“好了。”我打断思路，不管花老汉是什么来历，但他总算是解答了我心里的一些疑问，我不能食言，所以尽管现在脑子乱糟糟的，却还是对他点头道，“要帮什么忙?”

“现在离天亮还有三炷香的工夫，抓紧着点，够用。”花老汉慢慢从石头上站起身，把烟袋锅子插到腰带上，突然扑通就跪倒在我面前，眼巴巴道，“放我们走吧。”

“你在搞什么?”我吃了一惊，全然没想到他会这样，下意识地朝后退了退，盯着他道，“有什么事，你直说就是了。”

“放我们走吧！”花老汉一时间难以自制，那双老眼里带着点泪光，道，“老汉的儿子傻，但是从来不会去害谁，最多就跟人闹着玩儿。”

花老汉的儿子栓牢从出生时起就是傻的，这让花老汉很心疼，也很溺爱。栓牢喜欢在附近玩儿，他的确没有害人的心。很久以前，有一个人从这里经过，正巧看见栓牢在跟几个过路的行脚人恶作剧，那人可能有点儿武断，就认为栓牢是在害人，所以出手惩治。花老汉心疼儿子，赶过来之后，那人不由分说，连花老汉也一起收拾了。

“老汉不知道他是谁，”花老汉抬手指了指我脖子上挂着的镇河镜，道，“当时，你这面镜子是在他脖子上挂着的。”

花老汉说的事情，可能发生在很久很久以前。那个时候，镇河镜的威势还很大，如果镜子还和当年一样的话，那么挂在我身上，花老汉估计会退避三舍。

“老汉提头担保，栓牢这辈子，从来没有作践过人命，”花老汉可能说到动情处了，嘴唇哆嗦，带着央求的口吻，道，“栓牢一个人孤零零的，老汉看着不忍，给他找了个媳妇，这事是老汉的错，跟栓牢没有关系，老汉给你磕头、作揖，怎么都行，老汉被锁着心甘情愿，只求能把栓牢放了，把他放了吧……”

花老汉真的开始磕头了，不停地磕，我一时间不知所措。傻乎乎的栓牢看见花老汉在磕头，扑过来抱住花老汉，咿啊咿啊地喊，想把他爹拉起来，但是花老汉不肯，膝盖像在地下生了根一样，眼巴巴地望着我。栓牢咧着嘴开始哭，鼻涕眼泪一把一把的，那个年轻女人不知道怎么回事，也开始抽泣，一家三口凄凄惨惨，我看着有点儿心酸。

我被唐家姊子算计了，已经长了记性，但是我总觉得，这世上不应该都是算计别人的人。尤其是当花老汉跪在地上抱着傻儿子老泪纵横的时候，我心里那块抹不掉的隐痛，仿佛也被触动了。

“好了，你起来，”我对花老汉道，“我没什么本事，能帮得上你，我会帮。”

“谢……”花老汉估计没想到我会答应得这么干脆，一时间激动得说不出话了，使劲儿按着栓牢的头，道，“栓牢，给恩人磕头，给恩人磕头……”

“别弄这些个，你帮了我的忙，我帮你的忙，天经地义的。说吧，要我帮什么忙？”

“这个事，老汉真的说不那么明白，”花老汉指着四五米之外的一块地，道，“劳烦你动动手把这下头挖开，就什么都知道了。”

河滩地被水一淹，就松垮垮的像是一摊泥，栓牢拿过来一把烂铁锹。我心里有点儿犯嘀咕，不过还是朝那块地挖了下去。铁锹虽然烂，但吃土深，挖得非常顺利，挖下去一截，下头好像是一片被土埋住的地基。我心里一动，又加快速度把附近挖开一片，顿时就完全明白了。

这是个老戏台子的地基，戏台被人拆了，但地基还留在原地。我回头看看旁边的花老汉，他也正望着我。

“你是土生土长的本地人，怀西楼的传闻你该听过，”花老汉道，“老汉被那个带着铜镜子的人锁在这儿多少年，怀西楼的人就在老汉头顶上坐着看戏，前后多少年，除了栓牢那媳妇，老汉没作践过谁，那是我的报应，我自己担了，跟栓牢没有关系。”

“你说吧，下面怎么弄？”我只想把事情赶紧办完，七七的下落始终困扰着我。

“面前三尺三寸的地方，挖半丈深，就什么都明白了。”

我按花老汉说的，找准地方，继续朝下挖，湿乎乎的沙土突然干燥了很多，挖下去一米多深，有一层硬硬的土壳，我用铁锹用力捣了几下，那层土壳哗啦就塌了下去，露出下面一个黑乎乎的洞。我在旁边朝下照了照，当时头就一晕，差点儿一屁股坐到地上。

土壳下头的洞有六七米见方，里面盘着一大一小两条大得吓人的蛇。两条蛇身上五彩斑斓，一圈红一圈黑，花里胡哨的一片，都被一条生了锈的铁链子死死地锁着不能动。那铁链子不是太粗，但是链子上的锁却像一只圆圆的铜盘，上面刻着隐隐的水波纹，跟镇河镜背面的花纹是一样的。

那条老蛇一动不动，旁边的小蛇比我的胳膊都粗，蛇头微微晃动着，在小蛇旁边躺着一架已经烂成骨头的尸骸。遗骨皮肉不存，只剩下一头乌黑的长发，还有身上的戏装。

我完全明白了，回头一看，坐在石头上的三个人，不知道什么时候消失得无影无踪。洞里传来一阵哗啦哗啦的铁链抖动的声音，那条老蛇动了，在下头朝着我不断点头。

我从来没有见过这么粗的蛇，当年那个挂着镇河镜把花老汉锁住的人，必然就是七门里的先辈，这一锁就是许多年，花老汉和他儿子走都走不脱。我心里有点儿怜悯，完全是因为花老汉对他儿子的眷顾和疼爱。

它们也是两条命，万物有灵，草木皆有情。

我从洞口慢慢爬了下去，铁链子上的圆锁是空心的，不用花老汉指点我也看出了端倪，拿着脖子上的镇河镜，套在中空的圆锁里，左右轻轻一扭，圆锁顿时裂开了。如法炮制，我又用镇河镜打开另一道锁，然后爬了上来。

不多久，一大一小两条蛇顺着洞口钻出，那条小蛇嘴里衔着一块白森森的骨头，它们在我面前慢慢爬了一圈，然后借着夜色爬向远处。

我在原地站了很久，也朝着北边走去，走了一段之后，偶尔回头，好像还能看到花老汉他们一家的背影，我们一起走在无尽的夜色里，还有那凄凉的巡河调子在我耳边萦绕着。

我离开了怀西楼，也不打算再去阴山峡谷，七七肯定不在那儿。我把所有能想到的人全部想了一遍，却还是想不出是谁带走了七七。

我一路向北走着，沿途始终没有发现线索，心里每天都很乱，孤独而且害怕。我完全失去了目标，老鬼交代的事情肯定是办不成了，现在七七又不见了，我茫然地顺着大河游荡。

离开怀西楼两天之后，我没了主意，那种一个人漂泊流浪的感觉太难熬了。尤其是在汛期涨水的河岸上，空荡荡的没有一个人影，就好像走在一片广袤的无人区里，不知道自己什么时候就会因承受不住而倒下。

但是，这条路还在脚下，只要我还能动就必须不停地走。我突然觉得爷爷之前对我说过不止一次的话很有道理：人这一辈子，无非就是个熬。

这个季节的天，时晴时阴，有时候日头会很毒，白天没法赶路，得找个地方歇着，等阴凉了以后再走。我在远离河滩的地方找到一片小林子，打算过去打个盹儿。但是刚刚靠近林子的时候，我就看见有个人正靠树坐着，脸上盖着草帽。

虽然我看不到他的脸，但他完全就是一副赶路人的打扮。我对陌生人有点儿排斥，不管他是做什么的，我都不想接近，所以看见这个人之后，马上就要转身离开。

我的脚步声惊动了对方，那人拿下脸上的草帽，朝我看了看。这一下，他的相貌就很清晰了。这人岁数不大，二十五六的样子，圆圆的脸，好像挂着一副天生的笑容，如同庙里头的弥勒佛。

我一转身，这个弥勒佛一般的人就在后头开口说话了，他的声音也肉乎乎的。

“老弟，怎么就走了？天那么热。”

我不理他自顾自地走，“弥勒”喊了两声，见我不回头拔腿就追了过来，一路小跑，挡到我面前，上下打量了我一番，笑得很憨厚。

“你干吗？！”我有点儿不满意，很警惕地望着他，顺势观察周围的情况。

“老弟，打听一下，”“弥勒”对我挤了挤眼睛，伸出一只手，道，“铁篼子一拉水划划，五爪子抱窝捂黄呢白呢？”

“弥勒”说的这两句话如果外人听起来，好像就不是人话。但是我能听得懂，这是过去混河滩的人碰头时的暗语，俗称“黑话”，如果放到北方几省，这话也叫作“切口”。河滩人的暗语林林总总上千句，但“弥勒”说的这两句我恰好听过。

他前半句的意思是问我是不是行船捞水货的，后半句则是问我手里有没有值钱点儿的硬货。

“没有。”我直接回了两个字就想走，但是目光一晃，在“弥勒”身上扫了一下，眼睛顿时就移不开了。

这个笑得很憨厚的年轻人，衣着长相都很普通，但是他的脖子上挂着一块比巴掌小点儿的木像，那木像显然是有年头的老货，刻的是关老爷。过去走江湖的人张嘴就是一个“义”字，所以对千古忠义无双的关老爷很崇敬，平时出活儿做事，磕头拜把子，都要拜关老爷，也有些人带着关老爷的像，甚至直接在身上文关老爷像，认为关老爷会保佑自己。这都很平常，没什么稀奇的，然而我清楚地看到，“弥勒”脖子上挂着的那块木像闪烁着一层若有若无的黄灿灿的淡光，一圈一圈的木纹像是绽放开的莲花，猛然看上去，如同黄金打造的金像。

莲花木?!

我脸上没露出任何表情，心里却大吃一惊。“八字眉”因为很意外的遭遇得到了一截莲花木，那已经算是天大的造化了，但是这个圆脸的年轻人，脖子上怎么也会挂着一块莲花木？本来我已经打算要走，可看见这块关老爷的木像，立即又走不动了。可以说，河凫子七门和莲花木像之间的关系已经是最大秘密的引线。

我有意拉了拉衣领子，把胸前的镇河镜完全盖住，然后跟“弥勒”说了两句。听他的口音，就算不是土生土长的本地人，但也不会特别远。我说自己没有水货可卖，“弥勒”那憨厚的笑容里，就浮现出一点点儿失望，不过他也没有表露得那么明显，一边走一边对我道：“老弟，对这附近熟吗？”

“还行，怎么了？”我答了一句。短短几句话的工夫，我已经把“弥勒”从上到下打量了一遍，这个人看上去很普通，我就想着跟他周旋一下，想办法把他脖子上那块木像的来历搞清楚，如果对方真要什么猫腻，我全神戒备，大概能应付得来。

“现在正在汛期，是个做生意的好时候，但是好些村子里的人都跑去护堤，走得哥哥我腿都断了。”“弥勒”很亲热地对我笑着，挤眉弄眼跟我商量道，“老弟要是地头熟，跟着哥哥跑两天怎么样？带带路，管吃管喝，一天一块大洋，怎么样？”

那时候一天一块大洋是什么概念？虽然我不图钱，但是也被“弥勒”的豪爽和阔气给震慑了。我的心思都在木像上，又不能让“弥勒”怀疑，所以假装低头想了一会儿，道：“要么两块，要么你找别人。”

“老弟，你很精明啊。”“弥勒”想了想，笑着道，“两块就两块。”

我找“弥勒”要了两块大洋的定金，就这样跟他搭了伙。我表现得很轻松，但心里却一点儿都不敢松懈，时刻注意着对方的动静。“弥勒”好像对这附近确实不熟，问我具体的路线。我说下面那些村子的人都走了，朝北去吧，那里地势比较特殊，汛期的水淹不过去，可能还有点儿收获。“弥勒”当时就答应了，说一切听我安排。

我们两个一起待了一天，我心里还是想顺路去打听七七的下落，所以北去的路上，只要到了有人烟的地方，“弥勒”去找人收货，我就趁机暗中打听七七的下落。“弥勒”那个人看上去是很简单的标准的生意人，管我吃饭，但是要是开荤打牙祭的话，就要从我的工钱里扣钱。

我们一天走三四十里，到了第三天的时候，离怀西楼已经百里开外了。这可能是怀西楼河段最荒凉的一片，不是汛期也看不到人。我跟“弥勒”混得差不多了，想找他学学收货的经验，慢慢就把话题引到了古物上，“弥勒”对这个相当在行，一说起古物就唾沫星子乱喷。

就在我刚要问那块木像的时候，“弥勒”就停下脚步，随即，我看到很远的地方，十几辆大车缓缓驶来。

“咱哥俩避一避吧。”“弥勒”拉着我，朝旁边一座不怎么高的山崖上爬。当时，普通老百姓家里是聚集不了这么多大车的，众多的大车，除非是有根有底的势力才搞得到，“弥勒”不想招惹对方。

我和“弥勒”藏了起来，看着十几辆大车一字排开，在河滩上艰难地行进，我就隐约感觉到不对劲儿，那些车子上拉着很多东西，但不是护堤用的缓冲沙包，十几辆车都盖着厚厚的布。

车队一直朝我们这边开来，到距离山崖很近的地方，实在是走不动了，车轮陷到泥水里，很难走出来。有几个人凑在一起商量了一下，就让车子上所有的人一起下来。他们先是尽量在河滩上打木桩，铺木板，然后一些人把大车上的东西搬下来，朝河滩运，准备工作很烦琐，一直从上午干到下午，我跟“弥勒”被困着走不掉，趴得腿都麻了。准备工作做得差不多的时候，五六个人抬了两个箱子，从里面拿出一些东西，看样子是准备下河。

有两个水性很好的人，收拾得干净利落，在河滩做生意、捞水货，动手之前必然要派人先去打探情况，这种人一般被称为“水鬼”。这两个人应该就是水鬼。

“他们是想做大活儿啊。”“弥勒”眯着眼睛朝那边看，我们这个位置居高临下，前方的一切尽收眼底。

宽阔的河面上跳进去两个人，就像撒进去一把沙子，毫不显眼。但是两个“水鬼”下水不久，和他们相连的绳子突然开始剧烈地抖动，岸上的人一阵吆喝，拼命就朝回拉绳子，想把人拽回来。

他们拉得非常顺利，很快两个“水鬼”就从河面上出现了，但是接下来，我倒吸了一口凉气。因为他们拉上来的是两个只剩下上半身的人。

两个“水鬼”不知道怎么就在水里断成两截了，一直到被拉上来的时候，神经可能还没死透，伸着手在泥沙、污水里使劲儿地扒拉着，身体的断面拖拉出一截肠子，血糊糊的一片。岸上的人虽然慌了却没有乱，把两个只剩半截的人抬起朝远处的车队跑。

“这是怎么回事？”我看见那两个半截人破裂的腹腔流出来的肠子，就感觉一阵紧张和恶心。

“看样子……”“弥勒”摸着下巴，道，“像是被什么东西给咬断的？”

“拉倒吧，”我的头皮越发地紧，尽管离河滩还远，但是浑身不自在，“这河里能捞上来的鱼，最大的也就一米多的黑鲤子，能把人一口咬断？”

“老弟啊，”“弥勒”可能实在趴得难受了，侧身一翻，拍着肚皮，道，“你不知道这里头藏着多少你想象不到的东西。”

两个半截人肯定是活不了了，河滩上的人忙了一阵就都停下来，几个打头的人凑在一起，但是听不到他们在说什么。过了约莫半个小时，他们作了决定，一声吩咐，有人从车队那边抱来三个很大的罐子，罐子里有一些黑乎乎的东西。

“这是什么东西？”

“还不知道，再看看。”“弥勒”紧盯着那边，三个罐子每个都有腰那么粗，河滩上的人在罐子上安了什么东西，然后套上一个装了铅坠和石头的布包。罐口绑着绳子，几个人分头抓紧绳子，甩了几下，猛然把罐子抛向了河心，精准地落在相距不远的范围内，空心的罐子被铅坠和石头坠着开始下沉。这时候，“弥勒”

突然就拍拍脑袋，道，“炸！他们是想把水里的东西炸上来！”

我跟“弥勒”还没把话说完，河面骤然传来几声闷闷的响声，一大片水花从水下蜂拥上来，天色还亮，在水花四溅中，一个黑乎乎的影子被水下的炸药炸得横飞出来，蹦出河面老高。

“看见了吗，看见了吗？”“弥勒”指着河面，对我道，“那是什么？！”

如果我没看错的话，被炸出水面的是一只足足有水缸那么大的王八。

第四十八章 混战连连

那只水缸大小的王八被炸得腾空而起，扑通落在河里，河滩上的人早已有了准备，那台转动的机器甩着一条条带着大鱼钩和细网的绳子抛向河面。大王八顿时被兜住了，机器一转，拖着最粗的一根绳子就朝岸上拉。

大王八翻滚着就被拖到了岸上，在场的人估计没有见过这么大个儿的王八，都围了过去。

“不对吧，”我看看那只在岸上已经不能动弹的大王八，对“弥勒”道，“这只王八能把人咬断？”

“等着看吧，”“弥勒”回过头，道，“河里铁定还有其他东西。”

我顿时对这支车队来河边的目的感到疑惑。十几年前，就有人在河滩上发现了一只这样大的王八，怎么弄都搞不定，最后是爷爷过去看了看，把王八弄了上来。当时那只王八受了伤，爷爷本来想养它几天，把伤给治治然后放回河里，但是那些村民耐不住饿，私下宰了王八吃肉，结果闹出了一场惨剧。

自然而然，看见这只王八被拖上河岸，我就觉得要有事情发生了。这支车队不会专门为了捕捞王八而来，他们肯定还有别的目的。

那只大王八到了河岸还在慢慢地爬，有人在它脚上绑了一个很大的铁砣子。三个罐子炸上来的乱七八糟的一片鱼浮出河面后都顺着河水漂走了。天色有点儿发暗，他们带着灯，不过明显不够用，几个带队的把下头的人归拢了一下，然后跑到不远处的干地上烧火做饭，吃过饭之后，大部分人都去大车停放的地方，在车厢上休息，留了三四个人照看河滩。

“我们也去看看，”“弥勒”看着大部分人都走了，就坐不住了，对我说道，“看看那只大王八。”

“那只大王八跟你有什么关系，你别没事找事。”

“来吧，听我的绝对没错。”“弥勒”脸上挂着憨厚的笑容，一副人畜无害的样子。我本来不想冒险，但是心里的确好奇，磨蹭了一会儿，就跟“弥勒”悄悄从崖上爬了下来。

“这样的大王八，不会平白无故出现，一旦出现，就说明事情了不得。”“弥勒”带着我走到临近河滩的地方，然后俯身趴到地上朝那边爬，避免被人发现。大王八被铁砣子和木桩死死困在河滩上，爬不动。周围原本还算安静，除了水浪声和风声，没有别的动静，但是我跟“弥勒”没爬多远，河边就传来一阵隐隐约约的哭声。

紧跟着，一片跟篮球那么大的影子在河水里涌来涌去，最后全部随着水浪被冲到了岸边。岸边吊着两盏灯，我清楚地看到，那片东西是一只只样子很怪的蛤蟆，我从来没有见过，大头，瘦身子，四只脚上长着红蹼，张嘴一叫，就好像婴儿在啼哭。那一片大头蛤蟆，有几十只，蹦跶着跳上河滩，全部涌到大王八的旁边。

其中十几只大头蛤蟆一张嘴就吐出很多一寸多长的小鱼，剩下的盯住大王八身上的绳子和铁砣，扑上去就咬，看样子是想把绳子咬断，动静顿时大了起来。

“弥勒”立即趴在原地不敢动了，对我嘀咕道：“唐僧要出现了？百妖云集啊。”

果然，在我们停下的同时，三个守河滩的人发现了这边的动静，马上就跑了过来。一群大头蛤蟆有的掉头朝河里钻，有几只胆大的不肯走，还在原地啃绳子，直到三个人拿着棍棒走近了，它们才一哄而散，然而，其中一只个头儿最大的蛤蟆死赖着不走，尽管体型跟人差得远，却蹦到三个守河滩的人面前，哇哇地叫。

紧跟着，守河滩的人用棍棒一通乱打，这只蛤蟆蹬了几下腿，就被砸成了一摊肉泥。

“娘的！”一个守河滩的人棍子还没有收回，突然就骂着叫喊起来，我一看，好像是那只大王八不知道什么时候张嘴咬住了他的一条腿。

被王八咬过的人都知道，那东西只要咬人，一口咬下去就不会松嘴，除非把王八头给剁下来。这只王八个头那么大，几乎能把人腿咬断。被咬的人惨了，抱着腿朝后拖，却挣脱不开。

旁边两个人毫不犹豫，举着胳膊那么粗的棍子朝着大王八的脑袋一通乱砸。“弥勒”身子动了动，我赶紧拉住他，低声问道：“你想干什么？！”

“三个打一个，我看着不公平。”

那只大王八被打得被迫松开嘴，它慢慢朝后退了退。两个人拉着受伤的那个，跑到一边看受伤人的腿，这一口咬得非常狠，脚脖子那里血肉模糊。

“那只大王八要干什么？”我看得吃惊，大王八后退了一下，整个身子突然就慢慢直立起来，好像一个俯卧着的人用力站直了。

“弥勒”还没来得及说话，直立起来的大王八突然又重重地倒下来，它昂着头，虽然不会叫，也不会发出任何声音，但高昂的头颅却让我觉得它高傲且倔强。

“嘭……”

直立的大王八倒下的同时，昂着的头重重磕在沙地里那个大铁砣子上，它的四条腿和脖子都猛然一伸，接着一缩，慢慢不动了。我顿时醒悟过来，这只大王八明显是觉得走不脱了，不肯让人糟践，宁可自己撞死。

“哇哇哇……”

大王八撞死在铁砣子上的一刻，那些退到河里的蛤蟆开始连声大叫，三个守河滩的人激灵灵地同时站起来，茫然地转头看了看，蛤蟆哇啦哇啦的叫声如同哭声。守河滩的人迷迷糊糊地迈腿慢慢地走，一边走一边转头朝四周看，好像在找什么东西。

“他们怎么了？”我问“弥勒”，这三个人的举动好像很不正常，如同突然发现自己的钱包丢了，来回乱找，“他们在找什么呢？”

“不知道，”“弥勒”皱起眉头，盯着三个人，道，“好端端的，干吗要这样？！”

三个人东张西望地走了几步，好像都盯住了旁边两根用来吊灯的木头桩子，他们一前一后排着队走到木头桩子跟前，第一个人伸手解下自己的裤带，朝桩子高处爬，一直爬到两根桩子之间的横木旁边，将裤带在上面打了个结，毫不犹豫地套住脖子，随后一松手，整个人就悬空着吊在木桩上。

“让个位啊……让个位……”第二个人也朝木桩上爬，跟头一个人硬挤在一块儿，吊到了木桩上。

“哇哇哇……”

蛤蟆的叫声越来越响亮，好像很多小孩儿一起号啕大哭，河滩上的王八已经一动不动了，头上渗出一摊血迹。第三个守河滩的人腿受了伤，动作慢了些，抓着木桩，始终爬不上去。

这一连串的动静终于惊动了远处的车队，十几支火把晃动着朝这边跑，木桩上的两个人已经吊死了，舌头伸出来老长，僵直的身体随着风晃来晃去。

“怎么回事？！”车队那边的人看见这一幕，都大吃一惊，抢着把最后一个想爬上去上吊的人硬拽到一旁。

有人吹了声哨子，所有人都从车里爬出来奔向河滩，几个带队的看到了已经撞死的王八。成群结队的大头蛤蟆还在河里不停地叫，声音越发瘆人。

“哗啦……”

河里突然涌起了一股大浪，把那些哇哇乱叫的蛤蟆冲上河滩，在周围来回地蹦跶，一群人涌过去，与此同时，还有人亮出了枪。

“轰……”

浅滩上的水一下子翻滚起来，沙子、水滴横飞，我看见浅滩上突然竖起三四个巨大的影子，像是骤然立起来的三四道墙壁。紧跟着，最前面的几个人一下子被竖起来的影子卷住，连叫都没有叫出声。

“沙扑！”我顿时打了个寒战，那沙扑比我上次见过的还要大，几乎是沙扑里头的王了。

人群马上就乱成了一团，叫喊声、哒哒哒的枪声连成一片，三四只沙扑卷着几个人迅速钻到了水里。水浪不停地翻滚着，雾气蒙蒙，越来越多的大头蛤蟆从水里跳到岸上，一群人四散分开，想要把沙扑追回来。

但是沙扑已经无影无踪了，一群人追到浅水时，扑了个空。就在这时候，水浪中一道两三米长的黑影子哗啦翻出来，一下咬住一个人的胳膊，使劲儿朝水里拖。

那是一条两三米长的黑鲤子。这条黑鲤子颠覆了我的认知，我从来没想到，河里会有这样的大鱼。

黑鲤子咬着人，但是水太浅，它扭动得不灵活，几个人顿时扑上来，拉着被咬的人用力朝回拽。两股巨大的力量在僵持着，被咬着的人遭殃了，身体无法承受这种压力，整条胳膊硬生生地被黑鲤子扯掉，鲜血洒到河面，惨叫连连。

“带回去救他！”几个人抬着伤者，扭头就朝回跑。当时的医疗条件有限，尤其是在这种地方，受伤的人很有可能会因为失血而死亡。

没等几个人跑出去两步，河中涌过来一股大浪，浪花滔天，顿时把几个人拍倒在水里。随着浪花，一只无比巨大的螯从水里伸出来，足足有一人长。螯钳一下夹住落在最后面的一个人，一转眼的工夫，被夹着的人噗地喷出一口血，身体几乎被夹成了两段，皮开肉绽，椎骨完全断了。

这惨烈的一幕让我心神不宁，同时心里疑云丛生。这段河道里到底有什么，引来这么多平时根本见不到的乱七八糟的东西。

那只巨大的螯钳夹死一个人，就迅速缩回水里，河滩上的人惊魂未定，水浪一股接着一股，各种各样让人想都想不到的东西好像随时都会随着水浪冒出来，给人致命一击。如果是普通的行船人，遇见这样的事早就吓呆了，肯定会没命地逃。但是几个带队的人相当硬气，越是这样，越不肯撤退，指挥人跟河里那些东西硬顶着干。

“你看明白了没有？”“弥勒”也被这惨烈的一幕给震慑了，咕咚咽了口唾沫，小声道，“河里不会无缘无故出现这么多东西的。”

“嗯。”我点点头，虽然情况还不算完全明了，但我看得出来，车队的人想从河里打捞什么，但是那些乱七八糟的东西就出来阻拦。

我跟“弥勒”还没有说完，浅滩的沙子里呼地又冒出来两只巨大的沙扑，但这一次人群有了防备，它们刚一露头，密集到极点的子弹立即激射过去，两只沙扑被打得连连颤抖，反身想钻进沙子里，就在这一刻，几支鱼叉划破夜空，一下子打到沙扑身上，死死勾住了它们，不知道多少杆枪伸出去，成百上千发子弹瞬间就喷出枪口，直到它们完全瘫软下来为止。

局面被控制住了，河滩上的人开始收拾残局，把受伤的抬到后面去救治。沙扑和大黑鲤子的尸体被拖了上来。我和“弥勒”藏在几块大石头后面，动都不敢动，总觉得心里不踏实，如果这时候被人发现，浑身是嘴都说不清，所以就想拉着“弥勒”走。

但是我的手刚抓住“弥勒”，就看到有两个人朝这边走，是车队的两个带队的，都是五十岁上下的年纪，精力却不逊年轻人，刚才一场恶斗，两个人都端着枪亲自冲锋。我的心立即紧了紧，赶紧松开手，使劲儿缩了缩脑袋，完全躲到石头后面。

我看不到两个人，不过能听出，他们就在石头边上坐了下来，打火抽烟。其中一个人叹了口气，过来好半天才开口道：“老余，从开始起，我就不赞成这么做，现在可好，死了这么多人。”

“死了人就不准备干了？”另一个人的口气很生硬。

“这件事，没有告诉老胡，没有经过他的允许，老胡当时说过，现在还不是动那东西的时候。”

“为什么不是时候？难道要一直等？”那个叫老余的人语气有些不耐烦，道，“什么事情都要听他的？我们做这个事已经多久了？”

“我没拿老胡来压你，只是据理说事，老胡有经验、有眼光。”另一个人说了几句，可能觉得言语有点儿过激，随即就缓了缓，道，“老余，咱们是老相识了，不说公事，只论私交，我劝你谨慎一点，最好等老胡回来，具体商量一下再说，成吗？”

“不要说了！”老余的脾气看上去不怎么好，道，“这件事该怎么做，你就不要插手了，我那里有详细的资料，这两天你去好好看看资料，熟悉一下情况，再来跟我理论，就这样。”

说完，老余掉头就走，剩下另一个人在原地，这人坐了一会儿，叹了口气，也离开了。

等他们走远了，我终于松了口气，心里就在思索。不知道为什么，听他们的谈话，我一下子就想起了“老刀子”，他手里有蛇篆刀，是当年黄沙场胡家的人。老余他们说的老胡，难道说的就是“老刀子”？

“他们，到底是在捞什么呢？”“弥勒”习惯性地一手摸着下巴，一手摸着肚皮，对我道，“河里有什么要紧货？”

“怎么，你还想跟他们抢饭吃？快拉倒吧。”我完全不想招惹这些人，情况很明显，这帮人虽然没穿军装，但在河滩上，除了占据中原地区的军阀，还有谁能拉起这样的队伍？所以我立即就阻拦“弥勒”，“老老实实收你的货，还能过安稳日子。”

“随口说说嘛，难道你不觉得很奇怪？不觉得很好奇？不想知道他们在捞什么？”

“谁不想知道谁就是孙子，但是你消停一下，让我多活几年行不行？”

我跟“弥勒”小声斗着嘴，我的意思是马上就走，但“弥勒”不肯，非要把事情看个水落石出，硬拉着我重新潜伏到了原来的山崖，居高临下地观察着。我有点儿困，迷迷糊糊地睡了一会儿，等我睁开眼睛的时候，天已经亮了，“弥勒”也困得不行，让我盯着，他去睡觉。

我打着哈欠朝下望了一眼，天色一亮，河滩上的一切都看得清清楚楚，乱七八糟的尸体被堆到了旁边，河滩上的人依然在忙着把昨晚被掀掉的木板重新铺好，然后抬了些东西上去。水面算是平静了，几个带队的人包括那个老余，背着手在河滩上交谈，可能是商量接下来的具体计划。

我不知道要观察到什么时候，转头看看“弥勒”，几分钟时间就睡得和猪一样，他脖子上的那块莲花木像微微散发着黄灿灿的光，我想摘下来看看，又怕弄醒他，让他怀疑，所以忍了几忍，最终没有动手。

这时候，我用余光一瞥，就看到河面上好像浮起来一些东西，正随着水流起起落落，我对那些东西太熟悉了，只看了一眼，就立即辨认出，那是乱七八糟的石人和陶俑。

我还没来得及细看，河面上就哗啦哗啦地不停翻动着小小的水花，每一朵水花冒出来的时候，就会慢慢漂上来一尊陶俑，水花越来越多，陶俑也越来越多，那东西如果单独出现在水面，虽然有些恐怖，却不至于把人吓得魂不守舍。然而此刻，河面上的陶俑密密麻麻的一大片，几乎覆盖了整片河道。

河滩上的人顿时又开始慌乱起来，那个老余大声吼着，让人不要慌张，保持镇定。河面上一尊一尊的陶俑引起了所有人的恐惧和好奇，车队那边的人，除了受伤不能动的，全部跑了过来。

“不要慌！”老余的声音隐约从那边传过来，他卷卷袖子，吼道，“都是陶俑！没什么可怕的！它们还能跳起来咬你们一口？！”

但是这么多陶俑好端端就突然浮出了河面，只要不傻，就会知道这肯定不正常。老余一边吼，下面的人还是有点儿失措，为了安定人心，老余转身就朝水里走，陶俑密密麻麻，已经挤到了浅水中。老余亲自按住一尊陶俑，用力朝回拖，一边踩着水，一边道：“看见了没！有什么怕的！都给我精神点儿！”

我赶紧把“弥勒”叫醒，弥勒睡觉的时候和猪一样，但只要醒过来就精神抖擞，睁着小眼睛朝那边一看也立即呆了。

“机会！”他猛地一拍我的腿，咕咚咽了口唾沫，兴奋道，“老弟，机会来了！”

“干吗？”我让“弥勒”拍得生疼，扒开他的手，道，“待着看看就行了，连浮尸你也想收？馋了？晾尸崖那边多得是。”

“不是不是，”“弥勒”挤挤眼睛，道，“昨天你没听到吗？资料！资料就在他们的车里！只要车队的人被引到河边，咱们就有机会拿到资料，看到这些资料，那些人的目的一目了然。”

“资料？”我没读过书，也不认识多少字，对这东西一点儿不敏感，如果不是“弥勒”提醒，我差点儿就忘了这茬儿。

“弥勒”料想的没错，河面上骤然冒出一片陶俑后，车队的人都被吸引过去了，包括那些烧火做饭的都跑过去看。老余胆子的确非常大，在齐腰深的水里拖着一尊陶俑朝回走。

“看到了吧！”老余把陶俑拖到岸上，随手一抛，他真下得去手，普通人看见这样的情景估计腿都吓软了，他却连眼睛都没眨，对周围的人道，“没什么了不起的。”

话是这么说，老余也带头做到了，但是河面上的陶俑明显就不对，密密麻麻地挤成一片，把河面给挡住了，水流那么急，所有的陶俑就在原地打转。河滩上的人看了半天，谁也没有接话，也不敢反驳老余。

“老余！”昨晚跟老余争辩的那个人皱着眉头走过来，道，“你没有看到，那些陶俑都不动吗？”

“它们不动，我们就拉，”老余不理对方，一挥手，道，“兄弟们，现在就开始动手，把这些陶俑都拖到岸上，除了无法行动的伤员，其余所有人都过来！”

老余在队伍里有绝对的权威，谁都不敢争辩，所以老余发话之后，所有人都忙碌起来了。

“好了，先不要看了，我们走。”

“你疯了！他们都有枪，还是大白天！”我很排斥“弥勒”这种不顾一切的念头。

“弥勒”不由分说，拉着我就走：“见机行事。”

我硬被拖着朝山崖下走，心里想着这段河道里是什么。难道又是莲花木像？木像至今仍在黄河里漂流，不能排除这个可能。我咬了咬牙，如果真的是莲花木像，这个险，还非冒不可。

尽管是在白天，几乎所有人的注意力都被河里的陶俑吸引了，干得热火朝天。我和“弥勒”下了山崖，被迫绕了好远的路来躲避身形，接近一排停放的大车时，“弥勒”就在观察。

“那辆车，应该是当官的坐的。”“弥勒”最后把注意力集中在车队里一辆带篷的车上，这种车子也得靠人力拉动，但是和轿子一样，挡风遮雨，人坐在里面比较舒服，肯定是有地位的人才能坐的，“弥勒”接着说，“昨晚那个姓余的交代了让另外一个今天好好看看资料，资料估计就在车里。”

这辆篷车有专人看管，别的人都在河边干活儿，这辆车的看守却还守在原地。

出于安全起见，“弥勒”没有贸然动手，默默地想了一会儿，二话不说，拉着我就走。这人看着蔫不唧的很厚道，其实是那种胆子都闷在肚子里的人，我们俩从车队最后面绕过去，一边走一边东张西望。“弥勒”跑到篷车旁边，那看守正伸着头朝河滩看，冷不防就被突然出现的“弥勒”吓了一跳。

“你们……”看守觉得我们脸生，当时就愣住了，“你们是谁？”

“来拿点东西。”“弥勒”憨厚地一笑，反手捏着一块石头就砸了过去，看守猝不及防，一下就被砸翻了。

我们透着车窗一看，车里摆着一只用来装子弹的铁皮箱，那种箱子结实而且防潮防水。“弥勒”一把抓起来，打开一看，里面满满地放了几十页写满字的纸。

“就是这个了，撤！”“弥勒”钻进去抓着箱子，左右看了一眼。除了躺在车厢里的伤员，剩下的都被叫到河滩上，本来应该是没事的，然而我们刚抓到箱子，后面的大车里歪歪斜斜站起来两个人，头上缠着绷带。

“干什么的？！”

对方一声质问，我的腿肚子就转筋了，有种做贼心虚的感觉，拔腿就跑。那两个肯定是留在车队的伤员，腿上受了伤，看见我们跑，当时就挣扎着翻下大车，拐着腿追过来。我和“弥勒”跑得比兔子还快，对方肯定是追不上，然而他们两个在后面叽里呱啦的一阵喊之后，抬手就开了一枪。

“他们有枪！”我回头一看，两个伤员手里端着一支枪，正在朝这边瞄准。

“都这个时候了，别说是枪，就算他们架着一门炮也得跑！”“弥勒”提着箱子，身上的肥膘来回打晃。

我们不要命地跑，几颗子弹几乎是贴着我的头皮飞过去的，差点儿就吓得尿裤子了。这一下，我们两个人完全成了惊弓之鸟，抱着箱子玩儿命一般狂奔，一口气跑出去很远才停下。而且还不敢过多停留，来回绕了很远，足足折腾了两个小时，才最终找了个偏僻的地方，我两眼一黑，累得几乎虚脱，坐下来大口大口地喘气。

这口气足有十分钟才喘过来，浑身都是汗，我嘘了口气，转眼看看“弥勒”，要是干脆没任何线索，我也就不想了，但这些资料到手，我就有点儿急不可耐了。

“快看看，上面写的什么。”我催促“弥勒”赶紧打开箱子拿出来看看那些写着字的纸。

“你可以自己看啊，黑纸白字。”“弥勒”擦着脸上的汗，把箱子递给我。

“我不认识字，我拿什么看？说话别总拣着别人的痛处戳。”我道，“你念给我听就好了。”

箱子里的纸足有七八十张，全是用毛笔抄写在上面的，“弥勒”翻了翻，道：“估计这资料很重要，原件不允许人带走，这可能是那个老余凭着记忆默写下来的。”

“弥勒”一边看，一边念，我没有文化，有些词就听不懂，需要他解释。

资料很长，“弥勒”看得头晕，我也听得头晕，听得久了，我就不耐烦，催促道：“你念这些屁话有什么用？你快看啊，他们到底在捞什么东西。”

“别急，别急……”“弥勒”继续翻看着，注意力好像猛然被什么内容吸引了，他来回看了几遍，道，“找到了，找到了，就是这个。”

那是一张手绘的图。

“这个，就是河底的东西了！”“弥勒”丢下手里的纸，双手捧着那张图，道，“他们就是在捞这个东西！”